Stockholm Syndrome

증후군

김빠 장편소설 CHICNOVEL

증후군 2

초판 1쇄 인쇄일 | 2018년 02월 20일
초판 1쇄 발행일 | 2018년 02월 28일

지은이 | 김빠
펴낸이 | 박성면
펴낸곳 | (주)동아

출판등록 | 제406-2012-000056호
주소 | 경기도 파주시 문발로 115, 세종출판벤처타운 201호
전화 | (031)8071-5201
팩스 | (031)8071-5204
E-mail | bear6370@hanmail.net

정가 | 10,800원

ISBN 979-11-5641-104-8 (04810)
      979-11-5641-102-4 (set)

Stockholm Syndrome

증후군

김빠장 편 소 설 CHICNOVEL.

- 목 차 -

12. 갈등

답답해진 정인은 바깥으로 나가서 바람이라도 쐬려고 했지만 그럴 수가 없었다. 최 비서, 라고 자신을 소개한 이가 그를 막아섰기 때문이다.

"실장님께서 여기서 기다리라고 말씀하셨습니다."

어쩔 수 없이 새 시트가 깔린 침대 한쪽 구석에서 쪽잠을 자고 꼭 두새벽에 일어났다. 아침을 먹는다는 핑계로 나가려 했지만 다시 최 비서에게 가로막혔다.

"담배 좀 피우려고요."

"여기서 피우시면 됩니다."

"담배 없어서 사야 돼요."

"침대 옆 스탠드 서랍 안에 있는 거 피우시면 됩니다."

서랍 안에는 정인이 피우는 담배가 보루로 준비되어 있었다. 정인은 승현의 담배 취향이 자신과 같다는 것에 또다시 기분이 묘해졌다. 재떨이와 키스하는 기분이라고 그를 비웃었던 조승현이 침실에 담배를 쟁여 놓고 살게 된 까닭은 묻지 않아도 알 것 같았다.

모든 것의 원인은 바로 그때, 산속 재수 학원에서부터 시작된 것이다. 발코니로 나와 멍하니 담배를 한 대 피우며 정신을 차리고 있는 그에게 최 비서가 물어 왔다.

"식사는 어떻게 하시겠습니까?"

"……대충이요."

허기를 느낀 정인은 차마 그의 제의를 거절할 수가 없었다. 마지막으로 식사를 한 것은 이곳에 오기 전, 그러니까 어제 저녁 여섯 시였다.

곧 정갈한 한식이 도착했고 그는 허겁지겁 허기진 배를 채웠다. 맑은 시금치 된장국과 노릇하게 구운 생선구이 반쪽, 간장으로 조린 멸치와 두부, 각기 다른 김치 두 종류까지 예쁜 접시에 담겨 있었다. 배달 음식이라고 생각할 수 없을 정도로 깔끔한 메뉴였다.

식사를 끝마치고는 생리적 욕구를 해결하려 화장실을 썼고, 만 하루 동안 샤워를 하지 못한 찝찝함을 견딜 수 없어 할 수 없이 욕실까지 사용했다. 마치 그를 위해 준비된 것처럼 세면대 위에 덩그러니 놓여 있는 새 칫솔 하나를 뜯어 이를 박박 닦았다.

몸이 깨끗해지니 정신이 조금 맑아지는 것 같았다. 멘톨이 들어 있는 바디 샴푸 덕에 피부가 시원했다. 동그란 철제 테이블과 의자 두 개가 놓여 있는 침실 발코니에 앉아 있으니 여름임이 무색하게 바람까지 살랑 불어왔다.

최 비서는 그의 마음을 읽기라도 한 듯, 나가서 사 온 프랜차이즈 커피까지 건네주었다. 그의 취향 따위는 전혀 고려하지 않은 달콤한 아이스커피였지만 갇혀 있는 신세에 찬밥 더운 밥 가릴 때가 아니었다. 정인은 유유자적하게 흐르는 강물과 숲을 바라보며 본의 아니게 평화로운 일요일 오전을 보냈다. 평소라면 금요일과 토요일, 연이어 이어진 숙취에 방에 죽은 듯 드러누워 있을 시간이었다.

"물어볼 게 있는데요."

점심 식사를 배달한 이에게 카드를 내밀고 서명을 끝낸 최 비서가 그를 돌아보았다.

"하십시오."

"여기, 조승현 집 맞나요?"

"그렇습니다."

뭘 당연한 걸 묻느냐는 표정으로 최 비서가 간단히 대답했다.

"이사 온 지 얼마 안 된 건가요? 가구며 생활 용품이 다 새것 같은데. 안 쓴 것도 많아 보이고요."

"궁금한 게 있으시면 실장님께 직접 물어보시면 될 것 같습니다."

최 비서는 물어보라고 해 놓고 정작 그가 궁금한 것에는 시원스레 대답을 해 주지 않았다. 정인은 포기하지 않고 다른 질문을 던졌다.

"조승현, 하는 일이 뭐예요? 그쪽이랑 같이 일하는 것 같은데."

그는 조승현을 실장이라는 생소한 호칭으로 부르고 있었다. 정인은 승현이 불법적인 일에 몸을 담고 있을 거라는 예상에 무게를 두고 있는 중이었다.

남자가 식기로 준비된 나이프를 꺼내며 그를 힐끗 한 번 바라보았다. 방금 전 자신이 한 말을 되풀이해야 하냐는 표정이었다. 정인은 한숨을 쉬며 식탁에 앉아 준비된 햄버그스테이크를 썰었다.

점심을 먹은 후에는 방으로 돌아와 침대에 누워 천장을 바라보았다. 휴대폰 배터리는 남아 있었지만 딱히 볼 것도 없었고, 오후가 되니 날이 더워져 베란다에 앉아 있을 수도 없었다. 에어컨이 켜진 방 안에 가만히 누워 있으니 시간은 정말 천천히 갔다.

마치 케이지에서 사육당하는 동물이 된 기분이었다. 정해진 시간에 밥을 먹고 외부에는 나갈 수도 없다. 겨우 하루도 안 지났는데도 이런 느낌인데 9년 동안 교도소에 갇혀 지낸 조승현은 매일을 어떻게 견뎌 냈을까. 특급 호텔 뺨치는 시설과 세 평 반짜리 형무소의 방이 비교 불가라는 것은 차치하고라도.

정인은 고개를 흔들어 우울한 생각을 떨쳐 냈다.

그가 하는 일이 무엇이건, 조승현은 현재 시세를 가늠할 수도 없는 고급 타워 맨션에 살고 있었고, 개인적으로 사람까지 부릴 수 있는 위치에 있었다. 찬찬히 살피지 않으려 해도, 그의 방에 있는 옷과 인테리어 소품들은 보통 직장인의 월급으로 살 수 있는 브랜드들이 아니었다.

조승현은 성공했다. 그럼 그걸로 된 거 아닌가.

"입에 안 맞으십니까?"

아침은 한식, 점심은 양식이더니 저녁은 일식이었다. 붉은 살점과 흰 살점이 각각 죽 늘어서 있는 접시 두 개를 앞에 두고 멍하니 앉아 있자 최 비서가 물었다. 정인이 그를 올려다보며 고개를 저었다.

"아뇨, 하루 종일 움직이지도 않고 집 안에 있었더니 입맛이 별로 없어서요."

"그럼 다른 메뉴를 준비해 드릴까요?"

나가지 못하게 막은 것에 대한 불만을 그는 가볍게 씹었다. 정인은 조승현이 왜 그를 부리는지 이해할 수가 없었다. 마치 벽을 보고 이야기하는 느낌이었다.

"한식, 양식, 일식 다 나왔는데, 또 뭘 시키시려고 그러십니까? 아, 짜장면은 안 시키셨네요, 아직."

"중식 좋아하십니까?"

당장 휴대폰을 꺼내 들 기세에 정인은 소리 내어 한숨을 쉬었다. 농담이나 비아냥이 통하지 않는 상대와 설전을 벌여 봤자 기운만 빠질 뿐이었다.

"됐어요. 그냥 이거 먹겠습니다."

정인이 포기하자 최 비서가 일회용 나무젓가락을 종이 케이스에서 빼내어 건넸다.

"재료가 신선해서 입에 맞으실 겁니다. 실장님께서 곧 도착하실 테니 답답하시더라도 조금만 참으십시오."

"제가 답답해하는 건 아시는 것 같아 다행이네요."

"계속 시간만 확인하시니 모를 수가 없죠."

여전히 진지한 목소리로 최 비서가 대답했다.

"그럼 바깥에 나가게 해 주실래요? 여기 바로 앞에 숲 한 바퀴만 돌아도 시간 잘 갈 것 같은데."

"그건 곤란합니다."

한 치의 망설임도 없는 거절에 정인이 나무젓가락을 딱, 쪼개며 피식 웃었을 때였다.

"분위기 좋네?"

누군가가 뚜벅뚜벅 안으로 들어오며 목소리를 높이자 최 비서가 퍼뜩 놀라 숙였던 허리를 폈다.

"실장님. 언제 도착하셨습니까?"

"나가."

스리피스 정장 차림의 조승현은 완벽한 모습이었지만 얼굴에서 장시간 비행에서 온 피곤이 드러났다. 까칠하게 내뱉는 한 마디에 최 비서가 즉시 고개를 숙였다.

"예."

"부를 때까지 안에 들어오지 마."

낮게 덧붙인 그의 말에 최 비서가 알았다는 뜻으로 묵례한 후 빠르게 자리를 떴다.

"뭐예요, 그 표정은?"

승현이 재킷을 벗어 의자에 툭하고 걸치며 물었다. 정인은 젓가락을 손에 든 채, 넓은 식탁 의자에 앉아 멍하니 그를 바라보다 겨우 입을 열었다.

"……왔어?"

뭐라고 말을 해야 할지 몰라 겨우 내뱉은 말에 승현이 헛웃음을 지었다.

"사람을 오라 가라 해 놓고 누구는 노닥거리면서 팔자가 늘어졌네요. 아주."

그가 넥타이를 느슨하게 풀며 식탁으로 다가와 정인의 맞은편에 자리를 잡았다. 미끈한 턱에 살짝 수염이 올라와 있었다.

"네가 그렇게 멀리까지 간 줄은 몰랐어. 급한 일이었으면 미안하다."

사과하는 정인을 뚫어져라 응시하며 조승현이 의자에 등을 기댔다. 덩치가 큰 짐승이 가슴을 쭉 펴는 것 같은 자세였다. 10년 만에 보는 그가 예전과 묘하게 달라진 것이 있다면 바로 저 태도일 것이다.

예전의 그는 꼿꼿했지만 속을 감추는 면이 있었다. 그것은 한민우가 음침하다고 말했던 부분이었고 정인은 그것을 조승현의 겸손이라 착각했었다. 지금의 승현은 아무것도 숨길 것이 없이 당당해 보였다. 마치 분위기로 상대를 기죽이는 방법을 터득이라도 한 것처럼.

"저녁, 안 먹었으면 같이 먹을래?"

"같이 밥 먹자고 그렇게 급하게 부른 거예요?"

얼핏 들으면 다정하다고 착각할 만큼 느릿하고 차분한 말투는 예전과 다름없지만, 그것이 더욱 그를 위험하게 보이는 데 한몫을 하고 있었다. 그가 저 말투로 사람을 어디까지 숨 막히게 할 수 있는지 정인은 몸소 겪었다.

"정인이 형."

승현이 재킷을 뒤져 담배를 꺼내 불을 붙이며 느리게 눈을 깜빡였다.

"할 이야기가 뭐예요?"

담배 연기가 공간에 퍼졌다. 정인은 심호흡을 하며 손에 들었던 나무젓가락을 식탁에 내려놓았다. 식탁 위의 음식은 한 점도 줄지 않았다.

"설마 그냥 내 얼굴이 보고 싶어서 숨넘어가게 날 찾은 건 아닐 테고."

그의 검은 눈동자에 느른한 빛이 깃들었다. 니코틴이 들어가서 기분이 좀 나아진 것 같았다. 말을 꺼내려면 아무래도 지금이 적기란 생각이 들었다. 정인은 결심을 한 후, 자리에서 일어났다.

"잠시만."

승현은 말없이 담배를 피우며 거실 구석에 놔둔 자신의 가방 안에서 무언가를 찾아 꺼내는 정인을 물끄러미 바라보고 있었다. 자리로 돌아온 정인이 손에 들린 것을 조심스럽게 식탁 위에 놓았다. 제발 자신의 진심이 그에게 닿기를 간절히 바라면서.

"이거."

승현이 힐끗 시선을 아래로 두었다가 다시 고개를 들어 정인을 보았다. 뭐냐고 묻지도 않고 뚫어져라 바라보는 승현을 향해 정인이 떨리는 목소리로 입을 열었다. 떨려서 마주 잡은 빈 두 손은 식은땀이 나 끈적했다.

"지난 10년 동안 모았어. 많은 돈은 아니지만, 내 전 재산이야."

검은 눈동자에 험악한 빛이 들어차는 것을 보며 정인은 서둘러 말을 이었다.

"오해하지 마. 일단 내 말부터 들어. 나, 가족들이랑 인연 끊고 산 지 오래됐어. 그러니까 이건 아버지 돈도, 형 돈도 아니고 내가…… 내가 직접 모은 거야, 조승현."

스스로 꺼내기에는 낯부끄러운 말이었지만 사실이었다. 통장과 인감도장, 출금 카드가 한꺼번에 들어 있는 플라스틱 패키지에 들어 있는 것은 단지 돈뿐만이 아니었다. 그것은 정인이 그를 생각하며 참회했던 시간들이었다. 비겁한 거짓말과 눈감음에 대한 속죄였다.

"……그래서요?"

무표정한 조승현의 얼굴에서는 감정을 읽기가 힘이 들었다. 정인은 손바닥에 배어 나오는 땀을 바지에 문질러 닦으며 신중하게 말을 이어 나갔다.

"그동안 나도 생각 많이 했어."

"무슨 생각?"

"……어떻게 하면 내가 진심으로 너한테……, 사과할 수가 있을까 고민했어."

"아아. 그래서 면회 한 번 오기가 그렇게 힘들었구나."

말문이 막혔다. 교도소 바로 앞까지 찾아갔지만, 그를 볼 수 없었다는 사실을 어디서부터 설명해야 할지 알 수가 없다.

"미안하다."

"그 말은 저번에도 했잖아요."

"알아. 그래. 내가 말로 아무리 사과를 해도, 어떻게 해도 지나간 시간들을 보상할 수 없다는 거. 나도 깨달았어. 그래서 적어도 출소 후에 네가…… 자립할 때 조그만 도움이라도 되고 싶었어."

"하아."

승현의 입술에서 짧은 한숨이 샜다. 정인은 그에게로 조금 더 가까이 다가갔다.

"알아. 네가 함부로 돈 이야기 꺼내는 거, 제일 싫어하고 경멸하는 거 내가 누구보다 잘 알고 있어. 그래서 더더욱 우리 집안 도움은 한 푼도 안 받았어. 첨부터 그럴 생각도 없었고. 이 돈, 적선하듯 내미는 그런 거 아니라는 소리야. 전부 내가 노력해서 모은 거야. 이건……. 정말 내 진심이다, 조승현."

프랑스에서 일부러 집세도 제일 싼 곳으로 옮기며 생활했다. 적성에 맞지 않는 일을 계속해서 쉬지 않고 찾았던 이유도 바로 그것이었다. 조승현이 빈털터리로 출소했을 때, 무언가 시작이라도 할 수 있는 작은 버팀목을 만들어 주고 싶었다.

"그래서 이거 주려고 나 부른 거다."

그가 중얼거리며 담배 연기를 길게 불었다.

"네가 이 돈 필요할 만큼 형편 나쁘지 않다는 거 웬만큼은 알겠
어."

바보가 아니면 모를 수가 없었다. 인테리어로 벽에 걸려 있는 그림
조차 한국에서 제일 잘나간다는 유명인의 작품이었으니까. 이 테이
블에서 그가 앉아 있는 의자의 가격만 해도 정인의 석 달 치 월급은
가뿐히 뛰어넘을 것이다.

"모르면 바보죠. 돈으로 처발라 놨으니까요. 아무리 취향이 까다로
운 속물이라고 해도 눈이 돌아 정신을 못 차릴 만큼."

정인은 승현의 조소를 정면으로 마주하며 고개를 끄덕였다. 그가
초라해진 자신을 깔아뭉갤 의도라면 충분히 받아들일 수 있었다. 그
의 가난을 아무렇지 않게 치부했던 지난날의 스스로를 원망할 자격
이 없었다.

"솔직히 안심이 됐어."

"안심."

그가 기가 찬 얼굴로 정인의 말을 따라 했다. 정인은 서둘러 입을
열었다.

"정말, 진심이야. 네가 일이 잘 풀려서 내가 생각했던 거랑 다르
게…… 잘 살고 있는 것 같아서 마음이 놓였어. 그래서 얼마 되지도
않는 내 돈, 네가 필요하지 않을 건 아는데…… 그래도 받아 주면 고
마울 것 같다."

"내가 왜 이걸 받아야 하는데요?"

정인은 잠시 침묵하다 고개를 들었다.

"내가……. 너한테 줄 수 있는 게 이것뿐이니까."

승현이 통장에 손을 뻗었다. 슥, 하고 플라스틱 케이스 안에서 통장을 꺼낸 후, 팔랑, 팔랑 종이를 한참 넘겨 끝의 액수를 확인하곤 탁자 위에 도로 내려놓았다. 그가 담배를 깊게 빨더니 연기를 길게 내뿜었다.

"……."

그의 침묵은 정인을 숨 막히게 하기에 충분했다. 그는 과연 자신의 진심을 받아들여 줄까.

"한 달에 한 번씩, 여기에 돈 넣을 때마다 내 생각 했어요?"

마침내 그가 무겁게 입을 열었다.

"……그래."

한 달에 한 번만이 아니었다. 해는 하루도 빠짐없이 뜨고 졌다. 숨 막히는 저녁 시간이 찾아올 때마다 정인은 늘 괴로웠다.

"내 생각, 어떤 생각 했는데요?"

"……가슴이 무겁고, 너한테 미안했어."

승현이 피곤한 듯 목을 옆으로 꺾으며 의자 등받이에 팔을 걸쳤다.

"그래서, 매번 돈 넣으면서 한 걸음씩 자유로워지는 기분이었어요?"

"……뭐?"

정인이 그의 말뜻을 알지 못해 되물었다. 승현의 손에 걸린 담배에서 투둑, 식탁 위로 회색 담뱃재가 떨어졌다. 승현의 말투에 날이 섰다.

"죄책감에서 벗어나는 기분이냐고 물었어요. 내가 출소하면 이거 건네주며 먹고 떨어지라고 말할 그날만을 손꼽아 기다리면서."

"조승현······."

입술을 씹는 정인의 눈을 똑바로 마주하며 승현이 짧아진 담배를 푸른 커버의 통장 위로 짓눌러 껐다. 통장 한가운데 시커먼 자국이 남았다. 그게 다가 아니었다.

달칵.

승현이 라이터를 들어 통장 끄트머리를 태우기 시작하는 것을 보며 정인은 거친 숨을 크게 들이쉬었다.

"이 돈이면 내가 감사합니다, 고개 숙이고 형한테 고마워할 줄 알았어요?"

한 푼, 두 푼, 아껴 가며 모았던 그의 진심이 타들어 가기 시작했다. 정인의 심장이 거칠게 쿵쿵 뛰며 뜨거운 피를 내뿜었다.

"이것 때문에 씨발, 사람을 그렇게 애타게, 숨넘어가게 불렀어?"

통장을 활활 태우는 불길이 손에 닿기 전, 승현이 불붙은 물체를 공중에 휙, 집어 던졌다. 물기 없는 싱크대에 떨어진 불길은 잡히지 않고 계속 피어올랐다. 놀란 정인이 자리에서 일어나려고 하자 승현이 잔인한 표정으로 입을 열었다.

"움직이지 마."

"조승현······."

"일이 잘 풀려서 안심했다고? 생각보다 잘 살고 있는 것 같아서 마음이 놓였다고?"

승현이 타오르는 눈빛으로 그를 노려보며 분노 섞인 말투를 뱉었다. 정인은 매캐하게 타는 냄새를 맡으며 도저히 정신을 집중할 수가 없었다.

삐익-!

천장에 있는 화재경보기가 요란하게 울리기 시작했다.

"승현아⋯⋯."

그가 꽉 쥔 주먹으로 식탁을 세게 내려쳤다.

"뭘 보고 내가 잘 살고 있다고 단정했어요? 그럴듯한 곳에 살고 있어서? 걸치고 있는 게 비싼 거라?"

"조승현⋯⋯!"

매캐한 연기에 눈이 매워 더 이상 참을 수가 없었다. 정인이 자리에서 일어나는 순간, 경보음을 들은 최 비서가 옆방에서 문을 열고 튀어 들어왔다.

"실장님."

"나가, 이 새끼야!"

승현이 지금까지와는 비교도 할 수 없는 커다란 목소리로 소리쳤다.

"죄송합니다."

승현의 외침보다 더욱 정인을 놀라게 한 것은, 집 안에 화재가 났음에도 그의 명령에 한 치의 망설임도 없이 몸을 돌려 나가는 최 비서였다.

정인은 허겁지겁 싱크대로 달려가 물을 세게 틀었다. 불길은 잡혔지만 통장은 흔적도 없이 타 버리고 철제 싱크대에 시꺼멓게 그을린 자국이 남았다. 긴장한 정인의 이마에 식은땀이 흘렀다.

"하아⋯⋯, 훗!"

"⋯⋯나한테 그따위 말을 하면 안 되잖아요."

어느샌가 뒤에 다가온 승현이 그의 몸을 휙 돌렸다. 꽉 잡힌 양팔에 느껴지는 체온에 정인의 몸이 벌벌 떨렸다. 승현의 손은 10년 전과 변함없이 뜨거웠다.

"교도소 죄수들한테도 급이 있어요. 내가 그 안에서 어떤 급이었는지 알아요?"

마치 울분을 삭이는 듯한 목소리에 정인은 입술을 꽉 깨물었다. 그가 가장 두려워했던 이야기들이 승현의 입술에서 흘러나왔다.

"살인 미수가 차라리 낫지, 동성 성폭행으로 들어온 사람은 인간 취급도 안 해 줘요. 약쟁이랑 똑같이 그냥 짐승이야. 그 지옥 같은 곳에서 살아남으려고 내가 어떻게 견뎠는지…… 어떤 짓까지 했는지 십분의 일만 알아도 안심이 된다는 개 같은 소리가 쉽게 안 나올 텐데 말이죠."

"……미안하다."

들릴 듯 말 듯 꺼져 가는 목소리가 정인의 성대에서 흘렀다.

"돈부터 제시하는 쓰레기 같은 버릇은 스무 살 때나 지금이나 여전하네요."

가슴에서 무언가가 울컥거리더니 정인의 눈가에 뜨거운 것이 올라왔다.

"……내가 너한테 내민 거, 단지 돈뿐만이 아냐."

몇 푼 되지도 않는 돈으로 그에게 속죄가 불가능하다는 것쯤은 정인 역시 알고 있었다. 승현이 정인을 밀어붙이며 분노했다.

"그럼 뭔데."

그것은 지난 10년간의 그의 인생이었다.

"……그만하자."

정인은 체념한 목소리로 간신히 입을 뗐다. 무엇으로도 그를 만족시킬 수 없다는 생각이 들었다. 아니, 처음부터 용서를 받는다는 것 자체가 불가능한 일이었다.

"뭘 그만해…… 어떻게 그만해? 그만하는 법이 있으면 좀 가르쳐 줘요."

팔을 꽉 쥐고 흔드는 승현에게 속절없이 흔들리며 정인이 멍한 표정으로 그를 바라보았다.

"그냥 네가 하고 싶은 대로 해. 때리고 싶으면 때리고, 죽이고 싶으면 죽이라고. 그래서 네 화가 풀리면 그렇게 해."

승현이 거친 숨을 몰아쉬었다. 그의 얼굴은 엉망으로 구겨져 있었다.

"……분명히 말했잖아요. 형이 죄책감 느끼고 평생 내 옆에서 사는 거……. 난 그걸 원한다고. 내가 원하는 건 그것뿐이라고."

"……조승현."

"말귀를 왜 그렇게 못 알아들어요?"

그에게 꽉 잡혀 갈 곳이 없었다. 정인의 허리에 싱크대가 닿았다. 정인은 눈을 감았다 떴다. 괴로워하는 승현의 표정이 너무나 잘 보인다.

"승현아."

"빨리 오라고, 보고 싶다고 난리 친 이유가 그것 때문이었어요? 내 눈 앞에서 돈 내밀면서 꺼지라는 말 돌려 하고 싶어서?"

분노에 가득 찬 그의 시선을 피하고 싶었지만 차마 그럴 수가 없었다. 정인은 숨결이 느껴질 정도로 바짝 붙어선 승현에게 갇힌 채, 눈물 맺힌 속눈썹을 깜빡였다. 승현의 시커먼 눈동자에 화르르 불꽃이 이는 것 같았다.

"씨발, 내가 병신이지……."

승현이 크게 숨을 들이쉬며 이를 악물었다. 팔뚝을 강하게 움켜쥐었던 뜨거운 손이 셔츠 안에 가려진 살결을 강하게 쓸며 목 위로 올라왔다. 맨살에 커다란 손이 닿자 솜털이 일어났다. 그의 엄지가 툭 튀어나온 정인의 목울대에 닿아 떨렸다. 이대로 그의 손에 목이 졸려도 이상하지 않을 것 같았다.

그래. 차라리 내 목을 비틀어. 조승현.

정인은 눈물이 차오르는 눈을 감았다.

"사람을 왜……, 왜 이렇게 병신으로 만들어요?"

"내가 어떻게 해야 할지……."

목이 메어 마른침을 삼켰다. 정인의 코끝이 벌겋게 달아올랐다.

"난 정말 모르겠다."

"모르면 그냥 모르는 대로 있으면 돼요. 어차피 기대하지도 않았으니까. 괜히 사람 인내심 시험하지 말란 말이야."

정인의 젖은 속눈썹이 위로 들렸다.

"……난 네 곁에 있으면 안 돼. 그것만은 확실해."

"왜 안 되는데?"

목 대신 멱살을 틀어쥔 그의 손아귀에 힘이 들어갔다.

"대체 왜……, 왜 안 되냐고 물었어요."

정인은 마른침을 삼켰다. 승현의 이글거리는 눈동자에 가득 채우고 있는 빛의 정체는 자신에 대한 증오심일 테다.

"내가 곁에 있으면, 너는 계속 그 일이 생각날 테니까. 나 때문에 네가 희생해야 했던 시간들……. 계속 되새김하듯 떠오를 테니까."

"그러니까……, 지금 나 생각해 주는 거다?"

그가 하, 하고 숨을 내뱉으며 정인의 멱살을 놓았다.

"맞아."

고개를 끄덕이는 정인은 진심이었다.

"네가 두렵거나 무서워서 도망가려는 거 아니야. 내가 곁에 있으면 네가 나 때문에 괴롭고 상처 받을 테니까……, 그래서 그러는 거야."

"……."

"잘 생각해 봐."

승현이 크게 숨을 들이쉬며 가슴을 폈다.

"……내가 말을 잘못했네."

커다란 손으로 관자놀이를 짚으며 그가 고개를 저었다.

"형이 말한 대로, 예전이랑 확실히 달라졌어요, 형."

정인의 미간이 다시 뜨끈하게 달아올랐다. 그래. 이 정도로 이야기했으면 아주 조금은 그에게 진심이 전달되었을 수도 있다.

"나도 노력 많이 했으니까. 예전처럼 내식대로만 생각하지 않아."

"그러게. 많이 달라졌어."

"……."

"절치부심해서 노력한 결과 다른 사람 엿 먹이는 스킬이 더 늘었네요, 씨발."

파직. 정인의 가슴속에서 진심이 부서지는 소리가 들렸다. 승현의 입술에 조소가 흘렀다.

"예전에도 수준급이었지만 지금은 챔피언급이야."

"……조승현."

"형은 헛소리 집어치우고 내가 하라는 대로만 해요. 그러면 돼."

"오해하지 마. 나는 정말로 널 생각해서……."

"누가 형더러 내 생각 해 달라고 했어요? 머리 굴려서 나온 생각이 그따위면 그냥 생각을 하지 마. 아무 생각도 하지 마."

승현의 목소리가 흥분해서 떨렸다.

"앞으로. 한 번만 더 그따위 소리 하면 진짜 산 채로 묻어 버릴 테니까."

숨을 몰아쉬며 잔인하게 내뱉는 그의 표정이 두려워서 정인은 입을 다물고 말았다.

"지난 10년 동안 형은 날 인생에서 지워 버릴 생각만 한 모양인데……."

"……."

"나는 그 반대거든요."

한 글자 한 글자 똑똑히 내뱉는 그는 마치 저주를 퍼붓는 것 같은 표정이었다.

"난 하루하루를 서정인을 내 인생에 집어 처넣는 생각만 하면서 살았다고요."

그 말이 너무나 무거워서 정인은 눈을 감아 버렸다.

완전히 잘못 짚었다. 독대를 해서 후회하는 자신의 진심을 보이고 그를 설득할 수 있을 거라 생각했던 것은 오산이었다.

"아까 같이 저녁 먹자고 했죠? 그래요. 먹죠. 밥."

조승현은 여전히 정인을 머리부터 발끝까지 쥐고 흔들고 있었다. 그가 정인을 붙들고 식탁에 앉혔다. 정인은 힘없이 끌려갈 수밖에 없었다.

딱.

젓가락 쪼개지는 소리가 넓은 공간에 날카롭게 울렸다. 정인은 찬

기가 식어 비릿해진 생선 살을 씹어 삼키는 그를 물끄러미 바라보았다.

"시간이 좀 지났어도 여전히 맛있네요."

산 채로 살점이 발린 생선이 마치 자신의 미래를 보여 주는 것만 같은 착각이 들었다. 조승현은 서정인이라는 인간을 무너뜨리고 통째로 삼켜 버릴 것이다.

"안 먹어요?"

승현이 어떻게 해야 할지 몰라 머뭇거리는 정인의 입술 가까이 음식을 들이밀었다.

"먹어."

정인은 간신히 입술을 열어 생선을 씹었다.

"다음에는 저녁 식탁 분위기가 조금 더 좋았으면 좋겠네요."

젓가락을 탁 내려놓은 승현이 테이블에 턱을 괸 채, 정인을 빤히 바라보았다. 대답하지 않는 정인을 보며 그가 담배를 한 대 물었다.

"술도 한잔하고, 맛있는 것도 먹고."

승현이 담배를 든 채 자리에서 일어나 그의 뒤로 걸었다.

"좋은 것도 사고, 좋은 곳도 가고."

냉장고에서 꺼낸 생수가 유리컵에 조르륵 떨어지는 소리가 났다.

"형은 내가 하자는 대로만 하면 돼요. 딱히 어려운 거 아니잖아요?"

승현이 쉽게 말하며 정인의 옆으로 물 잔을 밀었다.

"……그래서 네가 얻는 게 뭔데."

"정말 몰라서 묻는 거예요?"

그는 자리에 돌아오는 대신 정인의 뒤에서 어깨에 양손을 짚고 고개를 숙였다. 속삭이는 듯한 말투가 정인의 왼쪽 귓가에서 들렸다.

"머리가 있으면 생각이라는 걸 좀 해 보세요."

"⋯⋯."

"말로만 남을 이해하려고 노력했다는 개소리 지껄이는 시간에."

정인은 그의 비웃는 듯한 표정을 볼 수가 없는 게 차라리 다행이라고 생각했다. 그는 여태껏 정인이 줄곧 했던 노력을 말 한마디로 간단히 짓뭉갰다. 그는 아주 예전에 그랬던 것처럼 정인을 옆에 두고 피를 바짝바짝 말려 죽일 작정인 듯했다.

지잉-.

승현의 재킷에서 휴대폰이 진동했다. 그가 재킷을 들고 자리에서 일어났다.

"내일 저녁은 제대로 먹죠."

문을 나서기 직전 승현이 분명한 목소리로 말했다. 혼자 남겨진 정인은 우두커니 식탁 의자에 앉아 멍하니 생각에 잠겨 있다가, 결국 그의 집을 나와 택시를 타고 돌아올 수밖에 없었다.

* * *

다음 날은 월요일이었다. 쑥 들어간 눈으로 출근을 한 정인은 퇴근 후, 지난 일주일 동안 발길을 끊었던 선술집으로 향했다. 카운터 뒤에서 분주히 움직이던 사장이 그를 보며 눈으로 알은체를 했을 뿐 별다른 말이 없었다. 정인이 이곳을 좋아하는 이유는 그것이었다. 어느 순간부터 필요 없는 친절은 그에게 귀찮음만을 유발시켰다.

안주 하나를 시켜 두고 맥주 세 잔을 비울 때쯤 알바생이 와서 아는 척을 했다.

"빈 접시 치워 드릴게요."

그러라는 뜻으로 정인이 테이블에서 손을 거두자 알바생이 접시를 들고 고개를 갸웃했다.

"분위기가 달라지셔서 못 알아볼 뻔했어요. 안경을 안 쓰셨네요, 오늘은."

"……."

"훨씬 얼굴이 사는데. 왜 여태껏 렌즈 안 끼셨어요?"

정인은 홀연히 자리에서 일어났다.

"……계산하죠."

건조한 그의 대답에 입술을 샐쭉하는 그녀 뒤로 벽시계가 보였다. 바늘은 벌써 일곱 시를 한참 지나 있었다. 지폐를 꺼내는데, 지갑 안쪽에 푸른색 카드 키가 눈에 걸렸다. 승현의 집 열쇠였다.

그는 오늘 조승현의 집에 가지 않았다. 그의 명령을 어김으로써 자신의 의지를 보여 줄 셈이었다. 정인은 조승현과 자신 사이의 악연의 고리를 끊고 싶었다.

선술집에서 나온 후, 그는 다짐이라도 하듯 편의점 앞 쓰레기통에 카드 키를 버렸다. 그리고 소주 한 병을 샀고, 집에 도착해 삼십 분 만에 반병을 비우고 쓰러지듯 잠이 들었다.

그다음 날도, 또 다음 날도 비슷한 일과가 계속되었다. 정인은 아침이면 출근을 했고, 여섯 시면 칼퇴근을 한 후 예의 선술집으로 향해 저녁과 반주를 함께했다. 조승현 쪽에서 별다른 움직임이 없는 것은 불행 중 다행이었다.

정인은 분명 최선을 다했다. 자신의 전 재산이 들어 있는 통장을 건넸고, 진심을 담아 그에게 사과도 했다. 조승현은 여전히 고통스럽다고 외치고 있었지만 정인이 할 수 있는 것은 거기까지였다.

　비슷한 경험을 한 사람으로서 정인이 내린 결론은 하나였다. 승현은 정인을 볼 때마다 자신의 과거를 떠올려야 할 것이다. 성폭행 현행범으로 경찰에 끌려가고, 푸른 수의를 입고 교도소에서 형을 살아야 했던 불행한 기억들을.

　조승현이 정인을 괴롭힌다는 미명하에 그를 곁에 둔다면 상처 입는 것은 정인뿐만이 아니었다. 정인은 승현이 복수라는 그림자에 갇혀 또 다른 십 년을 낭비하기를 원하지 않았다. 그리고 아마, 조승현의 본능도 그럴 것이라 판단했다. 정인은 그의 인생에 더 이상 '서정인'이라는 그림자를 드리우고 싶지 않았다.

　낡은 빌라로 돌아갈 때마다 문 앞에서 그가 자신을 기다리고 있지 않을까 두려운 것은 별개의 문제였다. 당장 나타나서 멱살을 잡고 끌고 갈 거라고 생각했던 조승현은 의외로 조용했다. 상대가 조용한 만큼 불안했지만 사흘이 지나고 난 뒤에는 불안감도 서서히 옅어졌다. 퇴근하면 급하게 들이켜는 술은 미약한 안정과 함께 정인을 기절하듯 잠에 빠지게 해 주었다.

　그리고 목요일 저녁이 되었다.

　지잉-.

　바닥에 앉아 소주잔을 비우다 화장실에 가는 길이었다. 싱크대 위에서 떨리는 진동음이 들렸다. 퇴근 후, 아무렇게나 던져 놓았던 휴대폰이 울고 있었다.

　정인은 계속 울리는 진동음을 무시하고 오래된 변기에 길게 오줌발을 흘려보냈다. 뜨끈한 물을 빼낸 몸이 부르르 떨리며 팔뚝에 소름이 돋았다. 그는 평소보다 더욱 오래 손을 씻은 후, 천천히 화장실 밖으로 나왔다.

지잉- 지잉-.

불안한 마지막 진동음을 남기고 네모난 기계가 마침내 소음을 멈추었다. 술기운은 이미 몸을 장악한 지 오래였지만, 머리 한쪽이 서서히 맑아지고 있었다. 동시에 빨리 뛰기 시작한 심장 박동이 귓가를 울렸다. 정인은 떨리는 손으로 휴대폰을 찾아 들었다.

부재중 전화 9.

젠장.

갑자기 목덜미가 뻣뻣이 당겼다. 스팸도 뜨지 않는 모르는 번호였다. 손안에서 다시 휴대폰이 거세게 진동했다. 입술이 바짝 마르고, 머릿속에는 계속해서 한 사람의 이름만이 떠올랐다. 전화를 받지 않으면 안 될 것 같다는 본능적인 육감이 든 것은 그때였다. 정인은 차가워진 손가락을 움직였다.

"……여보세요."

―정인이 형.

승현의 나른한 목소리가 귓가에 울렸다. 정인은 말도 못 하고 그 자리에 얼어붙었다. 마치 그가 바로 앞에서 속삭이는 것처럼 식은땀이 흘렀다. 그의 검은 시선이 생생히 눈앞에 떠올랐다.

―많이 바쁜가 봐요?

―으아아아악!

그의 차분한 목소리 뒤에 마치 배경처럼 비명 소리가 깔렸다.

―그만.

승현이 누군가를 향해 낮게 명령했다. 정인은 떨리는 손으로 싱크대를 잡았다. 오금에 힘이 풀렸다.

"조승현, 지금 너…… 뭐 하고 있는 거야?"

-별거 안 했어요.

-살려 주세요!

누군가가 소리치며 애원하는 소리가 똑똑히 들렸다. 후덥지근한 여름 밤, 온몸에 갑자기 얼음물을 뒤집어 쓴 느낌이었다. 조승현이 느릿하게 말을 이었다.

-그냥 형이 전화 안 받을 때마다 손톱 하나씩 빼고 있었어요.

정인은 말을 더듬었다.

"너 지금 누, 누구 이야기 하는 거야."

-누구긴요. 죽든 말든 형이 신경 안 쓰겠다고 한 놈이죠. 형한테 작업 걸다가 나한테 걸린 재수 없는 어린 새끼 있잖아요.

그의 말끝에 건조한 웃음기가 배어나는 게 더욱 오싹했다. 정인은 쉿소리를 내며 그의 이름을 크게 불렀다.

"조승현!"

"형이 계속 전화를 안 받으면 어떻게 해야 하나 고민하고 있었어요. 손톱 열 개 다 뽑으면 그다음엔 손가락을 자를까 하고요. 발톱이나 이빨 빼는 것보다는 역시 그게 더 나을 것 같아서."

"너 미쳤어?!"

-지금 사람 미치게 만드는 게 누군데.

싸늘한 그의 말에 정인은 가까스로 정신을 붙잡았다. 달래야 한다. 경험으로 비춰 봤을 때 그것만이 조승현을 상대하는 유일한 방법이었다.

"제발! 제발…… 그러지 마!"

정인은 숨을 몰아쉬며 전화기를 한 손에 붙든 채, 다른 손으로 덥수룩하게 자라난 앞머리를 쥐어뜯었다.

"그만둬, 승현아. 제발. 응?"

-사흘 동안 매일 저녁마다 형 기다렸어요. 제가 교도소에서 배운 게 하나 있다면 시간 때우는 건데…… 사람이 참 웃기죠? 콩밥 먹다가 사제 밥 먹으니까…… 이제는 사흘이 아주 한 달 같은 거예요.

"조, 조승현. 제발 그만……."

-형은 사람 말이 말 같지 않죠? 하나 더 빼.

-으으아아악! 살려 주세요, 제발 살려 주세요!

그가 차가운 소리로 명령함과 동시에 다시 공간을 찢는 듯한 비명 소리가 울려 퍼졌다.

"조승현! 지금 너 어디야? 집이야?"

-왜, 구경하러 오시게요?

그가 입술을 올려 웃는 모습을 그리라면 그릴 수도 있을 것 같았다.

미친 새끼. 정신이 완전히 나간 게 틀림없다.

정인은 눈을 질끈 감고 외쳤다.

"내가 갈게. 당장 갈 테니까, 제발……! 제발, 그만해."

손톱이 뽑히는 고통 같은 건 상상하고 싶지도 않았다. 정인은 승현이 그보다 더한 짓을 할 수도 있다는 사실을 본능적으로 알았다.

-그럼 형 올 때까지 손가락 자르는 건 보류하고 있을게요.

"지금 가, 가고 있어 지금!"

-기다릴게요, 정인이 형.

일방적으로 전화가 끊겼다. 달콤하게 중얼거리는 그의 마지막 목소리는 완전히 미친놈처럼 들렸다. 무슨 정신으로 밖으로 나왔는지는 기억도 나지 않았다. 셔츠와 양복바지 차림에 대충 운동화를 구겨 신은 채 지갑과 휴대폰만 챙겨 들고 택시를 탔다. 기사는 술에 취해 안절부절못하는 정인을 보고 인상을 찌푸렸지만, 그의 요청대로 순순히 차를 빨리 몰았다. 건물 밖에서 카드로 택시비를 지불하고 정신 없이 달렸다. 엘리베이터가 올라가는 순간조차 너무나 느렸다. 정인은 이를 꽉 물었다.

문 앞에 다다르고 나서야 키가 없다는 사실을 깨닫고 정인은 숨을 거칠게 몰아쉬었다.

씨발……. 젠장!

"조승현. 조승현!"

문을 쾅쾅 두드렸지만 안에서는 아무런 반응이 없었다. 가로로 긴 문고리를 덜컥 잡아 내리고 나서야 현관이 잠기지 않았다는 사실을 알았다.

심장이 터질 듯이 빨리 뛰었다. 성큼. 성큼. 술기운이 온몸에 퍼진 그는 신발도 벗지 않고 안으로 뛰어 들어갔다.

"……와."

조승현은 편안한 옷차림으로 기다란 소파에 비스듬히 기댄 채 손에 든 휴대폰과 그를 번갈아 보았다.

"전화 끊고 딱 15분 만에 왔네요, 형."

"그 자식 어딨어."

정인이 거칠게 숨을 몰아쉬었다.

"누구?"

느릿하게 물으며 딴청을 부리는 조승현에게 정인은 소리를 버럭 질렀다.

"왜 상관도 없는 사람한테 그런 짓을 하는 거야, 대체!"

"이유를 몰라서 물어요?"

"내가 싫으면 차라리 나한테 그러라고 했잖아!"

"내가 언제 형이 싫다고 했어요? 난 한 번도 그런 말 한 적 없는 것 같은데."

승현이 마치 정인을 놀리듯 입술을 올렸다. 정인은 그에게 성큼성 큼 다가가 멱살을 틀어쥐었다. 그는 정인을 피하지도 않았다. 대신 흥미로운 표정으로 정인을 바라보며 나른하게 물었다.

"정인이 형, 혹시 술 마셨어요?"

"그래."

"설마 취했어요?"

"말 돌리지 마. 그 자식 빨리 보내 줘. 어디 가둬 놓고 있는 거라면 당장 돌려보내라고."

"내가 왜 그래야 할까요?"

여유로운 승현과는 달리 멱살을 잡은 정인의 손이 부들부들 떨렸 다. 정인은 얼굴을 구기며 그에게 애원하듯 속삭였다.

"조승현, 그거 범죄야……. 그러니까 제발……."

"그 새끼가 형 술에 장난질하고 모텔 끌고 간 것도 범죄일걸요?"

술에 약을 탄 것을 알아채지 못할 정도로 취한 것은 정인 역시 마 찬가지였다. 조승현은 지금, 정인을 협박하기 위한 수단으로 그를 이 용하고 있는 것뿐이다.

"너한테 그 정도로 당했으면 이제 됐잖아, 제발……!"

"월요일 저녁에 왜 안 왔어요?"

승현의 툭 내뱉는 물음에 정인은 말문이 막혔다.

"같이 밥 먹자고 했잖아요, 내가. 화요일도 수요일도 계속 기다렸는데."

그 결과가 이렇게 될 줄은 몰랐다. 조승현이라면 직접 자신의 멱살을 잡아끌고 가기보다 교묘히 상황을 이용해 그의 숨통을 조일 성격이라는 것을 잊어버리고 있었던 스스로에 대해 자괴감이 일었다.

"네가 일방적으로 정한 약속이야. 난 오겠다고 말한 적 없고."

"안 오겠다고 한 적도 없죠."

승현이 눈을 가늘게 떴다.

"그 전에 난 형이 당장 튀어 오라는 한 마디에 열두 시간을 날아왔는데. 가는 게 있으면 오는 것도 있어야 하는 거, 아닌가요?"

말도 안 되는 논리였지만 받아칠 말을 찾을 수가 없었다. 정인은 그저 그를 노려볼 뿐이었다.

"늦으면 늦는다, 못 오면 못 오겠다, 연락이라도 해 줘야죠."

승현이 마치 어린애를 타이르듯 정인을 향해 부드럽게 말을 이었다. 그의 멱살을 잡았지만 오히려 그에게 목이 졸린 것 같았다.

"아무것도 모르고 기다리는 사람은 짜증이 날까요, 안 날까요?"

다정한 말투와는 달리 마주 보는 그의 시커먼 눈빛은 소름끼칠 정도로 날카로웠다. 정인은 떨리는 아랫입술을 이로 꽉 깨물었다.

"정인이 형."

"……."

"언제까지 날 피할 수 있을 것 같아요?"

그의 멱살을 잡은 정인의 손에 마침내 힘이 탁 풀렸다. 정인은 소파에 앉은 승현을 마주하고 바닥에 주르륵 무너지듯 앉았다. 식은땀이 배어나는 손으로 편한 면바지를 입은 승현의 다리를 붙잡자, 그가 검은 시선을 내리깔았다. 잠시 둘 사이에 침묵이 흘렀다. 승현은 속을 알 수 없는 표정으로 얼굴에는 희미한 미소까지 띤 채 정인을 물끄러미 내려다볼 뿐이었다.

조승현은 예전부터 그랬다. 하나도 바뀐 게 없는 것은 그 역시 마찬가지였다. 상대를 절벽 끝까지 밀어붙인 후, 뛰어내릴지 아니면 그의 앞에 무릎을 꿇을지 스스로 선택하게 하는 가학적인 버릇은 여전했다. 울음 같은 한숨을 길게 토해 낸 후, 정인이 마침내 무겁게 입을 열었다.

"……그 자식 보내 줘."

"맨입으로?"

승현이 기다렸다는 듯 달콤하게 물어 왔다. 정인은 아랫입술 안쪽을 지그시 깨물며 뻑뻑한 눈을 감았다가 떴다. 늦은 오후, 영상이 담긴 노트북을 앞에 두고 기숙사 침대에 비스듬히 누워 자신을 바라보았던 조승현의 모습이 떠올랐다. 그는 거래를 원하고 있었다. 스무 살, 그때처럼.

"……네가 원하는 대로 하자, 조승현."

그의 검은 시선에 한 줄기 빛이 떠올랐다. 길게 찢어진 눈매에 흥분이 스쳐 가는 것을 확인함과 동시에 정인의 가슴이 납덩이를 매단 듯 무겁게 가라앉았다.

"내가 원하는 게 어떤 건지 알고서 그런 소리해요?"

"그게 뭔든."

"지금 본인이 무슨 말을 하는 건지 정확히 알고 내뱉는 거죠?"

"귀 먹었어?"

"하하."

낮게 웃는 소리에도 흥분이 배어났다. 조승현은 정인을 평생 옆에 두고 괴롭히고 싶다고 분명히 말했다. 그가 원하는 것은 서정인이 철저하게 조승현의 '을'이 되는 것일 테다. 정인은 쓴 약을 내뱉듯 씹어 뱉었다.

"내가 다 감당하겠다고 말하잖아, 씨발……."

승현의 입술이 위를 향했다. 즐거움을 숨기지 않는 그를 보는데, 정인의 마음속에서 뜨거운 무언가가 치밀어 올라 울컥했다.

"조승현, 이 씨발 새끼야……."

올라오는 술기운이 아니었다면 그런 말을 할 수 없었을지도 몰랐다. 본인도 자각하지 못하게 꾹꾹 참아 왔던 화가 부글부글 끓어 흘러넘치듯 터져 나왔다.

"내가 하나도 안 변했다고? 너도 마찬가지야, 씹 새끼야. 너도 변한 거 하나 없어, 존나게 잔인한 새끼야…… 하아……."

"인간이 그렇게 쉽게 변하는 존재가 아니거든요. 특히나 형이나 나 같은 인간은."

승현이 웃으며 다정히 속삭였다. 그 시커먼 눈에 뭔가 따뜻함 같은 것이 느껴지는 착각에 정인은 몸서리가 쳐졌다.

"그러니까 그 자식 보내라고, 빨리……."

"형이 내 앞에서 다른 사람 걱정하는 건 싫은데."

그가 눈을 가늘게 뜨며 헛소리를 내뱉었다. 정인은 이 상황에서도 자신을 엿 먹일 생각만 하고 있는 조승현의 얼굴에 주먹을 날리고 싶었다.

"좆 까는 소리 하지 말고, 이 개새끼야!"

정인이 다시 버럭 소리를 지르자 그가 눈꼬리를 접으며 혀로 입맛을 다셨다.

"알았어요. 알았어."

승현이 웃음기를 머금은 얼굴로 고개를 들었다.

"데리고 나와."

승현의 말이 떨어지자 한쪽 벽에 있는 문이 열렸다. 2주 전, 한 번본 적이 있는 광경이었다. 최 비서가 거의 실신 상태인 남자의 목덜미를 잡고 거의 질질 끌다시피 데리고 나왔다.

남자의 상태는 가관이었다. 눈 뜨고는 차마 보지 못할 정도였다. 하얀 니트에는 여기저기 피가 묻어 엉망이었고 눈가에는 시퍼런 멍이, 입술에는 피딱지가 붙어 있었다. 미약하게나마 반항을 하던 모습은 흔적도 없이 사라졌다. 다만 그는 공포에 몸을 잔뜩 웅크리며 중얼거릴 뿐이었다.

"살려 주세요. 제발……. 살려 주세요."

피범벅이 된 남자의 손끝을 보자 아까 휴대폰에서 들었던 그의 비명 소리가 다시 떠올랐다. 정인은 저도 모르게 온몸이 떨려 눈을 질끈 감았다 떴다.

"어떻게 할까요?"

"병원에 데려가서 잘 치료시켜 줘. 고생한 값도 제대로 쳐주고."

나른한 목소리로 승현이 명령하자 최 비서가 고개를 숙였다. 남자는 정인에게 눈도 마주치지 못하고 덜덜 떨고 있다가 최 비서를 따라잔뜩 굳은 얼굴로 비틀거리며 밖을 나섰다.

설마, 저 방에 줄곧 갇혀 있었던 것은 아니겠지. 아닐 거라고 생각했지만 설마하는 불안감이 등골을 타고 기어올랐다. 조승현의 칼에 찢어졌던 바지와 떡이 진 머리카락, 엉망으로 마른 그의 몸이 정인의 심중에 확신을 더해 주고 있었다. 충격에 입을 벌리고 그의 뒷모습을 바라보고 있는 정인에게 승현이 느리게 말을 붙였다.

"난 약속 지켰어요."

정인은 천천히 고개를 돌려 그를 보았다. 그가 빙긋, 입술을 올려 웃었다.

"……그래, 씨발. 존나 고맙다."

정인이 떨리는 목소리를 꾹 눌러 감추고 쓰게 내뱉었다.

"성질은."

승현이 흐리게 웃으며 그를 향해 손을 뻗었다. 한 대 치려는 건가 싶어 눈을 움찔하기도 전에, 그의 손이 정인의 덥수룩한 앞머리를 쓸어 반듯한 이마를 드러냈다.

"오늘은 안경 안 쓰고 왔네요?"

정인의 입술이 씰룩거리는 걸 보며 승현은 계속 손을 움직였다.

"그것도 귀여웠는데."

가르마를 바꾸며 두피와 이마에 그의 손끝이 스치자 정인의 하얀 얼굴에 열이 올랐다. 느리게 움직이는 그의 손길이 묘했다.

"……뭐 하는 거야."

의도하지 않았는데 말끝이 떨렸다. 승현은 여전히 소파 위에서, 바닥 위에 무너지듯 앉은 정인의 머리카락을 지분거리고 있었다.

"술, 얼마나 마셨어요?"

나른한 그의 말투는 평소와 같았지만 이상하게 더 가라앉아 있었다.

"맥주 네 병."

"겨우?"

"그리고 소주 반병 더."

"누구랑."

"⋯⋯혼자."

승현이 만족한 듯 고개를 끄덕이며 얼굴을 아래로 내렸다.

"⋯⋯술 냄새."

숨을 크게 들이쉬는 그의 얼굴이 너무 가까웠지만 그가 손으로 머리를 잡고 있어 피하지도 못했다.

"앞으로 다른 사람 앞에서 이런 모습 보이면 화낼 거예요."

술을 먹지 말라는 소리인가. 정인은 말없이 커다란 눈을 깜빡였다.

"아무리 말도 안 되는 안경 쓰고 거지 같은 꼴로 다닌다고 해도⋯⋯."

"⋯⋯."

"알아볼 사람은 다 알아본단 말이에요. 겨우 떼어 냈는데 날파리들이 또 달라붙으면 내가 짜증나잖아요."

그의 숨결이 너무 가깝고 바라보는 눈빛이 너무 깊어서 부담스러웠다.

"무슨 헛소리야⋯⋯."

"형이 너무 예뻐서 짜증난다고요."

정인은 인상을 찌푸렸다.

"⋯⋯미친 새끼."

겨우 입을 떼자 승현이 다시 피식 웃으며 중얼거렸다.

"그래도 노력이 가상하네. 자기 잘난 맛에 사는 사람이 조용히 지내려고 용쓴 것 같아서."

정인은 무엇보다 승현이 자신의 머리카락을 쓸고 있는 손을 좀 떼

어 줬으면 하고 바랐다. 서늘한 실내 온도와는 달리 몸에 열이 뜨끈
히 오르고 있었기 때문이다. 아까 들이부은 술에 목이 마른 것도 같
았다.

"좀 놔 줘."

정인은 마른 입술을 혀로 빨아 축이며 간신히 내뱉자 승현이 고개
를 모로 기울였다.

"……형 지금 일부러 그러죠?"

이마 위를 거닐던 그의 손바닥이 정인의 한쪽 뺨에 닿았다. 뜨끈한
열기와 식은땀이 밴 손을 타고 느껴지는 승현의 체온이 지독히도 현
실적이었다. 정인이 떨리는 입술을 열었다.

"뭐가."

"표정."

"……내 표정이 뭐가."

정인은 그의 눈을 피하지 않으려 애쓰며 최대한 담담하게 내뱉었
다. 소파에 등을 기대고 있던 조승현은 이제 완전히 아래로 몸을 쏠
리게 기울이고 있었다. 그가 가깝다.

"서정인이 그런 표정 지으면, 내가 못 참는다는 거 알고 일부러 이
러잖아. 지금."

그의 손이 귓불에 닿았다. 손가락이 귓바퀴를 한 번 돌리다가 아래
의 연한 살을 잡고 문지르는 순간, 정인의 몸 안의 무언가가 발화점
을 넘어섰다.

"하지 마."

"난 아직 아무것도 안 했는데."

정인의 하얀 얼굴이 불이 나듯 새빨개졌다. 심장이 거칠게 뛰었다.

조승현의 목울대가 위아래로 움직이더니 그의 얼굴이 가까이 다가왔다. 승현은 정인을 뚫어져라 바라보고 있었다.

쿵. 쿵.

정인이 손을 들어 그의 어깨를 짚었다. 손바닥에 끈적한 식은땀이 배어났다.

"지금…… 뭐 하는 거야."

조승현의 검은 시선이 바로 코앞에 있었다. 그가 거의 들리지 않는 목소리로 속삭였다.

"형이 생각하는 바로 그거."

하얀 이가 드러나나 싶더니 곧이어 뜨거운 것이 정인의 입술을 덮었다. 승현의 양손이 그의 뺨을 감싸 쥐고, 부드럽고 깊게 그를 빨았다. 정인은 승현을 밀어내지 않았다. 아니, 그럴 수 없었다는 말이 맞았다. 온몸이 부르르 떨려 와 정인은 저도 모르게 눈을 감고 말았다. 몇 년 만의 키스인지, 기억도 나지 않았다. 인간의 신체 중 가장 연약한 살끼리 맞부딪히는 느낌은 새삼 충격적으로 짜릿했다.

"흣……."

축축하고 미끈한 입술이 그를 어루만지듯 감싸더니 스르륵 뱀 같은 혀가 그의 입술 틈새를 갈랐다. 승현의 어깨를 짚은 정인의 손에 힘이 꽉 들어갔다. 승현이 부드럽게 핥으며 정인의 아랫입술을 빨았다. 달콤한 타액을 퍼 올리듯 혀로 끌어모아 삼키더니 뜨거운 호흡과 함께 제 것을 전해 주었다.

들숨과 날숨. 입 속의 부드러운 살이 어루만져지는 느낌. 그동안 까마득히 잊고 살았던 입맞춤이라는 감각에 숨이 가쁘고 머릿속이 아득해졌다. 온몸에 촉각이 사라지고 마치 그와 맞닿은 부분만 살아 있는 것 같았다.

"하아……."

진득하고 다정했던 키스는 어느새 게걸스럽게 바뀌었다. 감각이
없어졌던 손끝이 다시 떨려 와 정인은 그의 어깨를 그러쥐었다. 승
현은 정인의 뒤통수를 헤집으며 점점 더 정인을 진하게 삼키기 시작
했다. 혀를 부비며 혀끝으로 입천장을 긁어 댔다. 헉헉거리는 정인의
혀뿌리를 찾아 감으며 타액을 쭉 빨아 삼켰다. 온몸에 피가 너무 빨
리 돌았다. 이제는 뜨거운 피가 도달하는 온몸이 짜릿하게 떨려 왔
다. 승현은 어느샌가 소파 위에서 내려와 정인에게 체중을 싣고 있
었다.

"하아……."

드디어 입술이 떨어졌을 때, 정인은 일말의 아쉬움까지 느끼며 간
신히 눈을 떴다. 젖은 속눈썹 사이, 달아올라 열락에 빠진 그의 눈동
자에 역시나 헝클어진 모습으로 자신을 바라보는 승현이 그대로 비
쳤다. 타액으로 젖은 입술이 천천히 열렸다.

"남자한테 반응 안 한다더니……."

묵직한 아랫도리에 그의 손이 닿는 순간 정인은 터지는 신음을 삼
켰다.

"흐웃……."

바지 안에서 형태를 그대로 드러내며 발기한 정인의 성기를 커다
란 손이 그러쥐었다.

"여전히 거짓말 잘하네요."

수치스러움보다 더 큰 흥분이 벼락처럼 그를 내리쳤다. 정인은 이
를 악물고 뜨거운 숨을 몰아쉬었다. 승현의 손이 닿은 아랫도리에 단

번에 피가 몰려 단단해졌다.

"키스만 했는데……. 이게 뭐야, 야하게."

조승현의 말은 틀린 게 하나 없었다. 정인의 성기는 마치 그동안의 불감증이 거짓말이었던 것처럼 엄청난 흥분을 증명하고 있었다.

"벗기고 빨아 주고 싶은데, 그러면 내가 못 참을 것 같아서 여기까지만 해야겠어요."

승현이 입맛을 다셨다. 말과는 달리 묵직한 아래를 손으로 꽉 누르고 비비는 것을 쉽게 멈추지 않아, 정인은 가까스로 입을 열었다.

"그만……. 그만해."

조승현이 말없이 눈을 가늘게 뜨고 정인을 바라보았다. 인상을 쓴 기다란 눈매 안에 숨길 수 없는 흥분이 타오르는 것이 정인의 눈에도 똑똑히 보였다. 정인은 정신을 차리려 노력하며 본격적으로 그의 성기를 주무르기 시작한 승현의 팔목을 겨우 잡아 저지했다.

"……이러지 마, 조승현."

정인이 거친 숨을 몰아쉬었다. 분명히 그의 손길에 몸뚱이는 반응하고 있었다. 하지만 이대로 몸을 뒤섞어 버리기에는 뒷감당에 대한 두려움이 더욱 컸다. 그가 아는 조승현이라면 암캐같이 굴지 말라며 정인을 더욱 모욕하고 괴롭힐 수 있는 위인이었다.

"안 그래도 오늘은 키스까지만 진도 뺄 생각이었어요."

느릿한 음성은 꽉 잠겨 허스키하게 들렸다. 승현은 들리지 않게 한숨을 쉰 후 그의 성기를 놔주었다.

"술 취해서 정신 못 차리는 사람한테 박았다가……."

"……."

"다시 콩밥 먹을 순 없잖아요?"

바닥에 주저앉은 정인의 까만 눈동자에 죄책감이 들어차 흔들리는 것을 보며 승현이 천천히 몸을 일으켰다.

"그땐 스무 살이었으니까 앞뒤 안 가리고 형한테 덤빌 수 있었어요. 감옥 가는 것도 겁 안 났어요."

정인이 고개를 떨구었다. 조금 전까지 몸을 뜨겁게 태우던 흥분은 어느새 사라졌다. 부풀어 발기했던 페니스에 서서히 풀이 죽었다.

"근데 지금은 갇혀 있었던 그 시간이 아까워서 미쳐 버릴 것 같아요."

느리게 말하는 승현의 목소리에는 분노도 느껴지지 않았다.

"시간을 돌릴 수만 있다면 돌아가고 싶어요."

차분한 그의 말투에 정인은 심장이 쿡쿡 쑤셨다.

"그랬다면 내 인생, 이렇게 개판 되지는 않았을 거니까."

정인은 온몸을 짓누르는 것 같은 그의 시선을 피할 수 없어 그만 눈을 감아 버렸다. 그와의 키스에 흥분했던 방금 전의 스스로가 쓰레기처럼 느껴졌다. 승현이 자신에게 느끼는 증오의 크기가 감당이 되지 않았다.

"이제 선택은 형이 하는 거예요."

"……무슨 선택?"

"나랑 이대로 행복하게 살지, 아니면……."

"……아니면?"

"평생 나한테 시달리면서 살지."

"……행복하게 사는 게, 어떤 건데?"

"좋은 걸 같이 보고, 좋은 델 같이 갈 거예요. 좋은 걸 먹고, 좋은 술을 함께 마실 거예요. 입을 맞추고 길게 섹스를 할 거예요. 시간과

장소를 가리지 않고, 서로를 질펀하게 안을 거예요. 하고 싶은 일을 같이하고, 하기 싫은 일은 내가 대신 할 거예요. 서정인이 사고 싶은 건 다 사 주고, 가지고 싶다는 건, 다른 남자 새끼들만 빼고 다 가져다줄 거예요. 이 정도로 부족해요?"

정인은 그를 뚫어져라 바라보았다. 그러니까 조승현의 말은 정인의 모든 시간을 그가 가지겠다는 소리나 다름없었다.

"……두 번째 선택지는 뭔데?"

"내가 빡쳐서 결국 형 주변 누구 하나 죽이는 것 정도겠죠."

"……왜 내가 아니고?"

"형이 평생 내 생각하면서 괴로워하기를 원하니까요."

담담한 그의 말에 거짓은 없었다. 정인은 가슴을 짓누르는 듯한 압박감을 느꼈다.

"마지막 기회니까 잘 생각하고 결정해요."

말을 마친 승현은 침실로 걸어 들어가 버렸다. 정인은 한참 동안 차가운 대리석 바닥에 멍하니 앉아 닫힌 방문을 바라보다 마침내 몸을 일으켰다. 정인의 발길이 향한 곳은 그의 침실이 아니라 현관이었다.

정인은 집으로 돌아오는 길에 24시간 문을 여는 식당에 들러 백반 한 그릇을 주문했다. 김이 모락모락 나는 밥 한 그릇을 싹싹 다 비웠다.

이제부터 시작이었다. 마음이 약해지지 않으려면 체력이 필요했다. 숟가락을 내려놓은 후, 정인은 휴대폰을 꺼내 통화 목록을 검색했다. 가장 최근의 번호를 찾은 후, 천천히 글자를 입력했다.

[배고파서 잠깐 나와서 밥 먹고 있어.]

메시지를 확인했다는 표시가 바로 떴지만 답은 없었다. 정인은 다시 손을 움직였다. 결단을 내리기까지가 어려웠지, 그다음은 오히려 쉬웠다. 그는 망설이지 않았다.

[밥 먹고 집으로 돌아가서 짐 챙길 거야.]

승현은 여전히 그의 메시지를 읽기만 할 뿐이었다. 정인은 반주로 시킨 소주잔을 꽉 채워 단번에 비웠다. 그리고 지금 조승현이 무슨 표정으로 휴대폰을 들여다보고 있을지를 상상했다.

[내 방 빼고 정리해서 너희 집으로 들어갈게. 그래도 되지? 남는 방 하나만 쓰자.]

거리상으로 매일 오가는 것은 무리라고 덧붙이려는데 휴대폰이 손에서 강력하게 진동했다. 승현은 마지막 메시지를 확인하자마자 그에게 바로 전화를 걸어왔다.
"여보세요."
-내일 오전에 최 비서 보낼게요.
집으로 들어가도 되냐는 물음의 답이었다. 낮은 목소리였지만 그 뒤에는 흥분이 깔려 있었다. 정인은 바닥이 보이는 국밥의 뚝배기 그릇을 수저로 하릴없이 긁었다.
"안 그래도 돼. 짐이 안 많아서."
-카드 키 버려서 어차피 혼자 못 들어오잖아요.
승현은 정인이 술김에 그의 집 키를 쓰레기통에 던져 넣은 것까지 알고 있었다. 혹시나 했던 예상이 맞았다. 그는 미행을 붙인 게 분명했다. 정인은 고개를 들어 식당 안을 둘러보았다.

몇 없는 손님들 중 수상해 보이는 사람은 없었지만 모를 일이었다. 콩나물 국밥을 연신 떠 넘기며 땀을 훔치는 택시 기사가 승현의 눈일지도. 아니면 기사 식당의 아르바이트생치고 나이가 너무 어려 보이는 남자 직원이 그의 끄나풀일지도.

그가 원하는 대로 하지 않으면 어쩌면 평생, 누군가의 감시 속에서 살아가야 할지도 몰랐다. 조승현의 곁에서 그의 모욕을 받아 내며 사는 것과, 평생 알 수 없는 누군가의 눈을 신경 쓰며 살아가야 하는 것, 둘 중에 어느 쪽이 더 나쁠까. 가늠이 되지 않는다.

–내가 직접 데리러 가요?

정인의 침묵에 승현이 그를 재촉했다. 딸깍. 라이터 소리가 들렸다.

"그냥 최 비서 보내 줘. 내일 병가 내고 출근 안 할 거니까 아무 때나 와도 상관없어."

–회사에 사표는 언제 쓸 예정이에요?

한 치의 망설임도 없는 승현의 질문에 정인은 한숨을 참으며 다시 소주잔을 꺾었다.

그래. 어차피 예상하지 못했던 일도 아니다.

"이번 주 내로."

식당 천장에 걸린 티브이에서는 재미없는 예능 프로가 나오고 있었다. 그 안에서 누군가가 크게 소리 내어 웃었다. 정인은 휴대폰을 쥐고 있는 승현의 반응 역시, 그것과 다르지 않을 거라고 막연히 생각했다.

13. 감금

"짐은 이것뿐입니까?"

정확히 오전 아홉 시에 나타나 현관 앞에서 기다리던 최 비서가 정인에게 확인을 하듯 물었다.

"네. 이게 다예요."

최 비서는 두 번 묻지 않았다. 배낭 하나와 슈트케이스를 끌고 2층 계단을 내려가자 시동이 걸려 있는 검은 세단이 보였다. 최 비서는 트렁크를 열고 짐을 실은 뒤, 운전석에 올라탔다. 정인이 조수석 문을 열자 최 비서가 고개를 저었다.

"뒤에 타시죠."

그는 지난번에 봤을 때보다 더욱 확실히 정인에게 선을 긋는 것 같은 태도였다. 정인은 묵묵히 뒷자리에 올라탔다.

탁.

문이 닫히자마자 차가 빠르게 낡은 빌라 단지를 빠져나갔다. 어젯 밤에 집주인에게 집을 나가겠다고 이메일을 보내 놓았다. 어차피 1 년 계약이 이번 달 말까지였다. 타이밍도 기가 막혔다.

"조승현은 지금 뭐 하고 있어요?"

"궁금하시면 직접 연락해 보시죠."

판에 박힌 대답이었다. 정인은 뒷좌석에 등을 기대고 가느다랗게 중얼거렸다.

"지금까지 분위기 보셔서 아시겠지만, 저희가 그렇게 친한 사이는 아니라서요."

운전을 하던 그가 룸미러로 정인을 힐끗 바라보았다. 표정 없는 얼 굴에 뜻 모를 난처함이 슬쩍 번졌다 사라졌다. 대수롭지 않게 생각하 며 정인이 말을 이었다.

"이제 저, 조승현이랑 같이 살아요. 아시죠?"

"……네, 뭐."

"그럼 저도 알 건 알아야 된다고 생각해요."

"네."

애매한 대답이었다. 정인은 차창에 손을 올리고 관자놀이를 문지 르며 그동안 묻고 싶었던 질문을 끄집어냈다.

"혹시 조승현. 위험한 일 같은 거 하고 있나요?"

"어떤 위험한 일을 말씀하시는 겁니까?"

"불법적인 일이요."

"……글쎄요. 실장님에 관한 건, 실장님께 직접 여쭤 보시는 게 더 좋을 것 같습니다."

남자가 다시 한번 애매한 표정을 지으며 기어를 바꿔 넣었다.

"조승현이 그렇게 말하라고 시켰나요?"

정인은 룸미러로 그를 바라보았다.

"저번부터 계속 그러시는데. 제가 직접 물어볼 상황이 안 되니까 이러는 거 아닙니까."

최 비서는 말없이 운전대만 꺾고 있었다. 출근 시간을 지나 도로의 정체는 풀려 있었다. 여름 햇살이 반짝이는 한강 위, 성수대교 위를 날렵한 세단이 빠른 속도로 달렸다.

"조승현이 저한테는 아무 이야기도 하지 말라고 한 모양이네요."

침묵은 긍정을 의미했다. 어릴 때는 촐랑거리지 않고 입이 무거운 사람이 매력적이라고 생각했던 때도 있었지만, 지금 상황에서 최 비서의 과묵함은 한없이 답답하기만 했다. 정인은 손가락의 관절을 툭툭 꺾으며 지나가듯 물었다.

"그때, 그 남자는 어떻게 됐어요? 잘…… 돌려보내 준 거죠?"

"치료비에 보상비까지 두둑하게 얹어 줬습니다."

이제까지 장님이 항아리 설명하듯 빙빙 돌려 이야기하다가 처음 듣는 확실한 대답이었다.

"뒤탈은 없을 테니 염려하지 않으셔도 됩니다."

마치 안심을 시키려는 듯 이어지는 그의 발언에 정인은 은근히 부아가 치밀었다.

"사람을 어떻게 그 지경으로 만들 수가 있습니까? 혹시 그쪽, 조폭이에요?"

"네?"

최 비서가 정인의 말에 인상을 조금 찌푸렸고, 정인은 이때다 싶어 말꼬리를 잡았다.

"혹시 조승현도 깡패 된 거예요? 그래서 거기, 그런 곳에 살고 이런 차 몰고 다니고 하는 건가요?"

"깡패라뇨. 아닙니다."

최 비서가 당황한 목소리로 부정했을 때였다.

―하하하!

라디오도 켜져 있지 않은 조용한 스피커에서 갑자기 조승현의 웃음소리가 튀어나오는 바람에 정인은 펄쩍 놀라며 욕설을 내뱉었다.

―아아, 정인이 형. 애를 왜 그렇게 곤란하게 해요?

그제야 정인은 이 차에 올라탄 직후부터 계속 블루투스로 통화가 연결되어 있었다는 사실을 깨달았다.

―궁금한 거 있으면 나한테 직접 물어보면 되잖아요. 윤기야, 지금 어디쯤이야?

승현의 목소리에 즐거움이 뚝뚝 떨어졌다.

"곧 도착합니다."

최 비서가 갑자기 속력을 내기 시작했으므로 정인은 저도 모르게 차 문 옆에 달린 손잡이를 꽉 붙들어야 했다.

―윤기야.

"말씀하십시오."

―정인이 형이랑 나, 사실 되게 친한 사이야. 그러니까 아까 정인이 형이 했던 말 다 거짓말이라고.

"예, 알겠습니다."

―친하지도 않은 사람이랑 얼굴 맞대고 사는 건 교도소만으로도 족하지. 안 그래?

"맞는 말씀입니다."

최 비서는 조승현의 대화에 잘도 장단을 맞추며 대화를 하고 있었다. 정인은 마치 승현이 눈앞에 있기라도 한 듯 인상을 찌푸렸다.

—정인이 형, 잔머리가 꽤나 잘 돌아가니까 네가 신경 많이 써야해. 자기가 원하는 거, 남 살살 꼬셔서 가지는 거 전문이거든. 꼬신다고 넘어가면 절대 안 된다.

"그럴 일 없지만, 더욱 주의하겠습니다."

승현의 목소리가 빵빵한 우퍼 스피커를 통해서 차내에 울려오는 와중에, 정인은 뭐라고 말은 하지 못하고 숨을 크게 들이쉬었다. 조승현이 지껄이는 헛소리나, 진지하게 맞받아치는 최 비서의 대답을 듣고 있자니 속에서 무언가가 부글부글 끓었다. 오랜만에 느껴 보는 기분이었다.

—정인이 형.

승현이 나른한 목소리로 그를 불렀지만, 정인은 대답하지 않았다.

—빨리 와요. 기다리고 있으니까. 침대에 형이 좋아하는 거, 다 준비해 놨어요.

허스키하게 깔리는 그의 말투에 정인의 하얀 얼굴이 시뻘게졌다. 최 비서의 너른 등이 약간 움찔한 것 같은 착각도 들었다.

—아침부터 불태워 봐야죠.

미친 새끼. 개새끼. 사람 엿 먹이는 방법도 가지가지였다. 운전을 하고 있는 최 비서가 정인과 그의 관계에 대해서 어디까지 알고 있는지는 알 수 없었지만, 저런 식으로 말을 하면 듣는 누구라도 이상하게 여길 것이다.

"전화 좀 끊어 주세요."

–하하하……

뭐가 그렇게 즐거운지, 조승현은 재회한 이래 가장 큰 소리로 웃고 있었다. 정인이 손을 뻗어 운전석과 조수석 가운데에 있는 휴대폰을 낚아채려는데 승현이 달콤한 목소리를 냈다.

–곧 봐요, 형.

그리고 전화가 끊겼다.

"후우……."

정인이 손으로 부채질을 하자 최 비서가 차내 에어컨의 온도를 낮추었다. 냉장고처럼 서늘해진 차 안에서 정인은 더 이상 한 마디도 하지 않고 입을 꾹 붙였다. 차는 출발한 지 15분도 채 안 되어 조승현의 집에 도착했다.

"쉬십시오."

최 비서가 현관문 앞에 그의 트렁크와 가방을 툭, 툭, 차례로 내려 놓더니 망설임 없이 뒤를 돌았다.

"저기요……."

키가 없어서 못 들어간다는 말을 하려고 하는 와중이었다. 최 비서가 멈춰 있던 엘리베이터에 곧장 올라탔다.

"저기요, 저 키가……."

최 비서는 그의 당황해하는 얼굴을 보면서 손가락을 들어 닫힘 버튼을 꾹, 눌렀다. 그가 차마 뛰어가기도 전에 엘리베이터의 숫자가 바뀌고 있었다. 정인은 입술을 씹다가 어젯밤에 문이 열려 있던 것을 기억하고는 조심스레 문고리를 아래로 내려 보았다.

덜컥.

문은 잠겨 있었다. 정인은 술에 취해 카드 키를 버린 것을 다시 한 번 후회했다. 결국 안에 있는 사람이 열어 줘야 한다는 말이었다. 손을 들어 벽을 더듬는데 뭔가가 허전했다.

"……."

그의 집은 초인종이 없었다. 정인은 하는 수 없이 손을 들어 검지 두 번째 마디로 문을 가볍게 두드렸다.

"조승현."

이렇게 불러서 들릴 리가 없는 걸 알았지만 소리를 크게 낼 용기가 나지 않았다. 정인은 숨을 크게 들이마신 뒤, 조금 더 세게 문을 노크했다.

"조승현."

안에서는 아무런 소리도 나지 않았다. 문 한가운데 조그맣게 난 구멍이 보였지만, 그걸로 어떻게 안을 들여다 볼 수 있을 것 같지도 않았다.

쿵쿵쿵-.

"승현아, 조승현!"

정인이 목소리를 높였지만 여전히 반응이 없었다. 어쩌면 승현이 집에 없을지도 모른다는 생각이 들었다. 안에서 기다리려면 일단 키가 있어야 한다. 아니면 꼼짝없이 복도에서 짐짝과 함께 처량하게 앉아 있어야 할 처지였다. 최 비서가 주차장에서 차를 출발시키기 전에 열쇠를 받아야 한다는 생각에 그가 엘리베이터 쪽으로 빠르게 몸을 돌렸을 때였다.

드륵.

잠금 장치가 풀리고 문이 활짝 열리더니 조승현이 그의 손목을 턱, 잡았다. 가운처럼 보이는 로브를 걸치고 있었는데, 열린 옷 사이로 단단한 가슴이 드러났다.

"어디 가요?"

그가 씩 웃으며 물었다. 젖은 앞머리가 이마를 가리고 있는데, 아주 오래전 그의 얼굴이 정확히 겹쳐 보이는 것 같아 정인은 인상을 찌푸렸다.

"……뭐야. 있으면서 왜 문 안 열어 줘?"

"언제까지 두드리나 보려고요. 그런데 딱 세 번 두드리고 가네요. 역시 서정인답게 포기가 너무 빠르고 깔끔하잖아요."

설마, 안에서 바깥을 다 보고 있었던 건가. 의심은 확신으로 굳어 갔다. 정인이 당황해하고 있는 사이 승현이 한 손으로 그의 짐을 들어 현관에 팽개치듯 놓고, 잡은 손목을 안으로 끌어당겼다. 엉겁결에 딸려 들어온 정인의 뒤로 무거운 문이 탁, 닫혔다.

"잠깐 이것 좀 놓고……."

"시간 없어요."

그는 샤워를 막 마친 듯 젖은 머리카락에서 좋은 냄새가 났다. 이전과는 다른 남성적인 애프터 셰이브 향에 정인은 저도 모르게 숨을 들이쉬었다. 이전에 그에게서 보송한 꽃향기가 났다면 지금의 그에게서는 옅은 담배 냄새와 남성적인 머스크 향이 함께 섞여 났다.

"슬리퍼 신어요."

승현이 정인을 끌고 키친을 빙 둘러 와인색의 냉장고 문을 열었다. 생수와 병에 든 생과일주스, 각종 탄산음료와 맥주 캔이 꽉 세로로 세워진 냉장고는 마치 편의점의 냉장고를 방불케 했다.

"마실 건 여기 다 있어요. 제일 아래 칸에 소주도 넣어 놨는데, 너무 많이 마시진 말아요."

탁.

그 옆에 양문형 냉장고의 문이 열렸다.

"여긴 먹을 거예요. 대부분 전자레인지 돌리면 되는 간단한 것들 위주예요. 뭐 따로 먹고 싶은 거 있으면 나한테 전화해요. 시켜 줄 테 니까."

내용물이 뭔지 모를 음식 패키지들이 꽉 찬 냉장고를 닫은 후 그 가 라운지를 지나 욕실로 향했다.

"여기 욕조는 방에 있는 것보다 해가 더 잘 들어와서, 낮에 목욕 하고 싶으면 여기가 더 좋아요. 크기가 더 넓기도 하고요. 서랍 열 어 보면 수건이랑 목욕 용품 있을 거예요. 형 취향 깐깐하니까 최 비서 보고 알아서 고르라고 했는데, 맘에 안 들면 나한테 전화해요. 새것으로 사다 줄게요."

"조승현······."

정인이 뭐라고 말을 잇기도 전에 승현은 다시 그의 손을 잡은 채 빠르게 거실을 가로질렀다.

"여긴 내 개인 사무실 겸해서 쓰고 있는데, 나중에 빔 프로젝터 라도 하나 설치할까 생각 중이에요. 벽에다 대고 쏴서 영화 보면 좋을 것 같아. 아니면 형이 술을 좋아하니까 중앙에 바 테이블을 하나 세워도 되고요. 밤에 야경도 꽤 괜찮으니까 형이 한번 구상해 봐요."

승현의 목소리는 꽤 들떠 있었다.

"저 방은 창고로 쓰는 방인데, 형이 신경 쓸 필요는 없을 것 같 고······."

승현은 바에서 만난 남자가 피투성이가 된 채 질질 끌려 나왔던 방에 눈길을 한 번 주더니 이내 고개를 돌렸다. 정인 역시 딱히 그 방을 보고 싶은 생각은 없었다.

"그리고 침실은……, 저쪽."

정인 또한 들어가 본 적 있는 방이었다. 승현은 그의 손을 잡고 성큼성큼 침실 안으로 발길을 옮겼다. 햇살이 들이치는 실내는 여전히 깔끔하게 정리되어 있었다. 바닥에 깔린 폭신한 러그가 무색하지 않게 실내 온도는 알맞게 서늘했다. 발코니에 사이좋게 나란히 놓인 철제 의자가 아침 햇살을 받아 빛을 냈다.

"……."

"왜 그래요?"

"혹시 말인데."

정인은 입술을 씹으며 그를 바라보았다. 승현이 그제야 손목을 놔주고 정인을 내려다보았다.

"말해요."

아침 햇살을 받아 그의 옆모습이 미끈하게 반사되었다.

"여기가 내 방이야?"

"맘에 들어요?"

벽에 걸린 그림과 모노톤의 가구는 완벽하게 정인의 취향을 파악한 것이다.

"……어."

거짓말을 할 필요가 느껴지지 않았다. 조승현이 슬쩍 미소 지었다.

"돈 좀 썼다고 말했잖아요. 형은 속물이지만 비싼 거 알아보는 눈은 있으니까."

"그럼 넌?"

"무슨 말이에요?"

"여기가 내 방이면, 네 방은 어디야?"

승현이 잠시 눈을 내리깔더니 흰 이를 드러내고 웃었다. 젖은 머리카락에서 그을린 피부로 뚝 물방울이 떨어졌다. 그가 정인을 뚫어져라 바라보았다. 숨 막히는 시선에 저절로 부끄러워질 지경이다.

"같은 방 쓰는 거 처음도 아닌데, 왜 그렇게 거리를 둬요?"

"……."

"예상 못 했어요?"

정인이 아무 말도 못하고 눈을 깜빡였다. 예상하지 못한 것은 아니었지만 막상 현실을 마주하니 잘 실감이 나지 않았다. 그러니까 이제부터, 조승현과 함께 사는 것이다. 한 집에서. 한 침대를 공유하며.

승현이 한 발짝 더 가까이 다가와 정인에게 고개를 숙였다.

"그런 표정 지어서 아침부터 덮치고 싶게 만들지 말고……."

그의 숨결에서 상쾌한 민트 향과 희미한 담배 향이 섞여 났다.

"출근해야 하니까 나 옷 입혀 줘요."

"뭐?"

그는 당황하는 정인의 팔목을 잡아 침실에 딸린 드레스 룸으로 이끌었다.

"무슨 셔츠 입을까요?"

정인에게 묻는 그는 진심인 것 같았다.

"진짜 나보고 고르란 소리야?"

"네. 형 맘에 드는 걸로."

승현이 당연하다는 듯 고개를 끄덕였다. 정인은 어쩔 수 없이 손을 들어 쭉 걸린 구김 없는 셔츠들 중 소매의 단추가 특이한 흰 셔츠를 꺼내 주었다.

툭.

그가 로브를 벗자 드로어즈만 입은 나체가 드러났다. 승현은 옷걸이 채로 옷을 건네받아 팔을 끼운 후, 물끄러미 정인을 바라보았다.

"……뭐 해, 안 입어?"

말없이 자신을 바라보고 있는 승현을 마주 본 정인은 그가 정말로 옷을 입혀 주기를 바란다는 사실을 깨닫고 어쩔 수 없이 손을 올렸다. 끝에서부터 단추를 하나하나 채워 가는데 속옷이 들릴 정도로 툭 튀어나온 팬티 앞을 지날 때는 손이 예상치 못하게 떨려 왔다. 막상 성기를 불끈 세우고 있는 이는 태연했다.

"타이 맬 거니까, 끝까지 채워 줘요."

목 끝까지 셔츠 단추를 채우는데 손 떨림이 조금 더 심해져, 정인은 주먹을 쥐었다 폈다. 그런 그를 보며 승현이 말없이 웃었다.

"양말은 뭐 신을까요."

"……바지 뭐 입을 건데."

"형이 골라 줘야죠."

정인은 어쩔 수 없이 다시 옷걸이로 돌아가 진회색 슈트와 감색 양말을 꺼내 들었다.

"자."

승현은 묵묵히 양말을 신고 바지에 다리를 꿰었다. 정인은 그가 말하기도 전에 벨트를 찾아 건네자 승현이 이를 드러내고 웃었다.

"역시 학습력이 빠르다니까."

베스트와 재킷까지 걸쳐 입자 승현은 포춘지에 등장할 법한 젊은 사업가 같았다.

"저 어때요?"

"……나쁘지 않아."

"누가 골라 준 건데 당연하죠."

정인은 오래전, 조승현을 정확하게 보았다. 낡은 옷에 그를 감추고 있던 승현이 나체로 정인의 앞에 처음 등장했던 때, 정인은 그에게서 눈을 뗄 수가 없었다. 개천에서 태어났어도 그는 용이 될 팔자였다. 타고난 유전자가 좋은 놈이었다.

후줄근한 껍데기를 벗어 던지고, 타고난 피지컬에 알맞은 옷을 걸친 그는 솔직히 근사했다. 기분 나쁘지만 인정할 것은 인정해야 했다. 승현이 욕실로 들어갔다 나오더니 금세 머리카락을 정돈하고 나타났다. 정인은 다시 장식장으로 손을 뻗었다.

"타이 매자."

"매 줘요."

그가 고개를 약간 숙였다. 정인은 남의 타이를 매 준 적이 없어서 조금 헤맸다. 승현은 골똘한 표정으로 타이를 이리저리 돌리는 정인을 눈을 내리깐 채 바라보고 있었다.

"아, 이렇게 하면 되는구나. 자, 됐……."

눈을 올리는데 시선이 너무 가까이 마주쳐서 정인은 말끝을 흐렸다. 이마를 드러낸 승현이 입꼬리를 올려 웃었다.

"다녀올게요."

하마터면 입술이 부딪히는 줄 알고 숨을 참았던 정인은 고개를 끄덕였다.

"……그래."

"집에서 쉬고 있어요. 침대에 선물 있으니까 심심하면 써 보고요."

알겠다고 짧게 대답한 후, 한 발짝 뒤로 물러나려는데 승현이 그의
팔을 잡고 품 안에 끌어안았다.

"……숨 안 쉬어져. 좀 놔."

"도망가면 죽어요."

달콤한 말과는 전혀 어울리지 않는 협박성 어조를 내뱉은 후, 그는
정인의 손에 무언가를 쥐여 주었다.

"……도망가면 죽인다면서 키는 왜 줘?"

"그거 내 거에요. 잃어버리면 곤란하니까 잘 간수해요. 자신 없으
면 팬티 안에 넣고 다니던지."

"뭐? 잠깐만, 이걸 왜 나한테……."

정인은 뚜벅뚜벅 라운지를 걸어 나가는 그의 뒤를 따라 걸었다. 현
관까지 나가서 구두를 신는 그를 바라보며 정인이 당황한 표정으로
되물었다.

"이거 나 주면 넌?"

비상키가 없을 거라는 생각은 하지 않았지만 혹시 몰라 그에게 물
었다.

"형이 열어 주면 되잖아요. 그러니까 난 필요 없죠."

"야, 조승현……."

"외출하고 싶으면 해도 돼요. 어디든. 대신 내가 부를 때 10분 내
로 달려올 거리에 있어야 돼요. 휴대폰은 항상 지참하고요. 심심하면
메시지 보내 줘요. 아니, 안 심심해도 보내 주면 좋을 것 같아."

기가 막혀서 입만 벙긋거리는데 조승현이 산뜻하게 문을 열었다.

"다녀올게요."

쿵. 닫힌 문과 손에 들린 카드 키를 바라보며 정인은 한참 동안 현

관에 멍하니 서 있다 이윽고 휘적휘적 커다란 소파에 쓰러지듯 몸을
뉘었다.

"……뭐가 어떻게 돌아가는 거야……."

머리가 복잡했다. 어젯밤 남의 손가락을 자르겠다고 협박하던 조
승현은 밤새 사람이 바뀐 것처럼 굴었다. 순순히 항복하고 들어온 정
인의 태도가 마음에 들었던 걸까. 승현은 매우 기분이 좋아 보였다.
물론 행동반경에 제약을 두긴 했지만 정인이 이곳에 올 결심을 하면
서 거기까지 예상을 못 한 것은 아니었다. 솔직히 말하자면 조승현이
더욱 강압적으로 그를 대할 것이라 생각했었다. 10년 전, 승현이 그
를 어떻게 다루었는지 아직도 생생하게 기억하고 있는 탓에 단단히
각오하고 왔는데.

'……혼자 있을 시간까지 주네.'

시원한 실내에 햇살이 들어오자 눈이 저절로 감겼다. 널찍한 소파
는 뒹굴어도 될 만큼 편안했고 이른 오전의 볕은 부드러웠다. 정인은
고양이처럼 꾸벅꾸벅 졸다가 결국 스르르, 잠이 들고 말았다.

*　　*　　*

눈을 떴을 때는 점심때가 한참 지난 시각이었다. 세 시간이나 곯아
떨어져 있었다는 사실을 깨닫고 흠칫 놀라 정인은 휘청거리며 거실
을 가로질렀다. 요 몇 년간 불면증으로 고생했던 것을 까맣게 잊어버
릴 만큼 깊은 단잠이었다. 꿈까지 꾸지 않아 더욱 몸이 가뿐했다. 그
는 빨간색 냉장고를 열고 생수를 하나 꺼내 마셨다.

"……."

공간에 희미한 담배 냄새가 배어 있었다. 공기 청정기가 24시간 돌아간다 해도 정인의 후각은 예민했다. 그는 물기에 젖은 입가를 손등으로 닦고, 휴대폰을 든 채 잠시 망설였다.

[혹시 왔다 갔어?]

몇 번을 쓰고 지웠다가 결국 조승현에게 짤막한 메시지를 보냈다. 담배를 들고 침실 발코니에 앉아 반쯤 피우고 있을 때, 그에게서 답이 왔다.

[어떻게 알았어요? 자는 척하고 있었어요, 설마?]
[왜 깨우지도 않고 그냥 가?]
[점심 같이 먹으려고 했는데 형이 자는 게 좀]

그가 말을 하다 말았다. 정인은 뚝 끊긴 문장을 바라보며 고개를 갸웃했다. 자는 게 뭐가 어떻단 말인가. 휴대폰이 다시 진동했다.

[내 선물은 확인했어요? 특별히 주문 제작한 건데.]
[무슨 선물.]
[침대 안 확인해 봐요.]

그제야 오전에 차 안에서 그가 했던 헛소리가 생각났다. 정인은 담배를 재떨이에 눌러 끄고 침실로 다시 돌아왔다. 한눈에 봐도 푹신해 보이는 무거운 이불 위에 먼지 하나 없는 새하얀 베개와 쿠션이 두

개씩 쌍으로 놓여 있었다. 정인은 슬리퍼를 끌고 침대로 다가간 후
이불을 들추었다.

"⋯⋯."

정인의 검은 눈썹이 미간에 확 모였다.

지잉-.

[어때요, 맘에 들어요?]

"하아⋯⋯."

눈처럼 하얀 시트 위에 얌전히 놓여 있는 것은 실제 페니스를 본
떠 만든 굵직한 딜도였다. 툭툭 불거진 힘줄까지 정교하게 만들어진
성인 용품을 보며 정인은 획, 하고 이불을 다시 내렸다.

[일곱 시 전에 퇴근할게요. 내 생각하면서 쓰고 사용 후기 말해 줘
요.]

"미친 새끼가 진짜⋯⋯."

정인은 인상을 찌푸리며 휴대폰을 침대 위에 던진 후, 거실에 놔둔
생수병을 찾아 꿀꺽꿀꺽 다 마셔 버렸다. 기가 찼다. 조승현이 혹시
수치플을 원하는 것인가, 하는 생각이 잠깐 들었다.

"안 본 사이에 더 이상해졌네, 조승현."

아침에 옷을 입혀 달라고 하는 것이나 이상한 장난감을 침대에 숨
겨 놓는 것이나.

어이가 없었지만 뭐가 됐건 10년 전처럼 두려움은 느껴지지 않았다.

아침도 건너뛰었더니 배가 고파졌다. 음료 냉장고 옆에 있는 양문형 냉장고를 열었다. 아침과는 달리 냉장고 한가운데에 비닐 포장된 무언가가 떡하니 자리 잡고 있었다. 조승현이 사다 놓은 것이 분명했다. 정인은 식탁에 앉아 테이프로 밀봉된 비닐봉지를 뜯어냈다.

노란 종이 박스 안에 들어 있는 것은 엄청난 높이의 수제 햄버거였다. 그는 빨간 냉장고에서 콜라를 하나 꺼내 들고 다시 자리로 돌아와 햄버거를 물고 씹었다. 아침부터 굶었더니 맛이 기가 막혔다. 오 분 만에 뚝딱, 제 몫을 해치운 정인은 콜라 캔 끝을 씹으며 중얼거렸다.

"자고 있으면 그냥 혼자 처먹을 것이지 왜……."

봉투 안의 햄버거는 두 개였다.

"밥도 안 먹고 뭐 한 거야, 그 자식은."

정인은 멀리 보이는 그의 책상 위를 힐끗 바라보았다. 의자에 앉아서 담배를 피우며 소파에서 누워 자고 있는 자신을 보며 조승현이 무슨 생각을 했는지, 정인의 머리로는 도저히 알 수가 없었다.

정인은 늦은 점심을 먹고 난 후 간단히 물건을 사러 외출을 했다. 승현의 집에서 십 분만 걸어가면 백화점이었다. 짐을 챙기면서 낡은 속옷과 양말을 모두 버렸기 때문에 당장 필요한 것들을 몇 개 사야 했다.

백화점에서 쇼핑을 하는 것은 오랜만이었다. 시간은 금방 갔다. 운 좋게 할인 품목들을 발견해 생필품 쇼핑을 마치고, 조금 망설이다 지하 식료품 코너로 발길을 돌렸다. 조승현의 냉장고는 먹을 것으로 꽉 차 있었지만 거의가 냉동식품 위주였으며 조미료는 찾아 볼 수가 없었다.

요리한 흔적이 전혀 없는 부엌은 역시나 사용 흔적이 없고 스티커가 그대로 붙어 있는 고급 식기들로 꽉 차 있었다. 누가 보면 그냥 모델 하우스를 통째로 구입한 것 같은 모양새였다. 앞으로 얼마나 그 집에서 지내야 할지는 모르겠지만, 인간의 기본적인 생활은 영위하고 살아야 했다. 정인은 카트에 하나둘, 조미료를 집어넣기 시작했다.

"십오만 삼천육백 원입니다."

계산대에 도착하고 나서야 꽉 찬 카트가 눈에 보였다. 별로 안 넣었다고 생각했는데…… 정인은 당황했지만 이제 와서 물릴 수는 없는 노릇이었다. 그는 카드를 긁은 뒤, 각종 조미료들로 꽉 찬 두 개의 플라스틱 봉투를 들고 낑낑거리며 백화점을 빠져나왔다.

"하아……. 씨발……."

오는 길에는 코앞이라고 생각했던 곳이, 무거운 짐을 들고 있자 십리 밖은 되는 것처럼 멀게만 느껴졌다. 기승을 부리는 늦더위에 벌써 여섯 시가 다 된 시각임에도 기온이 떨어질 줄을 몰랐다.

땀이 온몸에서 비 오듯 흘렀다. 끈적거리는 건 딱 질색인 정인의 목덜미와 이마에 주룩, 흘러내릴 정도였다. 헐렁한 청바지는 허벅지 안쪽에서 달라붙어 기분 나쁜 감촉을 선사했다. 흰 티셔츠의 등은 이미 땀으로 다 젖었고 팬티까지 축축해지는 기분이었다.

"내가 미쳤지."

이제 와서 충동구매를 후회해 봤자 소용없는 일이었다. 이럴 줄 알았으면 차라리 택시를 탈걸, 하는 생각이 들었을 때는 조승현의 집에서 신호등 하나만을 남겨 놓은 상황이었다. 정인은 신호를 기다리는 동안 횡단보도 앞에 짐을 내려놓고 팔로 이마의 땀을 훔쳤다.

도로 옆 가로수에 매미가 붙었는지 쎄에-, 하는 울음소리가 기승을 부렸다. 매미가 성체가 된 후 살 수 있는 기간은 단 열흘이라는데, 그 열흘 동안을 계속 섹스할 상대를 찾아 울부짖는다는 사실이 생각나자 기분이 더 찝찝해졌다.

저렇게 처절하게 울부짖으면 섹스를 할 마음이 있다가도 떨어질 것 같았다. 아니. 오히려 불쌍해서 한 번 대 주고 끝내려나. 딱 열흘밖에 못 사는데 저렇게도 강렬히 무엇 하나를 원하는 게 안쓰럽게 느껴져서.

'……뭐야, 서정인.'

하다 하다 매미에게 감정을 이입하고 있는 스스로가 웃겨서 정인이 피식 웃고 있자니 횡단보도의 불이 바뀌었다. 마비될 것 같은 손가락에 다시 무거운 봉투의 손잡이를 끼우고 길을 건너려 했을 때였다.

"정인이 형."

"깜짝이야."

놀라서 기절할 뻔했다. 한적한 건널목에서 멈춰 있던 자동차 창문이 열리고, 그 안에서 운전대를 잡고 있는 조승현의 얼굴이 보였다.

"……뭐야?"

"얼른 타요."

뒤에 버스가 대기하고 있었다. 정인은 당황할 새도 없이 얼른 뒷좌석에 짐을 싣고 차에 타러 몸을 숙였다. 승현이 운전석에서 뒤를 돌아 그를 바라보았다.

"지금 뭐 하는 거예요, 내가 설마 기사라고 착각하고 있는 건 아니죠?"

파란불이 깜빡거리기 시작했다. 건너는 사람 하나 없는 횡단보도에서 멈춰 선 승현의 차 때문에 뒤의 버스는 가지도 못하고 기다리고 있는 상황이었다. 정인은 욕설을 씹으며 조수석으로 급하게 돌아와 문을 열고 앉았다. 차 안은 에어컨 덕분에 무척이나 시원했다. 조금 살 것 같은 기분이었다.

"집에 틀어박혀 있을 줄 알았는데, 바깥에 나갔었네요."

승현이 엑셀을 밟으며 정인을 바라보았다.

"뭐 살 게 좀 있어서……. 야, 앞을 봐야지."

승현이 힐끔 전방을 주시하다가 다시 그에게 시선을 꽂았다.

"응, 보고 있어요."

위험천만하게 운전하고 있는 것 같아 불안해져 정인은 저도 모르게 손을 올려 그의 턱을 슥, 앞을 향해 돌렸다.

"……위험하잖아."

승현의 입술이 씰룩 위를 향했다.

"나 걱정해요?"

"……사고 나면 너만 다치는 거 아니니까."

"설마 내가 형을 옆에 태우고 사고를 낼까."

"……일곱 시쯤 온다고 하지 않았어?"

그의 말을 무시하고 정인이 화제를 돌렸다. 승현이 씩 웃으며 손으로 제 턱을 쓸었다.

"일곱 시에 온다고 해 놓고 여섯 시에 나타나면 좀 더 반가울 것 같아서요."

정인은 다시 말문이 막혔다. 그가 여유 있게 핸들을 돌렸다. 집과는 점점 멀어지는 방향에 정인이 차 안에서 바깥을 보며 고개를 두리

번거렸다.

"지금 어디 가는 거야?"

"저녁 먹으러요. 점심도 건너뛰어서 저 지금 되게 배고픈 상태거든
요."

"……아. 햄버거 잘 먹었다."

정인이 간신히 입을 열어 모기만 한 소리를 내뱉었다. 승현이 다시
그에게 얼굴을 돌렸다.

"잘 찾아 먹었나 보네요. 알려 주는 거 깜빡하고 있었는데."

틴팅이 되어 있지 않은 차 앞 유리창을 통해 햇살이 투과되었다.
정인이 슬며시 인상을 찌푸리자 승현이 손을 들어 차양을 내렸다.

"맛은 괜찮았어요?"

"어. 근데 넌 왜 안 먹었어? 두 개던데."

"같이 먹으려고 사 간 건데 형이 자고 있더라고요."

"그래서?"

정인이 눈을 깜빡였다. 햇살이 눈을 찌르지 않아 한결 편했다.

"형은 자는 모습이 좀 예뻐요. 까칠한 모습은 다 사라지고 진짜 그
림같이 눈 감고 자거든요."

신호를 받고 차를 세운 후, 승현이 다시금 정인을 뚫어져라 바라보
았다. 에어컨 바람에 식었다고 생각한 얼굴에 피가 몰려 더워졌다.
정인은 그의 시선을 차마 마주하지 못하고 고개를 앞으로 돌렸다.

"그거 구경하느라고 시간 다 보냈어요."

"알았어."

"움직이거나 잠꼬대라도 하면 좋겠는데 진짜 조용히 숨만 쉬고 자
요, 형은. 그래서 보는 쪽도 숨죽이고 계속 보게 돼요."

"알았다고."

"왜 물어봐 놓고 딴청을 피워요."

운전이나 제대로 하라고 말하려는데, 승현이 핸들을 꺾어 건물 안으로 들어가고 있었다.

"형은 입 다물고 잘 때도 예쁘긴 한데……. 그 얼굴이 사람 돌아 버리게 할 때는 따로 있죠."

차가 지하 주차장으로 들어서자 헤드라이트가 저절로 켜졌다. 승현은 빈 곳을 찾아 브레이크를 밟고 핸들을 돌렸다. 베스트와 셔츠만 입은 팔뚝에 힘이 들어가자 천이 잡아당겨져 팽팽히 늘어났다. 정인은 작게 헛기침을 하며 시선을 돌렸다.

"그게 언젠지 안 물어봐요?"

능숙하게 차를 뒤로 넣은 후, 그가 버튼을 눌러 차를 멈추었다.

"……안 내릴 거야?"

"대답은 듣고 내려야죠."

승현이 헤드레스트에 팔꿈치를 올리고 머리를 받쳤다. 마치 감상하듯 바라보는 시선 탓에, 안전벨트를 풀었는데도 가슴이 답답했다.

"예전보단 못하지만 내 얼굴 아직 봐 줄만 하다는 거, 굳이 말 안 해 줘도 잘 알고 있어."

"누가 예전보다 못하다고 했는데?"

승현이 툭 던지듯 물었다. 뚫어져라 쳐다보는 시선에 정인은 저도 모르게 민망해졌다. 그런 그의 속을 아는지 모르는지 승현이 말을 이었다.

"지금도 최고야, 서정인."

"……."

"형이 가만히 숨만 쉬어도 예뻐서 좆이 빳빳하게 선다고요. 확인해 볼래요?"

"야, 조승현."

정인이 결국 당황한 표정으로 입을 열자, 승현이 그에게로 얼굴을 가까이 붙이고 속삭였다.

"못 참겠다. 우리 키스해요, 형."

제안 따위가 아니라 예고였다. 그의 입술이 살짝 정인의 아랫입술을 물었다. 정인은 뒤통수를 헤드레스트에 붙인 채, 움직일 수도 없이 그대로 얼어붙었다.

"뽀뽀 말고. 키스하자니까. 애들도 아니고."

그가 입술을 붙인 채 중얼거렸다. 무릎 위에 놓인 정인의 손이 꽉 주먹을 쥐었다. 승현의 혀가 스륵, 입술 선을 따라 움직였다.

"혀 좀 줘 봐, 정인아."

허스키하게 이름을 부르는 승현의 목소리에 정인의 몸이 부르르 떨렸다. 저도 모르게 숨이 가빠져 탁, 하고 풀린 숨 사이로 그의 혀가 비집고 들어왔다. 승현이 작게 웃으며 정인의 혀를 부드럽게 휘감고 빨았다.

"하아……."

정인의 커다란 눈동자가 자취를 감추고 옅고 기다란 속눈썹이 가늘게 떨렸다. 달콤하게 혀에 얽혀 드는 키스는 느리고 집요했다. 시동을 끄지 않은 차 안의 에어컨이 무색하게 체온이 달아오르고 뺨이 뜨끈뜨끈해졌다. 정인은 숨을 몰아쉬며 힘겹게 눈꺼풀을 들어 올렸다. 승현이 타액으로 젖은 입술을 떼고 눈으로 그를 훑으며 중얼거렸다.

"……나왔다."

흥분에 가늘어진 눈매와 꽉 낮아진 목소리가 그의 이름을 말했다.

"서정인 제일 예쁜 얼굴."

무릎 위에 놓인 정인의 양손이 주먹을 꽉 쥐었다 펴기를 반복했다. 그러지 않으면 그의 어깨를 그러쥘 것 같았다. 입술이 비벼지는 순간, 피가 몰린 아랫도리가 뻐근하게 팽창하는 바람에 앉은 자세가 몹시 불편했다. 숨을 몰아쉬는 정인을 보며 승현이 다시 가볍게 입술을 댔다 떨어졌다.

"흥분을 못 참아서 눈 감았다가 천천히 뜨는 지금 표정."

춥.

"내가 제일 좋아해요."

심장이 빠르게 뛰는 소리가 귓바퀴에 들렸다. 정인은 말도 못 하고 눈을 감았다. 입술에 떨어지는 자잘한 입맞춤이 곧 얼굴 전체로 퍼졌다가 다시 입술을 물었다. 혀가 뒤섞이고 달콤한 신음이 터질 때까지 얼마만큼 키스했을까.

툭.

정인의 몸을 교차하고 있던 안전벨트가 풀리는 소리가 났다. 뜨거운 숨을 몰아쉬는 정인을 보며 승현이 입맛을 다셨다.

"이제 갈까요?"

"어, 어……."

"아쉬운 표정인데. 좀 더 할까요?"

"아니!"

화들짝 놀라 문을 열고 내리다가 하마터면 엎어질 뻔했다. 다리에 힘이 완전히 풀려 있었다. 뜨거운 키스 뒤에 이어질 무언가를 내심 기대하고 있었던 걸까. 심장은 왜 이렇게 빨리 뛰는 걸까. 혼자 당황해 어쩔 줄 몰라 하는 정인에게로 승현이 다가왔다.

"가요."

그의 등에 손을 올리며 승현이 정인을 엘리베이터 쪽으로 리드했다. 화끈거리는 얼굴보다도 팽창한 아랫도리가 더욱 신경이 쓰여 정인은 엉거주춤 천천히 걸었다. 그런 그의 마음을 알아차린 듯, 승현역시 천천히 걸음의 속도를 맞추어 주었다. 건물 최상층의 레스토랑에 도착할 때까지, 정인은 흥분을 가라앉히려 입술을 세게 씹어야 했다. 옆에서 승현이 쓸데없는 말을 하지 않는 것이 천만다행이었다. 승현은 괜히 지포 라이터를 손에 쥐고, 일정한 속도로 딸깍이기만 할 뿐이었다.

14. 고백

　승현은 메뉴를 보지도 않았고, 웨이터의 설명도 듣는 둥 마는 둥 했다.

　"형이 먹고 싶은 걸로 시키세요."

　한글보다 영어가 더 많이 쓰인 메뉴를 보며 정인은 잠시 고민했다. 그 옆에 0이 생략된 가격이 보였는데 그 숫자 뒤에 붙은 0이 3개일지 4개일지를 가늠했다. 레스토랑의 분위기와 웨이터의 수준을 보았을 때, 그가 희망하는 가격의 몇 배가 넘을 것임은 자명했다.

　"오늘 저녁은 형이 저한테 사 주는 거예요."

　망설이고 있는 정인의 맞은편에서 승현이 물 잔을 홀짝였다. 메뉴 판 너머로 그를 흘끗 올려다보는 정인의 얼굴에 당황함과 의문이 동시에 스쳤다.

"형이 나한테 준 돈 있잖아요. 통장은 태웠지만 카드는 그대로니까."

승현의 말을 들으니 결정이 쉬워졌다. 얼마가 되었건 그가 조승현에게 쓰지 못할 돈은 없었다. 그로 인해 자신의 부채감이 조금이나마 줄어든다면.

정인은 망설이지 않고 웨이터를 불렀다.

"주문하죠."

"네."

"애피타이저는 캐비아가 든 조개 관자랑 생굴 열 두 개짜리로 주시구요."

"굴은 토마토 살사를 따로 내드릴까요?"

"아뇨, 그냥 레몬즙만 준비해 주세요."

"네 알겠습니다."

"메인은 둘 다 샤토브리앙. 부야베스도 함께 부탁드립니다. 디저트는 나중에 따로 주문하죠."

"음료는 어떻게 하시겠습니까?"

"……샤토 페트뤼스로 하죠. 와인 괜찮지?"

승현이 고개를 끄덕이자 정인이 웨이터에게 메뉴판을 돌려주었다.

"탁월하신 선택입니다."

예의 바르게 고개를 숙이고 사라진 웨이터는 최고급 와인을 들고 나타났다. 입구가 커다란 둥근 잔에 붉은 와인이 담겼다.

시음을 한 정인이 고개를 끄덕이자 웨이터가 곧 그와 승현의 잔에 술을 채우고 사라졌다. 승현이 그를 향해 색이 아름다운 와인이 찰랑이는 잔을 들었다.

"우리의 재회를 기념하며."

크리스털 잔이 공중에서 살짝 부딪혔다. 정인이 붉어진 입술을 냅킨으로 정돈하며 승현을 보고 물었다.

"어때?"

"최고네요."

승현이 샹들리에의 불빛 아래 근사하게 웃었다.

"형 덕분에 내가 이렇게 좋은 것도 얻어먹고."

"……네가 데리고 온 거잖아."

"다른 사람이랑은 이런 데 안 와요."

그가 다시 와인을 홀짝였다. 정인은 작게 헛기침을 했다. 미리 알았더라면 조금은 더 옷차림에 신경을 썼을 텐데.

"형은 역시 이런 곳이 잘 어울려요."

승현이 정인의 속도 모르고 헛소리를 내뱉었다.

"서정인은 제일 비싸고 값나가는 게 참 잘 어울려서. 그게 짜증이 나는데도 보기가 좋단 말이죠."

"비꼬는 거면 그만해."

"사실을 말하는 건데."

"……너한테 좋은 거 사 주고 싶어서 그랬던 거야. 허세 부리려고 그러는 거 아니고."

정인의 말에 승현이 고개를 숙이며 살짝 웃음을 감추었다.

"예나 지금이나 남한테 참 잘 퍼 줘요, 형은."

기다란 눈이 그를 보는데 기분이 이상했다. 정인은 다시 잔을 입술에 가져다 댔다. 한 번에 와인이 모두 사라졌다. 오랜만에 향이 좋은 와인을 입에 대니 피가 뜨거워지는 건가.

"내가 예전에 너 자존심 건드린 적 있었으면 다시 한번 미안하다."

사과를 하라면 몇 번이나 되풀이 할 수 있었다. 가느다랗게 내뱉는 정인의 잔에 직접 와인을 따라 주며 승현이 고개를 저었다.

"형이 참 잘못 생각하고 있는 게 하나 있는데……."

어느새 비어 있는 자신의 잔에도 와인을 채운 후, 그가 잔을 들었다. 정인은 피하지도 않고 다시 그와 잔을 부딪쳤다. 전채가 나오기도 전에 벌써 와인이 빠른 속도로 비워지고 있었다.

"내가 뭘 잘못 생각하는데?"

"나요, 돈이 없어서 비참하다고 생각한 적 별로 없었어요."

조승현이 뜻밖의 이야기를 꺼냈다. 정인은 말없이 그를 물끄러미 바라보았다.

"아버지가 하도 사기를 치고 다녀서 돈이란 게 좀 무섭기도 했고요. 돈 때문에 엄마 아버지는 매일 싸웠으니까."

"……."

"형은 돈 없는 사람들이 다들 못 가진 걸 서러워하면서 살 거라고 생각했나 본데……. 난 아니었거든요. 딱히 가지고 싶은 것도 없었어요."

웨이터가 음식을 가지고 들어오는 바람에 말이 끊겼다. 승현이 익숙한 솜씨로 나이프를 움직였다.

"먹어요, 얼른."

정인 역시 포크를 들었다. 식감이 훌륭한 고기를 씹고 있었지만, 마음속은 승현의 이야기를 더 듣고 싶어 조급했다.

"……그래서?"

말 없는 승현을 보고 정인이 마침내 입을 열었다. 음식을 천천히 씹어 넘긴 승현이 와인으로 다시 목을 축였다. 그는 예나 지금이나 먹는 모습이 단정했다. 서두르는 법이 없다. 침착하고 철저한 게 마치 꼭 제 성격같이.

"어디까지 이야기했었죠?"

"돈 때문에 비참한 적 없었다고."

"아아."

승현이 와인 잔을 들지 않은 손을 까딱였다.

"근데 내 앞에서 자꾸만 형이 알짱거리면서 돈 자랑을 하는 거예요. 필요도 없는 물건을 내밀고, 써 보라고 권하고."

그러니까 결국 정인이 그의 자존심을 박살 냈다는 말이었다. 정인은 포크를 들다 말고 미안한 표정으로 그를 보았다.

"……그땐 내가 철이 없었……."

"좋더라구요. 누가 나한테 신경 써 주니까."

조승현의 입에서 나오는 뜻밖의 말에 정인은 입을 다물었다. 그의 표정에는 거짓의 빛이 느껴지지 않았다. 승현이 말을 이었다.

"서정인이 귀엽더라고요. 왜, 불쌍한 사람 못 지나쳐서 거지한테 백 원짜리 하나 적선하는 애들처럼. 순수함과 악의의 경계가 참 흐릿해서 말이에요."

"……."

"맛있네요. 먹어요, 얼른."

그가 손짓했고 정인은 다시 부드러운 고기를 입에 넣고 씹었다. 풍미가 좋은 것은 같았지만 맛을 제대로 느낄 수가 없었다. 승현의 말은 뜻밖이었다.

"좋은 물건도 써 보라고 하고, 맛있는 것도 나눠 주고. 얼굴도 예쁜 사람이 나한테 잘해 주니까, 나는 점점……."

승현이 말을 잠깐 멈추었다. 술잔을 들고 다시 와인을 삼키며 그가 정인의 표정을 살피며 물었다.

"이런 이야기 불편해요?"

"아니. 좀 뜻밖이었을 뿐이야."

"형이 좋아진 건 순식간이었어요."

달칵.

정인이 나이프를 놓치자 접시에 부딪힌 나이프가 날카로운 소음을 내며 바닥으로 떨어졌다. 웨이터가 얼른 새로운 나이프를 들고 빠르게 다가왔다.

"죄송합니다."

낮은 목소리로 사과한 후, 정인이 물을 꿀꺽꿀꺽 마셨다. 갑자기 목이 말랐다.

"괜찮아요?"

승현이 그에게 물었다.

"어."

"내가 형 좋아한 거, 이제는 안다면서요. 근데 그게 그렇게 당황스러워요?"

"승현아……. 내가 정말……."

"사과할 거면 하지 마요."

날카로운 목소리를 죽이려 해도 강한 시선은 숨길 수가 없었다.

"고작 미안하다는 말 들으려고 옛날이야기 꺼낸 거 아니니까."

승현은 마치 그의 마음속에 들어갔다 나온 사람 같았다. 정인은 말없이 침을 꿀꺽 삼켰다.

"형이 잘못한 건 나한테 성폭행당했다고 진술한 것도, 그날 밤 내가 뭐 했는지 모르겠다고 알리바이 부정한 것도 아니에요."

정인은 승현을 멍하니 바라보며 눈만 깜빡였다. 승현이 손을 뻗어 반쯤 주먹을 쥔 그의 오른손을 그러쥐었다. 그의 손을 뿌리칠 수가 없었다. 그의 시커먼 눈빛이 이상하게도 외롭고 애잔하게 보였기 때문이다.

"그때. 나한테 안 넘어온 거. 그거 하나뿐이야."

"……."

"완벽하게 내 손에 가뒀다고 생각했는데, 내가 순진했어요. 뭐, 지금 생각해 보면 어쩔 수 없었던 일이에요. 난 어리고 미숙했으니까. 당근이 필요했는데 조급한 마음에 채찍만 휘둘렀던 거죠."

웨이터가 메인 요리가 든 트레이를 들고 나타났지만, 승현은 그의 손을 놓지 않았다. 성인 남자 둘이 손을 잡고 있는데, 전혀 당황하지 않은 태도로 접시를 정리하는 웨이터는 단연 프로였다.

"그래서 이제 상대가 뭘 원하는지, 파악을 해서 움직이려고 해요."

승현의 커다란 손은 뜨거웠다. 정인은 그에게 손을 잡힌 채, 어쩔 줄 몰라 입술만 잘근거렸다.

"내 말 무슨 말인지 알아들어요?"

"……대충은."

"거짓말."

승현이 가볍게 웃었다. 이를 드러내며 웃는 모습에 분노는 느껴지지 않았다. 가슴이 쿵쿵거리며 빨리 뛰었다. 뜨거운 피가 빠르게 온몸을 돌았다.

"조승현, 너 말이야."

"말해요."

정인은 짧은 순간 갈팡질팡 고민했다. 그에게 잡히지 않은 손으로 와인 잔을 들어 남아 있는 와인을 비운 후, 정인은 머릿속을 스치는 생각을 결국 입 밖으로 내뱉었다.

"……너 혹시 지금도 나 좋아해?"

옅은 미소를 띤 승현의 얼굴이 그를 똑바로 바라보며 작게 감탄했다.

"와."

정인은 그의 표정에서 아무것도 짐작할 수가 없었다. 물론 승현은 그를 감옥에 처넣었던 자신을 증오해야 마땅했다. 정인이었다면 분명히 그랬을 테니까. 죽을 때까지 상대를 증오하며 살았을 것이다. 하지만 상대는 조승현이다. 그것은 엄청난 변수였다. 만약 정인이 생각지도 못하는 사고로 뒤통수를 치는 조승현이라면, 어쩌면 그는 지금도 자신을 좋아하고 있을지도 몰랐다.

"난 형 입에서 그 말 나오기까지 적어도 한 달은 넘게 걸릴 줄 알았는데."

정말 그런 걸까. 복잡한 정인의 마음도 모르고 승현이 빙긋 웃었다.

"10년이 지나면 눈치라는 것도 저절로 생기는 거예요?"

"조승현."

"형 생각은 어떤데요?"

승현이 다시 물었다.

"내가 뭣 때문에 형한테 이러는 것 같아요?"

"빙빙 돌리지 말고 똑바로 이야기해."

정인의 음성이 떨렸다. 그는 알아야 했다. 알 자격이 있었다. 조승현이 그의 앞에 나타난 진정한 이유를.

"맞아요."

승현의 대답은 짧고, 간단했다. 그가 정인의 손에 깍지를 꼈다. 뭉근히 배어 나온 땀이 누구에게서 나온 것인지 알 수가 없었다.

"너무 가지고 싶어서 정신 나갈 정도로 좋아했고……."

"……."

"지금도 내가 못 가지면 죽여 버리고 싶을 정도로 좋아해."

그릇된 망상이라고 생각했던 것은 현실이었다.

"왜…… 왜?"

"뭐가 왜예요."

"왜 내가 좋아?"

당황한 정인의 입에서 질문들이 뇌리를 거치지 않고 우르르 쏟아져 나왔다.

"나 너한테 못되게 굴었잖아. 돈 가지고 잰 척하고 재수 없게 굴었잖아."

"싫지 않았다고 말했잖아요."

"몸 따로, 마음 따로…… 가볍게 노는 사람 싫다고 했었잖아. 걸레라고 욕하고 경멸하고 증오한다고 했었잖아."

"한민우랑 뒹구는 거 실제로 확인하니까 눈이 뒤집혀서 질투했어요."

"나 때문에 너, 교도소까지 갔잖아!"

목소리가 조금 컸는지 주변에서 그들의 테이블로 시선이 떨어졌다. 사색이 된 정인의 손을 어루만지는 승현은 표정의 변화 하나 없었다.

"그랬죠."

"그런데도 내가 좋아……?"

승현이 고개를 끄덕였다.

"좋아해요."

가슴속에서 뜨거운 뭔가가 치밀어 올랐다. 그것이 분노라는 것을 알아차리기까지는 그리 많은 시간이 걸리지 않았다. 조승현은 바보 였다.

"너 병신이야?"

승현이 하하, 낮게 소리 내 웃었다. 정인은 멈추지 않았다.

"나한테 그렇게 당하고도 지금도 내가 좋다고?"

"내가 형한테 당한 거였어요? 난 그 반대라고 생각했는데."

"장난치지 말고, 씹 새끼야……."

미간이 뜨거워져 바보같이 눈물이 터질 것 같아 정인은 입술을 꽉 씹었다.

"왜……. 왜 그러는 거야, 진짜."

승현이 잡은 그의 손을 주물럭거렸다. 진득한 땀이 섞여 들어갔다.

"사람 좋은데 이유가 어디 있어요? 남 탓 하지 마세요."

"그것도 내 잘못이야?"

"형 잘못이라고 한 적 없어요. 그냥 전부 다, 이렇게 되기로 정해져 있던 거예요. 교차점이라고는 없는 것 같은 우리가 한방을 쓰게 되 고, 내가 서정인이라는 사람이랑 최초로 눈을 마주쳤을 때부터."

그는 마치 처음 봤을 때 같은 눈을 하고 있었다. 기다란 눈매 안에 까맣고 단정한 눈동자가 정인을 마치 신기한 무언가를 보듯 빤히, 물끄러미 바라보았다.

"이제…… 이제, 어쩔 생각인데?"

"글쎄요."

승현이 고개를 약간 기울였다. 그의 입술이 부드럽게 위를 향했다.

"형한테 지금 그것까지 다 말해 주면 안 될 것 같아요."

"조승현."

정인이 그를 보며 탄식하듯 한숨을 쉬었다.

"사기꾼은 패를 여러 개 쥐고 있어야 하거든요."

말을 마친 승현은 메인 요리를 천천히 음미하듯 먹기 시작했다.

"맛있어요. 형이 골라 주는 건 다 맛있어. 예전부터 그랬잖아요."

그가 입을 다물고 식사에 집중하는 탓에, 정인은 더 이상 그에게 아무것도 물을 수가 없었다. 직접 주문한 훌륭한 요리에는 손이 많이 가지 않았다. 대신 정인은 와인병에 남아 있는 와인을 모두 마셔 버리고, 그것도 부족해 스스로 한 병을 더 시켰다. 디저트까지 천천히 맛보는 승현의 앞에서 묵묵히 술잔을 비우다 어느 순간 정신을 놔 버린 것이 정인의 마지막 기억이었다.

* * *

승현이 그의 귓가에 뜨겁게 속삭였다.

"정인이 형, 괜찮아요?"

"스…… 승현아……. 조승현……."

정인은 허우적거리며 그의 이름을 불렀다. 술에 엉망으로 취할 때면 늘 버릇처럼 부르는 공허한 이름이었다.

"응. 여기 있어요. 나, 여기 있어."

꿈결처럼 승현이 그의 귓가에 대답했다. 뜨끈한 숨결이 느껴지는
게 마치 실제 같았다.

"미안…… 미안해……. 내가 미안해."

정인이 앓는 사람처럼 중얼댔다.

"괜찮아. 미안하면 형이 나 책임지면 돼요. 그러면 다 돼."

승현의 목소리가 다시 들렸다. 정인은 눈을 감은 채 인상을 찌푸
렸다.

"더워…… 더워……."

몸에 걸치고 있는 옷이 답답했다. 그의 술버릇은 옷을 훌훌 벗어
던지고 나체로 자는 것인데, 지금은 팔이 누군가의 등에 단단히 둘러
져 움직일 수가 없었다.

"더워요?"

"응. 더워…… 하아……."

"옷 벗겨 줘요?"

"응. 응."

버둥거리는 정인의 팔에서 티셔츠가 벗겨져 바닥에 떨어졌다. 서
늘한 방 안의 온도에 기분 좋을 정도로 차가워진 이불을 살갗에 부비
는 사이, 허리 아래에서 찰칵거리며 청바지 벨트까지 풀렸다.

"허리 들어 봐요."

정인이 말 잘 듣는 아이처럼 허리를 번쩍 위로 들었다. 곧 바지가
벗겨져 속옷만 입은 다리가 드러났다. 몸을 구속하고 있던 것이 사라
지자 날아갈 듯 기분이 좋아진 그가 하얀 팔다리를 위아래로 허우적
거렸다.

"좋아. 기분 좋아……. 흐응……."

옆에서 옷자락이 떨어지는 소리가 났다. 정인은 커다란 침대 위를 뒹굴거렸다. 마치 눈밭을 구르는 강아지라도 된 것 같았다.

"정인이 형."

정인이 뒹구는 동안 자신도 옷을 벗고 나체가 된 승현이 뜨끈한 체온을 그에게 붙였다. 마침 몸이 부르르 떨릴 정도라 다가오는 체온이 기분 좋았다. 정인은 그에게 찰싹 달라붙었다.

"응."

"정인이 형."

"왜에."

정인이 말을 길게 늘였다.

"다른 사람 앞에서 이렇게 취하면 안 돼요, 알았죠?"

"왜 안 돼?"

"내가 죽여 버릴 거니까."

정인이 몸을 웅크리고 그의 가슴에 높다란 코를 문질렀다. 따끈하고 울룩불룩한 근육이 뺨에 닿는 느낌이 좋았다. 건강한 남자의 살갗은 언제나 기분이 좋았다.

"조승현, 사람 죽이면 또 교도소 가잖아. 그럼 안 돼. 안 돼."

고개를 저으며 중얼거리는 그의 귓가에 승현이 다시 속삭였다.

"그러니까, 다른 사람 앞에서 취하기 없기라고요."

"내가 취해서 싫어? 너, 나 좋다며. 지금도 나 좋아한다며. 바보같이. 등신. 조승현."

정인이 칭얼대며 그의 목에 양팔을 둘렀다.

"멍청한 승현이. 머리 좋다는 것도 못 믿겠어. 개승현. 멍멍. 짖어

봐라, 승현아.”

승현의 목울대가 위아래로 움직였다.

“자꾸 이러면 나 못 참아요.”

“너 진짜 내가 좋아? 아니면 이것도 나중에 나 엿 먹이려는 계획 중에 하나야? 나 진짜 헷갈려. 진짜 모르겠어. 나는 조승현이 무슨 생각하고 있는지 하나도 모르겠어.”

웅얼거리는 그의 이마를 목에서 떼어 내며 승현이 그에게 얼굴을 붙였다.

“눈 떠 봐요, 정인이 형.”

“눈을 못 뜨겠어.”

“얼른 떠 봐.”

정인은 힘겹게 눈꺼풀을 올렸다. 승현의 얼굴이 바로 앞에 있었다. 어라. 이건 꿈이라기엔 너무 생생하다.

“내가 지금 무슨 생각하고 있는지 맞춰 봐요.”

승현을 보며 정인이 잠시 생각하더니 후후 웃으며 고개를 흔들었다.

“말 안 할래.”

“말해 봐요. 맞추면 소원 하나 들어줄게요.”

“진짜?”

승현이 입술을 올리며 고개를 끄덕였다. 흘러내리는 정인의 앞머리를 쓸어 올리는 손이 다정했다. 정인은 그를 바라보며 천천히 중얼댔다.

“……내가 예쁘다고 생각하고 있는 것 같아.”

승현의 입술에서 피식 웃음이 터졌다. 정인이 고개를 갸웃했다.

"아닌가?"

"비슷해요."

음, 하고 다시 눈을 가늘게 뜨다가 정인이 "아. 알았다." 하고 눈꺼풀을 들어 올렸다.

"키스하고 싶다고 생각하고 있었지. 조승현."

"……왜 그렇게 생각하는데요?"

"너……, 차 안에서도 그렇게 나 보고 나서 키스했잖아."

승현의 입술에서 미소가 천천히 사라지더니 혀로 제 입술을 축였다. 정인이 킬킬 웃으며 그에게 콧날을 비볐다.

"이건 정답이지?"

"틀렸어요."

눈을 깜빡이는 정인의 허리에 뜨끈한 손이 감겨 들어왔다. 정인의 몸이 승현에게로 딱 붙었다. 아랫도리에서 느껴지는 묵직한 감각에 천천히 머릿속이 움직였다.

어. 진짜 꿈이 아니구나.

승현이 꽉 잠긴 목소리로 정확히 내뱉었다.

"섹스하고 싶다고 생각했어요. 당장 내 거 형 몸속에 집어넣고 싶어. 흔들고 엉망으로 만들고 싶어. 내 이름 부르면서 우는 거 보고 싶어요."

정인이 눈을 느리게 깜빡거렸다.

"……근데 왜 섹스 안 해?"

천진하게까지 들리는 그의 물음에 승현의 입가가 잘게 경련했다.

"……서정인이 나중에 또 딴소리 할까 봐."

"내가 왜?"

"지금 취했으니까."

"야, 나 안 취했거든?"

정인이 발개진 얼굴로 눈을 부릅떴다.

"술 개떡으로 취하면 사람이 이렇게 위험해지는지 몰랐어요."

승현이 속삭이듯 말하자 정인이 언제 정색했냐는 듯 헤헤 웃었다.

"조승현, 지금 완전히 흥분했다. 그렇지?"

정인이 허리를 들이밀고 그의 아랫도리에 자신을 붙이자 승현이 입술을 씹었다.

"하아…… 씨발……. 진짜……."

"우리 승현이 욕도 잘하네."

"지금 욕 나오게 하는 게 누군데 이래."

"흐응. 침대에서 욕하는 거 흥분되더라, 난."

정인이 눈을 감고 강아지처럼 그의 목에 얼굴을 문질러 댔다. 승현이 다시 욕설을 삼켰다.

"못 참겠으니까 그러지 마요."

"안 참으면 되잖아."

"하아…… 진짜……."

꽉 잠긴 그의 목소리가 귓가에 스쳤다. 질척하고 다급함이 넘치는 목소리.

"형이 먼저 시작한 거니까 내가 덮쳐도 할 말 없는 거예요."

커다란 손이 정인의 속옷 밴드에 걸린 순간이었다. 아차 싶은 정인이 갑자기 눈을 번쩍 뜨고 그의 어깨를 이로 깨물었다.

"……뭐예요?"

정인이 얼굴을 떼고 눈을 끔뻑거리며 인상을 쓰고 있는 그를 바라보았다.

"샤워부터 해야 해. 나 준비……. 준비해야 한단 말이야……."

"상관없으니까 그냥 해."

헐떡이며 승현이 그를 침대에 눌러 눕히고 올라오자 정인이 엄청난 힘으로 팔다리를 버둥거렸다.

"난 상관있어, 난 상관있어…… 조승현."

그의 어깨를 퍽퍽 때려 보았지만 때리는 주먹만 아팠다. 승현의 손에 정인의 팬티가 막무가내로 벗겨져 도르르 말린 채 바닥으로 떨어졌다.

"하아…… 씨발……."

승현이 숨을 몰아쉬며 손으로 그의 구멍을 짚어 오자 정인이 몸을 부르르 떨었다.

"안 돼!"

정인의 몸이 눈에 띄게 경직하는 것을 느낀 승현의 손길이 멈추었다. 승현이 이를 악문 채 그에게 물었다.

"왜. 지금 나 엿 먹이는 거예요? 일부러 이래?"

"씻고, 천천히……. 더러운 거 싫어……."

"안 더러워, 깨끗해. 혀로 빨아 줄게요. 내가 알아서 할 테니까 힘 좀 빼 봐요, 씨발……."

"싫어, 샤워, 씻게 해 줘. 씻게 해 달라고!"

온몸으로 반항하며 칭얼거리는 정인을 보며 승현이 커다랗게 한숨을 내쉬었다.

"하아……. 진짜."

결국 승현의 손길에 정인의 몸이 번쩍 들렸다. 머리가 침대에서 떨어지자 세상이 빙그르르 돌았다. 그를 안고 성큼성큼 방에 딸린 욕실로 걸어가며 승현이 중얼거렸다.

"나중에 딴소리하기만 해, 서정인."

"너 가끔씩, 반말, 하는데…… 내가…… 너보다, 씨…… 한 살더…… 아앗!"

널따란 욕조에 정인의 맨엉덩이가 닿았다. 갑자기 느껴지는 차가운 감촉에 그가 몸을 부르르 떨며 호들갑을 떨었다.

"아, 추워. 추워!"

"미치겠네."

승현의 중얼거림이 물소리에 묻혀 사라졌다. 천장에서 따끈한 물이 분사되며 정인의 몸을 적셨다. 머리카락에 줄줄 뜨거운 물이 흐르자 정인이 강아지처럼 혀를 내밀고 날름거렸다.

"어, 어……. 이거 스프링클러 같아. 하하, 근데 따뜻한 물이 나오네……. 흡!"

뜨거운 혀가 그의 입술을 가르고 들어오는 바람에 정인의 말이 끊겼다. 습기 찬 소음이 부딪힌 입술 새에서 흘렀다. 천장에서 떨어지는 온수를 맞으며 정인이 몸을 부르르 떨었다. 승현이 그에게 키스하는 동시에 그의 마른 등골을 천천히 짚어 내려갔다.

"하아……. 흐읏…… 거기 안 돼…… 하아……!"

"돼, 내가 되게 할게. 내가 알아서 할게요. 응?"

승현의 손가락이 미온수가 닿아 축축해진 구멍으로 쓰윽, 내려가는 동시에 정인이 숨을 몰아쉬었다. 누군가의 손길이 닿아 본 적이 너무 오래되어 긴장감에 수축하는 근육 주변을 살살 달래듯 어루만지며 승현이 귓가에 속삭였다.

"그런 얼굴 하고 있으면서 참으라고 하는 건 너무 심하잖아요. 그렇죠?"

"스, 승현아. 하아, 아……."

"당장 박고 싶은 거 죽을힘을 다해서 참고 있는 거예요. 그러니까, 협조하는 거예요. 착하지."

그의 미끄럽고 뜨거운 혀가 귓불을 물었다. 욕실에 들어올 때의 추위는 어디로 가고 정인의 몸이 뜨끈하게 달아올랐다.

"흐응……."

"힘 빼 봐요. 엉덩이에 힘 좀 빼 봐, 응? 정인이 형……."

승현의 낮은 목소리가 너무나 다정했다. 그 이면에는 어떤 잔인함도 숨기고 있지 않은 것처럼 부드럽고 달콤한 목소리였다. 정인은 숨을 몰아쉬며 가느다란 눈으로 그를 보았다.

"천천히, 천천히 해 줘. 알았지?"

"……알겠어요."

기다란 눈매에 감춰진 검은 시선에 빠져들 것만 같았다. 체온이 오르고 몸에 긴장이 풀리자, 그 틈을 타고 승현의 중지가 틈을 비집었다.

"하읏……."

빠듯한 느낌에 숨을 몰아쉬는데 승현의 입술이 그의 목덜미를 지그시 빨았다. 정인은 몸이 더욱 달았다.

"조, 조승현…… 하아……."

"조금만 더, 힘 빼 봐요."

정인의 내벽이 꼬물거리며 그의 손을 꽉 압박했지만, 승현은 움직임을 멈추지 않았다. 마디가 툭 불거진 손가락을 기어코 안쪽으로 깊숙하게 밀어 넣었다.

"여기쯤인가?"

꾹꾹 눌러 짚는 순간, 정인의 꽉 다문 잇새에서 콧소리가 섞인 신음이 터졌다. 승현이 혀를 길게 내어 그의 얼굴을 핥았다.

"야해. 씨발⋯⋯. 너무 야하다고요, 형은."

"하아, 아웃⋯⋯."

정인의 페니스에 힘이 들어가 꼿꼿이 섰다. 정인은 무언가를 잡으려고 허우적거렸지만, 커다란 욕조 안에서 잡을 만한 것은 승현의 단단한 어깨 정도였다.

"빨게요. 못 참겠어."

그가 손으로 여전히 전립선을 자극하며 얼굴을 아래로 숙였다. 승현은 이제 정인을 마주하고 개처럼 욕조 바닥에 엎드린 모습이었다. 정인의 손가락에 그의 부드러운 머리카락이 걸렸다. 근육이 짜 맞춰진 승현의 너른 등이 물을 맞아 더욱 탐스럽게 빛났다.

"알아요? 형은 좆도 야하게 생겼어. 씨발⋯⋯."

그가 긴 혀로 정인의 아랫도리를 핥으며 중얼거리는 소리가 웅웅 물소리에 번져 사라졌다. 부드럽게 분사되는 물줄기마저 짜릿한 자극이었다.

"하아, 흐웃, 안, 안 돼. 거기 안⋯⋯, 흐웃!"

회음부를 핥던 그가 음낭을 입안에 물었다. 승현은 손가락으로는 터질 것 같은 부위를 압박하는 채로, 혀와 이로는 늘어진 주머니를 부드럽게 쪽쪽 빨며 예민한 부분을 입안에서 굴렸다. 미칠 것 같은 자극이 동시다발적으로 정인을 공격했다. 딱딱해진 살덩이가 꺼떡거리며 복부 위에서 제멋대로 움직였다.

"흐읏, 아홋······!"

손으로 아랫도리를 움켜쥐려는데 그의 입술이 더 빨랐다.

"내 거에 손대지 마요."

말도 안 되는 소리를 중얼거리며 승현이 그의 성기를 뿌리 끝까지 단번에 삼켰다.

"허억······!"

정인의 허리가 부들부들 떨렸다. 승현은 언젠가 했던 것처럼 기둥 끝까지 그를 삼켜 버릴 듯 빨아 대고 있었다. 포경의 흔적이 흐릿한 부분을 혀끝으로 핥는 것도 잊지 않았다. 춥, 춥, 음란한 소음과 목구멍에 성기가 닿을 때마다 흡, 하며 작게 터지는 승현의 허스키한 신음에 정인은 머릿속이 터져 버릴 것 같았다.

"승현아, 하아······ 아아, 그만······!"

정인의 애원은 승현의 움직임을 더욱 부추겼다. 그가 구멍을 벌려 손가락 하나를 더 집어넣었다. 압박은 더욱 견고해졌다. 배가 빵빵하게 부풀어 터질 것 같은 개구리처럼, 정인의 몸속에 과부하가 걸렸다.

"승현아, 승현아, 나, 아아, 흐읏!"

정인이 고개를 흔들며 벌벌 떨기 시작하자 승현은 성기를 입에 문 채 얼굴을 아래로 쑥 내렸다. 그의 입술이 정인의 음모에까지 닿았다. 승현은 완벽하게 그의 입속으로 사라진 정인의 페니스 끝을 쥐어짜듯 집어삼키며 혀로 길게 핥았다.

"흐윽······!"

정인의 머릿속에서 생각이 사라졌다. 아무것도 생각할 수가 없었다. 지난 세월 동안 경험할 수 없어 잊고 살았던 쾌락의 감각들이 벼락이 내리치듯 한꺼번에 그의 몸을 때려 댔다. 폭발하듯 분출하는 것은 그의 의지로 멈출 수 있는 것이 아니었다.

"좋아……. 조승현, 좋아……!"

정인의 성기에서 진한 정액이 솟구치듯 튀었다. 그는 욕조 가장자리를 움켜쥔 채 눈을 감고 몸을 부르르 떨었다. 발개진 눈가에서 물인지 눈물인지 모를 액체가 주르륵, 흘러내렸다.

"하윽! 하으윽!"

정인의 애널이 움찔거리며 승현의 손가락을 꽉 물었다. 몇 번이나 쏟아 내자 그제야 그의 성기를 잡아 뽑을 듯 물고 있던 승현이 고개를 들었다.

"하아……, 승현아……."

거친 사정에 실신 직전의 표정이 된 정인이 그의 이름을 불렀다. 승현은 그런 정인을 음욕 가득한 눈으로 담은 채, 입고 있던 드로어즈를 벗었다. 두 다리 사이에서 발기해 어린아이 팔뚝만 해진 그의 성기가 보였다. 승현이 주르륵 정인의 체액을 자신의 손바닥에 뱉어 내고는 제 페니스를 훑었다.

"다리 벌려 봐요."

"나 지금 못 해, 승현아……. 힘들어, 하웃……."

너른 욕조에 정인의 등이 닿았다. 승현이 그의 다리를 손으로 휘어 감으며 체중을 실었다.

"할 수 있게 만들어 줄게요. 힘 빼고 나한테 맡겨."

팽창한 성기가 엉망으로 맞부딪쳤다. 정액으로 끈적해진 승현의 페니스가 그대로 느껴졌다. 정인은 벌게진 얼굴로 헐떡거리며 숨을 내쉬었다.

"흣……!"

비릿하고 짠맛이 남아 있는 혀가 돌진해 왔다. 역하다고 느낄 새도
없었다. 질척한 타액을 옮기며 승현이 그의 혀를 휘감고 빨아 댔다.
날카로운 승현의 콧날이 정인의 콧등을 눌러 왔다. 입술이 잘근잘근
씹히고 빨리자 성대에서 저도 모르게 신음이 터졌다.

"흐으……."

"나랑 처음 했던 날 기억해요?"

승현의 아랫도리는 여전히 정인의 페니스를 압박하며 느리게 비비
고 있는 채였다. 흉기와도 같이 단단한 살덩이가 끈적이며 엉겨 오자
한차례 뱉어 내고 풀이 죽어 있던 정인의 성기에도 서서히 피가 몰리
기 시작했다.

"지난 10년 동안 한 번도 잊은 적이 없어요, 난."

"흐읏……!"

"형이 날 유혹했을 때 긴장하던 표정부터, 내가 이렇게 만지면 숨
넘어갈 것처럼 굴던 것까지 눈앞에 생생해요."

그의 손가락이 정인의 발딱 선 가슴의 돌기를 꼬집듯 자극하자 정
인의 입술에서 큰 소리가 터졌다.

"하아!"

예민한 젖꼭지를 꾹 누르며 긁어 오자 정인은 완전히 서 버렸다.
세밀한 물줄기로 뒤덮인 승현이 몸뚱이가 뜨거웠다.

"여전히 좋아하네요. 젖꼭지 빨아 줄까요?"

승현이 혀를 길게 내밀어 그의 얼굴을 핥으며 물었다. 대답할 수가
없어 눈을 질끈 감자, 곧이어 가슴이 빨렸다.

"흐윽!"

정인은 잊고 있었다. 10년이라는 오랜 세월 동안, 조승현과 했던 강렬한 섹스의 뒤탈이 너무나 컸기 때문에, 정작 그것이 정인에게 주었던 쾌락이 얼마나 지독했었는지를 잊어버리고 있었던 것이다.

"좋······. 좋아····· 좋아, 흐윽······."

조승현이 손길이 닿을 때마다 그가 자신을 어떻게 다루었는지가 생생히 떠올랐다. 그의 손가락이 애널 안을 비집었을 때 이미 떠올라 버린 감각이었다.

"그때도 좋다고 울었죠, 형은. 그래 놓고 날 버리고."

"미, 미안. 하웃!"

"괜찮아요. 상관없어. 그런 서정인을 내가 좋아했으니까."

몸속에서 슬쩍 고개를 쳐들던 죄책감은 쾌락 뒤로 자취를 감추었다. 젖꼭지를 물고 빨던 승현은 정인의 하얀 몸 여기저기에 입술을 박아 대며 붉은 흔적을 남겼다. 털이 엷은 예민한 겨드랑이를 거침없이 빨고, 배꼽 주위는 혀를 길게 빼어 핥았다.

"하지 마, 그런 데 핥지 마······. 하웃!"

"형 체취가 진하게 나는 곳이 좋아요, 난."

버둥거리는 그의 다리가 어느새 승현의 팔에 꽉 걸렸다. 꼿꼿이 서 버린 성기가 부끄러워 얼굴을 붉히고 있는 정인에게 승현이 중얼거렸다.

"나는 다 좋아, 서정인."

말이 끝남과 동시에 그의 입술이 정인의 애널에 내려앉았다. 정인은 입술을 깨물어야 했다.

"흐윽······!"

의지와는 상관없이 벌름거리기 시작한 구멍을 춥, 춥, 빨며 핥은 것이 시작이었다. 승현의 단단한 혀가 미끈하게 주름을 벌리며 안으로 들어오자 정인은 두 손으로 입을 틀어막았다. 아까 손가락으로 충분히 짚어 풀어진 곳을, 승현은 마치 녹아 없어지게 할 작정인 양 끈질기게 애무했다. 혀와 손은 그 느낌 자체가 달랐다.

"흐으...... 흐으으......!"

"더 벌려 봐요."

승현이 뭉개진 발음으로 중얼거렸다. 저도 모르게 다리에 힘이 들어가자, 승현이 허벅지에 건 팔을 조금 더 벌리며 안으로 얼굴을 파묻었다. 정인은 그제야 알았다. 승현이 자신의 몸을 애무할 때, 왜 다른 이들과는 다른 느낌이 들었던 것인지. 구멍을 넓게 벌리고 그 안에 제 타액을 툭 뱉어 넣어 혀로 꾹 밀어 넣는 승현의 눈빛이 어떨지는 직접 보지 않아도 알았다.

"하아......."

승현은 정인의 욕구를 충족시키기 위해서만 움직이는 것이 아니었다. 그의 입맞춤은 애무인 동시에 영역 표시였다. 승현의 강인한 팔뚝에 솟은 힘줄이 불끈거렸다. 그가 마침내 얼굴을 들었다. 흥분에 눈이 뒤집힌 시선이 정인을 잡아먹을 듯 노려보았다.

"못 참겠어......."

승현은 철저하게 제 욕심대로 움직이고 있을 뿐이었다. 그리고 정인은 그런 그의 모습에 엉망으로 흥분했다.

"참지 마, 조승현."

다리가 활짝 벌어지자마자 엉망으로 빨린 구멍 입구에 그의 페니스가 닿았다.

"흐윽......!"

아직 들어오지도 않았는데, 툭 불거진 기둥 입구의 부피가 주는 압박감에 숨이 턱턱 막혔다.

"넣어요."

낮게 통보한 후, 승현이 몸을 숙여 그를 꽉 끌어안았다.

"흐으윽!"

벌어진 구멍을 한계까지 늘리며 승현의 성기가 정인의 구멍 안을 비집었다. 승현은 한 손으로는 그의 얼굴을 감싸고 다른 한 손으로는 정인의 허벅지를 휘감은 채, 무지막지한 아랫도리를 좁은 내벽에 쑤셔 넣고 있었다.

"하아, 승현아, 천천히…… 천천히……."

"씨발…… 미치겠어……. 서정인……."

밭은 숨을 내뱉는 정인을 보며 승현이 괴로운 표정으로 허리를 쿠욱, 찔러 넣었다.

"흐윽!"

기억이 잘 나지도 않는 인생 처음의 섹스가 이러했던가. 정인은 턱을 덜덜 떨었다. 온몸을 뻐근하게 비집는 부피감에 머리가 다시금 하얗게 점멸했다. 결국 완벽하게 정인의 몸을 비집고 들어간 승현이 그의 엉덩이를 손으로 꽉 움켜쥐었다.

"하아, 하아……!"

승현이 성기를 기둥 끝까지 집어넣은 채 안에서 흔들어 대자 정인은 온몸이 빙글빙글 돌았다. 온몸을 자신에게 묻은 승현의 무게감과, 뒤를 한계까지 벌리고 들어온 성기의 압박감이 주는 쾌락에 입안이 바짝 말랐다.

"흐웃, 흐윽!"

"눈 떠 봐."

승현이 꽉 잠긴 목소리로 속삭였다. 정인의 젖은 눈꼬리에서 눈물이 도르르 흘러내렸지만 승현은 멈추지 않았다. 혀로 눈물을 핥으며 그가 피스톤 운동을 시작했다. 선단까지 뽑아냈다가 다시 기둥뿌리까지 쑤셔 박으며 치고 들어오자 그의 움직임에 따라 정인의 숨이 턱, 턱, 막혔다. 아득한 통증을 순식간에 무너뜨리는 쾌락의 크기가 너무나 컸다.

"하윽! 아흐윽!"

"억지로 가지는 거라고 말해도 상관없어요, 못 멈춰. 난, 안 돼."

알 수 없는 말을 중얼거리며 승현이 정인을 내려찍듯 그에게 몸을 묻었다. 여전히 천장에서 분사되는 뜨겁고 세밀한 물줄기에 흐르는 땀이 뒤섞였다.

"서정인, 형은 내 거예요. 내 거야. 내 거라고."

퍽, 퍽, 거칠게 내려찍으며 승현이 눈앞에서 속삭였다. 여전히 그의 시선은 정인을 꽉 잡고 놔주지 않고 있었다. 정인은 그의 목을 양팔로 움켜쥐며 신음했다.

"승현아…… 조금 천, 천천히, 흐윽! 너무 깊어……!"

"그게 가능하면 좋겠어요, 나도. 하아……."

그가 기둥 끝까지 박아 넣고 허리를 묵직하게 돌리며 신음했다. 정인이 입술을 깨물며 눈을 감을 때마다 승현이 고개를 저었다.

"나 봐요. 눈 피하지 마."

"흐읏…… 안, 안 피해……."

"기분이 너무 좋아, 서정인……."

"하아, 나도 좋…… 좋은데…… 그렇게 너무 깊게…… 으윽!"

양다리가 번쩍 들리나 싶었다. 승현의 어깨에 정인의 종아리가 걸렸다. 움직임이 더욱 수월해진 승현이 그를 더욱 깊숙하게 잠식하기 시작했다. 승현의 고환이 회음부에 부딪쳐 철썩이는 젖은 소음이 커져 갔다.

"좆도 만져 줄게요. 그럼 더 좋을 거야."

그가 박아 댈 때마다 배 위에서 애처롭게 덜렁거리는 정인의 페니스를 승현이 커다란 손으로 움켜쥐었다. 정인 자신도 원한 일이었기 때문에 차마 그만두라는 말이 떨어지지가 않았다. 정인의 입술에서 오열하는 것 같은 신음이 흘렀다.

"흐읏…… 흐으윽!"

"사람 인내심 시험한 형이 나빠요. 하아…… 정인아, 씨발, 하아……!"

쾌락에 몸부림치던 정인이 무의식적으로 애널을 조이자 승현이 폭주하기 시작했다. 승현의 손에 쥐어진 정인의 성기가 엉망으로 흔들렸다. 허리 아래 빼고는 모든 감각이 상실된 것만 같았다. 정인의 벌어진 입술에서 쉴 새 없이 비음이 샜다. 그의 몸은 이제껏 남자에게 반응하지 않았던 것이 마치 거짓말이었던 것처럼, 그를 흥분의 정점으로 쏘아 올리고 있었다. 문제는 면역이 상실된 그의 몸이 감당하기에는 갑작스레 쏟아지는 쾌락의 크기가 너무나 크다는 것이었다.

"아아, 조승현, 나, 아아……!"

그의 성기가 쿡, 누르며 뒤를 정확히 찔러 오는 박자에 맞추어 승현의 손안에서 정인은 또 한 번 사정했다. 두 번째 사정은 고통과 쾌락이 공존했다. 벼락과도 같은 절정이 아랫도리를 강타함과 동시에 온몸에서 힘이 다 빠져나가는 느낌이었다.

"흐으…… 하으……."

정인의 몸은 여전히 흔들리고 있었다. 승현은 제 손을 적힌 정인의 체액을 핥으며 쉰 목소리로 중얼거렸다.

"나도 갈게요."

그가 힘주어 허리를 세게 털었다. 퍽퍽거리며 정인의 몸 위에서 움직이던 그에게서 드디어 억눌렀던 욕망이 터져 나와 정인의 내벽 안에 뿜어졌다.

"훗……!"

그가 체중을 실으며 정인을 깊게 잠식했다. 싸면서도 움직이는 괴물 같은 버릇은 십 년이 지나도 여전했다. 정액이 질질 새어 나오는 식지 않는 살덩이가 내벽을 몇 번이고 다시 꿰뚫었다. 희고 진한 액체가 밖으로 흘러나오다 말고 다시 안으로 쑤셔 넣어지기를 반복했다. 정인은 사정 후의 나른함 같은 것은 느낄 새도 없었다. 마치 계속해서 아찔한 내리막만 반복되는 롤러코스터에 오른 기분이었다. 아드레날린을 실은 뜨거운 피가 선사하는 쾌락은 짜릿하기보다 두려워 몸이 덜덜 떨릴 정도였다.

"정인이 형."

드디어 승현이 정인의 몸속에서 제 살덩이를 끄집어냈다. 나른한 목소리에 정인은 겨우 젖은 눈꺼풀을 반쯤 들어올렸다.

"……괜찮아요?"

승현이 혀로 제 입술을 핥으며 물었다. 아까 보이던 미친 기운은 많이 사라져 있었지만, 아직도 흥분의 여운이 남아 있는 검은 시선이 아득했다. 정인은 힘없이 고개를 끄덕였다.

"응."

"일어날 수 있어요?"

솔직히 말하면 그럴 수 없을 것 같았다. 힘없이 욕조에 널브러진 정인을 보는 검은 시선에 약간 미안함이 스쳐 갔다. 승현은 양손을 정인의 겨드랑이에 끼우고 그를 부축해 일으켰다. 정인은 후들거리는 다리를 겨우 움직여 승현의 팔을 잡고 욕조에서 일어났다.

"하아⋯⋯."

욕조에서 나가려는 순간 승현의 손이 그의 허리로 쑥, 내려 왔다. 정인의 눈동자에 의문이 사라지기도 전에 그의 몸이 휙 돌아갔고, 순식간에 정인은 벽을 마주하고 설 수밖에 없었다.

설마. 다시 할 생각인 걸까.

"승현아. 조승현."

"한 번만 더."

"안 돼. 나 못⋯⋯ 흑!"

승현이 그의 허리를 죽 잡아당기자 그의 몸이 반으로 꺾였다. 승현의 물건에 그의 엉덩이가 닿았다. 슥, 슥, 몇 번 마찰하듯 대고 비비자 까슬한 음모가 살갗에 닿았다. 그리고 완벽하게 발기한 딱딱한 물건이 구멍을 찔러 오는 것도 느껴졌다.

"그⋯⋯. 그마⋯⋯. 아흣⋯⋯!"

자신이 싸지른 정액으로 흠뻑 젖은 정인의 몸 안을 커다란 살덩이가 다시 비집었다. 다리에 힘이 풀려 쓰러지려는 정인을 승현의 손이 낚아채듯 뒤에서 끌어안았다.

"한 번으로 어떻게 만족해요? 난 안 돼. 불가능해요."

승현이 그의 귓가에 뜨겁게 중얼거렸다.

"씨발, 그만…… 조승현. 그만…… 하웃!"

그의 손이 승현의 양손에 붙잡혔다. 승현은 힘이 풀린 정인의 뒤에서 그를 올려 치듯 박아 대고 있었다. 승현은 완벽히 함락된 고지에 다시 불을 지르고 있었다. 승현의 이가 그의 목덜미를 꽉 물고 빨았다. 아프지도 않았다. 그저 또다시 붙기 시작한 불길에 미세한 물방울이 되어 사라질 뿐이었다.

"흐윽……. 하웃!"

"봐요, 형도 반응하잖아……. 다시 느끼잖아."

그는 기어코 정인의 성기를 주물럭거려 다시 세우고 있었다. 하반신이 몸에서 분리된 것 같은 기분이었다. 힘들어서 정신을 잃기 직전인데도 착실히 쾌락에 반응하는 몸뚱이 덕분에 더 죽을 것 같았다.

"조승현, 하, 미친, 하윽……!"

퍽퍽 소리가 나게 뒤에서 뚫어 대는 승현은 거침이 없었다. 힘이 빠진 정인을 배려해 부드럽게 박는 행위 따위는 존재하지 않았다. 다만 그는 빠르고 집요하게 쾌락점을 치대며 정인을 순식간에 다시 까마득한 흥분의 벼랑 위로 끌고 갔다.

"하아, 아아아!"

벌어진 정인의 입술에서 타액이 질질 흘러내렸다. 승현이 고개를 돌려 그의 입술을 찾아 게걸스레 빨았다. 혀와 침이 뒤섞이고 서로의 날숨과 들숨이 엉망진창으로 뒤섞여 들어갔다. 그제야 정인은 승현과의 마지막 섹스가 완벽하게 기억이 났다. 그가 왜 그 당시 공포에 가까운 감정을 느끼며 울음을 터뜨렸는지를 고스란히 다시 느낄 수 있었다.

짐승이 흘레붙는다, 는 말이 어울리는 거친 섹스였다. 이제껏 몸을 섰은 그 누구도, 정인과 이런 육체적 관계를 나눈 적이 없었다. 이것은 섹스라기보다 잡아먹히는 행위였다. 잘근잘근 씹고 뼈를 부러뜨려 입안으로 집어삼키면서도 정점의 쾌락을 선사하는 것이었다.

"좋아해요, 정인이 형."

승현이 뒤에서 젖은 목소리로 중얼거렸다. 의식이 흐릿해서 들리지도 않는데, 자꾸만 그의 이름을 불러 대며 협박에 가까운 고백을 뱉어 냈다.

"씨발, 좋아해. 내가……."

스스로 한 말에 더욱 흥분해 승현이 그의 몸을 끌어안고 부들부들 떨었다. 정인의 눈이 감겼다. 오싹한 쾌락에 눈물이 뺨을 타고 흘러내렸다.

"너무 좋아해……. 서정인."

나올 것도 없는 정인의 성기가 승현의 손안에서 불끈거렸다. 드라이 오르가즘을 느끼며 정인은 머릿속이 아득해짐을 느꼈다. 앞으로 고꾸라지는 그를 끝까지 붙잡고 승현이 그의 등에 키스를 퍼부었다. 정인은 정신을 잃어버리듯 잠에 빠지고 말았다.

《왜 이렇게 말랐어요? 맘 약해지게.》

《괜찮아. 내가 앞으로 좋은 것만 줄 테니까, 형은 얌전히 내가 하라는 대로만 하면 되는 거니까.》

잠결에도 정인은 고개를 흔들었다. 승현이 그의 몸 구석구석을 부드럽게 닦아 낸 후, 옆에 누워 이불을 끌어당겼다. 간질간질한 숨결이 얼굴에 닿았다.

《싫어도 어쩔 수 없어요. 여긴 내가 형을 위해서 만든 감옥이니까.》

《이 안에서 평생 살아 달라고 하면 어떻게 할래요?》

정인은 인상을 찌푸렸다. 대체 무슨 말을 하는 거지? 밤새도록 승현이 꿈에 나와 그의 귓가에 이상한 말을 속삭이고 있었다.

《내가 만들어 놓은 곳으로 얌전히 걸어 들어와요. 다 해 줄 테니까. 형은 걱정할 것 아무것도 없어. 그냥 내 걱정만…… 내 생각만 하면 돼요》

아득한 그의 목소리는 마치 덫을 놓는 사냥꾼처럼 부드러웠다. 정인은 무의식적으로 몇 번이나 고개를 흔들다가 다시 깊은 잠에 빠져들었다. 눈을 떴을 때는 해가 중천에 뜬 정오였다.

15. 진심

"일어났어요?"

거실로 나가자 커피를 내리고 있던 승현이 그를 돌아보았다. 정인은 고개를 두어 번 끄덕이고 휘청휘청 걸어가 아일랜드 테이블에 앉았다. 의자가 엉덩이에 닿자 찌르르한 느낌이 허리에 퍼졌다.

"나도 방금 일어났어요. 배고프죠?"

승현의 질문과 동시에 토스터에서 빵 두 조각이 튀어나왔다. 잘 구워진 식빵을 입에 물고, 승현이 버터를 꺼내 노릇한 빵에 발라 정인에게 내밀었다.

"잼이 없어서."

정인은 말없이 그에게서 식빵 한 쪽을 받아 들고 씹었다. 승현이 커피에 우유를 약간 섞은 후, 정인의 앞에 놓았다.

"······오늘은 출근 안 해?"

"왜요? 내가 꼴 보기 싫어요?"

그가 슬쩍 웃으며 바에 기댄 채 빵을 우물거렸다. 조승현은 커다란 티셔츠 하나만 걸치고 박스형의 팬티 차림이었는데 정장을 입고 있을 때보다 훨씬 어려 보였다. 정인은 그제야 자신도 그와 별반 다르지 않은 차림이라는 것을 깨달았다. 어젯밤 정신을 잃은 자신에게 옷을 입혀 준 것은 바로 조승현일 테다.

"몸은 좀 어때요?"

승현이 커피를 홀짝이며 그에게 지나가듯 물었다. 어제 색에 완전히 미친 자의 눈빛을 하고 그의 뒤를 뚫어 대던 모습은 찾아 볼 수가 없다.

"······힘들어."

"어제 술 많이 마셨잖아요. 형이 한 병 반은 넘게 마셨을걸요."

승현이 당연하다는 듯 대수롭지 않게 말을 이었다.

"빵 한 쪽 더 먹고 밖에 나가서 해장할까요? 근처에 괜찮게 하는 데 있어요."

"술 때문에 힘든 게 아니라, 너한테 엉망으로 박혀서 그게 힘들다고."

정인은 승현을 노려보며 툭 내뱉었다. 그가 식빵 테두리를 먹어 치운 후 낮게 웃었다.

"다행이다."

"뭐가?"

"형이 술 취해서 어제 일 기억 안 난다고 하면 화내려고 했거든요."

정인의 얼굴에 벌겋게 열이 올랐다. 역시 저렇게 나와야 조승현이다.

"엉망으로 취하니까 사람한테 안기는 버릇이 있더라구요, 형. 형 같은 사람이 눈앞에서 어른거리면서 꼬시는데, 안 넘어가면 몸 어디 문제 있는 거 아닌가요?"

"난 10년 만에 처음이었어."

"네. 그걸 알아서 부드럽게 대해 주려고 했는데 그게 잘 안 됐어요."

"또 내 탓 하려고?"

"아니. 나도 섹스는 10년 만에 처음이라."

정인의 입이 다시 조개처럼 꽉 닫혔다.

"자제가 안 되더라고요."

어제 몰아붙인 걸 생각하면 지금도 화가 나는데 그의 말투에 묘하게 심장이 이상한 속도로 두근거렸다. 정인은 더욱 기분이 좋지 않았다.

"후회하는 건 내 성격이 아니라서, 그냥 담엔 더 노력해 볼게요."

"뭐, 뭘…… 노력을 더 해. 하, 하지…… 쿨럭. 쿨럭!"

정인은 저도 모르게 말을 더듬다가 헛기침을 했다.

"형이 좋으면 나도 좋으니까. 어제도 얼마나 내 걸 조여 대는지 나 어디 잘못되는 줄 알았어요."

사레가 들려 심하게 기침하는 정인에게 승현이 티슈를 뽑아 내밀었다.

"여기요."

"……고맙다."

"몸은 좀 어때요?"

승현이 아까와 같은 질문을, 이번에는 다른 의미로 물었다. 정인은 대답 대신 입술을 질끈 깨물며 그의 시선을 피했다. 허리가 뻐근하고 온몸에 힘이 없는 것 말고는 그렇게 불편한 점은 없었다.

"힘들면 오늘 하루 종일 누워서 쉬어요. 필요한 거 있으면 내가 다 도와줄게요."

"그 정도는 아니거든."

괜히 약하게 보이기가 싫어 정인이 목소리를 높이자 승현이 어깨를 으쓱했다.

"그럼 다행이고요."

빵이 다시 작은 소음을 내며 스프링 튀듯 튀어 올랐다. 은색 토스터에서 빵 한 쪽을 다시 꺼내더니 그가 냉장고에서 무언가를 꺼내어 가져왔다. 그는 버터를 꼼꼼히 바르고 생크림을 올렸다.

"이거 먹어 볼래요? 맛있어요."

정인이 고개를 휘젓기도 전에 크림이 잔뜩 올라간 빵이 그의 입가에 닿았다.

"난 크림빵이 맛있더라구요."

승현이 얼른 먹으라는 눈짓을 하며 고개를 갸웃했다. 정인은 묘한 기시감을 느끼며 빵을 한 입 베어 물었다. 크림이 입가에 묻어 손으로 닦는 모습을 승현이 지켜보며 저도 한 입을 베어 물었다. 한 입 씹고, 그에게 먹여 주는 일이 반복되었다.

"이제 됐어."

승현이 손을 거두고 남은 빵을 모두 입안에 집어넣고 씹었다. 창으로 비껴 들어오는 햇살에 그의 얼굴이 반사되어 빛났다. 정인은 손을 뻗어 커피를 마시며 물었다.

"오늘…… 정말 안 나갈 거야?"

그가 고개를 끄덕였다.

"그래도 되는 거야?"

"안 될 건 또 뭐 있을까요?"

승현이 대수롭지 않게 어깨를 으쓱했다. 이상했다. 그러니까, 어제 레스토랑에서 승현의 고백을 듣고 난 후, 아니 그 후 자신이 엉망으로 취해 승현과 몸을 섞어 버린 어젯밤 이후, 정인은 승현과 급속도로 가까워진 느낌이었다. 가깝다는 말이 좋다거나 친근하다는 뜻은 아니었다. 다만, 이제까지 조승현에게 느껴지던 기묘한 거리감이 사라졌다고 하는 게 맞았다. 늦은 아침을 함께 보내며 빵과 커피를 마시고 있으니 더욱 그랬다.

"너, 무슨 일 하고 있어?"

"지금 나 취조해요?"

"뭐?"

승현이 커피를 들고 그의 옆에 털썩 앉으며 입술을 올렸다.

"내가 걱정돼요? 나쁜 짓 하고 돌아다닐까 봐?"

"그냥 궁금해서 물어보는 거야. 오해하지 마."

정인은 속을 숨겼다. 그가 무슨 일을 하건 정인에게는 상관이 없었다. 하지만 그가 위험한 일을 하지 말았으면 하는 바람은 있었다.

"국가에 세금 잘 내고 있어요."

"그러니까 무슨 일 하냐고."

"그냥 월급쟁이에요. 회사원이요."

"……어디, 무슨 회사?"

"MH."

십 대 기업 안에 들어가는 대기업이다. 정인이 눈을 살짝 찡그리며 의심하자 승현이 자리에서 일어나 책상을 향해 걸었다. 책상 안을 뒤져 명함 케이스를 꺼낸 그가 한 장을 뽑아 정인에게 내밀었다. 그곳에는 MH의 회사 로고와 함께 보안실장 조승현, 이라는 이름 석 자가 또렷이 인쇄되어 있었다.

"뭐 해요, 가짠지 진짠지 확인해요?"

승현이 쿡쿡 웃으며 식탁 위에 명함을 놓았다. 뚫어져라 직사각형 종이를 바라보던 정인이 그제야 그에게 시선을 맞추었다.

"네가…… 컴퓨터 같은 거 잘했던가?"

정인이 얼빠진 표정으로 그에게 되묻자 승현이 웃으며 고개를 저었다.

"그쪽 보안이 아니라 다른 쪽이에요."

"다른 쪽……?"

"형 몸 안 아프면 밥 먹고 난 후에 이야기하면 안 될까요?".

촉.

짧은 입맞춤과 함께 정인의 입술 옆에 묻어 있던 크림이 승현의 혀끝에서 사르르 녹았다.

"어제 너무 힘을 많이 써서 지금 아사하기 직전이라."

그가 입술이 닿을락 말락 한 거리에서 중얼거렸다. 정인의 귀에 다시 피가 몰려 빨개졌다. 정인은 자신의 반응이 낯설어 심각하게 인상을 찌푸렸다.

"더럽게 뭐 하는 거야."

"나 아까 샤워했는데. 이도 닦았어요."

"얼굴 치워."

"아침 사 줄래요?"

"알았다고."

민망해진 정인은 고개를 대충 끄덕일 수밖에 없었다. 하하, 웃으며 눈썹을 들어 올리는 승현의 모습이 그날따라 조금 능글맞아 보였다.

*　*　*

"일은 언제부터, 어떻게 하기 시작한 거야?"

아침을 먹은 후 커피를 사 들고 집에 돌아온 그들은 나란히 침실 발코니에 앉았다. 크림이 잔뜩 올라간 달콤한 커피를 쭉 빨아들인 승현이 담배를 하나 피워 물며 다리를 꼬았다. 조승현은 어울리지 않게 단것을 좋아했다.

"여기 경치 끝내주죠. 원래 호텔 지으려고 했던 자리래요."

평일 오후, 유유히 흘러가는 강물에 여름 햇살이 반짝였다. 천장에 차양을 붙여 놓은 덕에 얼굴은 따가운 볕을 피할 수 있었다.

"말 돌리지 말고. 회사는 어떻게 들어갔냐고 물었잖아."

"교도소에서 내가 깨달은 게 몇 개 있었어요."

갑자기 승현의 입에서 나온 화제에 정인이 입을 다물었다.

"하나는 시간이 흐르는 속도가 상대적이라는 거였어요."

"……."

"생각해 보면 제발 천천히 갔으면 좋겠다고 생각했던 시간들은 쏜살같이 흘러가 버리고…… 너무 싫어서 제발 이 시간이 빨리 갔으면 좋겠다, 하면 초침 움직이는 속도가 그렇게 느릴 수가 없더라고요."

진심　113

정인은 그의 말을 조금은 이해할 수 있었다. 지난 시간 동안 정인이 느꼈던 것을 그 역시 그대로 감당해야 했을 테니까. 말이 9년이다. 조승현 인생의 삼 분의 일에 가까운 시간을 그는 형무소에서 자유를 박탈당한 채 보내야 했던 것이다.

"그리고 두 번째로 깨달은 건 생각보다 인생에서 돈이 많이 중요하다는 거."

정인은 고개를 돌려 승현의 옆모습을 바라보았다. 커피를 한 손에 들고 느긋하게 발아래 풍경을 바라보는 그의 모습에서 여유가 흘렀다. 승현이 느릿하게 말을 이었다.

"돈이 많으면 사람을 죽여도 벌을 안 받고, 실제로 사람을 강간해도 넘어지다 실수로 좆이 박혔다는 말이 통하는 세상에 내가 살고 있다는 거였어요."

승현의 말에 정인은 그 어떤 부정도 할 수가 없었다. 한강에 여름 햇살이 찬란히 반짝였다. 배가 지나간 자리는 마치 아무 일도 없었던 것처럼 유유하고 느릿하게 흐르고 있었다.

"그걸 깨닫고 나서는 빨리 거기서 탈출해야겠다는 생각뿐이었어요. 그리고 6년 만에 탈출했죠."

6년이라고? 9년이 아니라?

복잡한 표정을 짓고 있는 정인을 바라보며 그가 빙긋 웃었다.

"출소한 건 3년 전이에요. 이걸로 형이 가지고 있는 부채감이 좀 줄었을까요?"

"뭐?"

"모범수였거든요. 저."

상상을 하지 못할 일도 아니었다. 정인이 기억하는 승현의 첫인상은 단정하고 바른 이미지 그 자체였으니까. 학원 내에서도 그는 모범생이었다. 그 여름의 사건이 있기 전까지는.

"나중에 교도관이랑도 친해질 정도였으니까 말 다했죠."

생전 처음 듣는 이야기에 정인은 눈만 깜빡였다. 승현이 쭉, 커피를 다 마시곤 빈 컵을 테이블 위에 올렸다.

"그리고 또 친해진 사람이 있었어요. MH 계열의 집안싸움에 등 터져서 들어온 사람이었어요. 온갖 정경 비리는 다 뒤집어쓰고 들어왔는데, 제가 마음에 들었나 봐요. 전 그때 교도관 눈 속이고 다른 죄수 협박해서 사제품 뜯어내고 있었거든요."

교도소 안에서도 그 짓을 했다는 승현을 보고 무슨 표정을 지어야 할지 몰라 정인은 그냥 입을 다물었다.

"그 사람이 저한테 출소하면 일을 시켜 주겠다는 거예요. 그땐 솔직히 허세 부리는 줄 알았어요."

"……그런데?"

"허세가 아니었어요. 그래서 같이 일하게 된 거고요. 그게 바로 전과자인 제가 지금 성실히 세금 내고 살고 있는 이유죠. 그 양반이 절 정확히 본 거예요. 내가 뭘 제일 잘하는지를 말이에요."

승현이 정인에게 담배를 하나 건넸다. 정인은 마다하지 않고 담배를 손에 끼웠다. 달칵. 그의 커다란 손이 지포 라이터를 딸깍여 불을 붙여 주었다. 정인은 깊게 빨아들인 후, 연기를 내뱉었다.

주륵.

플라스틱 커피 용기에서 물방울이 아래로 떨어졌다. 정인은 젖은 티슈를 만지작거리며 망설이다 물었다.

"네가 하는 일이 정확히 뭔데?"

"남들한테 쉽게 알려 줄 수는 없는 일들이죠."

"……예를 들자면?"

"사람 협박하거나, 돈 빼돌리거나 정보 빼돌리거나 말 안 듣는 사람들 손봐 주거나?"

"그건 그냥 깡패잖아."

조폭이나 하는 짓이라고 소리치고 싶었다.

"그런가요?"

승현이 낮게 웃으며 대수롭지 않게 물었다. 털지 못한 담뱃재가 손가락 끝에 닿아 정인이 퍼뜩 놀라자, 승현이 그의 손에서 담배를 빼냈다.

"위험하게."

정인이 인상을 찌푸렸다. 진짜 위험한 일은 저 혼자 다 하고 돌아다니면서 지금 담뱃재에 손이 데는 것을 신경 쓰고 있는 건가.

"불법적인 일 안 한다고 했잖아."

"운 좋게도 대한민국 현행법에는 돈만 있으면 빠져나갈 수 있는 구멍이 아주 많더라고요."

나직하게 내뱉는 승현의 말투는 신랄했다.

"조승현."

"내 일에 대한 판단은 내가 해요."

승현이 방금 전까지 정인이 물고 있던 담배를 맛있게 빨아들였다. 옅게 웃는 옆모습에는 일말의 죄책감이나 두려움이 없었다. 그가 가느다란 눈으로 정인을 보았다.

"그래서 책임도 다, 내가 지잖아요?"

"……"

"형한테 강제로 섹스한 것도 책임졌고. 손 좀 줘 봐요."

입술에 담배를 문 채, 그가 정인의 손가락 사이를 살폈다.

"……어. 조금 빨개졌네. 기다려요. 얼음 좀 가져올게요."

일어서려는 그를 정인이 가만히 붙잡았다. 승현은 자신의 셔츠를 꽉 붙잡은 정인의 손을 물끄러미 보다가 자리에 도로 앉았다.

"……아니었잖아."

"뭐가요."

잠시 말이 없던 정인이 고개를 들어 그의 눈을 보았다.

"그때 나한테 강제로 그런 거 아니었잖아, 너."

강간 여부의 판단은 피해자가 가장 잘 알 수 있는 것이다. 그와의 섹스에서 헐떡이던 정인에게는 자유의사가 있었다. 숨 막히는 쾌락에 뒹굴며 그를 밀어내지 않았다.

"형이 그렇게 말해 주면 난 그걸로 됐어요."

승현이 알 수 없는 말을 하며 정인의 손에 그의 손을 포갰다.

되긴 뭐가 돼. 바보 같은 놈이.

정인은 목구멍이 부어오르는 것 같아 마른침을 꿀꺽 삼키며 그에게 물었다.

"하나만 묻자."

"열 개 물어봐도 다 대답해 줄게요."

"그때 한민우 하천에 빠뜨린 거, 너 아니지?"

"이미 끝난 이야기 아닌가요?"

승현이 흐릿한 미소를 지었다.

"증인은 그때 너 봤다고 이야기한 사람뿐이야. 그리고 그날 밤에……. 난 너 밖에 나간 거 못 봤어."

"어차피 이미 끝난 일이잖아요. 그게 중요해요?"

"그것 때문에 너 대학도 못 가고 감방 갔는데, 그럼 안 중요하냐?"

정인의 말투에 안타까움과 날카로움이 함께 배어났다. 조승현이 머리가 좋다는 말은 다 거짓이었다. 승현은 앞뒤 재지도 못하는 미친놈일 뿐이었다.

"대학 같은 거 첨부터 나한텐 중요하지도 않았어요."

"조승현."

정인이 입술을 깨물며 그의 손을 꽉 쥐었다.

"왜 항소 안 했어? 왜 그냥 다 포기하고 들어갔던 거냐고. 내가…… 내가 네 편 안 들어 줘서, 그래서 그랬어? 그래서 될 대로 돼라, 하지도 않은 죄 다 뒤집어쓰고 감방 간 거야?"

승현이 잡히지 않은 손을 들어 정인의 머리카락을 쓸어 올렸다. 정인의 하얀 이마에 땀방울이 흘러내렸다.

"덥다. 안에 들어가요, 형."

"대답해, 이 새끼야!"

정인의 얼굴이 일그러졌다. 땀이 주르륵, 관자놀이로 흘러내렸다. 정인은 확인하고 싶었다. 승현이 왜 그런 바보 같은 선택을 했는지를.

"그래서 결국 형이 지금 내 옆에 있잖아요."

"무슨 말이야?"

"미안해서라도 내 곁에 있어 줄 거잖아. 서정인은 의외로 맘이 약하니까."

흐리게 미소 지으며 내뱉는 말에 어이가 없어서 온몸에 힘이 풀렸다. 승현이 그의 팔목을 잡고 안으로 이끌었다.

"여기 앉아 있어 봐요."

정인은 그의 손길에 밀쳐져 침대 끄트머리에 자리하고 앉았다. 문을 열고 밖으로 나가는 승현의 뒷모습을 멍하니 노려보았다.

"……미친 새끼가 진짜……."

혼잣말처럼 중얼거리고 있는데, 얼음 버킷을 손에 들고 승현이 다가왔다. 바닥에 무릎을 꿇고 앉아 얼음 조각을 손가락 사이에 문질렀다.

"또라이 새끼야. 씨발……. 넌 미친 새끼야……. 내가 그 말을 믿을 줄 알아? 고작 그 이유 때문에…… 그 이유 때문에……."

"그럼 믿지 마요, 그냥."

차가운 얼음이 닿은 피부가 얼얼하게 감각이 없어졌다. 녹은 얼음물이 뚝뚝 떨어져 승현의 바지를 적시고 있었다. 정인의 가슴 안에 단단하게 뭉쳐 있던 어떤 응어리가 주르륵, 녹아 흐르는 것 같은 느낌이 들었다.

「좋아해요.」

"미친 새끼."

정인의 눈가가 벌겋게 달아올랐다. 멍청한 조승현을 어떻게 하면 좋을까. 승현을 이렇게 만든 것은 바로 서정인, 자신이었다. 예전과 달리 더욱 잔인해진 그가 더 이상 두렵게 느껴지지가 않았다.

조승현은 골 때리는 놈이고, 이상한 놈이고, 그리고 정인을 좋아한다.

정인은 달아오르는 눈을 질끈 감았다 다시 떴다. 승현이 그를 보고 웃고 있었다. 다정하게. 아무 일도 없었던 것처럼.

"참, 내가 준 선물 잘 써 봤어요? 침대에 놔둔 거 어디로 사라졌던데."

"버렸다."

"와. 선물 개똥 취급 하는 건 예나 지금이나 변함이 없네."

승현이 쿡쿡 웃었다.

"씨발, 그렇게 큰 게 어떻게 들어가."

"내 거랑 사이즈 똑같지 않아요? 나름 인터넷에서 골머리 싸매고 신중하게 고른 건데."

"……변태야?"

"똑같은 거 다시 사서 들어가는지 안 들어가는지 확인해 볼까요?"

"미친놈이 진짜……."

"그냥 해 본 소리에요. 형 어제 무리해서 힘들잖아요."

"……조승현."

승현이 바닥에 여전히 무릎을 댄 채로, 그의 손을 붙잡고 침대에 앉은 정인의 얼굴을 올려다보았다.

"네, 정인이 형."

"어제 좋았어."

대칭이 완벽한 승현의 입술이 천천히 가로로 늘어지다 위를 향했다.

"뭐가요?"

느릿하게 묻는 그의 말투가 관능적으로 들리는 까닭은, 승현의 눈빛이 의미심장해서라고 생각하며 정인은 마른침을 삼켰다. 승현이 정인의 손가락을 얽듯이 엮으며 엄지로 손등을 느리게 쓸었다. 그 뭉근한 열기 어린 동작마저 야하게 느껴졌다.

"섹스. 좋았다고."

"하아."

그가 웃으며 이로 제 입술을 잘근 씹었다.

"또 꼬시는 거죠, 지금."

"넌 내가 뭐만 하면 꼬시는 거야?"

정인이 툭 내뱉자 승현이 무릎으로 일어나 그에게 눈높이를 맞추었다.

"옛날에 기숙사에서도 절 그렇게 꼬시더니."

"난 그런 적 없어."

"빤히 바라보다가 먹을 거 사 주고 속옷 사 주고 참고서 사 주고 다 해 주는 데 그게 꼬시는 거지 뭐예요?"

정확히 말하면 사 준 게 아니라 있던 걸 준 거였다.

"너한테는 그게 그렇게 느껴졌는지 모르겠는데 나는 진짜 별 뜻 있어서 그런 게 아냐."

"아는데, 장난으로 던진 돌에 개구리는 심장 터져 죽어요."

승현이 얼굴을 들이대는 바람에 정인은 저도 모르게 눈을 내리깔았다.

"시선."

그의 나지막한 말에 자동으로 정인이 고개를 들었다. 소리 없이 웃고 있는 그의 입술이 슬쩍 다가와 정인의 입술에 포개졌다. 옅은 담배 향이 나는 숨결이 짧게 뒤섞였다.

"……다시 만났을 때 형이랑 처음은 호텔 같은 근사한 곳에서 하고 싶었어요. 한강이 보이는 높은 곳에서. 야경도 근사한 곳에서 샴페인도 한잔하면서."

"……."

"결국 또 비좁은 욕실에서 개처럼 뒹군 거 보면……. 우린 정상적으로 섹스하기 좀 힘든 운명인가 봐요. 그렇죠?"

"……좋았다고 말했잖아."

"박고 있는 도중에 형이 기절해서 나는 짜증 나 죽는 줄 알았어요."

"탈진한 거야. 스무 살 애도 아니고, 세 번이나 연달아 가면 다리에 힘 풀리는 게 당연하잖아."

정인은 가라앉은 목소리를 가다듬으려 헛기침을 했다. 승현이 손가락을 구부려 그의 뺨을 슬쩍 스치듯 쓸었다.

"형은 모를 테지만 나 되게 인내심 강한 사람이거든요."

"알아."

"근데 참을성 강한 애들이 한 번 폭발하면 주체가 안 돼요."

"……잡소리 하지 말고, 하고 싶으면 그냥……."

정인의 몸이 벌렁, 매트리스 위로 넘어갔다. 승현이 영차, 소리를 내며 그를 위로 쑥 끌어올리더니 품 안에 안았다.

"형. 우리 낮잠 자요."

"밤에 안 잤어?"

"잘 수 있을 리가 없잖아요. 형이 옆에 있는데."

기절한 듯 잠에 빠진 정인을 계속 바라보고 있었다는 소리나 매한가지였다.

"잠들었다 깨어나면 형이 또 도망이라도 갔을까 봐 문 걸어 잠그고 지키고 있었죠."

전혀 로맨틱하지 않은 협박 같은 말에 이상하게 정인은 가슴이 뛰었다. 승현의 커다란 손이 그의 등을 쓸어내렸다.

"우리 한숨 푹 자고 일어나서 같이 저녁 먹어요."

"난 안 졸린데."

"그럼 그냥 눈만 감고 있어요."

승현은 몸을 일으키려는 정인을 보내지 않겠다는 듯, 더욱 단단하게 그의 몸을 팔과 다리로 얽었다.

"너 몸무게 몇이야?"

"85키로요."

"운동했어?"

"네. 교도소에서는 몸 약하면 안 되거든요."

"……."

"알아요? 형은 내가 교도소 이야기만 꺼내면 꿀 먹은 벙어리처럼 입을 딱 다물어요."

승현이 재밌다는 듯 웃는 바람에 그의 너른 어깨가 들썩였다. 정인은 그의 단단한 가슴팍에 옆얼굴을 박은 채로 속삭였다.

"이럴 줄 알았으면 3년 일찍 졸업한 거 말하지 말걸."

"왜?"

"형 계속 죄책감 느끼라고요."

"야, 조승현……."

그의 가슴을 밀치려고 하는데 승현이 고개를 숙여 입술을 맞춰 왔다. 그는 정인의 손을 낚아채더니 제 가슴에 얹었다.

두근두근.

힘차게 뛰는 심장 박동이 손바닥에 진동했다.

"이왕 형한테 꺼낸 패니까 숨기지 않고 말할게요. 몇 번이나."

"또 무슨 소릴 하려고 이래."

"좋아해요."

승현이 그를 보며 진지하게 물었다.

"나 책임질 거죠?"

"……어떻게 책임을 지면 되는데."

"일단 지금은 나랑 이렇게 한숨 자면 돼요."

정인은 그의 말에 눈을 스르륵 감았다. 승현의 뜨거운 숨결이 이마
에 닿는 것이 느껴졌지만, 정인은 눈을 뜨지 않았다. 서늘한 실내 온
도에 뜨거운 승현의 체온이 기분 좋았다. 정인은 그에게 끌어안긴
채, 이런저런 잡생각을 하다 결국 잠에 빠지고 말았다.

눈을 떴을 때는 커다란 창에 어둠과 노을이 절묘하게 섞인 초저녁
이었다. 불이 켜지지 않은 방 안에서 정인은 무거운 눈을 끔뻑거렸
다. 졸리지 않다고 말했는데, 벌써 몇 시간이나 곤히 자 버린 모양이
었다. 고개를 돌리자 침대 머리판에 등을 기대고 앉은 승현이 커다란
손으로 그의 머리카락을 쓸었다.

"일어났어요?"

부드러운 바리톤은 승현이 방금 일어난 것이 아님을 말해 주고 있
었다.

"……왜 그러고 있었어?"

"형 깨어날 때까지 기다리고 있었죠."

정인이 피식 힘없이 웃었다.

"또 나 도망갈까 봐 지키고 있었던 거야?"

"아뇨."

"그럼?"

승현이 물끄러미 그를 바라보며 느리게 입을 열었다.

"정인이 형. 개와 늑대의 시간이라고 알아요?"

낮이라고도 밤이라고도 부를 수 없는 하루의 경계선을 뜻하는 말. 지금과 같은 황혼 녘을 가리키는 말이었다. 사물의 윤곽이 똑바로 보이지 않아, 저 멀리서 다가오는 것이 자신을 반기는 개인지 아니면 자신을 집어삼키려 하는 늑대인지 쉬이 판단을 내릴 수 없는 시각.

바로 지금 같은 시간이었다.

"예전에 형이 그랬어요. 이런 시간에 혼자 깨면 외롭다고."

조승현은 충성스러운 개일까, 아니면 그의 목을 물어뜯어 버리려 침 흘리는 늑대일까.

"그런데 내가 옆에 있어서 안 외롭다고."

"……내가 그랬다고?"

"네. 그랬어요."

승현이 그의 이마에 부드럽게 입을 맞추며 손을 뻗어 그를 품에 안았다. 정인은 승현의 품에 기대듯 안긴 채, 창밖을 바라보았다.

"저기 봐요. 하늘 색깔 끝내주죠?"

그의 말은 사실이었다. 블라인드가 걷힌 커다란 창문은 액자처럼, 형형색색으로 빛나는 하늘을 비추었다. 탁한 파란색 하늘 위에 붉은 분홍빛 실구름이 풀어져 있었다. 보라색, 파란색, 붉은색과 주홍색이 모두 한 팔레트에 섞여 근사한 무언가를 만들어 냈다. 사방은 고요한데, 뒤에서 승현의 숨소리만이 규칙적으로 들려 왔다.

"난 매일 저녁마다 생각했어요."

정인의 입술이 살짝 떨렸다.

"그때, 한 달 동안…… 형이랑 같이 지내며 있었던 일들을 계속 생각했어요."

"뭐. 나 협박하고 괴롭혔던 거?"

승현이 그를 뒤에서 끌어안고 소리 없이 웃었다.

"정인이 형."

"말해."

"난 후회 안 해요."

"……."

"지금 이 상태로 내가 시간을 되돌아간다고 해도, 난 아마 그렇게 할 거에요. 똑같이."

승현이 속삭이며 그의 뒤통수에 작게 입을 맞추었다. 하늘이 점점 명도를 낮추었다.

마치 타임머신을 타고 십 년의 세월을 훌쩍 뛰어 넘어 날아간 것 같았다. 미숙하고 어렸던 스무 살, 스물한 살의 그들로 돌아간 것 같은 착각이 들었다. 그것은 승현이 그를 꽉 끌어안고 "좋아해요, 정인이 형." 하고 속삭였기 때문만은 아니었다. 그동안 정인이 눌러 참아 왔던 어떠한 '감정'이라는 기묘한 떨림이 시작되었기 때문이다.

두근.

이상했다.

"그거 알아?"

"뭘요?"

"너 진짜 나쁜 새끼야, 조승현."

승현이 정인을 좋아했다고 해서 그가 자신에게 했던 일들이 없는 게 되는 것은 아니었다. 그가 말했듯, 합의하의 성관계를 이끌어 내기 위해 그가 했던 모욕적인 발언들과 수치스러운 행위들은 분명 사실이었다.

"맞아요. 개새끼죠."

다시 만났을 때도, 협박하며 자신을 기어코 이곳까지 끌어들이는 조승현의 잔인함이 사라지는 것도 아니었다. 정인은 만약 자신이 그의 말마따나 도망이라도 간다면 지금 자신을 끌어안고 있는 커다란 손이 당장이라도 목을 조를 수 있음을 믿어 의심치 않았다.

"나 좋다고 매달린 놈들은 너 만나기 전에도 많았어."

"그런 건 굳이 안 알려 줘도 되는데."

"근데 너같이 미친놈처럼 행동한 사람은 없었어."

"아마 앞으로도 없을걸요?"

정인은 그제야 승현이 말했던 '진심'을 조금은 알 것 같았다. 타인을 좋아하는 것에 대한 정인의 무거운 불신을 조승현이 깨부순 것이다. 그걸 알아채기까지 10년이 걸렸다. 정인은 길게 숨을 내쉬고 승현에게 물었다.

"조승현."

"네."

"……너 뭐 좋아하냐?"

"서정인."

뜬금없는 그의 물음에 조승현은 망설이지도 않고 그의 이름을 말했다.

"말고. 좋아하는 음식이 뭐냐고."

"그건 왜요?"

"밥 먹어야지. 밖에 봐. 이제 벌써 깜깜해."

"저녁도 사 주려고요? 어제 저녁도 형이 쏘고, 아침 해장국도 형이 사 줬고, 카페에서 커피도 형이 사 줬잖아요."

"삼시 세끼를 어떻게 맨날 외식이야."

승현이 고개를 쓰윽 앞으로 돌리더니 그를 보았다.

"그게 무슨 뜻일까요?"

무표정한 얼굴이 꼭 알면서 뻔히 묻고 있는 것 같았다. 정인은 달아오른 표정을 애써 감추고 퉁명스레 뱉었다.

"파스타 정도는 할 줄 아니까, 오늘은 그걸로 하자."

"……."

"뭐 사야 되는지 적어 줄게, 아래 편의점에서 네가 좀…… 아니다. 그냥 같이 가서 사는 게 낫겠다. 뭐야, 왜 이…… 훗!"

승현이 그의 입술을 갑자기 덮치고 들어왔다. 승현이 그의 티셔츠를 끌어올리며 옷을 벗기려 했으므로, 정인은 안간힘을 쓰며 발버둥을 쳤다.

"밥, 일단 밥부터 먹고……. 야, 조승현!"

"하아……."

승현이 옷 안으로 손을 집어넣어 정인의 살결을 만지며 숨을 가다듬었다. 정인은 그의 어깨를 꽉 잡으며 갑자기 난폭해진 그를 달랬다. 승현이 뭣 때문에 또 나사가 휙 돈 건지 알 수가 없었다.

"혹시 파스타 싫어하냐? 밥으로 해? 그럼 일단 쌀부터……."

"좋아해요."

승현이 그의 말을 잘랐다.

"어?"

"세상에서 파스타를 제일 좋아해요."

"야. 네가 그렇게 말하면 내가 좀 부담되는데. 뭐 여튼 그럼 일어나자."

정인은 어색한 얼굴로 간신히 그의 몸에서 빠져나왔다.

"그 체격 유지하려면 많이 먹어야지."

승현이 침대에서 뛰듯이 내려와 정인을 뒤에서 껴안고 걷기 시작했다. 정인은 그에게 욕설과 달래기를 반복하며 겨우 지갑을 들고 나설 수 있었다.

16. 훈련

지잉-.

장을 보고 나서 아무렇게나 테이블 위에 던져 놓은 휴대폰이 진동했다. 정인이 벌게진 눈을 하고 욕설을 내뱉었다.

"아, 진짜 하루에 전화를 몇 번을 하는 거야, 새끼가……."

썰고 있던 양파 분자가 공기 중에 떠도는 탓에 눈물이 핑 돌았다. 정인은 코를 훌쩍이며 한 손에 칼을 든 채로 테이블을 향해 걸었다. 만약 그가 승현의 전화를 안 받으면 어떤 결과가 일어나는지 잘 알기 때문이다.

술에 취해 조승현과 십 년 만에 섹스를 한 밤 이후 보름이 지났다.

병가를 사흘 쓰고 회사로 가서 제출한 정인의 사직서는 그 즉시 수리됐다. 전화상으로 귀띔했을 때는 후임자를 교육시키기 전까지 절대 그만둘 수 없다며 싫은 소리를 하던 부장은 정인과 함께 등장한 조승현을 보고는 조개처럼 입을 꾹 다물었다. 갑자기 그만두는 것에 대해 잔뜩 의문을 품은 것처럼 보이던 대리는 승현이 사 준 옷을 입고 등장한 정인을 보며 마치 다른 사람을 보는 것처럼 눈이 휘둥그레졌다.

「주차해 놨으니까 천천히 오시면 됩니다.」

실내에서 선글라스를 쓰고 덩치 큰 최 비서까지 등장하자 몇 안 되는 회사 사람들은 책상 정리를 하는 정인에게 그럴 필요 없다며 그를 떠밀었다. 몸담고 있던 세상에서 한 발짝 멀어지는 것은 정인의 생각보다 훨씬 쉬운 일이었다.

회사를 나가지 않고 집에만 있으면 시간이 더디게 갈 줄 알았는데 현실은 정반대였다. 게으른 고양이처럼만 지내도 하루는 금방 갔다.

승현은 새벽 다섯 시에 일어나 커피 한 잔을 마시고 오 분 거리의 헬스클럽에서 운동을 했다. 돌아와서는 단백질 보충제를 잔뜩 챙겨 먹고 침대에 있는 정인을 깨웠다. 깨우는 방법은 무식했다. 스스로 재생산해 낸 단백질을 정인의 엉덩이 안에 싸지르는 식이었다. 정인은 매일 밤 격렬한 정사로 옷도 제대로 챙겨 입지 못하고 승현의 기다란 팔다리에 휘감겨 잠이 들었고, 아침이면 눈도 뜨지 못한 상태로 다시 그를 받아 내며 힘겹게 하루를 시작해야 했다.

싫은 건 아니었다.

십 년의 터울을 두고 다시 만난 섹스 상대는 정인을 숨도 쉬지 못하게 몰아붙이며 그동안 어떻게 잊고 살았는지 모를 감각들을 일깨웠다. 그렇지만 한번 불이 붙은 정사가 두 번째를 넘어가기 시작하면 그때부터는 체력의 문제였다. 매일 먼저 나가떨어지는 것은 정인이었고 그 덕분에 그는 최근 술 없이도 깊은 숙면을 취하고 있었다.

승현과 침대에서의 운동이 끝나고 나면 정인은 땀과 정액에 젖은 몸을 씻으러 어쩔 수 없이 욕실로 향했고, 샤워가 끝나면 승현과 아침 식사를 했다. 주로 조승현이 준비한 토스트나 시리얼 따위의 간단한 음식이었다. 아침을 먹지 않고 생활한 지가 오래였지만, 격렬한 하루의 시작 때문인지 정인의 위장 역시 음식을 거부하지는 않았다.

식사가 끝나면 승현의 옷을 골라 주는 것으로 그의 출근 준비를 도와야 했다. 남들이 볼 일은 없었지만 스스로도 이게 무슨 마누라 같은 짓이냐고 생각하며 정인은 최대한 간단하고 깔끔하게 그 과정을 수행했다. 전날 미리 생각해 두었던 코디대로 옷을 뽑아 조승현에게 건네면 그는 군말 없이 정인이 골라 준 옷을 몸에 걸쳤다.

승현은 옷을 다 입고는 늘 양 손바닥을 허리 옆에서 쫙 펼친 후 고개를 모로 기울이고 정인을 바라보았다. 그러면 정인은 고개를 끄덕이며 승현이 원하는 대답을 해 주어야 했다. 아니. 해 줄 수밖에 없었다. 그의 취향대로 입혀 놓은 조승현은 솔직히 시각적인 기쁨을 줄 정도로 잘나 보였으니까.

묘하게 뿌듯한 표정으로 승현이 떠나고 나면 정인은 드디어 느긋하게 혼자 있는 시간을 즐길 수 있었다. 승현이 보낸 가사 도우미가 세탁과 집 청소를 하는 시간에는 주로 밖에서 산책을 하거나 식료품 쇼핑을 했다. 정인이 집에 있어도 상관은 없었지만 그는 매번 자리를 비웠다. 남자 둘의 정액으로 엉망이 된 시트를 세탁해 주는 사람에게 태연하게 인사를 할 자신이 없었기 때문이다. 사실 그것만 봐서 질펀한 정사의 주인공들이 둘 다 남자 사람이라는 것을 알 수는 없을 테지만 그들의 집에 여자 용품은 하나도 존재하지 않았다.

가사 도우미의 역할은 청소와 빨래에 제한되었다. 정인이 승현에게 엉망으로 불어 터진 파스타를 한 번 해 준 것은 실수였다. 승현은 매일 저녁, 정인의 밥상을 대놓고 기대하는 눈치였다. 그는 졸아붙은 된장찌개를 먹으면서도 좋다고 손을 뻗어 정인의 허벅지를 어루만졌다.

「야. 먹지 마. 탄내 안 나? 그냥 사 먹자니까? 내가 낸다고.」

「맛있으니까 조용히 하세요.」

차려진 음식들을 접시가 바닥을 드러낼 때까지 꿋꿋하게 비워 내는 승현을 보며 그때부터 정인은 고민하기 시작했다. 적어도 그에게 사람이 먹을 만한 것을 만들어 줘야겠다는 생각이 들었다. 그것은 서정인이 현재 조승현에게 할 수 있는 최대한의 성의였다.

그래서 요리 연구가의 인터넷 레시피를 봐 가며 열심히 양파를 썰고 있는데 승현이 그새를 못 참고 또 전화를 해 대는 것이다. 차 타고 집으로 가고 있다고 전화가 온 게 바로 십오 분 전이었다.

"아아…… 진짜……."

새끼손가락을 움직여 전화를 받으려던 정인이 그 자리에 굳었다. 발신인은 조승현이 아니었다. 김승주였다.

한 달 전에 선술집에서 마지막으로 만난 후로 정인은 그의 연락을 받지 않았고, 승주도 정인의 마음을 이해한 듯 몇 번의 시도 후에는 잠잠했었다.

"……."

그가 회사에 사표를 쓴 걸 누구에게 듣기라도 한 걸까. 그를 유일하게 걱정해 주는 놈이니 그 소식을 듣고 무슨 일이 생긴 건 아닌지 염려해서 전화를 한 것일 수도 있었다. 전화를 받아서 잘 있다는 한 마디라도 해 줘야 하나, 정인이 고민하는 사이 진동이 멈추었다.

철컥.

동시에 현관문이 열리고 닫히는 소리가 났다. 그는 자동 반사로 고개를 휙 들었다.

"문 열고 있지 말라고 했잖아요."

한숨을 쉬며 승현이 성큼성큼 들어오고 있었다. 정인은 얼른 휴대폰을 뒤집어 부재중 전화를 알리는 액정이 바닥을 보게 만들었다.

"어, 일찍 왔네?"

"현관문 왜 열고 생활해요?"

"네가 키를 안 들고 다니니까 번거로워서."

정인은 당황한 얼굴을 감추려 일부러 분주한 걸음걸이로 도마가 놓인 싱크대로 향했다.

"위험하니까 잠가요."

"위험하긴 뭐가…… 집 안에 달아 놓은 카메라나 떼고 그런 이야기 해."

"저건 방범용이 아니라 형 감시하는 용도예요. 형이 나 없을 때 누구 끌어들이기라도 하면 내가 좀 곤란하니까."

승현은 저런 말을 얼굴색 하나 바꾸지 않고 잘도 내뱉었다.

"……어련하겠냐."

한숨을 쉬며 양파에 다시 집중하는 정인을 지나치며 승현이 냉장고로 향했다. 정인은 저도 모르게 꿀꺽 마른침을 삼켰다. 뇌 속 어디 한 군데가 단단히 잘못되어 있는 승현의 성격으로 봤을 때, 승주에게서 연락이 온 것은 그에게 알릴 필요가 없는 일이었다. 아니, 그가 절대 알아서는 안 된다.

"일단 샤워부터 해. 밥 되려면 시간 좀 걸려."

승현이 바 냉장고를 열고 캔 콜라를 찾아 딸칵, 열었다. 그의 커다란 손에 들려 있으니 빨간 캔이 무척이나 작아 보였다. 꿀꺽꿀꺽 마시며 그가 칼질하는 정인의 옆으로 다가와 벽에 비스듬히 기대고 섰다.

"……오늘 메뉴는 뭔데요?"

"어? 어. 육개장."

승현이 콜라를 손에 든 채 정인을 빤히 바라보았다. 안 어울리게 단걸 좋아하는 녀석이었다. 달콤한 걸 그렇게 많이 먹는 만큼 쳐다보는 눈초리도 조금 스위트하면 좀 좋을까.

정인은 여러 잡생각을 한꺼번에 하려 노력하면서 주절주절 말을 이었다.

"너 저번에 식당에서 보니까 잘 먹길래. 인터넷 레시피 찾아보니까 들어가는 게 은근히 많더라. 나 고사리 찾느라고 애먹었어. 마른 고사리를 불려서 넣어야 한다고 하더라고. 나물 종류 왜 이렇게 많냐? 마트에서 아줌마들한테 물어봐서 겨우……."

"왜 그래요?"

"어?"

낮게 속삭이듯 묻는 승현의 말에 정인이 퍼뜩 고개를 들었다.

"뭐, 뭐가……?"

승현이 고개를 약간 기울였다. 가늘어지며 자신을 응시하는 검은 눈에 정인은 입술이 바짝 말랐다. 예전부터 눈치는 더럽게 빠른 놈이었다. 그냥 승주에게 전화가 왔었다고, 한 마디만 하면 되는데 그 말이 떨어지지가 않았다. 설마, 그의 동요를 알아챈 것일까.

"……눈이 빨개서. 형 혹시 울었어요?"

한숨이 탁, 터져 나왔다.

"양파 썰어서 그래."

승현이 다시 칼을 단단히 붙잡고 주먹만 한 양파를 자르기 시작하는 정인을 뚫어져라 바라보았다.

"그냥 하지 마요. 양파 안 먹어요."

"무슨 소리야? 익힌 건 잘 먹잖아."

그의 손에서 비워진 콜라 캔이 살짝 찌그러졌다. 정인은 그와 눈을 마주치지 않아도 되는 이 순간에 감사하며 계속 손을 움직였다.

"야, 원래 재료가 한 가지라도 빠지면 안 되는 거야. 내 입맛이 까다로워서 난 내가 만들어도 맛없는 건 안 먹는다고……."

부르르-.

테이블 위에 엎어진 휴대폰이 다시 요란히 진동하는 소리에 정인은 얼굴을 번쩍 들었다. 아예 무음으로 바꿔 놨어야 하는 건데. 젠장. 승현의 고개가 스윽, 소리가 나는 쪽으로 돌아가는 순간 정인의 입술에서 날카로운 비명이 터졌다.

"아아!"

승현이 휙, 다시 정인을 보았다. 손가락에서 흐르고 있는 핏방울을 보자 그의 이마에 주름이 꽉 잡혔다.

그는 정인의 손에서 칼을 낚아채듯 빼앗아 싱크대로 처박은 후, 피가 흐르는 손을 주저 없이 자신의 입으로 가져가 빨았다.

"……."

아릿한 통증이 번지는 상처 위로 그의 혀가 부드럽게 움직였다. 휴대폰은 한 번 진동하고는 더 이상 울리지 않았다. 천만다행이었다.

정인은 조승현이 두 눈 뜨고 보고 있는 상태에서 김승주와 통화를 하는 것을 상상할 수도 없었다. 그렇다고 해서 울리는 전화를 받지 않았다면 승현은 더욱 이상하게 생각했을 것이다.

"후우……."

입을 뗀 승현이 손을 뻗어 티슈를 뽑은 뒤, 벤 손가락을 꽉 잡아 눌렀다.

"아, 아파."

"지혈해야 돼요."

다행히 깊이 베이지는 않아 피는 금방 멈추었다. 빗방울이 번진 티슈를 다시 새것으로 뽑아 갈며 승현이 꼼꼼히 손가락을 살폈다.

"양파 맛 안 나냐? 왜 피를 빨아. 더럽게."

"형은 참 쓸데없는 데 신경을 많이 써요."

승현이 그의 손을 잡아끌어다 의자에 앉혔다.

"여기 있어 봐요."

"어디 가?"

"밴드 가지러요. 형 이제부터 칼질 금지예요. 뭐 자를 일 있으면 그냥 가위 써요."

"양파를 가위로 어떻게 썰어? 어처구니가 없다."

승현이 그의 말을 무시하고 뚜벅거리며 수납장으로 향했다. 정인은 승현의 뒷모습을 보며 재빨리 휴대폰을 의자 위에 있는 가방 속에 쑤셔 넣었다. 한참 동안 뭘 찾던 승현이 밴드와 연고를 손에 들고 돌아와 그의 옆에 앉았다.

"손 줘 봐요."

"……어."

커다란 손이 부드럽게 그의 손가락을 문질렀다. 정인은 심각한 표정으로 자신의 손에 집중하는 승현의 얼굴을 훔쳐보듯 바라보았다. 새삼 이목구비가 참 뚜렷하다는 생각이 들었다. 고집스럽게 보이는 입술이 슬쩍 열렸다.

"나 육개장 안 먹고 싶어요."

"……그럼 나가서 뭐 사 먹을래?"

"형 다쳤으니까 나가긴 좀 그렇죠. 집에서 쉬어야지."

연고를 바르고 밴드를 신중하게 돌려 감으며 승현이 낮은 목소리를 냈다.

"야, 누가 보면 내가 무슨 칼에 찔려서 중상이라도 입은 줄 알겠다."

승현이 대꾸 대신 눈만 치켜뜨며 그를 보았다. 집안의 공기가 살벌하게 변하는 것 같은 착각에 정인은 괜히 헛기침을 했다.

"알았어. 밥은 그럼 어떻게 할래. 뭐 간단히 사 오던지."

"시켜 먹어요. 내가 잘하는 데 알아요."

승현은 여태껏 매일 배달 음식을 먹고 살았다고 했으니 이상한 일도 아니었다. 그 말을 듣고 왠지 좀 불쌍하다는 생각이 들어, 소질 없는 요리를 더욱 신경 쓰기 시작했던 건데…….

"뭐 해?"

우두커니 앉아서 가만히 눈을 깜빡이던 승현이 천천히 고개를 돌려 정인을 보았다. 그의 얼굴이 지나치게 무표정했다.

"여기, 형 휴대폰 있었는데. 식탁 위에."

두근.

심장이 철렁 내려앉는 것 같아, 정인은 입술을 꽉 붙였다. 풀어졌던 긴장의 끈이 다시 꽉 그의 목을 조여 왔다.

"어디 갔죠? 방금 전까지 있었는데."

"어. 배터리가 별로 없어서……."

씨발. 조승현이 확인만 하면 당장 들통날 거짓말이었다. 되는대로 내뱉었지만 도리어 제 무덤을 판 것이라는 사실을 깨닫고 정인이 입술을 깨물었다.

"아, 그래요."

승현이 짧게 말하며 고개를 돌렸다. 가늘게 뜬 곁눈으로 그의 가방을 바라보는 시선이 심상치 않았다. 테이블 위에 올라온 손가락이 타닥타닥 소리를 내며 일정한 간격으로 움직이기 시작하자 정인의 목 뒤에 식은땀이 흘렀다. 위험하다.

"승현아."

정인이 밴드가 감긴 손으로 그의 팔목을 잡자 승현이 말없이 정인을 빤히 바라보았다.

"피자 먹고 싶다. 오랜만에."

되는대로 내뱉자 그가 느릿하게 입을 열었다.

"피자?"

"기억나? 우리 옛날에 기숙사 살 때 그때도 내가 피자 먹고 싶다고 맨날 노래 불렀던 거. 산속이라서 시내에 하나 있는 피자집에서는 배달도 안 해 줬잖아. 오토바이 기름값도 안 나온다 그러면서."

승현이 말없이 그를 바라보더니 제 바지 주머니에서 휴대폰을 꺼냈다.

"무슨 피자 먹고 싶은데요?"

그가 어딘가로 전화를 걸며 정인을 향해 물었다.

"아무거나. 제일 빨리 오는 데로."

"어, 난데."

통화가 연결되었는지 승현이 낮은 목소리로 입을 뗐다.

"피자 좀 시켜."

상대는 아무래도 최 비서인 듯했다.

"알아서."

메뉴를 묻는 것 같은 질문에 승현이 건성으로 대답하고 전화를 끊었다.

탁.

던지듯 내려놓은 네모난 휴대폰이 테이블 위를 미끄러졌다. 승현이 손에 턱을 괸 채, 정인을 빤히 바라보았다. 그를 다그치기는커녕 말없이 바라볼 뿐이었지만 숨 막히는 침묵에 긴장감은 떠날 줄을 몰랐다.

"……승현아."

"정인이 형."

동시에 입을 뗀 그들이 서로를 응시했다. 정인이 고개를 끄덕였다.

"먼저 말해."

"아까부터 왜 그렇게 긴장했어요?"

"내, 내가 언제?"

젠장. 혀를 씹을 뻔했다.

"내가 집에 들어왔을 때부터."

"아니거든."

"차 안에서 전화할 때까지는 아무 일도 없었잖아요."

그의 느릿한 목소리는 정인의 마음속을 꿰뚫고 있는 것처럼 들렸다. 스스로의 심장이 쿵쿵 뛰는 소리가 귓가에 들리는 것 같았다. 승현이 손가락으로 턱을 가만히 두드리다 멈추고 정인을 향해 물었다.

"무슨 일 있었어요?"

"아니."

정인이 즉각 부정했다. 사실이었다. 그냥 김승주에게 전화가 왔을 뿐이고, 그는 받지도 않았다.

"어차피 CCTV 돌려 보면 다 나와요."

찰나의 순간 그는 승현에게 말을 할지 말지 망설였다. 따지고 보면 승주와 그의 관계에 조승현의 심기가 거슬릴 일은 없었다. 정인은 빤히 바라보는 승현의 시선을 피하지 않고 크게 심호흡을 한 후 천천히 입을 열었다.

"승주한테 오래간만에 연락이 왔어."

"……김승주?"

그의 목소리가 슬쩍 갈라졌지만, 승현은 화를 내지 않았다. 대신 재킷 안에서 담배를 꺼내 들고 찰칵 불을 붙였다.

"아주 가끔씩, 정말 어쩌다 한 번씩 연락하고 얼굴 봤었는데…… 걔를 보면 옛날 생각나고 힘들어서 내가 연락하지 말라고 했었거든. 너 다시 만나기 좀 전에. 그런데 아까 전화가 왔더라고."

"전화한 용건이 뭔데요?"

연기를 길게 뿜는 그의 말투는 아직까지 건조했다. 정인은 지금 그의 내적 상태를 쉽게 짐작할 수가 없었다.

"몰라. 전화 안 받았어."

"왜요?"

"그냥……."

타이밍을 놓쳤다고 말하면 됐는데 그 말을 승현이 믿을 것 같지 않았다. 말을 얼버무리는 그를 보며 승현이 피식 웃었다.

"김승주가 형한테 아직도 껄떡거려요?"

"전혀 그런 거 아냐."

정인은 '전혀'라는 단어를 강조하며 같은 말을 되풀이했다.

"오해할까 봐 다시 한번 말하는데, 전혀 그런 감정 아니야."

"그럼, 반대로 형이 아직도 김승주한테 마음 있나?"

승현의 말끝이 느리게 위로 올라갔다. 정인은 당황해서 강하게 부정했다.

"절대 아니거든!"

젠장. 잘못한 것도 없는데 어디가 찔리는 사람처럼 목소리가 떨려 나왔다.

"그럼 전화를 받아서 제대로 이야기를 했어야죠. 김승주한테."

"어?"

뭐라고 이야기를 했어야 한다는 말인가. 그의 말의 의도를 알 수 없어 정인은 인상을 찌푸렸다.

"좋은 기회였잖아요. 김승주한테 전화 온 게."

"……무슨 말이야?"

정인은 당황한 표정으로 그를 보았다. 승현이 낮게 혀를 차더니 담배를 입에 물고 테이블 위에서 까만 제 휴대폰을 다시 집어 들었다.

뭘 하는 거지?

정인은 무심한 표정으로 어딘가로 전화를 거는 승현을 멍하니 바라보았다.

"나 조승현인데."

지금 누구한테 전화를 하는 걸까. 아까 피자를 시키라고 주문한 최비서에게 할 말이 더 남았나?

승현이 혼란스런 표정으로 눈을 깜빡이는 정인을 뚫어져라 바라보며 한쪽 입술을 올렸다. 담배를 든 손으로 그가 들고 있는 휴대폰을 가리키는 모습이 심상치 않았다. 마치 정인에게 똑똑히 보라고 경고하는 것 같은 모습이다.

"서정인은 나랑 매일 섹스하는 사이니까 앞으로 서정인한테 껄떡거리지 마세요, 길 가다가 뒤지기 싫으면. 김승주 이 씨팔 새끼야."

정인이 놀라서 벌떡 일어났다. 조승현은 김승주에게 전화를 한 것이었다.

"야, 조승현!"

조승현이 그의 전화번호를 어떻게 알고 있는지는 궁금하지도 않고 놀랍지도 않았다. 다만 영문을 모르고 전화를 받았을 김승주가 당황하는 모습이 눈앞에 펼쳐지는 것 같았다. 조승현은 말을 멈추지 않았다.

"서정인 좆을 빨아도 내가 빨아. 계속 그렇게 질척거리다 너 나한테 진짜 칼 맞아."

"야, 조승현 이 미친놈······!"

더 이상 참을 수가 없어 정인은 손을 뻗어 그의 휴대폰을 거칠게 낚아챘다.

"여보세요, 김승주? 미안. 내가 다시 전화할게."

검은 눈썹이 엉망으로 일그러졌다. 휴대폰 너머의 승주는 말이 없었다.

"여보세요?"

다급히 그의 이름을 불러 보았지만 여전히 귓가에는 정적만이 흘렀다. 정인은 뭔가 이상하다는 사실을 깨닫고 손을 아래로 내렸다. 조승현의 휴대폰은 조용히 대기 화면만을 비추고 있었다. 정인은 일그러진 얼굴로 승현을 노려보았다. 담뱃재를 재떨이에 털어 내는 그의 모습이 가증스러울 만큼 차분했다.

"너 지금 뭐 한 거냐, 조승현?"

"왜요. 진짜 전화를 했어야 하는데 안 그래서 실망했어요? 지금이라도 할까요?"

재미없는 쇼를 벌인 당사자가 정인을 똑바로 바라보았다. 정인은 휴대폰을 테이블에 내려놓고 의자에 털썩 주저앉아 머리털을 꽉 쥐었다.

"하지 마."

복잡한 머리통 위로 승현의 말이 이어졌다.

"다음에 김승주한테 전화 오면 피하지 말고 꼭 받아요. 그리고 내가 말한 대로 이야기하면 돼요. 형이 방법을 잘 모르는 것 같아서 내가 친절하게 가르쳐 주잖아요."

"그래, 한 번만 더 전화하면 조승현이 너 죽여 버린다고 말할까?"

기가 차서 그를 노려보며 정인이 쇳소리를 냈다. 승현이 어깨를 으쓱했다.

"진짜 죽여 버려야 되나 생각한 건 사실이에요. 그런데 내 핵심은 그게 아니었는데."

"조승현!"

"그러니까 형이 똑바로 하면 돼요. 지금처럼 쓸데없이 전화 피하고 나한테 숨기면 난 형이 김승주를 아직까지 신경 쓴다고 생각할 수밖에 없어요."

하아. 정인의 입술에서 길게 한숨이 샜다.

"……담배 한 대만 줘 봐."

승현이 담배 하나를 꺼내 정인에게 내밀었다. 라이터를 집으려 손을 뻗는데 그가 담배를 문 채 정인에게로 고개를 숙였다. 정인은 그의 가늘어진 눈을 잠시 바라보다 어쩔 수 없이 그의 담배에서 불을 이어 받았다. 필터를 이로 물고 깊게 빠는데 그의 눈동자가 너무 가까워서 마치 입 맞추고 있는 것 같은 이상한 느낌이 들었다. 승현은 키스할 때 눈을 감는 법이 없었다.

"후……."

정인은 몸을 도로 뒤로 기대며 담배 연기를 길게 뿜었다. 니코틴이 들어오자 가슴이 진정되기는커녕 더욱 울렁거렸다. 어떻게 말을 꺼낼지 머릿속으로 정리할 틈도 없이 입술이 먼저 움직였다.

"조승현, 너 진짜 성격 개좆같은 거 알고는 있냐?"

"난 형한테 충분히 다정하고 너그럽게 대하고 있어요."

"다정? 씨발, 너그러운 게 다 얼어 죽었네."

"비꼬지 않는 게 좋아요. 열 받는 거 참고 있는 건 나도 마찬가지니까."

"네가 왜 열이 받는데? 김승주 전화 내가 안 받아서? 아니면 김승주한테 전화 왔다고 너한테 처음부터 말 안 해서?"

"둘 다인 것 같네요."

정인은 기가 차서 목소리를 조금 높였다.

"알려면 좀 똑바로 알아. 등신아. 김승주한테 전화 안 받은 건, 김승주가 신경 쓰였던 게 아니라 네가 신경 쓰여서 그랬던 거다, 이 씨발 새끼야."

"뭐라고요?"

"네가, 성격이 하도 좆같으니까 또 이상한 오해하고 신경 쓸까 봐, 일부러 전화 안 받은 거라고. 통화라도 하고 있는데 네가 들어와서 상대가 김승주인 거 알고 눈 뒤집힐까 봐서 그랬다고!"

승현이 입술에 걸린 담배를 깊게 빨아들였다.

"네가 꼭 무슨 의심병 난 환자처럼 구니까 내가 알아서 차단하겠다는데, 왜 사람을 못 믿고 난리를 치냐?"

후. 그의 입술에서 흰 연기가 길게 뿜어져 나왔다.

"흥분하지 말아요. 손가락에서 피 더 나잖아."

"내가 지금 흥분 안 하게 생겼어? 넌 왜 이렇게 사람을 못 믿어? 속고만 살았어?"

"난 아무도 안 믿어요. 사기꾼 아들이 누굴 믿는 거 자체가 좀 말이 안 되죠."

"그럼 너 나랑 왜 같이 있냐? 믿지도 못하는 사람이랑 왜 같이 있으면서 제 살을 깎아 먹냐고."

"형은 날 믿어요?"

그의 갑작스런 질문에 정인은 말문이 턱 막혔다.

나는…… 조승현을 믿나?

승현은 두 번 묻지 않았다. 대신 가늘어진 시선으로 그를 바라보며 다시 담배를 길게 빨아들였다. 짧아진 담배가 회색 재를 남기며 단번에 타들어 갔다. 정인은 말없이 눈을 깜빡이다 이윽고 천천히 입을 열었다.

"……네가 맛이 좀 갔다는 건 믿어."

"……."

"머리 한쪽이 이상하게 돼서……. 나한테 꽂혀서 별 거지 같은 일들을 했다는 걸 믿는다고."

승현이 말없이 미소를 지었다. 기분이 좋은 거였다. 그따위 말을 듣고도.

"밴드 갈아 줄게요."

"앉아, 거기. 내 말 다 안 끝났어."

정인이 이를 갈며 명령하듯 내뱉었다. 승현이 일어서려다가 어깨를 으쓱하더니 도로 자리에 앉았다. 무시할 거라고 생각했지만 의외였다.

"해 보세요."

정인은 마른침을 한 번 꿀꺽 삼킨 후 느리게 입을 열었다.

"김승주한테 다음에 전화 오면, 그땐 너랑 같이 산다고 말할 거야. 거기까지 말하면 눈치채겠지. 너랑 내 과거 알고 있는 놈이니까. 내가 자발적으로 너랑 산다는 게 뭘 뜻하는지."

"내가 아는 김승주라면……. 아마 내가 형을 억지로 잡아 둔다고 생각할 것 같은데."

승현이 혼잣말을 하듯 내뱉었고 정인은 담배를 조급히 눌러 껐다.

"아니라고 이야기할 거라고. 내 의지대로 여기 있는 거라고, 그렇게 이야기할 거야."

그는 주먹을 꽉 쥐고 고개까지 끄덕이며 승현에게 결의를 보이는 중이었다.

"그 정도면 믿을 수 있겠어?"

"……뭐."

승현이 애매하게 대답하며 입맛을 다셨다.

"그걸로 성에 안 차지? 그럴 줄 알았다."

그의 표정만 봐도 알 수 있었다. 정인은 자리에서 벌떡 일어났다. 목덜미가 홧홧하게 달아올랐다.

"조승현 네 좆같은 사고방식이 나는 진짜 싫어. 내 상식으로는 이해가 안 돼. 근데…… 그래. 네 말대로 나, 너랑 섹스하는 사이잖아. 너 만나기 전까지 아무하고도 안 됐다는 것까지 고백했잖아. 남자 자존심 다 죽이고 거기까지 말했는데…… 그거로도 부족해?"

승현의 입술이 약간 씰룩이는 것을 놓칠 수가 없었다. 정인은 마른 입술을 혀로 축이며 벌게진 얼굴로 그가 원하는 말을 내뱉어 주었다.

"너한테 좆 빨리고 나서…… 아무한테도 좆 내준 적도 없다고 말했잖아, 씨발 놈아."

"이리 와요."

승현이 손을 뻗어 정인을 끌어당기려 하자 정인이 한 발짝 뒤로 물러났다. 정인은 제풀에 흥분해서 씩씩거리고 있었다.

"알겠으니까 빨리 이리 오라고."

"조승현. 움직이지 말고 거기 가만히 있으라고 했다, 형이."

승현이 짧게 탄식하며 담배를 재떨이에 떨어뜨렸다. 가늘어진 눈으로 그를 바라보는 눈동자에 욕망의 불꽃이 일어나고 있었다.

"너 지금 나랑 하고 싶어서 좆이 터질 것 같지?"

"엎어 놓고 강간하고 싶을 정도로."

미친 자식. 역겨운 소리를 내뱉어도 이제는 놀랍지도 않았다.

"네가 나한테 원하는 게 뭐야."

"확신."

승현은 대답을 망설이지 않았다.

"서정인이 내 거라는 확신."

눈가가 빨개진 정인이 입고 있던 티셔츠를 등에서부터 끌어올려 벗은 후, 바닥에 던졌다. 그리고 천천히 그에게로 다가왔다. 떨리는 손으로 머리카락을 쓸어 넘기며 정인이 그의 손을 잡아당겼다.

"일어나."

승현은 순순히 그의 손길에 일어났다. 정인의 목소리가 떨렸다.

"해 준다, 이 새끼야."

"정……."

정인이 그의 얼굴에 자신의 입술을 붙인 탓에 승현의 뒷말이 흐려졌다. 잠깐 멈춰 있던 승현의 입술이 곧장 벌어지더니 희미한 담배 향을 머금은 두툼한 혀가 정인의 입안을 비집었다. 오톨도톨한 입천장을 긁으며 혀 아래에서 올라오는 타액을 쭉 빨아 삼키는 입맞춤에 정인은 무릎 뒤에 힘이 단번에 풀렸다.

면 소재의 얇은 트레이닝 반바지만 입고 있는 그의 엉덩이를 승현의 큰 손이 꽉, 쥐자 앞섶이 저절로 일어났다. 정인은 질세라 승현의 타이트한 와이셔츠를 트라우저 안에서 끄집어낸 후, 손을 그 안에 밀어 넣고 단단한 맨살을 더듬었다.

"하아……."

승현이 그의 입술을 정신없이 물고 빨며 기다란 한숨을 뱉어 냈다. 피아니스트처럼 가늘고 기다란 정인의 손가락이 무성한 음모가 배꼽까지 길게 자리한 승현의 판판한 복부를 지나 단단한 가슴에까지 올라갔다. 거침없던 손이 유두 근처에서 잠시 망설이다 결국 엄지로 조심스레 솟아난 돌기를 굴렸다. 승현이 그제야 젖은 입술을 떼고 잘

난 얼굴을 일그러뜨렸다.

"……뭐 하는 거예요, 지금?"

갈라진 목소리가 그의 흥분을 여실히 드러냈다. 정인은 어느새 벌게진 얼굴을 들어 질세라 그에게 중얼거렸다.

"암캐같이 너한테 봉사하는 중이잖아, 새끼야……, 훗!"

승현이 그의 목에 뾰족한 이를 세워 박았다. 짜릿한 쾌감이 등줄기를 훑어 내려가는 느낌에 정인은 승현의 유두를 꽉 꼬집으며 몸을 부르르 떨었다.

"하려면 똑바로 해요."

질척한 속삭임이 피부를 타고 전해졌다. 승현의 커다란 손이 정인의 양 허벅지로 내려가더니 그를 번쩍 들어 올렸다. 정인은 중심을 잡으려 승현의 목에 팔을 두를 수밖에 없었다. 다 큰 성인 남자를 손쉽게 안아 들고서 승현이 라운지에 덩그렇게 놓인 기다란 소파로 걸어갔다.

"내려 놔."

"앙탈 부리지 마요. 시작해 놓고 내빼는 것도 한두 번이어야지."

"누가 내뺀다고 했어? 내가 한다고 말했잖아."

"뭘."

툭, 하고 정인의 등이 가죽 소파에 닿는 순간, 정인은 그의 어깨를 밀치고 일어났다.

"내가 직접 너한테 따먹혀 준다고, 이 새끼야."

승현의 눈동자에 짐승 같은 잔인함이 퍼지기 전에 정인은 스스로 허리춤에 묶여 있던 끈을 풀었다. 헐렁한 면바지가 툭, 바닥에 떨어지자 당장이라도 그를 덮칠 것 같던 조승현이 마치 미술 작품을 감상하는 것처럼 소파에 등을 기대고 앉았다. 가늘어진 시선에 탐하는 욕망이 뚝뚝 떨어졌다.

"너. 내가 그렇게 좋았으면…… 차라리 처음부터 안 숨겼으면 일이 편했잖아."

정인이 타이트한 드로어즈까지 끌어당겨 다리 아래로 빼냈다. 드러난 그의 아랫도리를 보자 승현이 못 참겠다는 표정을 하며 몸을 벌떡 일으켰다.

"움직이지 마."

정인은 나체로 그에게 다가가 그를 밀쳤다. 그리고 도로 앉은 조승현의 벨트 버클에 손을 올렸다. 승현의 성기는 이미 바지 앞섶을 뚫을 듯 팽팽히 발기해 있었다. 분노의 저편에서도 찌릿한 흥분이 일어나 정인의 배 속에 퍼졌다.

"기숙사에서 단둘이 한방을 그렇게 오래 썼는데……. 고백은 안 하더라도 차라리 네가 나한테 몸으로 부딪혔으면, 일이 쉬웠을지도 모르잖아."

한껏 몸이 달아 있던 시기였다. 조승현이 그때 정인에게 그 어떤 성적 신호를 보냈더라면, 어쩌면 정인은 한민우 대신 그를 선택했을지도 모를 일이었다. 그랬다면 그 뒤에 일어났던 비극을 막을 수 있었을까.

승현이 입술을 벌리고 숨을 몰아쉬며 고개를 쳐들었다. 남성적으로 톡 튀어나온 목울대가 위아래로 움직였다.

"그랬다면 나도 서정인 섹스 상대 중 하나로 번호표 달고 대기해야 했을 텐데."

승현이 정인의 어깨를 꽉 움켜쥐며 조소했다. 그의 손바닥은 뜨거웠다.

"그렇게 비참해질 거면 차라리 망가뜨려 버리는 게 낫죠."

정인은 그의 벨트를 풀고 바지의 단추를 풀었다. 다리를 넓게 벌린 그가 허리를 들었고, 정인의 거친 손놀림에 진회색 트라우저와 검은 속옷이 발목 아래로 떨어졌다. 승현이 발을 빼내어 허물 같은 제 옷을 밀어내듯 걷어찼다. 양말과 와이셔츠만 입은 상태인데도 우습기는커녕 그는 당당했다. 정인은 그를 노려보며 회한 섞인 탄식을 내뱉었다.

"그래서 네 인생도 같이 망가졌는데, 이제 속이 후련해?"

"그 잘난 서정인이 내 앞에서 스스로 옷 벗고 내 바지까지 벗겨 주는데, 그 인생을 망했다고 할 수가 없죠. 내 인생은 지금이 최고야. 존나게 꼴려요."

그의 말을 증명이라도 하듯 불뚝 일어난 굵다란 살덩이가 와이셔츠를 들추고 일어나 있었다. 힘줄이 툭툭 불거져 발기한 그의 성기를 보고 정인은 점점 목이 말라 왔다.

"다음엔 뭘까요? 옷 벗겼으니까 정인이 형이 내 자지라도 빨아 주시려나?"

승현은 지금 일부러 말로 정인을 자극하고 있는 게 분명했다. 정인은 눈가를 붉게 물들인 채 그에게 다가가 그의 무릎 위에 다리를 벌려 앉았다.

"샤워도 안 해 놓고 자지 같은 소리 하지 마."

승현이 소리 내지 않고 숨을 내뱉으며 옅게 웃었다. 그가 정인의 등을 잡아채듯 끌어당기자 벌떡 일어난 두 살덩이가 서로를 압박했다. 불알이 꽉 눌리자 등줄기에 흥분이 내달렸다.

정인은 떨리는 손으로 가슴께가 팽팽히 터질 듯 일어난 승현의 와이셔츠 단추를 하나하나 풀기 시작했다.

"아침마다 남의 옷 입혀 주는 것도, 내 손으로 벗겨 주는 것도 네가 처음이야."

"아아, 대단해라."

느릿하게 내뱉는 승현의 목소리는 여유를 가장하고 있었지만 들끓어 터지려는 욕망을 간신히 붙들고 있는 중이었다. 꿀꺽 마른침을 삼키는 것을 보면 알 수 있었다.

"황송한데 똥구멍이라도 핥아 줄까요? 난 형이 씻었건 안 씻었건 상관없어서. 안쪽까지 샅샅이 쪽쪽 빨아 먹어 줄게요."

"……더러운 소리 안 씨불여도 알아서 대 줄 테니까 그만해라, 조승현."

"할 거면 빨리 진행하라는 소리예요. 기다리다 좆 터지겠어, 씨발."

그가 쉰 목소리로 낮게 속삭였다. 커다란 두 손이 정인의 엉덩이를 슬며시 쥐었다 놓기를 반복했다. 그럴수록 승현의 페니스가 더욱 딱딱하게 일어서 정인의 회음부를 자극해 왔다. 정인은 신음을 꾹 참으며 겨우 와이셔츠 단추를 다 풀어냈다. 흐트러진 모습의 조승현이 그를 당장이라도 눕혀 박고 싶은 것을 겨우 참고 있다는 것은, 엉덩이를 틀어쥐는 손아귀 힘에서 느낄 수가 있었다. 정인은 승현이 그랬던 것처럼 그의 목에 이를 박고 키스하며 중얼거렸다.

"씨발…… 내가 이 정도까지 하는데, 네가 날 안 믿으면…… 내가 뭘 어떻게 더 해야 할지 모르겠다."

"하아……."

승현의 성대에서 깊은 한숨이 터졌다. 그의 가슴 근육이 소리 없는 비명을 지르듯 불룩거렸다.

"세게 해요. 자국 남게."

승현이 꼭 저 같은 소리를 지껄였다. 정인은 그의 말에 따라 굵다란 목덜미를 아프도록 빨았다. 쪽, 하고 소리를 내며 떨어지자 붉은 자국이 타액에 번들거렸다. 정인의 얼굴이 더욱 시뻘게졌다. 누군가 했던 말이 떠올랐다. 키스 마크라는 거, 낼 때보다 낸 걸 확인할 때가 더 꼴린다는 소리는 정말인 것 같았다.

정인은 승현을 바라보며 엉덩이를 들었다. 흉기 같은 암갈색 살덩이가 회음부에 닿았다.

"그대로 넣으려고요?"

조승현의 목소리가 갈라졌다.

"물론 아니지. 누구 죽일 일 있어?"

정인은 손으로 승현의 아랫입술을 만지작거리기 시작했다. 뜨겁고 서늘함이 뒤섞인 시선으로 자신을 바라보고 있는 그의 입술을 벌리고 벌어진 입안으로 검지와 중지를 집어넣었다.

"빨아."

승현은 머뭇거리지 않았다. 두툼한 혀를 내밀어 정인의 손가락을 느리게 핥기 시작했다. 정인은 몽롱한 눈으로 승현을 바라보며 손가락으로 그의 혀를 어루만졌다. 손마디를 휘감던 혀가 지문을 핥았다. 타액이 흥건해진 손가락을 승현이 마디 끝까지 집어삼키고 아프지 않게 깨물며 빨았다. 빨린 건 두 손가락뿐인데 온몸이 그의 입안에 삼켜진 것 같았다.

정인은 몸을 살짝 떨며 손을 빼냈다. 겨우 그의 입안을 탈출한 손가락은 흠뻑 젖어 있었다. 정인은 타액으로 축축해진 손가락으로 자신의 뒷구멍을 어루만지기 시작했다.

"……야해라, 씨발."

자동적으로 터지는 승현의 욕설에 정인은 내리깔리던 눈을 게슴츠레 뜨고 그를 노려보았다. 손가락으로 구멍을 벌리며 스스로 뒤를 푸는 정인의 모습에 승현은 잔뜩 달아올라 있었다.

"하아……."

승현이 그의 턱을 개처럼 길게 핥았다. 동시에 손을 뒤로 돌려 그의 엉덩이를 잡아 벌렸다. 정인의 젖은 손가락이 더욱 깊게 안으로 들어갔다. 익숙한 감각이 혈관을 따라 내달렸다. 더욱 벅차게 빠듯한 것이 안을 치고 들어가길 원하듯, 정인의 애널이 오물거리기 시작했다. 승현이 뜨거운 숨결을 정인의 귓가에 불어넣었다.

"잘 풀어 놔요. 내 자지 잘 들어가게."

"씨발 새끼, 안 닥치지…… 하아……."

말과는 달리 꺼떡이는 정인의 성기 끝에서 맑은 프리컴이 질질 새어 나와 승현의 복부에 자국을 남기기 시작했다.

"……하자."

정인이 제 구멍을 자극하며 다른 손으로 승현의 성기를 잡았다. 승현이 그의 엉덩이를 꽉 쥐었다.

"하고 있잖아요."

"넣으라고……."

"직접 넣었잖아. 손가락. 내가 잔뜩 침 발라 줬잖아요."

씨발 새끼. 정인이 낮게 욕설을 중얼거리며 손가락을 빼냈다. 구멍이 오물거리며 자극을 원한다고 아우성을 질러 대는 것 같았다. 흥분에 떠는 그의 모습을 보며 승현이 입맛을 다시며 슬쩍 미소 지었다.

"뭘 원하는지 나한테 정확하게 말을 해야 알지, 정인아."

"하아……."

분명 정인은 그를 유혹하는 입장이었는데 마치 주객이 전도된 것 같았다. 배 속에서 우글거리는 흥분에 몸이 저절로 뒤틀렸다. 정인은 인상을 찌푸리며 승현의 커다란 살덩이 귀두 부분을 잡고 손가락으로 문지르기 시작했다. 미끈해진 그의 성기 역시 욕망을 뚝뚝 흘려대며 울부짖고 있는 게 뻔히 보였다.

"그래. 정확하게 말해 줄게."

정인의 입술이 살짝 떨렸다. 마른침을 한 번 삼킨 후, 정인은 눈앞의 승현을 가느다란 눈으로 내려다보며 떨리는 목소리로 내뱉었다.

"네 좆 대가리 내 구멍 안에 당장 쑤셔 박아. 내가 위에서 열심히 흔들어 줄 테니까 빨리…… 하읏."

그의 허리가 번쩍 들렸다. 정인의 손에서 빠져나온 승현의 성기가 반동으로 튕기듯 자리를 찾아 들어갔다. 풀어진 구멍에 정인의 손가락과는 비교가 안 될 정도로 두툼한 귀두가 꾹꾹 좁은 입구를 압박하며 벌리기 시작했다.

"원하는 대로 쑤셔 박아 줄 테니까 끝까지 꽉 삼켜 먹어 봐요. 피하지 말고."

"씨발……. 천천히…… 하아……!"

승현이 진입함과 동시에 잡은 정인의 허리를 꾸욱, 밑으로 내리자 결합의 속도가 빨라졌다. 아무리 스스로 풀어 놨다고 하지만 젤도 정액도 없이 받아들이는 그의 물건은 새삼 거대했다.

정인이 차마 말을 잇지 못하고 입을 벌린 채 숨만 헐떡였다. 승현이 그를 올려다보며 입맛을 다시듯 제 입술을 혀로 핥았다.

"벌써 쫄았어요? 아직 다 들어가지도 않았잖아."

"흐윽!"

결국 정인의 엉덩이가 완전히 내려왔다. 무성하고 까슬한 음모가 회음부에 엉겨 붙었다. 눈가가 벌게진 정인의 눈꼬리에 눈물이 맺혔다. 승현의 페니스는 완벽하게 정인의 내부로 사라졌다. 한계점까지 벌어져 팽팽해진 구멍 입구를 손으로 가늠하듯 쓸며 승현이 감탄했다.

"형이랑 나, 진짜 찰떡궁합이라는 생각 안 해요?"

결국 다 들어가긴 했지만 앉아 있는 자세 때문에 내장이 다 튀어나올 정도로 숨이 막히는데 조승현은 또 헛소리를 하고 있었다.

"서정인한테는 내가 딱이야. 그렇지?"

그가 짐승처럼 속삭이며 깊숙이 넣은 채로 쿡, 한 번 그를 흔들었다. 으윽, 하고 신음하며 정인이 인상을 찌푸렸다.

"내 좆을 아주 조여서 터뜨릴 작정인가 봐요. 개미지옥이야, 완전."

그가 정인의 엉덩이를 양손에 꽉 쥐고 흔들거리자 내부에서 어김없는 쾌감이 일었다. 그가 주는 쾌락은 한 번도 정인을 배신한 적이 없었다. 정인은 승현의 성기가 압박하고 있는 바로 그곳을 조금 더 자극받고 싶어 애가 달았다.

"입 안 닥칠래?"

정인이 그의 어깨를 짚고 얕게 허리를 앞뒤로 털기 시작했다.

"아아……."

승현의 성대에서 조금 큰 소리가 터졌다. 그는 정인을 홀린 듯 바라보며 콧잔등을 찌푸렸다. 정인은 한 손으로는 승현의 어깨를 잡고 지탱하고 움직이면서, 다른 한 손으로 부푼 제 성기를 쥐고 흔들었다. 숨이 헐떡거리고 아랫배에서 흥분이 부글거렸다.

"비비지만 말고 넣었다가 빼 봐요. 위아래로 들썩거려 봐."

"……하아……."

정인이 힘겹게 엉덩이를 들었다 놓았다. 한쪽 손으로만 지탱하고 있어 무게 중심이 잘 잡히지 않아 힘이 들었다. 승현이 입술로 정인의 젖꼭지를 찾아 꽉 깨물었다.

"하웃!"

승현이 다리를 조금 더 넓게 벌리는가 싶었다. 그리고 찌릿한 감각에 몸을 떨고 있는 정인을 본격적으로 올려 치기 시작했다. 미끈하게 길을 내며 빠져나가나 싶었던 성기가 퍽, 하고 들어와 정인의 안쪽을 제대로 자극했다. 우는 듯한 정인의 신음 소리가 더욱 커졌다.

"하윽! 흐웃!"

"할 거면 이렇게, 제대로, 박아 줘야죠."

"훗, 훗!"

승현의 성기가 모습을 드러냈다 완전히 감추기를 반복할 때마다 그의 고환이 덜렁거리며 정인의 회음부와 마주쳤다. 정인은 그에게 붙잡혀 공중에 허리를 들린 채로, 뚫어 대듯 박아 올리는 승현을 감당할 수밖에 없었다. 머리가 하얘졌다. 제 페니스를 훑을 여유도 없었다. 정인은 다만 승현의 목에 양팔을 두르고 정신없이 박힐 뿐이었다.

"말해 봐요. 나랑 섹스, 어떤지 말해 봐."

"하아, 닥치고 그냥…… 흐웃!"

승현이 제 허리를 소파에서 완전히 들어올렸다. 축구 선수를 방불케 하는 그의 허벅지 근육이 단단히 응집되었다. 그는 말 위에 태우

듯 정인을 몸 위에 올리고 끌어안은 채, 공중에서 거칠게 박아 대기 시작했다. 올려 박는 힘이 클수록 정인의 엉덩이가 아래로 내려오는 속도에 힘이 붙었다. 내벽이 엉망으로 벌어지고, 뜨겁게 불을 품은 살덩이가 쿡쿡 엉망으로 안쪽을 깊숙이 쑤셔 대며 정인이 애타게 기다려왔던 감각을 일깨우고 있었다.

"하아, 아아……."

꼿꼿이 선 정인의 붉은 살덩이가 승현의 복부 위에서 꺼떡이며 흔들려 부딪혔다. 누가 먼저라고 할 것도 없이 두 입술과 혀가 엉겨 붙었다. 신음과 타액이 한데 모여 승현의 입술 새로 흘러 들어갔다. 정인의 발그레한 눈꼬리에서 흘러내린 눈물이 승현의 뺨으로 떨어져 그가 흘리는 땀과 뒤섞였다. 거친 신음과 호흡을 함께 내뱉는 것은 조승현 역시 마찬가지였다. 불도저처럼 박아 대면서 혀를 뒤섞고 정인의 작은 입술을 게걸스레 씹었다.

"씨발, 정인아, 하아……."

승현이 그의 이름을 부르며 정인의 희고 판판한 가슴에 얼굴을 다시 묻었다. 이로 자근자근 씹어 흔적을 남기고, 단단하게 솟은 돌기를 성질 나쁜 갓난애처럼 거칠게 쭉쭉 빨았다.

"흐윽!"

정인은 승현의 성기를 더욱 강하게 조여 물며 소리 내어 울었다. 또다시 온몸이 성감대였다. 그의 머리카락이 스치는 가슴팍 피부조차 간질거려 도저히 참을 수가 없었다.

"어흑! 하웃…… 조승현, 나, 하앗!"

승현이 거친 숨을 헐떡였다.

"어떻게 해 줄까요? 계속 여기 찔러 줄까요? 아님 뒤로 엎어서 박아 줄까. 서정인은 내가 이렇게까지 물어봐 줘야 겨우 이야기하잖아요. 응? 빨리 말해 봐요."

"하아, 가게 해 줘, 승현아."

"내가 별로야? 그래서 빨리 싸고 싶다는 소린가?"

"아니 거기 좋아…… 좋아서……. 흐윽…… 너무 좋으니까…… 하웃!"

아주 오래전처럼, 정인이 눈물을 뚝뚝 흘리며 승현에게 애원했다.

"거기 계속, 흐윽!"

승현이 짐승 같은 소리를 내며 정인의 엉덩이를 붙잡고 사정없이 그에게로 내려찍기 시작했다. 까끌거리는 음모가 살갗에 닿아 엉망으로 비벼졌다. 프리컴으로 완벽히 젖은 승현의 성기가 들락거리며 내벽을 파고들 때마다 숨 막히는 쾌락에 정인의 머릿속에 불꽃이 튀었다. 탄력 있는 승현의 허벅지 위에 정인이 뚝뚝 떨어뜨린 땀이 번졌다.

"아아, 아홋, 하아!"

꼿꼿이 선 채 흔들리던 정인이 분출하는 순간, 승현이 그의 페니스를 쥐고 흔들며 사정을 도왔다. 체액이 사방에 튀며 승현의 짙은 피부에 흩뿌려졌다. 정인이 꿈틀거리며 쾌락을 이기지 못해 울부짖었다.

"흐으웃!"

승현은 엉망이 된 손으로 정인을 번쩍 들어 안고 섰다.

"홋, 조승혀…… 아홋! 그만, 아흑!"

그가 정인을 선 채로 올려 박기 시작했다.

"나 봐, 서정인. 하아……."

"읏, 그만, 그만!"

정인이 힘겹게 눈을 떠 그를 바라보았다. 사정 직후 온몸에 힘이 빠졌는데 쾌락을 느끼는 부분만 살아 아직도 꿈틀거렸다. 사방이 조용한데 승현이 거칠게 내뱉는 숨소리만이 크게 들렸다. 이마에서 주륵 흘러내리는 땀방울이 눈동자에 박혔다. 눈앞에서 자신을 끌어안고 허리를 움직이며 인상을 쓰고 있는 승현의 표정이 마치 슬로우 모션처럼 똑똑하게 보였다.

아. 조승현. 너도 좋구나.

지금. 이 순간이. 너도 미치도록 좋은 거구나.

정인은 그의 목덜미를 감싸 쥐며 그에게 키스했다. 조승현의 방식대로. 혀를 뒤섞어 주며 게걸스레 타액을 나누어 주었다.

……그리고 승현이 그의 혀를 강하게 빨며 사정했다.

주륵.

허벅지에 짙은 정액이 흘러내렸다. 차마 따라 나오지 못한 정액이 아직도 풀이 죽지 않은 승현의 성기에 딸려 다시 흔적을 감추었다.

"흐웃……!"

온몸이 녹초가 된 기분이었다. 힘이 쫙 풀려 승현에게 매달린 채로 정인이 허리를 바들바들 떨었다. 승현은 삽입을 지속한 채로 그의 엉덩이를 꽉 쥐고 근육을 풀었다 놓기를 반복하고 있었다. 땀에 젖은 얼굴로 승현이 그에게 이마를 맞대었다.

"좋은 그림 나왔을 것 같은데."

아직도 허스키한 음성에서 격렬했던 섹스의 여운이 짙게 깔려 있었다.

"……무슨 말이야?"

승현의 시선을 따라가 보니 천장에서 빨간 불을 내고 있는 카메라
가 보였다. 흥분을 가라앉히지 못해 아직도 붉은 얼굴로 정인이 숨을
거칠게 내쉬었다. 이제 보니 테이블에서 그를 끌어안고 침실이 아닌
소파로 이동한 것은 카메라에 잘 찍히는 위치를 계산한 거였다.

"……변태 같은 짓거리 하는 네 성격이 어디 가겠어?"

"이제 별로 놀라지도 않네요. 면역이 돼서 그런가?"

승현이 부드럽게 정인의 엉덩이를 주물렀다. 그의 성기가 아직도
박혀 있는 이물감에 움직임이 느껴질 때마다 정인의 뒤가 무의식적
으로 움씰거렸다.

"이제 하나도 안 무섭다."

"내가 또 형 협박하면 어떻게 하려고 그런 소릴 함부로 해요."

승현이 날카로운 콧날을 붙여 오며 느른하게 속삭였다. 정인은 숨
을 몰아쉬며 하, 하고 그를 비웃었다.

"네가 잘도 내가 섹스하는 영상을 남이랑 공유하겠다."

승현이 낮게 웃었다.

"우리 정인이 형은 꼭 이렇게 쓸데없는 데는 눈치가 빠르고, 막상
필요할 때는 눈치가 더럽게 없죠."

"……다 좋은데 네 거 좀 빼고 말하면 안 돼?"

"빠져야 뺄 거 아니에요. 아직도 꽉 물고 있는 게 누군데. 하여튼
진짜 욕심 많아."

정인은 그의 말을 듣고 흠칫 놀라며 엉덩이에 힘을 뺐다. 조승현의
성기 대신 안쪽에 남아 있던 정액이 주르륵 골을 타고 흘렀다. 민망
해서 귀가 벌겋게 달아오르는 정인과는 달리 승현은 표정 하나 변함
이 없었다.

"샤워할까요? 손가락으로 안에 내가 싼 거 긁어서 빼 줄게요."

욕조 안에서 거하게 정사를 치렀던 기억에 정인이 고개를 흔들었다. 아마 승현이 손가락으로 뒤를 쑤시다가 또 불이 붙을 게 분명했으니까.

"그럴 필요 없어."

"놔두면 배 아프다면서요."

"난 안 그래."

"그럼 한 번 더 흥건하게 쏴 줄까요?"

"물총이야? 쏘긴 뭘 쏴?"

영양가 없는 말을 주고받고 있는데 문을 쾅쾅 두드리는 소리가 들렸다.

"배달입니다!"

정인은 퍼뜩 고개를 들었다. 그제야 까맣게 잊고 있었던 피자가 떠올랐다. 소스라치게 놀란 정인을 꽉 안아 들고 승현이 성큼성큼 현관을 향해 걸었다.

"야, 뭐 하는 거야, 안 내려?"

나체로 삽입을 빼지도 않고 현관을 향해 걸어가는 그에게 정인이 기겁을 하며 주먹으로 어깨를 밀쳤다.

"피자 왔습니다!"

그사이 문 뒤에 서 있는 배달원의 목소리가 조금 더 커졌다. 정인은 걸쇠가 걸린 것을 다시 한번 확인하며 이를 악물었다. 승현은 당장이라도 문을 열고 피자를 받아 들 기세였다. 나체로 엉겨 붙은 그들을 보며 경악에 찬 표정을 지을 배달원의 모습에 온몸에 소름이 돋았다.

"씨발, 조승현, 이 미친 새끼가……!"

조승현이 발광하는 정인을 안은 채, 벽에 기대 느릿하게 입을 열었다. 커다란 양손은 토닥토닥 정인의 엉덩이를 놀리듯 두드리고 있었다. 두드릴 때마다 아직도 안쪽에 있는 그의 물건이 느껴져 구멍이 저절로 움찔거렸다.

"계산은 끝났습니까?"

"주문할 때 계산 완료됐는데요, 손님."

배달원의 목소리에 묘하게 짜증이 묻어났다. 빨리 일을 끝내고 싶다는 열망이 배어나는 목소리였다.

"문 앞에 놔두고 그냥 가 주세요!"

정인이 소리를 버럭 질렀다.

"알겠습니다."

일말의 망설임도 없는 대답이 나왔다. 승현이 정인을 보며 입술을 올려 후후 웃었다. 문 밖에서 띵-, 하는 엘리베이터 소리가 들리자마자 그는 승현의 얼굴에 퍽, 하고 주먹을 날리고야 말았다.

* * *

입술이 터진 승현이 정인이 들고 있는 피자를 한 입 베어 물고 기세 좋게 우물거렸다. 정인은 그의 무릎 위에 아이처럼 앉혀져 있었다.

"이거 맛있네요. 호박이 달아."

"네가 안 맛있는 게 대체 뭐야."

"편식하면 나쁜 사람이니까요."

승현이 영감 같은 소리를 내뱉자 정인은 불만 섞인 목소리로 그에게 물었다.

"근데 꼭 이딴 식으로 먹어야 되겠어?"

"왜요, 또 한 대 치려고요?"

승현의 말에 정인은 끄응, 하고 참을 인자를 새기며 치즈가 쭉쭉 늘어나는 피자를 전투적으로 씹었다. 벌거벗은 채로 그에게 안겨 음식을 먹고 있으니, 자신이 21세기의 사람이 아니라 원시 부족에 떨어진 짐승 같은 원시인이 된 기분이었다.

"아까 내가 진짜 문 열까 봐 겁났어요? 완전 쫄았던데."

정인의 어깨가 살짝 경직했다. 승현이 그의 반응을 보더니 마른 어깨에 쪽, 입을 맞추었다.

"앞으로도 그런 일은 없을 거예요. 형이랑 나랑 섹스하는 건 우리 둘만의 시간이니까, 누가 보거나 방해할 일 없어. 절대 그렇게 안 만들어요."

마치 옛일을 생각하며 중얼거리는 그의 말투에 정인은 일부러 헛기침을 했다.

"……변태 같은 취미는 없다니까 천만다행이다. 믿음은 안 가지만."

"형이 나한테 박히고 있을 때 헐떡이는 얼굴이 끔찍하게 야하단 말이죠. 그걸 누구한테 어떻게 보여 줘."

"그만해라, 진짜."

승현이 식탁 위에 놓인 콜라에 손을 뻗어 귀가 빨개진 정인에게 내밀었다.

"……십 년 전에 실수로라도 본 새끼들은 죽여야 되나 말아야 되나 아직도 고민해요."

결국 피하고 싶었던 화제가 나오고야 말았다. 정인은 잠시 망설이
다 입을 열었다.

"조승현."

"네, 정인이 형."

승현이 말 잘 듣는 개처럼 그를 뚫어져라 바라보았다.

"……그러지 마."

정인은 짧은 한 마디에 진심을 담았다.

"그러지 마라, 승현아."

정인의 심각한 눈을 바라보며 승현이 천천히 고개를 끄덕였다.

"알았어요."

"문제 만들지 마. 복잡한 일에 엉키는 거 딱 싫어. 질색이야."

"그럼 형도 나한테 하나 약속해요."

이때다 싶어서 거래를 걸어오는 성격은 예나 지금이나 달라진 게
하나도 없었다. 승현과의 관계에서 공짜는 없다. 언젠가 승현이 했던
말이 떠올랐다. 그는 눈에는 눈, 이에는 이라는 말이 싫다고 했었다.
뭐든 더 얹어서 갚아 줘야 하는 게 정상이라고.

그러니까 조승현에게 정인이 지고 있는 마음의 빚을 다 갚는 것은
불가능했다. 조승현은 지난 십 년 동안 차곡차곡 그에게 이자를 붙이
고 있었던 것이나 다름없으니까.

"……뭘?"

"앞으로 나한테 아무것도 숨기지 말아요. 숨겨 봤자 형은 내 눈 못
피하고, 운 좋아서 내 눈 속여도 어차피 결국에는 다 들켜요."

"김승주랑 나 사이에 그동안 어떤 일도 없었다고. 난 남자랑 이러
고 있는 것도 십 년 만에 처음이라고 대체 몇 번을 말할까."

"난 평생 처음인데."

승현의 나지막한 대꾸에 정인은 말없이 눈만 깜빡였다. 승현이 그의 등에 부드럽게 입술을 붙였다 뗐다.

"키스도, 섹스도."

"……."

"형이랑 다 처음이자 마지막이었어요."

이럴 줄 알았다. 이렇게 또 사람이 할 말이 없게끔 말문을 막아 버리는 것이다. 정인의 가슴이 들썩였다. 한숨을 쉬는 그의 뒤에서 승현이 말을 이었다.

"형이 다, 나한테 가르쳐 준 거예요. 남자랑 끌어안아도, 입 맞춰도 된다는 거. 섹스가 그렇게 죽을 것처럼 좋을 수 있다는 거. 전부 다. 그래서 내가 머리가 돈 거잖아요."

"……네가 좀 미친 건 아는구나, 조승현."

억지로 입술을 떼서 겨우 말을 했다. 승현이 뒤에서 그를 조금 더 꽉 안아 왔다.

"누구 때문에 엄청 참아 본 것도, 그 누구 때문에 사람 죽이고 싶은 마음 든 것도."

"……."

"난 다 처음이었다고. 형이랑."

"……."

"그게 처음이자 마지막일 줄 미리 알았더라면, 난 진작 형 위에 올라탔을 거예요. 밀어내건 말건 억지로 안았을 거야. 안 기다렸을 거예요. 어디 가둬 놓고 수갑 채워 놨을걸요. 어차피 교도소 가는 건 마찬가진데 뭐."

말문이 턱, 막혔다. 피자 한 조각을 겨우 먹었을 뿐인데 배도 고프지 않았다. 자세 때문에 승현의 얼굴을 마주 보지 않은 것이 천만다행이었다. 그러지 않았다면 어떤 얼굴로 그를 봐야 할지, 정인은 알 수조차 없었다.

새삼스레 그의 말이 두렵다거나 싫은 것은 아니었다. 그저, 솔직하게 다가오는 그가 낯설면서도 안쓰러운 기분이 드는 스스로가 조금은 어색했다.

승현이 날카로운 턱을 그의 어깨에 떨어뜨린 후 뒤에서 속삭였다.

"대답 안 했잖아요."

"……네가 무슨 질문을 했는지 까먹었어."

승현이 작게 웃었다.

"나한테 숨기는 거 없기로 약속하라고요."

"……노력해 볼게."

"최선을 다해 줘요."

승현이 쪽, 하고 다시 그의 뺨에 입을 맞추었다.

"이제 먹어요. 이거 한 판 다 먹을 때까지 안 놔줄 거니까."

"난 너처럼 위장이 그렇게 크지가 않아."

"뭐든 쑤셔 넣으면 다 벌어지게 돼 있어요."

그가 정인의 엉덩이를 만지며 의미심장하게 웃는 것이 짜증이 나서 정인은 그의 손목을 아프게 철썩 때렸다.

"나는 너 처음 봤을 때 네가 이렇게 미친놈일 줄은 정말 상상도 못했어."

"형은 처음 봤을 때부터 이뻤어요. 남자가 뭐 이런가 좀 짜증이 날 정도로. 성격은 얼굴값 해서 더러울 거 미리 알았고요."

"하나만 해 그냥."

"형이 싹수 없이 굴 때도 난 애가 달았어요. 가식적으로 웃는 것도 사랑스러웠으면 게임 끝난 거죠."

"전혀 좋은 소리로 안 들려."

"좋으라고 한 말 아니에요. 그냥 내가 형한테 첫눈에 반했었다는 걸 설명하는 거지."

승현은 무심히 내뱉었지만 정인의 목덜미가 홧홧하게 달아올랐다.

"……넌 반한 사람한테 그렇게 행동하니? 난 자살 충동 느꼈어. 너한테 협박당할 때."

"뭐든 결과가 중요하죠."

"결과?"

"현재 서정인은 조승현과 질펀하게 섹스를 한 후에 품에 안겨서 피자를 먹고 있다는 거."

말이나 못 하면 밉지나 않을 것이다. 정인은 한 판을 빨리 해치우겠다는 일념으로 피자를 우걱우걱 씹었다. 왠지 부끄러워서 그의 얼굴을 보기가 더욱 힘이 들었다.

"콜라 좀 마시면서 먹어요."

"너 그거 알아? 난 이제 너 하나도 안 두려워. 안 무서워."

"잘됐네."

승현이 그의 허벅지를 만지며 낮게 웃었다.

"네가 밖에서 뭔 짓을 하고 다닌들 이제 하나도 안 무섭다고."

"아아, 그렇구나."

"그래 봤자 넌 조승현이니까."

"……맞아요. 전 그때도 지금도 조승현이죠."

정인은 피자를 씹어 넘기며 오래전의 그를 떠올렸다. 자신을 보며 쑥스럽게 이름을 말하던 그의 표정은 흐릿했지만 그때의 분위기는 확실하게 기억이 났다.

「잘 부탁드립니다, 조승현입니다.」

「새끼. 태도 좋다 너.」

어색한 공기를 깨려 그의 어깨를 툭, 쳤을 때 무언가 그의 얼굴이 환하게 밝아지던 느낌까지도.

반했다는 그의 말이 거짓으로 느껴지지 않는 것은 자신을 바라보던 조승현의 시선과 잘 어울리는 말이었기 때문이다. 그때의 조승현은 분명 꾸며 내고 있던 것이 아니었다.

"⋯⋯형, 자요?"

예전 일을 더듬다 긴장이 풀린 몸이 어처구니없이 잠깐 졸았던 모양이었다. 정인은 아니라고 고개를 저으며 피자를 씹다가 어느 순간 눈을 감아 버렸다.

다시 눈을 떴을 때는 푹신한 침대였고 승현은 따끈하게 적신 물수건으로 그의 다리 사이를 닦아 주고 있었다.

"⋯⋯조승현, 너도 참⋯⋯."

잠에 취한 채 정인이 중얼거리자 승현이 고개를 들었다.

"뭐 할 말 있어요?"

"⋯⋯이리 와."

정인이 손을 뻗자 그가 수건을 치우고 정인의 옆에 누웠다. 방은 어두웠고 침대 옆에 미등만 켜 놓은 상태였다. 조승현은 샤워까지 마친 듯 머리가 약간 축축했다. 그와 침대에 나란히 누운 게 처음도 아닌데 문득 옛날 생각이 나는 것은 잠이 덜 깼기 때문일 것이다.

"⋯⋯조승현."

"네, 정인이 형."

승현은 10년 전과 같은 눈을 하고 정인을 바라보고 있었다. 정인은 손을 들어 피가 살짝 터진 그의 입술을 스치듯 만졌다. 승현의 콧잔등이 미세하게 씰룩였다.

"아까 때려서 미안하다."

"괜찮아요. 놀라서 그런 거잖아. 내가 진짜 문 열 줄 알고."

"⋯⋯내가, 너한테 많이 미안해."

"정 미안하면 나한테 한 대 맞을래요?"

"⋯⋯때리고 싶음 때리든지."

정인이 턱을 들며 피식 웃었다. 그가 손을 뻗어 정인을 품 안에 끌어안았다.

"정인이 형."

승현의 턱이 정수리에 닿았다. 조용한 숨결이 머리카락 위로 잠시 쏟아졌다. 느리고 부드러운 말이 그의 성대를 타고 울렸다.

"⋯⋯사랑해요."

정인은 천천히 눈을 감았다. 예전이었으면 누가 말했어도 질색했을 말이 분명했다. 하지만 막상 그 말을 조승현의 입에서 듣고 나니 오히려 담담한 기분이었다. 10년을 참아 왔을 그 말의 무게를 이제는 견딜 수 있을 것 같다는 느낌이 들었다.

"사랑합니다. 정인이 형."

정중한 말투에 나직하게 드러난 떨림은 조승현이 그동안 보여 준 비정상적인 행동을 상쇄할 만큼의 진심이 있었다.

"……등신."

정인은 낮게 속삭이며 그의 등에 팔을 둘렀다.

"한 대 치라니까……. 바보같이."

그리고 그의 널찍한 등판을 천천히, 오랫동안 쓸어 주었다.

17. 혼란

조승현이 다니는 헬스클럽에 발을 들인 것은 충동적인 선택이었다. 여느 날과 다름없이 가사 도우미가 집 안을 치우는 동안 정인은 바깥에 외출을 했다.

'운동을 좀 해야 하는데.'

요즘 들어 그는 체력을 길러야겠다는 다짐을 점점 굳히고 있는 중이었다. 밤낮없이 섹스해 대는 조승현을 받아들이려면 그 수밖에 없었다. 거친 정사 후 그는 매일 몸도 제대로 씻지 못하고 곯아떨어지기 일쑤였고 오전에도 병든 닭처럼 꾸벅꾸벅 졸았다. 어제 저녁 식탁에서는 승현에게 횟수를 좀 줄이자고 말해 봤다가 본전도 못 찾았다.

승현은 코웃음을 치며 그 자리에서 바로 정인의 트레이닝팬츠를 끌어내렸다. 정인은 식탁 위의 음식이 쏟아지지 않도록 갖은 애를 쓰며 그와 선 채로 섹스해야 했다.

「조승현, 너 지루지? 너 지루야. 그거 치료 안 되나?」

「난 지극히 정상이에요」

「내가 이러다 빨리 죽을 것 같아서 그래, 조승현.」

자려고 누웠는데 뒤에서 또 엉덩이를 주물러 오는 그에게 심각하게 말을 건네자 승현이 흠, 하고 인상을 찌푸렸다. 정인은 이때다 싶어 휙 몸을 돌려 그의 얼굴을 양손으로 꽉 쥐고 말을 이었다.

「일주일에 두 번…… 아니 세 번 정도면 어때? 하루걸러 한 번씩. 퐁당퐁당으로.」

「퐁당퐁당 같은 소리 하네.」

「조승현 야, 진짜.」

「억지 부리지 마세요. 막상 하면 눈물 뚝뚝 흘릴 정도로 좋아하잖아요.」

극강의 쾌락만큼 몸이 남아나질 않는다는 것을 미처 설명할 새도 없었다. 승현은 정인의 입에서 그런 말이 나온 것을 용서하지 못하겠다는 듯, 지난 밤 그를 항문이 녹아내릴 때까지 애무했다. 정인의 성기 끝에서 색이 옅어진 정액이 질질 침처럼 흘러나올 때가 돼서야 그는 잘 수 있었다.

승현에게 말이 통하지 않으니 방법은 정인 스스로 체력을 길러 그에게 대항하는 수밖에 없었다. 힘이라도 좀 더 세지면 완력으로 눌러오는 승현을 어떻게든 밀쳐 낼 수 있을지도 모르는 일이었다.

24시간 문을 여는 트레이닝 센터는 친절하게 그를 안내했다. 집에서도 가깝고 조승현도 다니는 곳이니 딱히 문제가 될 것은 없어 보였다. 빌딩 전체가 스포츠 센터였다. 안내하는 이는 50미터 레인의 수영장을 비롯해 사우나와 스파가 완비된 훌륭한 샤워 시설이 아마 국내 최고일 거라며 자랑스럽게 설명했다.

"멀리서도 오시는 분들이 많으신데, 회원님께서는 자택도 가까우시네요."

"저는 아직 회원이 아닌데요."

"에이. 그러지 마시고 잘 생각하시고 결정해 보세요."

건물에 들어서면서부터 어느 정도 눈치는 챘지만 센터의 연회비는 여느 호텔의 헬스클럽 회원권에 버금가는 가격이었다. 정인은 팸플릿 책자를 테이블 위에 도로 올려 두고 망설임 없이 자리에서 일어났다.

"설명 감사합니다."

생각해 보면 지금 백수로 살고 있는 그가 이런 곳에 다니는 것 자체가 어불성설이었다. 돈에 대한 개념이 없었던 어렸을 적이라면 모를까, 지난 10년 동안 정인은 낭비 없는 생활을 지속해 왔다. 운동을 할 생각이 있었으면 더워서 개처럼 땀을 흘리든 말든 공원을 뛰는 것부터 시작하면 될 일이었다.

정인은 1층에 마련된 카페에서 헬스클럽에서 받아 온 커피 쿠폰으로 음료를 한 잔 바꾸었다.

"아이스커피 나왔습니다."

그는 커피 한 잔을 들고 널찍한 창문 옆에 앉았다. 평일인데도 주차장으로 들어가는 외제차가 많이 보였다. 먼 데서도 찾아온다는 헬스클럽 매니저의 말이 거짓말은 아닌 것으로 보였다.

지잉—.

[뭐 해요?]

밖에 나간 걸 귀신같이 알고 조승현이 메시지를 보내왔다. 보나마나 CCTV를 확인한 것이다. 정인은 인상을 찌푸리면서도 쏜살같이 손을 움직여 곧바로 답장을 보냈다.

[바깥에서 커피 한잔하고 있어.]
[혼자?]
[그래. 혼자.]

약간의 간격을 두고 휴대폰이 다시 진동했다.

[어디서 마시는데요?]
[너 다니는 헬스클럽.]
[거긴 왜?]
[운동 해 볼까 생각했는데 역시 여긴 아닌 것 같다.]
[갑자기 정인이 형이 몸을 만들려는 이유가 뭘까요?]

정인은 뭐라고 답을 해야 할지 몰라 인상을 찌푸리며 커피를 쭉 빨았다. 그에게서 답이 없자 승현은 전화를 걸어왔다.

"여보세요."

-형 요즘 누구 만나요?

"무슨 소리야, 갑자기."

-갑자기 몸을 왜 만들어요, 그럼. 다른 남자 꼬시려는 것도 아니고.

어떻게 하면 사고가 저렇게 한결같이 이상한 쪽으로 흐르는지 궁금해져 정인은 테이블에 팔꿈치를 대고 머리카락을 그러쥐었다.

"그래. 내가 죄가 많다, 조승현."

휴대폰 너머의 조승현은 말이 없었다. 담배를 입에 물고 눈을 가늘게 뜨는 모습이 머릿속에 훤했다. 정인은 남들에게 들리지 않게 한 손으로 입을 가리고 낮게 내뱉었다.

"계속 이렇게 너한테 밤낮으로 박히다가 제명도 못 채우고 죽을 것 같아서 운동 좀 해 볼까 하는 생각에 나왔다가 연회비 듣고 짜증나서 도로 나왔다. 이제 됐어?"

승현이 그제야 바람 빠지는 소리를 내며 쿡쿡 웃었다.

─그런 이유라면 언제든지 환영이죠. 내일부터 당장 같이 나가요. 나랑.

"내가 너랑 왜 가. 네 옆에서 몸 비교될 일 있냐? 싫어. 가도 다른 곳 갈 거야. 거기 너무 비싸."

─다른 데 같이 가요, 그럼.

"싫다니까? 너랑 안 간다고."

─혼자 가면 안 보내요.

"뭐? 왜 안 되는데."

─형은 땀 흘릴 때 야하니까 그런 모습 함부로 보이면 딴 놈들 좆이 설 테고. 운동하러 가서 남들한테 그런 민폐가 어디 있어요.

정인은 고개를 내저었다. 그리고 진심으로 물었다.

"조승현. 너 일상생활은 가능하냐?"

─갑자기 그게 무슨 소리예요?

"됐다."

화제를 돌리는 게 나을 것 같았다.

"지금 일하는 중 아냐?"

-맞아요. 내사 중인데 미꾸라지 같은 새끼 한 명 조지러 가는 길이에요.

"아…… 왜?"

승현의 목소리가 조금 날카롭게 바뀌었다. 어딜 가는 길인지 복도에 뚜벅뚜벅거리는 구둣발 소리가 울렸다.

-다른 회사에 스파이로 넣어 놨더니 이중 스파이질을 하고 있는 것 같아서요, 씨팔 놈의 새끼가.

"중요한 일이겠네?"

이제 이런 말을 들어도 놀라움 없이 받아칠 수 있는 여유도 생겼다. 조승현이 하는 일은 주로 이런 것들이었는데 정인은 어쩌면 그가 자신의 전공을 매우 잘 살리고 있을지도 모른다고 생각했다.

-중요하죠. 살려 달라고 빌 때까지 줘 팰 생각이에요.

"……그래. 수고 많이 해라."

정인은 집에서 보자는 말을 끝으로 전화를 끊었다. 늦지 않게 집에 들어가서 기다리고 있으라는 그의 짧은 한마디를 곱씹으며 지난 한 달을 생각했다.

'벌써 한 달이나 지났나.'

여름의 끝자락이었다. 조승현의 널찍한 집에서 편하게 생활하다 보니 시간 가는 것도 잊어버리고 살고 있었던 것이다. 승현은 정인이 아무것도 하지 않고 집에 있는 것에 매우 만족해했지만 언제까지 이렇게 지낼 수는 없는 일이었다.

지잉-.

[오늘 저녁은 나가서 먹어요.]

조승현이 다시 문자를 보내왔다.

[피곤하니까 요리하지 마요. 앞으로 힘들면 아무것도 안 해도 되니까 그냥 쉬어요.]
[인간이 어떻게 아무것도 안 하고 사냐?]

지잉-.

[내가 다 하잖아.]

정인은 묵묵히 휴대폰을 응시했다.

[서정인은 그냥 내 옆에 있기만 하면 내가 다 해요.]

그는 휴대폰을 내려놓고 길게 한숨을 쉬었다. 그럴 필요 없다고 답을 보내려다가 금방 맘을 고쳐먹었다. 눈을 번뜩이며 싸늘하게 태도를 바꿀 조승현의 반응이 눈앞에 펼쳐지는 것 같았다. 대신 맛있는 걸 사 달라고 짤막하게 답장을 보냈다. 일 열심히 하라는 말과 함께.

조승현은 그런 걸 좋아했다. 정인이 그에게 요구하고 기대는 것에 병적으로 집착하고 있는 것 같았다.

'난 뭘 어쩌고 싶은 거지?'

정인은 사람들이 오가는 분주한 건물 로비 카페에서 곰곰이 생각에 잠겼다. 승현은 사랑한다고 그에게 고백함으로써 가지고 있는 모든 패를 다 보여 주었다. 그의 말이 진심임은 의심할 수 없었다. 그런데 나는?

그는 조승현을 사랑하지 않았다. 승현에게 그가 가지고 있는 감정은 조금 복잡했다. 그것은 연민, 동정, 두려움, 불안, 안타까움, 슬픔과 죄책감의 집합체였다. 거기다 성욕까지 더해졌다. 정인은 승현과 섹스를 하면서 그에게 느끼는 죄의식을 한 꺼풀씩 벗겨 내고 있었다. 숨 막히는 쾌락을 받고, 또 돌려줄 때마다 카타르시스가 일어났다. 그와의 정사가 늘 힘이 들었지만 그를 거부할 수 없는 이유는 그것 때문이었다.

그에게 몸뿐만 아니라 정신까지 휘둘렸다. 정인은 자신의 이름을 부르며 눈을 보고 사정하는 조승현의 표정을 볼 때마다 기묘한 기분에 사로잡혔다. 죄의식은 희미해지고 있었지만 그에게 묶인 밧줄의 개수는 오히려 늘어나는 기분이었다. 승현이 정인에게 원했던 것이 영원히 옆에서 함께하는 것이라면 그는 목적 달성에 가까웠다.

정인은 그를 벗어나기가 힘이 들 것이라는 사실을 더욱 무겁게 깨닫고 있었다.

모든 것이 자신과 처음이었다는 조승현.

한 인간의 인생이 철로 위를 달리는 기차라면 정인은 의도치 않게 철로에 점을 내려쳐 방향을 바꿔 버린 것 같은 기분이었다. 기차의 종착역을 알 수는 없지만 적어도 그와 함께해야 할 것 같은 책임감이 들었다.

"······서정인."

창밖을 바라보며 생각에 빠져 있던 정인은 그를 부르는 목소리를 알아듣지 못했다.

"서정인."

정인의 미간에 슬쩍 주름이 졌다. 이 동네에서 그를 아는 사람은 아무도 없어야 했다. 그런데…… 목소리가 심하게 귀에 익었다. 정인은 천천히 고개를 돌렸고 그곳에는 얼굴을 잔뜩 일그러뜨린 채 그를 바라보고 있는 한민우가 있었다.

* * *

한민우가 대화를 위해 선택한 곳은 지하 주차장에 주차된 그의 차 안이었다. 장소를 옮기자는 그의 말에 정인이 고개를 저었기 때문이다. 정인은 일단 그 동네를 떠나고 싶지 않았다. 갑자기 조승현이 나타날지도 모르기도 했고 한민우와 다른 곳으로 이동하기도 싫었다.

"어떻게 된 거야?"

십 년 만에 만난 한민우는 창문도 열지 않고 차 안에서 담배를 피워 물었다. 그는 예전보다 더 말라서 조금 더 신경질적인 인상이었다. 뾰족한 주걱턱과 무테안경을 쓴 그는 조금 비열한 사업가처럼 보였다. 십 년 전 그 일 이후 정인과 조승현의 인생은 개판이 났지만, 한민우는 예정대로의 삶을 살고 있었다. 아마 지금쯤 사업을 물려받았거나 그 수순을 밟고 있는 중일 것이다.

"뭐가?"

"김승주가 너랑 연락 잘 안 된다고 하던데."

아. 역시 김승주는 한민우와 여전히 연락을 하고 있었던 것이다.

사실 그가 민우와 연락을 끊을 일은 없었다. 새삼스러울 것도 없는 사실에 이유 없이 씁쓸한 마음이 들어 정인은 입안의 살을 씹었다.

"그거야 김승주랑 내 사정이고. 네가 상관할 일이 있나?"

"서정인."

민우가 그의 이름을 부르며 입술을 씹었다. 담배 연기가 넓은 차 안에 꽉 차고 있었다.

"오랜만에 봤으니까 차라도 한잔하고 싶은데, 지금 네 얼굴 보니까 그러기도 싫다."

"내가 그동안 연락 못 해서 그게 서운했었냐, 혹시?"

"하하."

정인이 소리 내어 웃었다. 그는 진심이냐는 얼굴로 민우를 보았다. 심각한 표정의 한민우는 농담하고 있는 것 같지 않았다. 다만 초조해 보였다.

"나도 일이 많았어. 너라면 이해할 거라고 생각했었고. 우리 집 분위기 어떤지 네가 알잖아. 그 상황에서 난 내가 할 수 있는 최선을 다했다. 네가 외국으로 간 건 알았지만 그렇게 오래 있을 줄은 몰랐고……."

"민우야, 잠깐만."

정인은 손을 들어 그의 말을 끊었다. 민우는 히스테릭한 얼굴로 뻑뻑 담배를 빨았다. 습기 찬 풀 내음이 차 안에 번졌다.

"네가 뭔가 착각하고 있는 것 같은데. 나, 네 연락 기다린 적 한 번도 없어."

민우가 잠시 얼어붙어 있다가 하, 하고 탄식 같은 웃음을 뱉어 냈다. 입술만 올려서 웃는 웃음에는 예전보다 비열함이 더욱 늘었다.

"그래. 서정인 너라면 그렇게 말할 줄 알았어."

"응. 그러니까 너한테 서운할 것도 없다고."

"성질 죽었다더니 여전하네. 변함없는 것 같아서 반갑기도 하고."

민우가 다시 담배를 급하게 빨았다.

"한민우."

정인은 흐려지는 그의 눈을 바라보며 길게 숨을 내쉬었다.

"……여기서 떨을 하면 대체 어쩌자는 거냐?"

정인의 눈동자에 복잡함이 드리웠다. 한민우도 본질은 변한 게 없었다. 의지할 곳을 찾을 수밖에 없는 인간은 나약하다.

"그래서 차 안에서 피우고 있는 거잖아. 네가 어디도 가기 싫다고 하니까."

대마를 빨아들이는 손이 조금씩 떨리고 있었다.

"너도 참 변함없구나."

"넌 가끔 그때 안 그리워?"

민우가 말하는 그때란 그들의 재수, 삼수 시절을 말하는 것이었다. 산속 기숙사에 틀어박혀 세상을 등지고 숨었던 때. 누군가에게는 빛나지만 그들에게는 어두웠던, 그래서 더욱 결속력이 깊었던 시절.

그러고 보면 민우는 예전에도 한 번 비슷한 소리를 했던 것 같았다.

"좋았던 시절도 분명 있었겠지. 하지만 끝이 그게 아니었잖아."

"……네가 무슨 짓 당했는지 알아. 그래서, 더 압박했잖아. 국선 변호사한테 돈까지 먹여 가면서 조승현 형량 최대로 늘리고 사회에서 격리시켰다고. 네 복수도 내가 대신 해 준 거잖아. 그걸로 부족했어? 난 네가 나한테 고마워할 거라고 생각했어."

정인의 얼굴이 딱딱하게 굳었다. 한민우 쪽에서 압박이 있었을 거라고는 생각했지만 실제로 그의 입을 통해서 들으니 어이없게 조금 충격적이었다.

"그랬구나. 그랬을 거라고 생각했는데, 정말 그랬었구나."

차 안의 매캐한 공기 덕분에 정인은 머리가 어지러웠다. 창문을 열고 싶었지만 그럴 수가 없었다.

"하아……."

정인은 시트의 머리 받침에 뒷머리를 기대며 길게 숨을 뱉었다. 그를 바라보는 한민우의 무테안경 너머 눈동자가 조금 더 흐릿해졌다.

"너 돌아오고 나서도 몇 번이나 연락하려고 했어. 나를 찾지도 않는 네가 괘씸하긴 했어도, 승주가 너 힘들어한다고, 그런 끔찍한 일 겪었는데 PTSD 없는 게 이상한 거 아니냐고 해서…… 조금 더 기다려 주라고 그래서 계속 참았다."

"왜 연락하려고 했는데?"

정인은 뒷머리를 기댄 채 고개만 돌려 그를 바라보며 무심히 물었다. 한민우는 입술이 마르기 시작하는지 혀로 얇은 입술을 축이고 있었다. 정인은 침묵이 길어지는 그를 보며 손으로 길어진 앞머리를 쓸어 넘겼다.

"왜, 나한테 연락하려고 했냐고."

"보고 싶었으니까."

"웃기지 마."

정인은 곧장 그의 말을 되받았다.

"차라리 떡 치고 싶었다는 말이 더 신용이 가겠다."

민우가 반쯤 타들어 간 담배를 휴대용 재떨이에 집어넣었다.

"서정인."

"한민우."

둘은 동시에 이름을 불렀지만 말을 이은 것은 정인이 더 빨랐다.

"똑똑히 말해 두겠는데 나랑 섹스하고 싶은 거면 잘못 짚었어."

"······너도 좋아했잖아."

그럴 줄 알았다. 민우는 예나 지금이나 너무 쉬웠다. 정인은 하, 하고 탄식같이 웃으며 그를 똑바로 보았다.

"그랬나? 어쩌지? 난 기억이 하나도 안 나는데 너하고 했던 섹스는."

민우의 얼굴이 엉망으로 일그러졌다.

"한 가지 말해 줄까, 민우야?"

"······."

"너. 존나 별로였어. 그동안 나랑 잤던 놈들 줄 세우기로 쭉 세워도 넌 맨 뒤에서 놀아."

"······야 이 씨발."

민우가 그의 어깨를 움켜쥐었다. 안경알 너머로 보이는 눈은 이미 초점이 흐려져 있었지만 꽉 잡힌 어깨에 들어간 손힘은 강했다.

"서정인, 말이면 단 줄 알지?"

"내 말 아직 다 안 끝났어. 정작 제일 중요한 말은 하지도 않았는데."

민우가 부들부들 몸을 떨었다. 정인은 그에게 얼굴을 가져다 대고 속삭였다.

"내 인생 최고의 섹스가 누구인 줄 아냐?"

"그냥 닥쳐라, 서정인."

"조승현이다."

"뭐?"

민우의 입에서 쇳소리가 튀어나왔다. 충격을 받은 건지 흐려진 눈알에 초점이 잠시 돌아오는 것 같았다.

"너, 이 미친놈……."

"왜? 거짓말 같아?"

민우가 숨을 몰아쉬며 그를 쏘아보았다. 경멸이 섞인 비난이 튀어나왔다.

"널 성폭행한 새끼가…… 그게 좋았다고? 너 정신 나갔어, 서정인?"

"강간 아니었어, 개새끼야. 아무것도 모르면서 멋대로 씨불이지마."

정인은 숨을 거칠게 몰아쉬었다.

"뭐?"

"강간 아니었다고. 내가 좋아서 조승현 밑에 깔린 거라고 하잖아. 귀 먹었어?"

민우가 하, 하고 한숨을 쉬었다. 떨리는 눈으로 그를 바라보는 얼굴에는 믿을 수 없다는 표정이 가득했다.

"네가 확실하지도 않은 조승현 범인 만들어서 감방 처넣었을 때 나도 그 새끼 성폭행범 만들어서 동조한 거지. 그러니까 너나 나나 개쓰레기인 건 마찬가지고. 너랑 나 때문에 조승현은 교도소에서 씨발 몇 년을 썩어야 했던 걸까? 정작 마약 사범으로 콩밥 먹어야 했던 너 같은 새끼는 멀쩡하게 밖에서 호의호식하면서 살 동안."

민우의 표정은 볼 만했다. 그가 안경을 벗어 차 앞 유리창 쪽으로 던진 후 손으로 제 관자놀이를 세게 짚었다. 숨을 크게 들이쉬며 바짝 마른 입술을 연신 혀로 축였다. 일그러진 얼굴로 정인을 바라보며 그가 잇새로 내뱉었다.

"서정인 너 설마 지금……. 그 새끼 편들고 있는 거냐?"

어이가 없다는 표정을 짓고 있는 그를 바라보는 정인의 심장이 거칠게 뛰었다. 마음에 들지 않았다. 정확히 말하면 눈앞에 있는 한민우가.

"왜. 그럼 안 돼?"

"집이랑 연 끊고 거지같이 산다더니 진짜 머리가 어떻게 된 거야? 너 서정인이야. 미친 새끼야. 조승현 같은 놈들 인생이야 원래 뻔한 거였어. 어차피 냄새나는 하수구같이 살 인생이었을 거라고. 근데 그 걸 네가 여태껏 신경 쓰고 있다고? 농담이지, 서정인?"

"조승현 같은 인생이 뭔데, 씨발 놈아."

정인의 입술이 파들거렸다. 피가 얼굴에 몰려 벌게지고 눈가가 뜨거웠다. 적어도 한민우는 그런 말을 할 자격이 없었다.

"알 필요 없지. 그건 너도 마찬가지고."

민우가 그에게 얼굴을 가까이 붙였다.

"네가 말한 대로 그 새끼랑 네가 합의해서 떡 친 거라면……. 결국 너도 가해자야. 성폭행범으로 그 새끼 처넣었잖아. 너도."

온몸이 부들부들 떨렸다. 정인은 턱을 꽉 붙였다.

"그런데, 같잖은 죄책감 같은 거 가지고 사는 게 더 웃기다고 생각하지 않아?"

그의 손이 정인의 얼굴로 다가와 옆얼굴을 조심스레 쓰다듬었다. 정인은 차가운 벌레 같은 민우의 손길을 피하지 않았다.

"죄책감?"

대신 그를 보고 입술을 올려 웃었다. 심장이 울렁거려 구토감이 일었다. 뜨거운 피가 몸속에 빠르게 번져 뜨거운데 머릿속은 차가워졌다. 정인은 민우를 노려보며 싸늘하게 웃었다.

"난 오늘 아침에도 조승현이랑 섹스했어."

"……뭐?"

정인의 얼굴을 쓰다듬던 손길이 그대로 멈추었다.

"어젯밤에도 두 번 했어. 아니, 세 번이었나? 너 기억해? 난 섹스할 때 주로 입 닥치는 편인데…… 걔랑 할 땐 그게 안 돼. 비명이 터지고 눈물이 핑 돌아. 씨발…… 너무 좋거든. 그 새끼랑 뒹굴 때는 정신이 나가 버리는 것 같거든. 그래서 몇 번이나 싸고, 싸면서도 계속 움직이라고 그 새끼 끌어안고 울부짖어. 그게 지금 죄책감 하나로 설명이 된다고 생각해?"

"너 지금 무슨 소리를 하는 거야. 꿈꾸고 있어? 조승현이 갑자기 웬 말……."

정인은 휴대폰을 찾아 최근 통화 목록을 검색해 액정을 그의 코앞에 들이밀었다. 조승현의 이름은 맨 위에 있었다.

"꿈인지 실제인지 궁금하면 버튼 눌러서 직접 통화해 보던지."

민우는 인상을 찌푸린 채 휴대폰 액정을 노려볼 뿐이었다. 선뜻 통화 버튼을 누를 수 없는 그의 주저함에서 두려움이 읽혔다. 정인은 그에게 마지막 카운터펀치를 날리기로 했다.

"나 조승현이랑 같이 살아, 한민우."

민우의 입에서 한숨이 터졌다. 믿을 수 없다는 듯 입을 벌리고 있던 그가 정인에게 되물었다.

"너, 진심이냐?"

정인은 잠시 숨을 멈추었다. 사실이냐고 묻는 것일 테지만 질문의 의미가 조금 더 무겁게 느껴지는 이유는 뭘까.

"……그래. 진심이다."

목이 막혀서 자신의 목소리인데도 낯설게 느껴졌다.

"서정인. 돌았구나. 조승현 그 미친 새끼는 둘째 치고라도…… 너…… 넌 정말 섹스가 좋아서 그 자식이랑 사는 거라고?"

"맘대로 생각해라. 넌 아마 죽었다 깨어나도 지금 내 심정 이해 못 할 테니까."

정인은 그를 보며 입술을 벌려 흐리게 웃었다. 민우는 마치 더러운 벌레를 보는 듯한 표정으로 정인을 바라보고 있었지만 눈빛 저변에서 일렁이는 성욕은 감추지 못했다.

"씨발…… 서정인, 진짜. 하아…… 이렇게 쓰레기같이 살고 있을 줄은 상상도 못 했다."

정인은 그런 그를 비웃었다.

"그러니까 앞으로 우연히 만나도 아는 체하지 마라. 그게 피차 편하니까."

"김승주도…… 알고 있어? 네가 그 자식이랑 같이 사는 거."

나약한 녀석은 예전과 하나도 변하지 않았다. 정인은 그 사실이 조금 안타깝다고 생각했다.

"네가 좀 전해 줄래? 김승주한테 전해 줘 봤자 대체 뭐가 달라질지는 모르겠지만."

타인의 선택을 누군가가 책임질 수 없다는 사실은 10년 전이나 지금이나 다를 것이 없었다. 정인은 그것을 이제야 깨달았고 민우는 아직도 모르고 있을 뿐이었다.

"그리고 한민우. 옛날부터 생각한 건데 넌 약이 아니라 엄마 젖을 좀 더 처먹어야 돼."

민우가 뭐라고 하기도 전에 정인은 차 문을 열고 내려 쾅, 소리가 나게 문을 닫았다. 빠르게 주차장을 빠져나오며 그는 뜨거운 미간을 찌푸렸다. 떨리는 손이 휴대폰을 찾아 들었다. 통화는 바로 연결됐다. 정인은 입술을 깨물며 중얼거리듯 속삭였다.

"섹스하고 싶어, 조승현. 지금. 당장."

……그리고 조승현은 하던 일을 멈추고 15분 만에 그에게 달려왔다.

*　*　*

승현이 일을 제쳐 두고 달려온 날 정인은 그를 뜨겁게 안았다. 그날은 안겼다는 말보다는 안았다는 말이 더 어울렸다. 그들이 집에 도착한 것은 거의 같은 시각이었고 현관문이 열리자마자 정인은 그에게 키스했다. 승현은 아무것도 묻지 않고 똑같이 게걸스러운 키스로 그에게 화답했다.

침실에까지 갈 여유가 없어 정인은 현관에서 승현의 바지 버클을 풀고 허리춤을 잡아 내렸다. 승현은 구두도 벗지 않은 채 정인을 안고 뒹굴었다. 정인은 무릎이 아픈 줄도 모르고 대리석 바닥에서 그의 위에 올라타 허리를 거칠게 움직였다.

늘 그렇듯 나중에 폭발한 것은 승현이었다. 침실로 그를 끌고 간 후, 새하얀 시트가 정액으로 다 젖을 때까지 다시 정인을 몰아붙였다.

정인은 쓰러질 것 같은 와중에도 끝까지 미약하게나마 그의 움직임에 자신을 더하며 꿈틀거렸다. 승현은 평소보다 적극적으로 섹스하는 정인을 오래도록 놔주지 않았다. 육욕에 취한 짐승처럼 그들은 서로를 안고 빨고 뒹굴었다.

평소와는 다른 정인의 태도는 승현을 더욱 흥분시킨 듯했다. 그는 섹스 중 정인의 눈가에 흐르는 눈물을 핥으며 몇 번이나 정인에게 좋으냐고, 정말 좋은 거냐고 물었다. 정인은 단단한 그의 허벅지에 다리를 휘어 감고 매달리며 미칠 것 같이 좋으니까 제발 멈추지 말라고 목이 쉬도록 애원했다.

민우를 만났다는 사실은 물론 승현에게 알리지 않았다. 승현은 정인에게 아무것도 숨기지 말라고 했지만 정인 역시 그 정도의 눈치는 있었다.

「무슨 일 있었어요?」

승현은 몇 시간에 걸친 질펀한 정사가 끝난 후, 물을 받은 욕조에서 그를 안고 뒤에서 딱 한 번 물었을 뿐이었다. 그마저도 정인이 아무 일도 없었다고 딱 잘라 말하자 그 뒤를 더 이상 캐묻지 않았다. 그저 뜨뜻한 입술을 오래도록 그의 뺨에 붙이며 입을 맞추었을 뿐이다.

* * *

가을을 알리는 시작은 비였다. 오전부터 비가 내리고 있었다. 가랑비로 끝날 줄 알았더니 꾸물거리던 하늘에서는 빗줄기가 점점 굵어졌다. 이 비가 내리고 나면 추워질 거라는 예상이 드는 그런 비였다. 상가에서 돌아오는 십오 분 짧은 시간 동안, 들고 있었던 우산이 무색하게 발은 물론이고 온몸이 흠뻑 젖었다.

정인은 흠뻑 젖은 운동화를 벗고 장을 본 비닐 봉투를 식탁 위에 올렸다. 그리고 바닥에 자국이 남지 않게 최대한 발에 닿는 면적을 줄이며 뒤뚱거리는 걸음으로 욕실로 향했다. 척척한 옷을 벗고 뜨거운 물로 샤워를 하고 나오자 푹 젖었던 기분이 조금 나아졌다.

커다란 창으로 햇살 한 점 없이 컴컴한 하늘이 보였다. 시계는 겨우 오후 세 시 반을 넘기고 있었지만 마치 초저녁이라도 된 듯 실내가 어둑했다.

정인은 머리를 대충 말리고 실내에 환하게 불을 켰다. 장을 봐 온 봉투를 열고 냉장고에 식료품을 차곡차곡 채워 넣었다. 간단히 샌드위치를 먹은 후, 고기를 재워 놓고 야채까지 모두 썰어 저녁 준비를 끝냈을 때는 아직 다섯 시도 되지 않은 시각이었다.

'내가 요리 실력이 느는 건가, 점점.'

평소에는 재료를 붙잡고 끙끙 씨름하다 보면 몇 시간이 후딱 지나가 있었는데, 오늘은 모든 것이 빨랐다. 양파를 썰 때, 조승현이 사다 준 스노클링용 수경을 쓰고 칼질을 하니 얼굴은 좀 답답했지만 눈은 아주 편했다.

「이걸 쓰고 하라고?」

「써 봐요, 얼른.」

「지금 농담하는 거지?」

지난주에 불쑥 스노클링 장비를 꺼내 들던 승현을 비웃었지만 그가 없을 때 한 번 사용해 본 이후로 쏠쏠하게 잘 이용하고 있는 중이었다. 정인은 피식 웃으며 손을 씻고 맥주 한 캔을 땄다.

금요일 밤, 승현의 귀가까지는 적어도 두 시간이 넘게 남았다. 가끔 불쑥 빨리 돌아올 때도 있었는데 오늘은 그게 아닌 모양이었다.

정인은 승현이 사다 준 색연필 세트와 스케치용 노트를 서랍에서 꺼낸 후, 소파에 양반 다리를 하고 앉았다.

「심심하면 이것 가지고 놀라고요.」

이제 정인은 감이 안 잡히던 승현의 표정을 아주 가끔 읽을 수 있었다. 그가 대수롭지 않게 말하며 눈썹을 한 번 위로 치켜 올릴 때는 뭔가가 마음에 걸릴 때였다. 선물을 건넬 때 승현의 얼굴은 정인이 집과 쇼핑센터만을 오가는 단조로운 생활을 답답해할까 봐 염려하고 있는 것처럼 보였다.

'그럴 거면 마음대로 어딜 보내 주기라도 하든지.'

정인이 조금만 집을 벗어나면 조승현으로부터 어김없이 그가 어딘지를 확인하는 메시지가 도착했다. 구질구질한 집착을 벗어 던질 수는 없으면서 속으로는 정인이 답답해할까 걱정하고 있을지도 모른다는 생각이 들자, 정인은 왠지 조승현이 귀엽게까지 느껴졌다.

「나 안 심심해. 청소하고 장 보고 요리하고 조깅하고 낮잠 자면 하루가 너무 금방인데. 밤이면 너한테 시달리느라 곯아떨어지기 바쁘고.」

일부러 툭 내뱉듯 말하자 한쪽 입술이 꿈틀거리며 올라갈 듯 말 듯 위를 향하는 것은 기분이 좋지만 표시 내고 싶지 않다는 뜻이었다.

「그럼 환불할까요?」

치사한 놈. 속으로 중얼거리며 뺏길까 싶어 얼른 그의 손에서 봉투를 받아 들고 서랍에 고이 넣었던 것이 사흘 전이었다.

"……별 쓸데없는 걸 다 기억하고 있어."

정인은 물끄러미 스케치용 노트와 색연필 세트를 바라보며 소리 내어 중얼거렸다. 승현은 기숙사에서 가끔 그림을 그렸을 때, 정인이 사용하던 물건을 정확히 기억하고 내밀었다. 혼자 있을 때 색연필 케이스 뚜껑을 열고 가지런히 정렬된 채 저마다의 색을 자랑하는 연필들을 보고 정인은 슬쩍 웃었다.

여름의 끝자락, 한민우와 유쾌하지 못한 만남을 하고 난 이후 정인의 내부에서는 뭔가가 조금씩 변하고 있었다. 조승현과 같이 살고 있다고 말하는 그를 믿을 수 없다는 표정으로 바라보던 한민우를 보며 정인은 묘한 쾌감을 느꼈을지도 모르겠다.

그는 분명 김승주에게 말을 전했을 테지만 승주에게는 따로 연락이 없었다. 민우보다야 생각이 깊은 녀석이니 고민이나 걱정을 해도 쉽게 전화를 못 하고 있을 것이다. 언젠가는 그에게 설명할 기회가 있으면 좋을 테지만 없어도 별 상관은 없는 일이었다. 어차피 누군가에게 이 상황을 이해받고 싶은 마음은 없었다. 정인 역시도 스스로의 마음을 100퍼센트 이해한다고 하기에는 무리가 있었으니까.

슥. 슥.

손이 가는대로 움직이며 정인은 승현을 떠올렸다. 반듯한 이마와 짙고 고른 눈썹, 그리고 그 아래 자리한 기다란 눈매는 눈을 감고도 상상할 수 있었다. 인상을 쓰면 서늘한 빛을 띠는 눈동자도 마찬가지였다.

정인은 잠시 손을 멈추고 흐릿한 눈으로 그의 우뚝하고 남성적인 콧대를 생각했다. 고집을 보여 주는 것 같은 코가 조금만 낮았더라면 약간 귀여운 인상이 되었으리라.

'……안 어울리긴 하겠다만.'

그는 손을 뻗어 맥주를 다시 한 모금 마시며 천장 구석을 슬쩍 한 번 바라보았다. 빨간 빛을 내고 있는 카메라는 이제는 익숙해져서 딱히 불편하게 느껴지지도 않았다. 그를 대놓고 감시하고 있는 상황마저도 무척이나 조승현다웠기 때문이다. 오히려 혼자 있을 때도 항상 승현과 같이 있는 것 같은 착각마저 들어 지루하지가 않았다.

'아, 미친 변태 같은 놈, 진짜.'

그만둔 직장에서 강아지 두 마리를 키우던 직원이 있었다. 집에 카메라를 설치하고 시시때때로 개들의 일상을 확인하던 이의 얼굴에 조승현을 대입해 보았다. 담배를 물고 가느다란 눈으로 휴대폰이나 컴퓨터 화면을 응시하고 있을 그의 표정을 생각하니 피식 헛웃음이 삐져나왔다.

슥. 슥.

담배를 손에 끼운 굵직한 손가락이 종이 위에 담겼다. 커다란 손에 비해 조금 작게 느껴지는 담배를 그리고 난 후에는 대칭이 완벽한 입술을 떠올려 보았다. 너무 두껍지도 얇지도 않은 조승현의 입술. 그 온기가 자신의 은밀한 곳에 닿을 때의 느낌이 자동적으로 떠올라 괜히 부끄러워졌다. 정인은 고개를 작게 털었다.

'새끼……, 안 본 새 골초가 다 돼 가지고는.'

정인은 연기를 내뱉는 그의 잘난 입술을 세심하게 그려 나갔다. 조승현은 담배도 꼭 저같이 피웠다. 집요하게 단번에 빨아들이고 천천히 은밀하게 내뱉는다. 갑자기 담배가 피우고 싶어졌지만 정인은 참기로 했다.

「조승현, 너 담배 끊어라.」

「왜요, 갑자기?」

「왜요? 왜요? 하, 지금 그걸 말이라고 해? 꼭 재떨이랑 키스하는 기분이라고. 알아?」

「하하하…….」

승현은 목젖이 다 보이도록 크게 소리 내어 웃었다. 정말 그에게 꼭 해 보고 싶은 말이었는데 회심의 공격이 무색하게 그는 즐거워하며 웃고 있었다.

「뭐가 웃겨?」

「내가 그때 한 말이 그렇게 충격이었어요? 은근히 뒤끝 있네요, 형. 귀엽게.」

승현이 그에게 얼굴을 붙이며 은밀하게 속삭인 탓에 정인의 귀가 벌겋게 달아올랐다. 물론 승현에게 한 말은 거짓말이었다. 그도 흡연자였기 때문에 사실 거슬릴 것도 없었다.

그런데, 십 년 전 비 오는 날, 재수 학원 옥상에서 키스한 날을 생생하게 기억하고 있는 것은 정인 혼자만이 아니었다.

「난 그 뒤로 담배 피울 때마다 형이랑 키스하는 기분이던데.」

곧 입술이 덮이고 옷이 벗겨졌지만 정인은 아등바등하며 끝까지 승현을 물고 늘어졌다.

「그래도 끊어.」

「형이 끊으면 나도 끊을게요.」

「내가 못 할 것 같아?」

「나 몰래 뒤에서 피울 게 뻔하니까요. 엉덩이에 힘 좀 빼 봐요.」

바로 지금 정인이 앉아 있는 이 자리에서 팬티를 벗기고 엉덩이 사이에 얼굴을 박았던 승현의 혀의 느낌이 생각나 버렸다. 정인은 괜히 민망해 고개를 다시 한번 세차게 흔들었다.

'씨발…… 왜 자꾸 그딴 생각만 나는 거야.'

만나는 사람이 없다 보니 하루 종일 조승현이 머릿속에서 어른거리는 것은 당연한 일이었다. 장을 볼 때도 휴대폰을 확인하며 그가 혹시나 또 연락이 안 된다고 날뛰지는 않는지 확인해야 했고, 언제 어디서 조승현이 그에게 막무가내로 들이댈지 몰라 샤워도 매번 오래도록 하며 갑작스런 정사에 준비를 해야 했다. 장소 불문하고 그를 덮치는 핑계도 다양했다.

「젓가락질 서툴게 하는 손가락이 예뻐서요.」

「엘리베이터 숫자 바뀌는 거 무표정하게 바라보는 옆얼굴이 너무 섹시해서요.」

「거스름돈 받고 감사합니다, 고개 까딱 숙이는 모습이 도발적이라서.」

「담배 피우면서 혀로 입술 축이는 모습이 씨발……, 야하잖아요.」

'그냥 담배는 끊지 말까.'

문득 떠오른 생각에 정인은 그림을 그리던 손을 멈추었다. 어딘가 확실히 이상한 승현도 문제였지만, 그 옆에 있다 보니 자신도 점점 이상해지고 있는 게 분명했다. 더 큰 문제는 정인 스스로가 그 사실에 대해 심각함을 느끼고 있지 않다는 것이었다.

아직도 조승현이 좋다고 느껴진 적은 없었다.

하지만 그와의 섹스는 별개의 문제였다. 한민우에게 했던 말은 단지 그를 자극시키기 위해서만이 아니었다.

할 때마다 좋다, 라는 말을 뛰어넘을 정도로 정신을 나가 버리게 하는 녀석은 정말로 그가 처음이었다. 섹스할 때 쓸데없는 말을 하는 놈들이 딱 질색인 적도 있었지만, 조승현이 낮간지럽게 귓가에 속삭이는 말에는 몸이 뜨겁게 달아올랐다.

아무리 십 년 동안의 갭이 있었다고 한들, 마음대로 몸을 굴리고 놀았던 십 대 때보다도 지금이 섹스 횟수가 더욱 많았다. 한 번으로 만족을 못 하는 승현의 성벽 때문이기도 했지만, 정인 역시 기절하기 직전까지 그를 빠듯하게 받아들이고 있었다.

「서정인. 돌았구나. 정말 섹스가 좋아서 그 자식이랑 사는 거라고?」

감금 아닌 감금 생활을 정인이 받아들이고 있는 이유가 한민우의 생각처럼 끝내주는 섹스뿐만은 아니었다.

「사랑합니다. 정인이 형.」

지난 10년 동안 정인이 내린 결론에 쐐기를 박듯 그에게 고백했던 조승현 때문이었다. 승현은 정인에게 결국 자기 속을 몽땅 보여 준 것이나 다름없었다.

사랑해서 그랬다고. 사랑이었다고.

조승현이 정인에게 품었던 감정 때문에 일어났던 과거 모든 일들을 생각해 보면, 정인이 그의 곁에 잠자코 있는 것이 여러모로 안전했다. 승현이 질투할 일은 알아서 피하고, 이 집을 떠나지만 않으면 되는 일이었다. 그는 늑대로 변하는 대신 말 잘 듣는 개처럼 자신을 지킬 것이다. 그가 난폭하고 잔인하게 변할 때는 정인의 주변에 제 맘에 안 드는 다른 놈이 꼬일 때뿐이었다.

"하아……."

고집스럽게 올라가는 한쪽 입매를 그리다 말고 정인은 스케치북을 옆으로 밀어 치워 두었다.

문득 머릿속에 한 가지 의문이 떠올랐다.

시간이 지나서 만약 조승현이 그를 더 이상 좋아하지 않고, 마음이 식는다면 어떻게 될까.

'그러면 어떻게 해야 하지?'

스스로 의문을 던지고 난 정인은 갑자기 목이 타서 맥주를 꿀꺽꿀꺽 들이켰다. 이 모든 관계의 끈을 쥐고 있는 이는 조승현이었다. 갑자기 나타나서 정인을 협박한 것도 승현이었고, 이 집으로 들어오게 만든 것도 그였다.

그런데 그런 승현이 일방적으로 끈을 놔 버린다면 과연 자신은 어떻게 해야 할까.

건조 모드로 돌려 놓은 에어컨 바람이 차갑게 느껴졌다. 정인은 리모컨을 들어 에어컨을 중지시켰다. 민소매를 입고 있는 팔뚝에 오소소 소름이 돋아나 있었다.

'그건 그때 가서 생각하면 돼.'

조승현은 10년 동안 정인을 좋아했다. 지난 세월을 생각해 봤을 때 조승현이 관계를 정리할 날이 그리 빨리는 찾아오지 않을 거라는 생각이 들었다. 설사 그렇다 하더라도 그건 그때 가서 생각하면 될 일이었다. 확실치 않은 지금의 감정에 일부러 이름을 붙일 필요는 없었다. 그것이 애증이든 죄책감이든 책임감이든 뭐든.

삑—.

현관에서 들리는 낯선 소음에 정인이 슬쩍 고개를 돌렸다.

'뭐지?'

드르륵. 잠금 장치가 부드럽게 풀리는 소리에 정인은 그제야 문이 열리고 있다는 것을 깨달았다. 조승현은 아직도 키를 들고 다니지 않았고, 최 비서는 그의 명령이 아니면 승현이 없을 때 정인의 앞에 나타나지 않았다. 가사 도우미는 정인이 문을 열어 줘야만 집에 들어올 수 있었다.

정인은 자리에서 벌떡 일어났다. 설마 도둑이라도 든 걸까. 방범이 철저한 이 건물에?

탁.

문이 열리고 닫히는 소리가 났다. 생각을 정리할 새도 없이 놀라서 엉거주춤 서 있는 그의 앞에 누군가가 나타났다.

"……."

키가 큰 남자였다. 키도 키지만 월등한 비율에 화려한 이목구비가 눈에 띄었다. 기다란 트렌치코트가 잘 어울렸다. 묘하게 낯이 익은 것도 같았다. 도둑을 한 번도 직접 본 적은 없지만 저런 옷차림은 아닐 거라는 예감이 들었다. 정인은 마른침을 삼키고 목소리를 높여 물었다.

"누구시죠?"

남자가 현관에서 정인을 물끄러미 바라보다 짧게 한숨을 흘렸다. 그의 손에서 파란색 우산이 툭, 하고 바닥에 떨어졌다.

"……혹시 서정인?"

처음 보는 남자가 자신의 이름을 부르자 정인은 미간을 찌푸렸다. 상대는 묘한 표정이었다.

"……누구십니까?"

"와, 진짜 서정인이네. 하."

남자가 신발을 벗고 실내를 가로질렀다. 정인이 뒷걸음질을 쳤다. 상대가 그의 얼굴을 이리저리 뜯어보듯 살펴보다가 어이가 없다는 듯 혀를 한 번 차며 웃었다.

"누구신지 모르겠는데, 혹시 조승현을 만나러 온 거면 전화를……."

"서정인 씨 나 몰라요?"

그가 정인의 말을 잘랐다. 정인은 인상을 쓰며 고개를 갸웃했다. 평범한 사람치고 지나치게 화려한 남자였다. 걸치고 있는 것들도 그랬지만 몸에서 뿜어져 나오는 기운이 범상치 않았다. 혹시 조승현의 지인 중에 연예인이나 유명인이라도 있는 걸까. 그랬다면 그의 얼굴이 묘하게 낯이 익는 이유도 설명이 되는 것이다.

"죄송합니다. 제가 텔레비전을 잘 안 봐서."

상대가 웃음기가 가시지 않은 얼굴로 뚫어져라 그를 바라보다가 불쑥 손을 내밀었다.

"이현진입니다. 한물간 모델이라 텔레비전에는 잘 안 나오고요."

역시 그랬나. 모델이라는 자기소개가 전혀 어색하지 않았다. 정인은 떨떠름한 표정으로 그의 손끝을 살짝 잡았다가 내렸다.

"서정인 씨가 여기 있을 줄은 생각도 못 했는데."

"……저를 아십니까?"

남자가 식탁 의자를 빼더니 마치 제 집처럼 편하게 앉았다.

"그럼요, 아주 잘 알죠."

"저희 구면인가요? 죄송하지만 전 이현진 씨를 만난 적이 없는 것 같은데요."

아무리 생각해도 정인의 기억에 그의 이름은 없었다.

"조승현이 설마 여기 가둬 둔 건가요? 언제부터?"

정인의 질문에 대답하는 대신 남자가 물으며 주변을 휙휙 눈으로 쓸었다. 천장 구석에 돌아가는 카메라를 곧 발견하고는 고개를 좌우로 흔들었다.

"미친 새끼. 여전하네."

"저기 죄송하지만 전 그쪽이 누군지 몰라서 지금 이러시는 게 불편합니다만."

"그럼 한민우라는 놈이 다리에서 떨어진 건 기억해요?"

정인의 미간에 단박에 주름이 졌다. 현진이 씩, 입술을 올려 웃었다. 현관에 있는 파란색 우산이 유독 눈에 띄었다.

정인은 그제야 이현진을 어디서 봤는지 떠올릴 수 있었다. 재수 학원에 살던 시절, 비 오는 운동장에 서 있던 키가 큰 놈이었다. 조승현의 친구라고 자신을 소개했던 놈.

"설마……. 경찰에 조승현 신고한 사람이 그쪽입니까?"

"맞아요. 나예요, 그거."

코끝에 닿는 정인의 숨결이 조금 뜨거워졌다. 정인은 흥분을 가라앉히려 애를 쓰며 그에게 물었다.

"잘됐네요. 꼭 확인하고 싶은 게 있었는데."

"서정인 씨가 나한테요?"

상대가 손가락으로 제 가슴을 가리켰다.

"네."

"나한테 궁금한 게 뭔지 듣고 싶어지네."

"그쪽, 조승현이 그러는 거 정말 목격했습니까?"

정인은 떨리는 목소리로 그에게 물었다.

"……무슨 말이 하고 싶은 걸까?"

남자가 입술을 올려 의미심장하게 웃었다.

"묻는 말에 똑바로 대답해요. 당신 진짜로, 조승현이 한민우 떠미는 거 봤냐고 묻는 겁니다."

"왜요. 설마 내가 거짓말이라도 한 것 같아요? 설마 경찰에 허위 신고라도 했다고 생각하는 건가?"

"솔직하게 말해 주면 좋겠습니다. 어차피 조승현은 형 다 살았고 이미 끝난 일이니까."

"그럼 서정인 씨가 어차피 끝난 일을 들쑤시고 싶은 이유는 뭔데요?"

그의 말에 정인은 허를 찔린 듯 입을 다물었다. 조승현이 억울하게 옥살이를 했는지 아닌지를 확인해도 아무것도 달라지는 것은 없었다. 그런데도 정인은 알고 싶었다. 그에게 씌워진 살인 누명을 혼자만이라도 벗겨 주고 싶은 마음이었다.

"설마 조승현이 그렇게 말했어요? 자기가 한 거 아니라고. 억울하게 감방 간 거라고 그래요?"

"조승현은 아무 말도 안 했습니다."

"그랬겠지. 할 말이 없을 테니까."

이현진이 웃었다.

"그게 무슨 뜻입니까?"

"글쎄요. 그건 서정인 씨가 알아서 생각해요. 아님 승현이한테 직접 물어보시던가."

정인은 웃고 있는 그를 노려보았다. 눈앞의 상대는 예나 지금이나 은근히 기분이 나빴다.

"……아아. 난 옛날부터 그 미친놈이 대체 무슨 생각을 하고 있는지 가늠이 안 돼요. 예전부터 그랬지만 진짜 골 때리는 놈이야. 안 그래요?"

그가 얇은 카디건 안에서 담배를 꺼내 물었다.

"라이터 있어요?"

정인은 서랍 안에서 라이터를 꺼내 식탁 위로 세게 밀었다. 그가 라이터를 휙 낚아채 불을 붙이며 킬킬거렸다.

"여전히 라이터 인심은 후하네요. 원래 그렇게 잘 줍니까? 뭐든."

재떨이를 끌어당기며 현진이 담배를 맛있게 빨았다. 정인은 그의 말에 박힌 은근한 가시를 느꼈다. 상대는 예전이나 지금이나 그에게 적의를 비추고 있었다. 웃고 있는 표정이지만 모를 수가 없었다.

"글쎄요. 사람에 따라 다르죠."

의미심장하게 대답하자 현진이 피식 웃었다. 하얀 이와 붉은 입술이 대조적이었다.

"예전부터 궁금했었어요. 서정인 씨가 어떤 사람인지 말이에요."

"쓸데없는 관심은 불쾌하네요."

"어떤 점이 승현이 눈을 끌었을까. 얼굴 빼면 성격도 더러운 것 같은데 말이에요."

그가 눈을 가늘게 떴다. 정인은 직설적인 그의 화법에 어이가 없어 헛웃음이 나왔다.

"그쪽도 그리 성격 좋다는 소리는 못 들었을 것 같은데요."

"외모적으로도 내가 좀 더 낫지 않나?"

착각도 자유였다. 정인은 자리에서 일어났다. 더 이상 그에게 대구할 필요가 없을 것 같았다.

"전화 안 하고 조승현 기다릴 거면 마음대로 하십시오."

방에 들어가려는데 그의 목소리가 정인의 뒤통수를 잡아챘다.

"서정인 씨. 조승현이랑 같이 살아요?"

"보면 모릅니까?"

"둘이 같이 잤겠죠? 물론."

"그게 그쪽이랑 무슨 상관이 있습니까?"

현진이 연기를 내뿜으며 하핫 웃었다.

"대박이잖아요, 성폭행 가해자랑 피해자랑 지금 이러고 있는 게. 설마 나만 그렇게 느끼나?"

정인은 주먹을 꽉 쥐었다. 하얀 피부에 푸른 힘줄이 돋아났다.

"……잘 알지도 못하면서 함부로 입 놀리지 마."

"승현이가 그것 때문에 빵에서 몇 년 썩었는데 그렇게 말하면 섭섭하죠."

"네가 신고한 살인 미수 건 때문에 형 더 받은 건 몰라서 이래?"

정인이 이를 갈았고, 현진이 하얀 이를 드러내며 웃었다.

"설마 진짜로 조승현이 아무 죄도 없다고 생각하는 거예요?"

떠보는 듯한 그의 질문에 정인은 날카롭게 그를 노려보았다.

"조승현이랑 나, 그날 같은 방 썼어. 밤에 나가는 거 못 봤고."

정인의 성대에서 쇳소리가 샜다.

"안 자고 뭐 했어요? 밤새도록 조승현이랑 쎄쎄쎄라도 했나 봐요? 아니면 진짜 떡이라도 쳤어요?"

입을 꾹 다물고 침묵을 지키는 정인을 비웃듯 현진이 말을 이었다.

"시설에서 살면, 밤에 기척 없이 움직이는 것 정도는 일도 아니에요. 세상에 모든 나쁜 일은 한밤중에 다 벌어지거든요. 조승현 그 개놈의 새끼가 날 변기통에 처박아서 죽이려고 했을 때도 새벽에 사람들 다 잘 때였단 말이죠."

승현이 오래전에 했던 이야기가 어렴풋이 떠올랐다. 정인은 그를 노려보며 무겁게 입을 뗐다.

"……그건 네가 먼저 조승현 괴롭혀서 그랬던 거 아닌가?"

"뭐요?"

"때리고 괴롭히고 밥에 벌레까지 처넣으면 누구라도 눈 돌아가는 게 정상이라고."

"뭐? 씨발, 조승현이 그래요? 하하……."

현진이 킬킬거리다 담배 연기가 잘못 들어갔는지 한참을 쿨럭거렸다. 쿨럭거리면서도 그는 발작처럼 터지는 웃음을 참을 수가 없는 것처럼 보였다.

"아…… 미치겠다. 쿨럭…… 하여튼 진짜 난놈이야, 조승현, 씹 새끼…… 와……."

정인은 테이블 위에서 주먹을 꽉 쥐었다.

"예쁜 형씨. 그건, 승현이가 제일 잘하는 짓이었어요. 마음 약한 애들 괴롭혀서 정신 나가게 하고 자기한테 무릎 꿇리는 게 주특기라고요. 그 새끼는 시설에 오자마자 본보기로 날 화장실에 처박은 놈이라고. 내가 거기서 우두머리란 거 눈치채고 먼저 깐 새끼라고요, 그 약아 빠진 놈은."

정인의 귀에는 현진이 늘어놓는 소리가 전부 헛소리로 들릴 뿐이었다.

"뭐, 그런 개또라이라서 결국 내가 숙이고 들어갈 수밖에 없었지만. 승현이 같은 자식은 적으로 두면 피곤하다는 거, 모를 수가 없었거든."

"……그래서 조승현한테 앙심 품고 그 자식 뒤통수 친 겁니까?"

"뒤통수? 하하하ー."

현진이 다시 커다란 소리로 웃었다. 정인은 기분이 극도로 나빠져서 참을 수가 없었다. 의자가 거북한 소리를 내며 뒤로 밀렸다.

"나가."

"형씨가 뭔데 나한테 나가라 말라 명령이야?"

웃음을 멈춘 그가 턱을 치켜들며 여유 있게 담배 연기를 내뿜었다. 현진의 눈동자에는 날카로운 적의와 흥미로운 빛이 동시에 스쳐 갔다.

"난 승현이한테 볼일이 있어서 온 거거든요. 형씨가 아니라."

"조승현 있을 때 다시 오든지 말든지. 지금은 그냥 꺼지라고."

정인은 결국 이를 뿌득 갈며 그에게 내뱉었다.

"이 말까지는 안 하려고 했는데."

현진이 입꼬리를 올리며 조소했다. 남자치고는 매우 붉은 그의 입술이 야릇하게 천천히 움직였다.

"내가 이 집 키 들고 있는 거 보면 나랑 조승현 사이가 이해 안 가요?"

"……."

정인은 말없이 얼굴을 구겼다. 심장이 거칠게 뛰기 시작한 것은 그때부터였다. 현진이 담배를 이 사이에 사리물더니 두 손을 들었다. 한 손으로 주먹을 쥐고 다른 손을 쫙 편 후, 다물린 주먹 옆을 탁, 탁, 천천히 두드렸다.

"우리 승현이, 섹스도 존나 저같이 하죠? 집요하게."

그는 정인에게 한쪽 눈을 찡긋해 보이며 담배 연기 사이로 의미심장하게 웃었다.

"형씨는 생긴 것도 승현이 스타일이라, 더 거칠게 박아 줬겠네."

씨발.

"승현이는 이쁘게 생긴 사람 괴롭히는 게 주특기거든요. 대표적인 희생자가 여기 있잖아요. 나."

정인의 심장이 단번에 쿵 소리를 내며 떨어졌다. 무릎 뒤에 힘이 풀리고 뒤통수를 얻어맞은 것처럼 눈이 침침해져 왔다. 그를 바라보며 마치 비웃듯 입술을 올리고 있는 이현진의 모습이 무척이나 퇴폐적으로 보였다.

책상에 놓여 있는 사무용 전화기가 날카롭게 울린 것은 그때였다.

집에 전화를 할 사람은 한 사람뿐이었다. 정인이 어쩔 줄 몰라 거친 숨을 몰아쉬고 있는데, 현진이 담배를 손에 든 채, 뚜벅뚜벅 걸어가 전화를 받았다.

"어, 승현아."

높아진 목소리로 그의 이름을 부르며 현진이 정인을 바라보았다. 그는 매우 즐거워 보였다.

"왜 오긴. 안 그래도 요즘 몸이 찌뿌둥해서 너랑 격하게 한 판 뜰 생각에 짜릿했는데 집에 와 보니까 예상도 못 한 손님이 있네? 너 요즘 나한테 뜸한 이유가 그거였구나."

정인의 얼굴에 핏기가 가셨다. 꽉 쥔 주먹이 부들부들 떨리고 몸속에 피가 빠르게 돌았다. 가슴이 기분 나쁜 속도로 뛰고 있었다. 그는 입술을 잘근 깨물었다.

"아무리 그래도 나만큼 널 만족시키는 놈이 있을까? 서정인? 응. 잠시만."

현진이 전화기를 귀에서 떼고는 정인에게 물었다.

"승현이가 전화 바꾸라는데요?"

"……집어치워."

정인이 씹어뱉듯 중얼거리자 현진이 다시 전화기에 대고 말했다.

"서정인 씨가 너랑 이야기하기 싫은 것 같은데? 글쎄. 난 모르지."

정인은 빙글거리며 책상에 앉아 발을 까딱거리는 남자의 턱에 주먹을 날리고 싶은 것을 간신히 참았다. 가슴속에서 뜨거운 무언가가 부글부글 끓어 터질 것 같다.

"요즘 나한테 연락 안 한 이유가 서정인 때문이었어? 서정인 보지 맛이 내 거보다 더 괜찮아? 사실대로 말해 봐, 화 안 낼게."

정인은 힘이 들어가지 않는 다리를 겨우 움직여 걷기 시작했다. 쿡쿡거리던 현진이 전화기를 귀에서 떼더니 어, 하고 중얼거렸다.

"끊겼네."

현진은 수화기를 도로 내려놓는 대신 책상 밑으로 휙 던져 버렸다. 빙그르르, 유선 전화기가 뱅글뱅글 돌며 회색 전화선이 엉망으로 꼬였다.

"어디 나가게요? 바깥에 비 엄청 오는데."

정인은 그의 말을 무시하고 소파 위에 던져 둔 지갑과 휴대폰을 낚아챘다.

"조승현 곧 뛰어올 기세던데."

그 말에 그대로 나가려다가 돌아와 아까 그림을 그리던 스케치북을 옆구리에 끼고 걸었다. 커다란 창을 때리는 빗줄기는 그의 말대로 굵고 거셌지만 머리끝까지 화가 치밀어 오른 정인에게는 아무런 상관이 없었다. 당장 이곳을 나가고 싶었다. 열이 받아서 얼굴이 벌게지고 숨이 턱턱 막혔다.

"서정인 씨, 내가 충고 하나 할까요?"

"닥쳐."

거친 숨을 내쉬며 그를 지나치는데 현진이 정인의 뒤통수에 대고 입가에 손을 댄 채, 마치 비밀 이야기를 하듯 속삭이며 말했다.

"조승현, 그 새끼 조심해요. 그 자식이 얼마나 철저하게 사람 엿 먹일 수 있는 사람인지 형씨는 아직 모르고 있다니까?"

"……내 일은 내가 알아서 하니까, 넌 걸레 같은 입 닥치라고."

"하하. 화난 거예요, 설마?"

현진이 웃으며 긴 다리를 흔들거렸다. 정인은 그의 다리가 승현의 허리를 휘감고 있는 모습을 상상해 버렸고, 그 순간 가슴속의 열이 목구멍에 꽉 막힌 것 같은 느낌이 들어 이를 꽉 물었다. 현진이 손을 동그랗게 오므리더니 다른 손가락을 집어넣었다 빼며 음란한 동작을 다시 한번 선보였다.

"형씨가 가 버리면 조승현이랑 나만 둘이 해피 타임 가져야 하는데. 그래도 괜찮아요? 응?"

"관심 없다고 씨발 새끼야."

"관심 없는 사람치고는 지금 표정이 너무 살벌해서 말이에요."

히죽 웃으며 즐거워하는 그를 보며, 정인은 스스로도 이해하기 힘든 참을 수 없는 분노에 사로잡혔다.

"니들끼리 떡을 치든, 구르든 말든 나랑은 상관없다고 하잖아!"

정인은 지갑에서 카드 키를 꺼내 바닥에 내던진 후, 현관에서 뒹구는 슬리퍼에 발을 끼웠다. 딱히 다른 신발을 찾고 말고 할 여유가 없었다. 빨리, 지금 당장 이곳을 나가고 싶다는 마음뿐이었다. 기분 나쁜 표정으로 그의 반응을 살피고 있는 갑작스런 불청객도, 곧 나타날 거라는 조승현도 꼴 보기가 싫었다. 둘 다 세트로 목을 졸라 버리고 싶은 마음이었다.

개놈의 새끼. 씨발 새끼. 좆같은 새끼!

정인은 엘리베이터에서 내리자마자 보이는 쓰레기통에 스케치북을 탕 소리가 나게 처박은 후, 빗속을 달려 나갔다.

18. 인정

"하아……."

편의점에서 산 비닐우산은 역시나 제 역할을 제대로 하지 못했다. 장대비에 바람까지 심하게 불어 우산살이 엉망으로 꺾였다. 무작정 택시를 잡아 탄 정인은 어디로 가야 할지 알 수가 없었다. 집은 이미 뺀 지 오래였고 이럴 때 불러낼 사람도 없었다. 본가에 갈 수조차 없 는 상황에 정인은 흠뻑 젖은 채 부들부들 떨 수밖에 없었다.

"어디로 가면 됩니까?"

"아무데나…… 아무데나 가 주세요."

기사는 룸미러로 정인을 한 번 훑더니, 더 묻지 않고 차를 달리기 시작했다. 물에 빠진 생쥐처럼 젖은 그의 얼굴은 하얗게 질려 있었고 이로 입술을 잘근잘근 물어 씹어 벌겋게 변해 있었다. 온몸에 열이 피어올랐다.

현진이 웃으며 손가락으로 구멍을 만들어 다른 손을 넣었다 빼는 장면이 계속 머릿속에서 지워지지가 않았다. 조승현과 통화를 하던 즐거운 목소리 역시 마찬가지였다.

「요즘 나한테 연락 안 한 이유가 서정인 때문이었어? 서정인 보지 맛이 내 거보다 더 괜찮아? 사실대로 말해 봐, 화 안 낼게.」

정인은 젖은 머리를 손으로 꽉 쥐었다. 살갗이 당겨졌지만 아프지도 않았다.

그는 이제껏 한 번도 생각해 본 적이 없었다. 정인은 지난 10년 동안 조승현이 다른 사람과 몸을 섞었을 가능성에 대해서는 추호도 상상해 본 적이 없었던 것이다. 생각해 보면 바보 같았다. 말 같지도 않은 PTSD에 시달리며 남자와의 섹스가 불가능했던 정인이었지만, 조승현 역시 그랬을 거라는 법은 없었다. 정인과 자는 것이 가능했다면 다른 남자와도 가능했을 것이다.

"하아……."

그런데 왜 이렇게 좆같은 기분이 드는 걸까. 그는 차창에 머리를 쿵, 하고 박았다.

「사랑합니다.」

팔뚝에 소름이 돋았다. 그 한마디에 조승현을 믿어 버렸던 스스로가 천하의 등신처럼 느껴졌다.

"씨발……. 진짜……."

조승현의 말이 진심일 수도 있었다. 좋아하는 감정과 섹스는 별개라고, 그렇게 생각하고 실천에까지 옮기곤 했던 것은 다른 누구도 아닌 서정인, 바로 그였다. 승주에게 관심이 있었지만 한민우와 약에 취해 섹스했고, 조승현에게 털끝만큼의 마음도 없으면서 쾌락을 위해 그에게 다리를 벌렸다.

승현이라고 그러지 말라는 법은 없었다. 떨어져 있는 기간 동안 수절을 했었어야 할 의무나 책임도 그에게는 없었다. 그런데 왜, 왜 이렇게 기분이 시궁창에 떨어진 것 같을까.

크게 소리를 지르고 싶었다. 야구 배트를 아무에게나 마구 휘두르고 싶었다.

"그냥 이렇게 쭉 가요?"

기사의 목소리에 슬며시 짜증이 배어났다.

"세워 주세요."

"여기서요?"

"네."

다리를 건너자마자 차가 멈추었다. 정인은 퍼붓는 빗속을 걷기 시작했다. 알코올을 들이붓고 싶은 마음뿐이었다.

* * *

차를 세워 놓고 걸어오며 승주가 인상을 썼다.

"여기서 뭐 하고 있는 거야?"

비가 퍼부어 사람이라고는 아무도 없는 한강 둔치였다. 소주병을 앞에 둔 채, 투명한 우산 속에서 정인이 고개를 들었다.

"……왔어?"

"가자, 일단. 내 차로 가."

"됐어. 다 젖어서 안 돼."

어깨에 낀 우산이 무색하게도 정인은 내리는 비에 온몸이 젖어 있었다. 남색 민소매 하나만 걸치고 있어 훤히 다 드러난 흰 팔뚝에 오소소 소름까지 돋았지만, 정작 본인은 추위를 느끼지도 못하는 듯했다.

"대체 무슨 일이야?"

잠시 인상을 찌푸리고 정인을 바라보던 승주가 슈트 재킷을 그의 어깨에 걸쳐 주었다. 따뜻한 온기에 정인의 몸이 잠시 떨렸다.

"감기 걸린다, 너."

승주가 정인의 옆에 자리하고 앉았다. 그가 들고 내린 골프용 우산은 커다란 성인 남자 둘을 넉넉하게 가릴 수 있을 정도로 컸지만, 축축한 바닥에 바지가 젖는 것은 피할 수가 없었다. 정인이 살 부러진 우산을 툭, 아래로 떨어뜨렸다.

"……염치없는데 전화할 사람이 김승주 외에는 생각이 안 나더라."

승주가 말없이 담배를 하나 꺼내 들었다.

"내 말 오해하지는 말고."

"오해 안 해, 인마."

그가 습기에 젖어 잘 돌아가지 않는 라이터를 찰칵이며 불을 붙였다.

"너 담배 끊었다며."

"오는 길에 너 주려고 산 거야."

정인은 무릎을 세우고 그 위에 옆얼굴을 댄 채 피식 웃었다.

"그럼 한 대 줘 봐. 너만 피우지 말고."

승주 역시 흐리게 웃으며 그에게 담배 하나를 내밀고 불을 붙여 주었다. 정인은 담배를 깊게 빨고 연기를 내뿜었다. 축축한 공기 속에 허연 담배 연기가 쌍으로 흩어졌다. 다리 위에는 차들이 오렌지색 불빛을 내며 연달아 달렸다. 한밤중의 한강물은 본래의 색을 짐작할 수도 없이 시커멓게 넘실거리고 있었다.

"……김승주 넌, 내가 짜증나지도 않냐?"

"뭐가, 또."

"연락하지 말라고 해 놓고선 대뜸 전화하고. 내가 봐도 좀 개진상인데."

"예전부터 네가 워낙에 제멋대로라. 어렸을 때도 그랬잖아."

정인은 알코올이 번지는 숨결을 뱉어 내며 웃었다.

"그래, 덕분에 네가 한민우랑 나 사이에서 고생 많이 했지."

승주의 어깨가 잠시 움찔했다. 그가 말없이 담배를 피우다 이윽고 입을 열었다.

"민우 우연히 만났다는 소리 들었다."

정인이 고개를 끄덕였다. 민우가 승주에게 보고를 했을 거라는 사실은 그 역시 짐작하고 있었다.

"그 새끼도 한심하게 살더라. 벌건 대낮에 차 안에서 떨을 하더라고."

"……원래 나약한 놈이었잖아."

"눈 풀려서 운전대 잡고 여태까지 안 뒤진 게 다행이라는 생각이 들었어."

"기댈 데가 없으니까 점점 그렇게 된 건데. 한편으론 불쌍해."

"보살이네, 김승주."

정인이 손가락을 튕겨 담뱃재를 털어 냈다. 빗물에 맞아 불씨는 쉽게 꺼졌다.

"그래서 예전에 내가 널 좋아했나 보다."

한숨같이 내뱉은 말에는 그 어떤 미련도 남아 있지 않았다. 승주가 그를 빤히 바라보는 시선을 느끼며 정인이 말을 이었다.

"너는 성인군자 같은 면이 좀 있었거든. 한민우랑 우리 셋이 같이 어울려 낄낄대는데도, 넌 좀 밝고 멀쩡했지. 같이 쌍욕을 내뱉고 담배 피우고 술 마셔도 넌 좀 달라 보였어."

승주의 남성적인 이마에 주름이 졌다. 정인이 고개를 돌려 그를 바라보며 피식 웃었다.

"몰랐구나. 확실히. 내가 너 좋아한 거."

"몰랐어."

"하긴. 내가 티를 안 내려고 노력을 좀 했거든."

"……."

"그런데 참 이상하더라고. 무슨 계기 때문인지 갑자기 네가 확 맘에 안 드는 거야. 내가 생각해도 난 참 못됐던 것 같아 그땐. 변덕도 심하고 남 기분 고려할 생각 같은 건 정말 하지도 못했었어."

"……무슨 계기 때문인지 정말 생각 안 나?"

침묵을 지키던 승주가 낮은 목소리로 입을 뗐다. 정인은 천천히 고개를 저었다.

"잘 모르겠어. 아마 네가 날 좋아한다고 느꼈을 때쯤이었나? 그때 나 여러모로 조금 복잡했거든."

승주가 한숨을 뱉어 내듯 웃었다.

"식당에서 너랑 한판 세게 붙었을 때부터였을걸."

"아. 그런 적도 있었지."

정인이 오래된 기억을 더듬으며 멋쩍게 웃었다. 승주와 주먹다짐을 한 것은 그때가 처음이자 마지막이었다.

"네가 엄청 기분 나쁜 표정으로 날 봤었거든. 거리감이 확 느껴지더라. 내가 알던 서정인이 아닌 것 같아서 더, 좀 그랬나 봐."

승주의 설명에 정인은 그제야 어렴풋이 예전 일이 생각이 났다. 승주에게 주먹을 날린 후, 조승현과 있었던 일련의 사건들도 주르륵.

"너랑 민우 사이, 나 그전부터 짐작하고 있었어."

"……민우가 너한테 말한 게 아니고?"

"아냐. 그 새끼는 나한테 입도 뻥끗 안 했어."

지금에 와서 상관은 없지만 예상하지 못했던 이야기였다. 정인은 서두르지 않고 차분히 이야기를 꺼내는 승주를 물끄러미 바라보았다.

"셋이서 그렇게 맨날 붙어 다녔는데 모르면 이상하지. 민우가 너 보내고 나서 그 방으로 나 불러서 논 적도 있었고. 기숙사 방 안에 온통 뜨끈한 공기가 진동을 하는데 나도 남자 새끼라서 모를 수가 없더라."

정인은 그와 민우의 관계를 다 알고 있었음에도 아무렇지도 않게 그들을 대했던 승주가 새삼 대단하게 보였다.

"그러고 나니까 솔직히 네가 좀 다르게 보이더라고. 좀 헷갈려서 나도 나름 고민했었어, 그 당시에. 네가 게이일지도 모른다고는 진작부터 생각했는데 막상 민우랑 그런다고 생각하니까 이상하더라고."

내리는 빗소리에도 승주의 고백은 또렷하게 들렸다.

"오해하진 마. 내가 그런 걸로 널 싫어하고 그랬다는 게 아니라……. 뭐랄까 민우랑 네가 그런 사이인 게 받아들이기가 힘들었어."

"한민우는 게이 아니…… 아니었어. 확실히."

정인이 나지막하게 내뱉었고 승주가 고개를 끄덕였다.

"응. 그래서 더. 너랑 민우 사이 질투했던 것 같아. 첨에는 그게 ……. 단순히 애들처럼 친구 사이에 느끼는 소외감 같은 거라고 생각했었어. 그러니까 내 자신이 진짜 유치하게 느껴져서 평소대로 하려고 더 노력했다. 민우한테나, 너한테나."

승주가 잠시 말을 끊었다가 다시 이었다.

"근데 민우 하산하고 나서는……. 그 마음이 좀 바뀌더라. 사람 마음이 맘처럼 안 된다는 거, 그때 알았던 것 같아."

정인은 정면을 바라보며 마른침을 삼키는 승주의 옆모습을 물끄러미 응시했다. 승주가 그에게 옛날 일을 말하는 것은 처음이었다.

"나도 복잡해서……. 너랑 조승현 사이에서 벌어지는 일은 짐작하지도 못했어."

"……넌 그걸 왜 이제 이야기해?"

승주가 흐리게 웃었다.

"그러게 말이다. 네가 날 조금이라도 관심 있어 하는 줄 알았더라면, 진작 솔직하게 말이라도 해 볼걸."

그랬다면 어떻게 됐을까. 정인은 예전의 자신을 떠올리며 그 옆자리에 승주를 대입해 보았다. 고개가 절로 흔들렸다.

"그랬으면 너 아마 일 년도 안 돼서 나한테 차였을걸."

승주가 후후 웃다가 헛기침을 했다.

"지금 생각하면 그랬을 것 같아. 너뿐만 아니라 우리 다들 어렸으니까. 나도 마찬가지야. 그때 내 감정이 단순히 갇혀 있는 상황에서 욕구인 건지, 아니면 진짜로 네가 좋았던 건지 헷갈렸어. 어쩌면 그래서 더 주저했는지도 모르겠다."

잠시 동안의 침묵에 우산을 때리는 빗소리가 더욱 크게 들렸다. 정인은 옅은 소주 향이 나는 숨을 길게 뱉었다. 김승주는 근본이 좋은 놈이다. 예나, 지금이나. 신중하고 사려가 깊다.

"서정인."

"말해."

"그 일 있고 십 년이 지났어. 이제 너도, 나도, 더 이상 산골 기숙사에 틀어박혀서 살았던 어린애들 아냐."

"설교 안 해도 그 정도는 알아."

"내가 너한테 설교할 수 있을 만한 입장 아니란 거 알잖아. 나는 성인군자도 아니고 그냥 보통 사람이야. 열 받을 때도 있고 비열해질 수도 있고, 화가 날 때도 있어."

"……대체 무슨 말을 하려고 그렇게 심각하게 밑밥을 까는 건데."

정인은 장난처럼 흐리게 웃으며 그를 바라보았지만 승주의 표정은 여전히 심각했다. 그가 길게 한숨을 내뱉으며 천천히 입을 열었다.

"너, 조승현이랑 같이 산다며."

정인의 입술에서 웃음이 사라졌다.

"……한민우한테 들은 모양이네."

"지금 그게 중요한 게 아니잖아, 정인아."

승주의 말이 맞았다. 지금 그게 중요한 게 아니다.

정인은 굳어진 표정으로 마른침을 꿀꺽 삼켰다. 그제야 잠시 잊어버리고 있던 자신의 처지가 다시금 실감이 났다. 그가 왜 이 빗속을 뛰쳐나와야 했는지. 갈 곳이 없어서 연락하지 말라고 스스로 내쳤던 승주에게 전화를 한 상황까지도.

"서정인. 그거……. 네가 원한 거야?"

정인은 꽉 다문 입술에 힘을 주었다. 승주의 신중한 질문에 어이없게 미간이 뜨거워졌다.

"너랑 조승현 사이에 무슨 일이 있었는지 안 물을게. 그게 정말 네가 원한 거라면. 원해서 그 자식이랑 같이 사는 거라면. 하지만 아니라면……. 문제가 달라져."

승주의 목소리에 깊은 염려가 배어났다. 빗방울이 그의 구두를 다 적시고 있었지만 그는 상관하지 않았다. 대신 우산을 조금 더 정인의 쪽으로 기울였을 뿐이다. 승주는 지금 정인을 진심으로 걱정하고 있는 중이었다. 조승현에게 그가 약점이라도 잡혀서 협박을 당하고 있을까 봐.

"……내가 원해서 그런 거야."

"근데 너 지금 왜 이러고 있는 건데."

탁, 하고 참았던 숨이 터졌다. 정인은 그에게서 시선을 돌렸다. 눈물이 차올라 충혈된 눈동자를 보여 주고 싶지 않았다. 아니, 지금 승주와 눈을 마주치면 어이없게도 소리 내어 울어 버릴 것 같았다. 너무 비참하고, 또 억울해서.

"네가 원해서 조승현이랑 같이 사는 거면……. 지금처럼 비 오는 날 너 이 꼴로 지금 이러고 있으면 안 되는 거 아냐?"

반바지에 드러난 맨다리에 빗물이 튀었다. 슬리퍼에 비죽 튀어나온 발은 흙탕물에 엉망진창이었다.

"내 말이 틀려?"

승주의 말에 틀린 것은 하나도 없었다. 이 모든 것은 정인 스스로 자초한 일이었다. 정인은 자신의 의지대로 조승현이 내민 손을 잡았다. 그의 곁에서 고통받으며 속죄하겠다는 다짐을 잊어버리고 어느 순간 즐겨 버린 스스로가 문제였다. 조승현이 요구한 적도 없는데 혼자서 그를 믿어 버린 자신의 잘못이었다.

"하아……. 모르겠다, 나도. 어디서부터 잘못된 건지."

정인은 힘 풀린 목소리로 낮게 내뱉었다. 손을 들어 열기 어린 눈자위를 훔쳐 내는 그의 팔목을 승주가 부드럽게 잡았다.

"서정인."

승주의 체온은 따뜻했다.

"그냥…… 우리 집으로 갈래?"

정인은 고개를 돌려 승주를 마주했다. 그의 신중한 눈동자가 조금 떨리고 있었다.

"네가 원하면, 나는 그럴 수 있어, 서정인."

그의 제안이 무엇을 뜻하는지, 정인은 모르지 않았다. 단순히 비를 피하기 위해 제 집으로 오라는 말이 아니었다.

"우리 집으로 가자. 정인아."

거친 빗물이 승주의 우산을 때려 대고 있었다. 그의 집은 그의 성격만큼 따뜻할 것이라는 것쯤은 충분히 예상할 수 있었다. 십 년 동안 제자리를 맴돌았던 정인과는 달리 훌쩍 어른이 된 승주는 그를 몰아붙이지 않고 참을성 있게 기다릴 것이다.

"내가…… 말했지, 그때. 나 남자랑 더 이상 안 된다고. 너한테 그랬잖아."

"상관없어."

그의 얼굴은 진심이었다. 그를 연애 상대로 대할 수 없다고 못을 박아도 승주는 친구라는 이름으로 정인을 품을 게 분명했다.

"……."

정인은 순간 고민했다. 그의 친절을 거절하는 친절을 베풀어야 마땅했지만, 조승현에게서 벗어나고 싶다는 열망은 정인의 이성을 흐리게 만들고 있었다. 어쩌면 가능할 수도 있지 않을까. 승주와 함께 지내다 보면 과거에 그에게 품었던 감정들을 어쩌면 다시 되새길 수도 있지 않을까.

"서로…… 노력해 보자, 서정인."

승주의 선한 눈동자를 보며 정인은 인상 쓴 얼굴로 입술을 씹었다. 진심이 그대로 내보이는 그의 눈동자가 낯설었다.

정인에게 익숙한 것은 이러한 눈이 아니었다. 언제나 정인의 꿈에 나타났던 것은 그 속을 모르게 시커먼 눈동자였다. 마치 그 시선 안에 정인을 가두고 절대로 바깥으로 눈을 돌리지 못하게 할 것 같은 두렵고도 잔인한 눈동자였다.

승현은 늘 입버릇처럼 말했었다.

시선 떨어뜨리지 마요. 내 눈을 봐요. 눈 피하지 마요.

우리 눈 뜨고 키스해요, 정인이 형.

정인의 입술에서 긴 한숨이 흘렀다. 자신은 조승현을 절대로 용서할 수 없을 것이다. 이런 상황에서까지 그를 떠올리게 만드는 승현이 미치도록 원망스러웠다. 이것 또한 조승현이 원하던 상황이었을까. 중요한 것은 이렇게 복잡한 상태로 승주에게 기댈 수는 없다는 사실이었다.

긴 침묵 끝에 마침내 대답을 하려고 정인이 입을 열었을 때였다.

그의 우산이 확 뒤로 넘어가더니 그들의 눈앞에 검은 우산을 든 양복 입은 남자가 나타났다. 숨을 거칠게 몰아쉬는 최 비서의 갑작스런 출현에 승주가 당황해 목소리를 높였다.

"뭡니까, 당신?"

"가시죠."

최 비서는 승주의 말이 들리지 않는 것처럼 무시하고, 정인에게 우산을 씌웠다. 정인은 눈을 사납게 치켜떴다.

"안 가요. 갈 데 없어요."

"실장님께서 기다리고 계십니다, 지금 가셔야 됩니다."

최 비서는 이제껏 정인이 본 것 중에 제일 심각한 얼굴이었다.

"안 간다고 했잖아요. 그 새끼한테 볼일 없다니까!"

"누구야, 아는 사람이야?"

"가자, 김승주."

정인은 자리에서 벌떡 일어나 바닥에서 뒹굴고 있는 승주의 우산을 집어 들었다. 최 비서의 곁을 지나치려는데 최 비서가 그의 앞을 막아섰다.

"죄송하지만 지금 당장 가셔야 됩니다. 이러시면 제가 곤란합니다."

어쩔 줄 몰라 하는 최 비서의 얼굴은 진심이었다.

"싫다고 했잖아요."

그를 밀치고 지나치려 했지만 최 비서는 움직일 줄을 몰랐다. 정인의 몸에 손을 대지는 않았지만 몸으로 길을 막고 있는 중이었다. 결국 승주가 최 비서의 팔을 잡고 그를 휙 돌렸다.

"당신 뭡니까, 대체? 비켜요, 당장."

"김승주, 됐으니까 그냥 가자. 얼른."

최 비서는 계속 정인의 앞을 가로막았고, 결국 승주가 그의 멱살을 틀어쥐었을 때였다.

"사람 말이 말 같지 않……!"

퍽, 하고 승주의 턱이 단번에 돌아갔다. 승주가 엎어지며 낮은 신음을 흘렸다. 기필코 작은 체격이 아닌 승주의 몸이 휘청거릴 정도의 강한 주먹이었다.

"지금 뭐 하는 거야!"

정인이 소리치며 바닥에 쓰러진 승주를 부축했을 때였다.

"김승주, 괜찮아?"

"어, 괜찮아. 근데 저 새끼 대체 누구……."

세차게 내리는 비를 그대로 맞으며 승주가 인상을 찌푸렸다. 그의 시선은 정인의 뒤쪽에 박힌 듯 꽂혀 있었다.

"……너……."

정인은 승주의 흔들리는 눈동자를 보고 무의식적으로 뒤를 돌아보았다. 엉망으로 젖은 조승현이 그를 무서운 힘으로 끌어당겨 바닥에서 일으킨 것은 동시에 일어난 일이었다. 정인은 몸부림을 치며 저항했다.

"야, 이 새끼야, 놔, 놔!"

와이셔츠가 다 젖어 달라붙은 승현의 커다란 몸에서 김이 피어올랐다.

"한강물에 둘 다 처넣어 버리기 전에 닥치고 얌전히 따라와."

어금니를 꽉 물고 말하는 그의 목소리는 분노에 떨리고 있었다. 쓰러져 있던 승주가 일어나 그를 잡으려 하자 조승현이 구둣발로 승주를 세게 내리찍었다.

"으윽!"

"하지 마, 이 새끼야! 하지 말라고!"

정인은 사색이 되어 승현에게 주먹을 휘둘렀다. 승현은 막무가내
로 쏟아지는 그의 공격을 그대로 받아 내며 이글거리는 눈으로 그를
노려보며 싸늘히 웃었다.

"형이 내 앞에서 다른 사람 편 들면 내가 화나는데."

"조승현……."

"두 시간 동안 형 찾으러 뺑이를 좆나게 쳐서 지금 누구 하나 때려
죽이고 싶거든요? 하아……, 안 되겠네."

조승현은 완전히 머리가 돈 얼굴이었다.

"씨발, 지금부터 내가 저 새끼 죽여 버리는 거 두 눈 똑바로 뜨고
봐요."

승현이 정인의 목덜미를 꽉 잡으며 잇새로 내뱉었다. 파랗게 변한
정인의 입술이 벌벌 떨렸다.

"왜 이래…… 정신 나갔어?"

"몰랐어요? 나 미칠 거 예상 못 하고 여기서 이러고 있었던 거예
요? 그래?"

"조승현! 서정인 놔줘!"

몸부림치는 승주의 몸을 최 비서가 압박하듯 붙잡았다. 승현이 휙
하고 고개를 돌려 그를 바라보았다.

"오랜만입니다, 김승주 선배."

"서정인한테 손 떼."

승현이 잔인한 표정으로 웃었다.

"선배 대접 해 줄 때 닥치고 있는 게 좋을 텐데요, 여러모로."

그가 구둣발로 다시 승주의 뱃가죽을 퍽 소리가 나게 걷어찼다.

"으흑!"

승주는 최 비서에게 붙들려 움직이지도 못하고 그의 공격을 그대로 받아 내며 쿨럭였다.

"아, 씨발…… 예전부터, 이러고 싶어서 돌아 버리는 줄 알았는데. 잘됐네, 아주."

승현이 넥타이를 느슨하게 풀었다.

"오늘 나한테 한 번 죽어 봐. 이 얄팍하고 간사한 새끼야."

"그만해. 조승현. 제발! 그만하라고!"

정인이 안간힘을 쓰며 그의 팔에 매달렸다. 최 비서가 몸부림치는 승주를 꽉 잡으며 소리를 높였다.

"서정인 씨 데리고 그냥 가시죠, 실장님! 이 사람은 제가 알아서 처리하겠습니다."

최 비서의 말에 정인의 머릿속이 순식간에 하얘졌다. 그는 하얗게 질린 얼굴로 승현의 몸에 필사적으로 주먹을 날렸다.

"처리? 뭘 처리해, 안 돼! 안 돼, 안 돼 이 개새끼야, 조승현, 너 김승주한테 허튼 짓거리 하면 진짜 죽어, 이 씨발…… 아윽!"

"입 다물어."

승현의 주먹에 정인의 턱이 세게 돌아갔다. 정신이 얼얼했다. 승현은 정인이 입고 있는 재킷을 보더니 욕설을 내뱉으며 그 옷을 억지로 벗겨 바닥에 내팽개쳤다.

"정신 못 차리네요? 씨발. 따라와."

"이거 안 놔?! 놔 이 새끼야!"

승현이 입술에 피가 터진 정인의 멱살을 잡고 걷기 시작했다. 정인의 다리가 꼬이고 꺾였지만 승현은 상관하지 않고 엄청난 힘으로 그를 질질 끌고 갔다.

"이거 놓으라고!"

멀리 승주가 최 비서의 압박에서 간신히 벗어나 그에게 주먹을 날리는 것이 보였다. 최 비서는 승주와 함께 본격적으로 둔치를 뒹굴었다. 엎치락뒤치락하는 이들을 뒤로하고 승현은 정인을 마치 개 끌고 가듯 끌고 올라가서 주차되어 있는 자신의 차 조수석에 거칠게 밀어넣었다.

"개새끼야…… 김승주한테 무슨 일 생기면 너 진짜 가만 안 둬."

"지금 당장 김승주 씹 새끼 차로 밀어 버리기 전에 그 입 닫아요. 한 번만 더 그 이름 꺼내면 진짜 그렇게 할 테니까."

그를 바라보는 승현의 눈빛은 정말 당장이라도 사고를 낼 사람처럼 살벌했다. 정인은 입술을 피다 나도록 꽉 깨물었다. 거친 엔진 소음을 내며 라이트를 켠 차가 무섭도록 빠르게 빗속을 달리기 시작했다.

* * *

승현의 집을 박차고 나선 지 두 시간 반 만에 정인은 다시 원점으로 돌아와 있었다. 승현은 주차장에서부터 엘리베이터까지 멱살잡이로 그를 질질 끌고 결국 집 안으로 들어왔다.

집 안은 완전히 난장판이었다. 고급 원목 의자 하나가 다리 한쪽이 부서져 바닥에 나뒹굴고 있었고 크리스털 재떨이는 핏빛으로 물들어 산산조각이 난 채였다. 반질거리던 대리석 바닥 위에는 담뱃재와 담배꽁초, 그리고 발자국이 어지러이 짓이겨져 있었다. 흰 벽에 선명하게 찍힌 핏자국을 확인하자 정인은 자동적으로 등줄기에 소름이 돋왔다. 소파 구석에 내팽개쳐진 파란 장우산은 대가 휘어진 채였다.

찰칵.

그가 정인을 소파에 내던지듯 앉힌 후, 담배를 한 대 피워 물었다. 정인은 분노에 흔들리는 눈으로 그를 노려보았다.

"뭘 잘한 게 있다고 그런 눈이에요?"

도저히 그와 한 공간에 있을 수가 없어 정인이 벌떡 일어나는 순간, 그의 손길에 어깨가 다시 붙들렸다. 승현이 이로 담배를 문 채, 길게 빨아들였다. 정인은 자유로운 손으로 그의 담배를 빼앗아 그의 젖은 어깨에 꽉 눌러 버렸다.

푸식, 하고 천이 타들어 가는 소리가 작게 들렸다.

"……"

승현은 몸을 움찔거리지도 않았다. 다만 짙은 눈썹이 조금 흔들렸을 뿐이었다. 젖은 와이셔츠에 구멍을 남기고 마침내 불이 꺼진 담배가 바닥에 떨어졌다.

"놔."

"이현진이 뭐라고 씨불였길래 이래요?"

"놓으라고, 새끼야."

"김승주는 왜 불러냈어요?"

"떡 치려고 불러냈다, 왜 이 씨발 새꺄……. 흑……!"

말을 끝내기도 전에 승현의 양손에 그의 목이 꽉 잡혔다. 묵직하게 눌러 오자 숨을 쉴 수가 없었다. 정인의 얼굴에 피가 확 몰렸다.

"걸레같이 굴지 말라고 분명히 말했죠, 내가."

머리가 하얘지기 일보 직전에 승현이 그의 목에서 손을 떼고 정인을 뒤로 세게 밀쳤다. 소파에 나동그라진 정인이 마른기침을 내뱉었다.

"쿨럭······."

그의 양손이 붙잡혀 위로 확, 올라갔다. 승현이 그를 밀어붙인 채, 불이 튀는 눈빛으로 그를 바라보았다.

"형이 다른 사람이랑 맘대로 떡 치고 다니면 내가 기분이 개좆같을까요, 아닐까요?"

정인은 지지 않고 승현의 시선을 마주했다. 목이 세게 졸린 탓에 엉망으로 쉰 목소리가 성대를 비집었다.

"기분이 왜 개좆같을까? 네가 뭔데, 이 새끼야. 내가 다른 사람이랑 떡을 치던 방아를 찧건 네가 무슨 상관이야."

"입 안 닥칠 거예요?"

승현의 목소리 끝이 기묘하게 올라갔다. 정인은 그를 향해 침을 뱉고 싶었다.

"너나 닥쳐, 개새끼야."

가늘어진 눈동자에 불이 튀었다. 승현이 싸늘하고 잔인한 음성으로 빠르게 속삭였다.

"지금 이 시간부터 아무 데도 못 나가게 해 줄게요. 내가 풀어 주니까 만만해서 이러나 본데, 잘못 짚었어요. 앞으로 이 집, 아니. 저 방 밖으로 한 발짝도 못 나가, 서정인. 기대해. 자물쇠 걸어 잠그고 말 그대로 감옥 생활 하게 해 줄 테니까. 알았어?"

"네가 무슨 자격으로 나한테 그래?"

정인이 조소하며 그에게 물었다. 분노에 심장이 터질 듯 뛰고 기분 나쁜 피가 몸 전체에 흐르는 와중에 미간이 뜨거워졌다. 커다란 눈자 위에 순식간에 눈물이 들어차는 정인을 보고 승현이 뜨거운 숨을 뱉으며 인상을 구겼다.

"……대체……. 갑자기 왜 이러는 건데, 씨발."

"네가 무슨 자격으로, 조승현!"

"왜 이러는지 말을 해야 알 거 아냐. 말해, 서정인. 이현진 그 씨발 새끼가 뭐라고 그랬는데 이 꼴로 뛰어나갔는지 말하라고. 왜, 내가 누굴 죽이기라도 했다고 해요?"

승현이 목소리를 높였다. 거친 숨을 내뱉자 엉망이 된 그의 와이셔츠가 달라붙은 가슴이 들썩였다. 희미한 핏자국이 튀고 단추가 뜯어진 채였다.

"……해피 타임이 좀 격했나 보네, 조승현."

정인은 입술을 끌어올리며 조소했다. 최대한 비웃는 표정을 보여주고 싶었지만 목소리가 떨리는 것은 어쩔 수가 없었다.

"……뭐?"

승현이 인상을 구겼다. 무슨 말이냐는 듯한 표정이었다.

"스무 살 때, 학원에서 네가 나한테 그랬지. 몸이랑 마음이랑 따로 노냐고. 쓰레기 같고 걸레 같아서 참을 수가 없다고 너, 그랬냐 안 그랬냐? 말해 봐. 그랬어, 안 그랬어?!"

"갑자기 그 소리가 왜 나와요."

"나한테 그런 개소리나 지껄이지 말던가, 씨발아……."

"무슨 말이냐고 물었잖아요."

"내가 제 무덤 스스로 판 너란 새끼 때문에 쓸데없이 죄책감에 시달리고 있을 때 넌 아무렇지도 않게 딴 놈들이랑 떡 치고 잘 살았던 모양인데……."

승현의 미간에 더욱 깊게 주름이 졌다. 정인은 그를 노려보며 싸늘하게 중얼거렸다.

"씨발, 그럼 나한테……. 내가 좋네 마네, 사랑이네 뭐네 그딴 헛소리는 하지 말았어야지. 어?"

"……."

정곡을 찔린 모양인지 조승현은 말을 잇지 못했다. 살짝 벌어진 입가가 긴장에 굳는 것을 보며 정인은 아프게 그를 비웃었다.

"네 취향 알 만하다. 이현진이라고 했나? 넌 기집애같이 생기기만 하면 꼴리나 본데. 씨발. 하아……."

말을 잇는데 가슴속에서 뜨끈한 분노가 치밀어 올랐다. 왠지 분해서 눈물이 앞을 가렸다. 울지 않으려 그렁그렁한 눈을 부릅뜨고 이를 꽉 물었다.

"걸레 같은 새끼가 누구 보고 개지랄이냐고."

"……."

"적반하장도 유분수지……."

"설마 이현진이 나랑 잤다고 씨불인 것 때문에 이래요?"

승현이 마침내 입을 열어 뱉은 질문이었다. 꽉 낮아진 그의 목소리에 떨림이 일어났다.

"닥쳐."

"대답해. 이현진 그 씨발 놈이 나랑 잤다고 개소리 지껄이는 걸 믿어서 이러냐고."

"하아……."

"그래서 화가 난 거예요? 그래서 이 꼴로 집 나간 거야?"

승현이 대답하지 못하는 그의 턱을 꽉 움켜쥐었다.

"아파, 이 새끼야."

"대답해, 서정인."

그에게 힘으로 눌리는 신세가 처량해서 결국 눈물이 커다란 눈에서 흘러 뺨으로 떨어졌다. 승현이 마른침을 삼키자 툭 불거져 나온 목울대가 일렁였다.

"내가 다른 놈이랑 섹스했다고 생각해서, 그래서 화가 난 거예요? 그런 거야?"

"……입 안 닥쳐?"

"울 정도로 짜증이 난 거죠? 그런 거지, 서정인."

도르륵 정인의 뺨을 타고 흘러내리는 눈물을 엄지로 쓸어 문지르며 승현이 중얼거렸다.

"그랬구나. 그래서 이렇게 화가 났구나……."

"미친놈. 저리 안 비켜?"

승현의 부드러운 목소리가 심장을 쿡쿡 찔러 왔다. 억울함과 짜증이 동시에 솟구쳐 올랐다. 사납던 눈동자에 분노가 사라지고 다른 빛이 그 자리를 채우는 것도 꼴 보기가 싫었다. 그의 얼굴을 쓰다듬는 손가락에 뭉근한 욕망이 묻어나는 것도 마음에 들지 않아 죽을 지경이다.

"내가 바람 피웠을까 봐 속이 너무 상해서 뛰쳐나간 거네요."

"닥치라고, 개새끼야……!"

그의 입술이 순식간에 다가와 소리치는 정인을 덮쳤다. 터진 입술의 피를 핥으며 재빨리 정인의 입속으로 들어와 혀를 얽었다. 정인이 거칠게 몸부림을 치며 그를 밀어냈지만, 조승현은 돌덩이처럼 꿈쩍도 하지 않고 더욱 깊게 정인의 입술을 파고들 뿐이었다. 담배 향과 피 맛이 섞인 키스에 숨이 막혔다.

승현의 뜨거운 손이 그의 턱을 꽉 쥐고 놔주지 않았다. 승현은 정인의 타액을 다 삼켜 버릴 듯 쭉쭉 빨고 제 것을 그에게 나누었다. 탁, 하고 숨이 풀렸지만 정인의 혀는 승현에게 아직도 단단히 얽힌 채였다. 승현의 다른 한 손이 다 젖은 정인의 민소매 티셔츠를 말아 올리고 빗장뼈와 유두를 성급하게 더듬었다.

"……놔……!"

간신히 입술을 떼고 정인이 외쳤다. 승현은 거추장스럽다는 듯, 그의 젖은 상의의 목 부근을 틀어쥔 후, 악력으로 북 찢어 버렸다. 너덜거리는 옷 사이로 하얗게 마른 정인의 상체가 드러났다. 정인은 숨을 몰아쉬며 승현을 사납게 노려보았다.

"내 몸에 손대지 말라고 이 미친놈아!"

"그럼 누구 몸에 손을 댈까?"

"이현진이랑 가서 떡이나 치라고……, 훗!"

승현의 입술이 정인의 솟은 돌기를 꽉 깨물자 정인의 몸이 튀듯이 펄떡거렸다. 승현은 뜨거운 손으로 옆구리를 쓸어 올리듯 더듬고 겨드랑이를 애무했다.

"나는 서정인이랑 섹스하는 방법밖에는 모르는데? 서정인이 어디 만지면 서는지, 어딜 핥아 주면 몸을 바르르 떨면서 꼴려 하는지밖에는 모른다고요."

"개새끼야, 안 떨어져……?! 흐읏……!"

여릿한 털이 자리한 겨드랑이를 쭉쭉 빨며 이를 박자 정인이 몸을 뒤틀며 신음했다.

"누구랑 벗고 뒹군 것도 서정인이 처음이고, 키스한 것도 처음이야. 남의 좆을 빨아 본 것도, 뒷구멍에 집어넣고 흔들고 싶다고 생각한 것도 서정인이 처음이었고. 자는 모습 보면서 강제로라도 박아 버리고 싶다는 충동이 든 것도 처음이었는데……."

"……흐읏……!"

"무슨 쭉정이 같은 새끼를 어디 갖다 대는 거냐고요."

습한 키스를 온몸에 뿌리던 승현이 몸을 일으키더니 엉망이 된 와이셔츠를 벗어 바닥에 집어 던진 후, 다시 얼굴을 붙였다.

"잔 적 없어요, 형 말고 다른 새끼는. 남자건 여자건 좆도 관심 없어."

"……뭐?"

정인은 숨을 몰아쉬며 승현의 얼굴을 노려보았다. 그의 손이 정인의 앞섶을 거칠게 더듬고 있었다.

"질투하는 건 좋아. 서정인이 질투했다고 생각하니까 미치게 꼴리긴 하는데…… 두 번 다시 집은 나가지 마요."

"뭔 개소리야. 누가 누굴 질투해……. 훗……!"

승현이 정인의 성기를 주물럭거리며 그의 목덜미를 빨았다. 거세게 빨아들이는 입술은 거칠었고 성급했다.

"알았어요, 아니라고 쳐 그럼."

억울해서 미칠 것 같았다. 정인은 그의 어깨를 주먹으로 퍽 세게 내리쳤지만 승현은 눈썹 하나 까딱하지 않았다.

"근데 딴 놈이랑 잔 적 없어요. 오해는 풀어야죠."

승현이 춥춥 키스하며 귓가에 뜨겁게 속삭이는 목소리에 아랫도리가 일어나는 스스로가 싫었다.

"내가…… 내가 알 게 뭐야."

"지금 이현진 그 씨발 놈한테 제대로 말하라고 할게요. 병원에 전화할게요."

"병원······?"

"불알을 좀 세게 걷어찼거든요. 장난으로 입 놀리다 어떻게 되는지 알아야지. 지금 오라고 할게요."

"하지 마."

정인이 내뱉었다. 승현이 얼굴을 들고 그의 뺨과 눈가에 입을 맞추며 중얼댔다.

"형이 안 믿으니까 그 수밖에 없잖아요."

"보기 싫어. 그놈."

"아아."

승현이 탄식 같은 한숨을 쉬며 몸을 일으켰다. 철컥거리며 벨트의 버클을 풀고 엉망으로 젖은 바지를 벗어던진 후 정인을 들어 안았다.

"내가 지금 어떤 기분인지 알려 줄까요?"

"필요 없어."

"이현진, 그 씨발 놈이 입 놀린 거 생각하면 어디 갖다 묻어 버리고 싶은데."

어느새 그는 침실에 도달해 있었다.

"한편으로는 형이 질투하는 걸 처음 봐서 고맙다고 인사라도 해야 하나 싶어요."

"야, 내가 질투 아니라고 분명히 말했잖······."

승현이 정인을 안고 그대로 침대 위에 쓰러지듯 뒹굴더니 뜨겁게 혀를 뒤섞었다. 정인은 싫다고 그를 밀어냈지만 머리통을 꽉 붙들고 잡아먹을 듯 키스하는 승현은 정인을 절대 놔줄 생각이 없었다.

"흐으······ 흐읍!"

승현이 키스를 이어 나가며 다른 한 손으로 척척하게 젖은 정인의 바지와 팬티를 끌어내려 벗겼다. 완전히 발기한 제 성기를 정인의 성기에 가져다 대고 부비기 시작했다. 도망가려는 혀를 잡고 쭉쭉 빨면서 정인의 둔부를 틀어쥐고 성기를 문지르기 시작하는 데는 방법이 없었다. 반쯤 일어서 있던 정인의 아랫도리에 피가 몰리며 어느새 딱딱해지고 있었다.

"하아…… 하지 말라고 이 새끼야……."

"하지 말래도 억지로 할 생각이에요."

간신히 떨어진 입술 새로 내뱉자 승현이 욕망에 절은 목소리로 그에게 화답했다. 비에 젖은 머리카락에 가려진 눈동자에서 열기가 뚝뚝 흘러내렸다.

"입술에 피 나네……. 서정인."

"네가 아까 줘 패서 그런 거 아냐, 죽을래, 아 아파!"

승현이 혀로 터진 정인의 입술을 날름거리다 아예 쭉쭉 빨아들이기 시작했다. 아릿한 고통과 함께 기묘한 쾌감에 몸이 떨렸다.

"서정인이 남의 옷 걸치고 있는 꼴 보는데 그럼 내가 눈이 돌지 안 돌아?"

"김승주한테 무슨 일 생기면 나 너 진짜 안 봐."

"윤기는 사람 안 죽여. 걱정 마요."

대수롭지 않게 내뱉으며 승현이 침대 옆 사이드 테이블에 손을 뻗었다. 그리고 상시 준비되어 있는 젤을 손에 쭉 넘치도록 짜냈다. 젤이 뚝뚝 흘러 정인의 배 위로 흘렀다.

"근데 형은 지금 남 걱정할 때가 아니에요."

정인이 그 말의 뜻을 깨달은 것은 바로 그 직후였다.

"하윽……!"

험핑을 하던 그가 몸을 일으키더니 정인의 맨엉덩이 사이로 질척한 손을 집어넣었다. 처음에는 손가락 두 개였다.

"형은 혼 좀 나야 돼요."

꾹, 꾹, 깊이 들어가 전립선을 압박하자 꼿꼿한 정인의 성기가 꿈틀거리며 위로 들렸다. 곧바로 손가락이 하나 더 늘었다. 꽉 찬 내벽 안에 압력이 더해지자 정인이 숨을 헐떡였다.

"내가 뭘……, 뭘 잘못했어……. 흑……!"

안에서 짚어 오던 손가락이 이제는 피스톤 운동을 하듯 안과 밖을 들락거렸다.

"형 없어진 두 시간 동안 내가 얼마나 피가 말랐는데 아직도 김승주 이야기나 하고 있으면 안 되죠."

승현이 중얼거렸다. 순식간에 그의 애널이 확장되는가 싶더니 손가락이 네 개로 늘었다. 정인이 비명을 질렀다.

"으흑! 뭐 하는 거야……!"

아무리 젤을 뒤집어쓰고 있다고 해도 충분히 열려 있지 않은 구멍은 빠듯했다. 한계점까지 벌어진 애널이 승현의 손을 마구잡이로 조이고 있었지만 승현은 상관하지 않았다.

"아직 시작도 안 했는데?"

"너…… 너……!"

"힘 빼는 게 좋을 거예요."

승현이 속삭이며 정인의 젖꼭지를 혀끝으로 돌렸다. 정인은 불안한 예감에 온몸을 떨며 그를 보았다. 가늘어진 검은 눈동자 역시 정인을 강하게 응시하고 있었다.

"승현아, 하지 마……. 아앗……!"

"힘 빼요."

정인은 숨을 빠르게 몰아쉬었다. 말도 안 되는 압박감에 말조차 튀어나오지 않았다. 그는 다만 입을 벌리고 승현을 바라보며 부들부들 떨고 있을 뿐이었다. 승현이 천천히 혀를 내밀어 그의 젖꼭지를 할짝거렸다. 정인은 눈조차 감을 수 없었다. 젤을 뒤집어쓴 승현의 손 전체가 들어오나 싶더니 안에서 그 부피를 늘리고 있었기 때문이었다.

"으…… 흐으……."

"형은 내 거에요."

어딘가가 제대로 잘못될지도 모른다는 생각에 정인은 필사적으로 아랫도리에 힘을 뺐다. 가쁜 숨을 몰아쉬는 그의 얼굴에 승현이 뜨겁게 입을 맞추었다 뗐다. 정인의 페니스 선단에서는 이미 묽은 정액이 줄줄 흘러 복부에 자국을 남기는 중이었다.

"우……, 움직이지……. 마…… 으윽!"

한 번도 예상치 못했던 상황이었다. 정인은 그의 애널 안에서 움직이는 조승현의 커다란 손을 그대로 느끼며 정신이 나가 버릴 것만 같았다.

"이거…… 좋네요……. 형이 생생하게 느껴져."

"조승현 너, 하으……!"

"거부하면 다쳐요. 조금만 더."

승현은 꺼떡이는 제 아랫도리를 정인의 허벅지에 마찰하듯 부비며 피스팅을 이어 나갔다. 정인은 눈앞이 하얘진다는 말의 뜻을 말 그대로 느끼고 있는 중이었다. 그의 말대로 몸을 움직일 수조차 없었다. 다만 필사적으로 힘을 빼고 그가 이끄는 대로 흔들릴 뿐이었다.

"흐흑……."

눈가에서 눈물이 새어 나오자 승현이 혀로 정인의 눈을 핥았다.

"손목까지 다 들어갔다 나오고 있어요. 미칠 것 같아요."

"그만…… 그만해…… 이제."

"아파요?"

물리적인 아픔보다 두려움이 더 컸다. 인간의 몸이 한계까지 벌어졌다 닫히는 상황보다도 어딘가 잘못될지도 모른다는 무서움이 더욱 크게 정인을 덮치고 있었다.

"히, 힘들어……!"

"질투했다고 한 마디만 해 봐요. 그럼 손 빼 줄게."

정인은 젖은 눈을 뜨고 울음 섞인 얼굴로 승현을 노려보았다. 승현은 그의 눈앞에서 정인을 바라보며 다정하고 부드러운 목소리로 속삭이고 있었다.

"내가 다른 새끼랑 잔 줄 알고…… 그것 때문에 화났다고 한 마디만 해 주면 바로 멈출게요, 형."

"네가……."

오랜만에 느껴 보는 기분이었다. 정인은 수치스러움에 입술을 꽉 깨물며 몸을 바르르 떨었다. 그 와중에도 넣었다 빠지는 그의 손의 압박감이 너무나 크다.

"나한테 이런 짓까지 하고서……."

승현의 입술이 슬쩍 위로 올라갔다. 정인은 눈물 젖은 눈동자로 그를 노려보며 간신히 말을 이었다.

"다른 새끼랑 떡 치면……, 그게 인간이야?"

"……계속해 봐요."

"나 말고……. 네 이 변태적인 짓거리. 흐윽…… 감당할 사람 있을 것 같아?"

이를 악물고 쾌락과 고통을 참아 가며 끅끅거리며 내뱉었다. 그런 정인을 보는 승현의 눈이 더욱 가늘어졌다.

"그래서?"

"나 말고 다른 놈이랑, 흑, 섹스하면…… 죽여 버릴 거야."

"남자랑만 안 자면 되는 건가요?"

"미친 새끼야. 흑…… 그럼 나도 다른 놈들한테 다 벌리고 다니……. 흡……."

그의 손이 빠지는가 싶더니 다른 것이 쑥, 안을 비집었다. 한계점까지 벌어져 있던 정인의 애널이 안도하듯 승현의 페니스를 꽉 물었다. 승현은 정인의 위에 올라탄 후, 거칠게 허리를 움직이기 시작했다. 정인은 그의 허리를 양다리로 꽉 끌어안고 울먹이며 흔들렸다.

"개새끼…… 진짜……. 조승현…… 하아……."

"사랑해."

승현이 뜨겁게 숨을 몰아쉬며 그를 보았다. 퍽퍽거리며 그의 아래를 마음껏 찔러 대자 정인의 신음에 울음이 크게 번졌다.

"진짜…… 너…… 흑……. 진짜…… 하아……."

"더 빨리 왔어야 하는데…… 늦게 와서 미안해. 내가 잘못했어요."

승현이 달래듯 그의 유두를 문질거리며 허리를 흔들었다. 정인이 눈물을 삼키며 끅끅거리자 승현이 몸을 겹쳐, 그런 그를 품에 꽉 끌어안았다.

"형 나가는 거 카메라로 보이는데 오다가 씨발 사고 낼 뻔했어요……. 너무 밟아서……."

"흑, 윽!"

"혹시나 해서 김승주 차 미행시켰는데 진짜 형을 만났다고 해서 내가 얼마나…… 화가 났는 줄 알아요?"

"훗, 아무 짓도, 하, 안 했거든?"

정인은 발게진 눈가를 손등으로 가렸다. 승현이 그의 손바닥에 뜨거운 입술을 묻었다. 그의 손의 온기를 느끼듯 얼굴을 비벼 대더니 손가락을 잘근 깨물었다.

"아아!"

"무슨 짓 했으면 형이 지금 무사하진 못할걸요? 난 누구랑 다르게 질투가 많아서."

"미친 새끼, 진짜, 으훗!"

승현의 고환이 회음부를 철썩이며 쳐 댔다. 진득해진 젤은 마찰이 반복될수록 끈끈하고 뜨거워졌다.

"근데 너무 좋아."

맹목적으로 정인에게 매달리며 그가 허스키한 신음을 뱉었다. 이미 정인의 성기는 묽은 정액을 하염없이 줄줄 흘리다 폭발 직전에 있었다.

"형이 나한테 참아 주는 거…… 나한테만 이렇게 참아 주잖아요. 서정인은."

정인은 힘겹게 그를 받아들이며 허벅지를 덜덜 떨었다.

"닥치고…… 그냥, 박아라. 조승현."

"이것만 알아줘요."

질척한 웃음을 흘리며 승현이 그의 양 허벅지를 말아 쥐었다.

"내가 이러는 건, 서정인 한정이에요."

그리고 정인의 양다리를 어깨까지 올려붙인 뒤 깊숙이 들이치기 시작했다.

"아무한테도 안 이래."

정인의 목과 쇄골 근처에 시뻘건 입술 자국을 남겨 대며 뜨거운 움직임을 이어 나갔다. 그에게 얼마나 박혔을까. 엉망으로 치받히던 정인이 신음을 터뜨리며 사정했다. 처음부터 끝까지, 자신의 성기에는 손끝 하나 대지 않은 채였다.

마른 입술을 혀로 축이는 정인을 일으켜 제 위에 앉힌 후, 승현이 다시 정인을 올려붙였다. 엉덩이를 쥐어짜듯 붙들고 위로 박아 대다 못 참겠다는 듯 그가 정인의 엉덩이에 손자국을 냈다.

"하윽!"

정인은 믿을 수가 없었다. 승현은 찰싹 소리가 나도록, 그의 흰 피부가 벌게질 정도로 아프게 그를 때린 것이다.

"야 이 새끼…… 하, 아앗!"

정신이 번쩍 나는 것과 동시에 시들려던 정인의 성기가 다시 꿈틀거리며 반응하기 시작했다. 승현이 그를 올려다보는 채로 땀 흘리며 웃었다.

"형한테 이럴 수 있는 것도 나뿐이잖아. 안 그래요?"

당연한 말이었다. 정인의 30년 인생 동안 아무도 그에게 이따위로 대한 적은 없었다. 비단 조승현이 그에게 하고 있는 거친 플레이만을 뜻하는 것은 아니었다.

누군가가 짜증난 적은 있었지만 스스로도 감당할 수 없을 정도로 화가 난 적은 없었다. 정인은 타인의 존재가 그에게 이 정도까지 영향을 행사할 수 있다는 것이 놀라우면서 분했고 한편으로 억울했다.

"하아, 하아……."

승현이 손자국 난 그의 둔부를 꽉 틀어쥐고 깊숙이 그를 뚫었다. 벗은 어깨에 정인이 아까 담배로 지진 자국이 동그랗게 남아 빨갛게 부어오른 것이 보였다. 이를 악문 정인의 입술에서 작은 울음이 터졌다.

"흑……."

마주한 승현이 인상을 쓰며 그에게 시선을 맞춰 왔다. 딱딱한 얼굴에 염려와 긴장이 번지자 예전 기숙사에서의 소년 같은 모습이 겹쳐졌다.

"왜 그래요. 아파서 그래? 아팠어요?"

들어앉혀서 엉망으로 박아 대던 승현이 속도를 줄이고 가쁜 숨을 참으며 물어 왔다. 정인은 대답을 할 수가 없었다.

"흐윽……."

안 되겠다 싶었는지 승현이 정인을 침대 위에 눕혔다. 느리게 움직이며 커다란 손으로 정인의 얼굴을 감쌌다.

"힘들어서 그래요? 응?"

뜨겁고 다정한 입술이 그의 눈물을 핥으며 달래자 어이없게도 더 큰 울음이 터져 나왔다. 승현이 그의 얼굴과 머리를 쓸어내리며 쉬이, 하고 마치 아이에게 하듯 부드럽게 속삭였다.

"너무 예뻐서 그랬어요. 형이 너무 예뻐서 그런 거야."

방울진 눈물이 정인의 커다란 눈에서 쉼 없이 옆으로 흘러내렸다. 정신 나간 맹수처럼 그를 물고 놔주지 않던 조승현이 똥개처럼 그의 눈물을 핥고 또 핥았다. 그러면서도 아랫도리의 꽉 맞물린 결합은 기어코 뺄 생각이 없었다.

"네 말이……. 다 맞아……."

정인은 발갛게 달아올라 엉망이 된 얼굴로 겨우 입을 열었다. 끅끅
거리는 딸꾹질이 터져 나왔다. 승현은 더욱 놀란 듯했다. 잔뜩 구겨
진 표정으로 정인을 내려다보며 눈을 가늘게 떴다. 지금 정인의 상태
가 이상하다는 것을 확실히 눈치챈 것이다. 그는 정인의 안에 깊숙이
삽입한 채로 움직임을 멈추었다.

"나한테 이럴 수 있는 거, 흑……. 너뿐이야."

정인이 힘이 들어가지 않는 허리를 들어 올리며 승현을 재촉했다.
승현은 느리게 한 번 쿡, 눌러 박더니 다시 그의 몸 안에서 돌덩이처
럼 굳어 움직이지 않았다. 다만 검고 깊은 시선으로 정인을 뚫어져라
바라볼 뿐이었다.

"네가 나한테 이렇게 좆같이 구는데도……."

정인은 차마 말을 잇지 못하고 입술을 꽉 깨물었다. 입을 열어 말
하는 대신 애처롭게 허리를 흔들자 승현의 커다란 손이 그의 얼굴을
꽉 감싸 쥐었다. 하체를 꽉 붙이며 체중을 몽땅 실어 오는 탓에 정인
은 이제 움직일 수도 없었다.

"……좆같이 구는데도, 뭐."

잠긴 목소리를 뱉어 내는 승현의 기다란 입술 끝이 조금 떨렸다.
정인의 배 속에서 뜨거운 열기가 울렁거리며 목구멍을 타고 올라왔
다. 꿈틀거리며 당장에라도 입 밖으로 터져 나올 것 같은 말을 간신
히 삼켰다.

"씨발……. 하아……."

주르륵.

뜨거운 눈물이 다시 정인의 눈을 타고 흘렀다. 승현은 그의 눈물을

닦아 주지 않았다. 아까처럼 혀로 핥아 주지도 않았다. 그저 끝을 모르게 깊은 시커먼 눈동자로 그를 잡아 죽일 듯 응시할 뿐이었다. 정인은 조승현이 정말 싫었다.

"……좋아해."

승현의 눈동자가 소리 없이 흔들렸다. 그의 입술에서 느릿하게 잠긴 의문이 흘렀다.

"……뭘 한다고요?"

"좋아한다고, 이 새끼야."

정인은 자신에게 이런 말을 기어코 내뱉게 만드는 조승현이 너무나도 싫은 것이다. 얼마나 이를 꽉 깨물었는지 턱이 덜덜 떨렸다. 아니, 어쩌면 온몸 전체가 떨리고 있는 지도 몰랐다. 그리고 그 떨림은 그의 내부를 쑤시고 있는 조승현에게 그대로 이어지고 있었다.

"누가, 누구를."

"내가……. 하아……. 내가……."

정인은 멈추지 않는 눈물을 뚝뚝 흘렸다. 누구에게 한 번도 내뱉은 적이 없었던 말들이 바깥으로 내보내 달라고 항거하듯 목구멍 끝까지 차올랐다. 본인 스스로도 깨우치지 못했던 감정이 언어가 되어 나오는 순간은 정인에게 처절한 패배감과 동시에 끔찍한 카타르시스를 선사하고 있었다.

"내가 조승현 너를……. 좋아한다고, 씨발……."

정인의 고백을 들은 승현은 그 말을 듣자마자 온몸을 부들부들 떨며 곧바로 사정했다.

본격적인 섹스는 그다음부터였다. 정인은 밤새도록 몰아치는 그의 몸을 받아들이며 몇 번이나 같은 말을 반복해야 했다.

「다시 한 번만 말하면 멈출게요.」

피는 못 속인다. 이렇게 말하는 건 미안하지만 부전자전(父傳子傳)이다. 조승현은 예나 지금이나 음험한 사기꾼이었다.

「씨발 새끼야…… 그만한다며…….」

「좋다고 했잖아. 내가.」

「그래. 좋아. 그러니까 이제 그만…… 하읏!」

「못 멈춰. 안 멈춰요. 나. 하아…… 그러니까 형도 나 감당해. 내가 좋으면……. 끝까지 감당해 봐.」

정인은 승현의 몸을 힘껏 끌어안으며 거칠게 헐떡였다. 멈추고 싶지 않은 것은 그도 마찬가지였으니까.

19. 속박

"가만히 있으라고 했다."

"싫다는데 왜 이러죠, 자꾸."

승현이 다가오는 정인의 팔목을 턱 잡았다. 정인은 빠져나오려 애를 써 보았지만 그의 힘을 당해 낼 수가 없었다.

"좋은 말 할 때 이리 와 보라고."

"싫은 걸 억지로 강요하는 건 폭력인데."

"그게 지금 네가 나한테 할 소리야? 다 너한테 배워서 그런다."

정인은 벌게진 얼굴로 다시 한번 그에게 달려들었다. 승현이 자꾸 거부하니까 오기가 생기는 것을 어쩔 수가 없었다. 하지만 씩씩거리는 정인의 노력이 무색하게도 그의 다른 팔목도 결국 승현에게 잡혀 버리고 말았다.

"고집 부리지 말아요."

고집은 지금 누가 부리고 있는 거냐고 소리치고 싶었다. 정인은 싫다는 그를 깔아뭉개고 육탄전이라도 벌여야 하나 잠시 생각했다.

이길 수 있을 것 같지 않았다.

"너 무식하게 자꾸 이럴 거야?"

승현이 대답 대신 의미심장하게 웃었다.

"진짜 무식하게 대해 줘요?"

젠장. 정인은 그의 음흉한 시선에 다시금 몸이 후끈 달아올라 괜히 인상을 찌푸렸다.

"자꾸 까불다 다친다."

입술은 호기롭게 협박을 내뱉었지만 현실은 승현의 몸 위에 허망하게 엎어진 채였다. 그의 상처에 발라 주려고 했던 약통은 어느새 시트 위를 굴러다니고 있었다.

"어깨 지져서 담배빵 낸 것도 모자라서 어떻게 또 다치게 하려고요?"

승현이 정인을 보며 입술을 씩 올렸다. 정인은 그의 얼굴에 주먹을 날리고 싶었다. 할 수만 있다면.

"그러니까 약 발라 준다잖아. 물 닿아서 계속 상처 덧나는데 밴드 하나 안 붙이고 뭐 하는 거야?! 너 변태야? 아픈 게 좋아?"

며칠 전, 화가 머리끝까지 오른 정인이 어깨에 짓누른 담뱃불에 구멍이 뚫린 것은 승현이 걸치고 있던 고급 와이셔츠만이 아니었다. 두꺼운 빗장뼈와 팔뚝이 이어지는 곳에 뻘건 도장이 찍힌 것 같은 상처가 생긴 것이다. 상처야 언젠가는 아물겠지만 제대로 치료하지 않으면 켈로이드처럼 흉이 질 것이 당연한데도 승현은 신경도 쓰지 않았다.

"안 아프니까 상관없다고 하잖아요. 형이야말로 왜 이렇게 말귀를 못 알아들어요?"

"난 상관있거든. 그러니까 빨리 약 내……."

그의 손에 어느새 들어간 연고를 빼앗으려는데 승현이 막무가내로 입술을 부딪쳐 왔다. 진득하게 혀를 빨리자 자동적으로 등줄기가 찌르르 떨려 왔다. 혀가 몇 번 뒤섞이고 타액이 교환된 후 눈을 감았다 뜨니 어느새 승현의 커다란 손이 그의 잠옷 바지 안에 쑥 들어와 맨 엉덩이를 천천히 주무르고 있었다. 정인이 큰길 약국에서 제일 비싸게 주고 산 화상 전용 연고는 벌써 침대 발치로 날아간 후였다.

"시끄럽게 쫑알대지 말고 나랑 좋은 거나 해요."

승현이 떡 주무르듯 정인의 탄탄한 엉덩이를 주물거리다 갈라진 골 사이를 은근슬쩍 엄지로 짚었다. 정인은 약하게 꿈틀하며 그의 아랫입술을 꽉 물었다. 승현이 허스키하게 신음했다.

"아."

"그대로 놔두면 흉 진단 말이야. 등신아."

"흉 좀 지면 어때."

깨무는 정인의 도발이 불씨를 당겼는지 승현의 목소리가 한껏 낮아져 있었다. 눈치는 진작 채고 있었지만 조승현은 진성 변태가 틀림없었다. 그는 섹스할 때 정인이 쾌락을 참지 못해 그를 꽉 물거나 그의 등에 엉망으로 손톱자국을 남기는 것을 좋아했다. 돌아오는 반응이 격할수록 정인의 흥분 상태가 생생히 느껴져서 역으로 저가 더 꼴린다고 했다. 그 말을 증명이라도 하듯 정인의 엉덩이를 꽉 쥐고 쫙 벌려 오는 손의 힘 자체가 입술을 깨물리기 전과는 확연히 차이가 났다.

"네가 무슨 생각하는지, 내가 모를 줄 알지?"

정인은 그의 위에 엎어진 자세로 아랫도리에 힘을 주어 마주 닿아 오는 승현의 물건을 문질거렸다. 어느새 빳빳이 일어난 승현의 성기에 정인의 페니스가 꽉 눌려 피가 몰렸다.

"내가 무슨 생각하는데요?"

승현이 그의 입술을 자근자근 씹으며 손에 쥔 엉덩이를 앞뒤로 세게 흔들어 대기 시작했다.

"말해 봐요."

정인의 성기가 더욱 단단히 부풀어 올랐다. 늘 그렇듯 먼저 도발을 해도 결국 이렇게 그에게 놀아나고야 마는 것이다. 정인의 입술에서 끄응, 하는 신음이 터졌다.

"흉터 생기면 속으로 박수 치고 좋아할 거잖아. 그걸 트집 잡아서 날 또 얼마나 괴롭혀 댈지 안 봐도 뻔하네…… 하아…….."

굵직한 손가락이 구멍을 꾹, 눌러 오는 바람에 정인은 길게 신음 섞인 한숨을 내쉬었다.

"빡빡하다. 혀로 쑤셔서 안에도 침 발라 줄까요? 아님, 형이 나 손으로 한 번 빼 줄래요? 좆 물 발라 줄게. 어느 쪽이 더 맘에 들어요?"

승현이 정인의 말에 대답도 하지 않고 화제를 바꾸었다. 이른 아침부터 몰아치는 저질스런 언어폭력에 정인의 귓가가 벌겋게 달아올랐다.

"야, 아침부터 이러지 말기로 했잖아."

"그거야 형이 엉엉 울면서 일방적으로 한 말이죠. 그래서 며칠 봐줬잖아."

"봐줘?"

기가 막혔다. 봐줬다는 말은 이럴 때 쓰는 게 아니었다. 승현은 지난 이틀 동안 아침에 삽입만 안 했을 뿐이지 성기를 허벅지 사이에 비비고 얼굴에 싸 대며 더욱 집요하게 정인을 괴롭혔다.

"그리고 내가 또 언제 엉엉 울었다고…… 훗……!"

결국 그의 손이 주름을 헤집으며 쑥, 들어왔다. 입구는 빡빡했지만 내벽은 새벽까지 괴롭힘을 당한 탓에 아직도 축축했다. 근육이 절로 움찔거리며 승현의 손을 조였다.

"이거 봐. 야해라. 서정인. 밤새 내 자지 씹어 대고도 또 좋다고 꽉 무는 것 봐요. 응?"

낮은 목소리로 빠르게 속삭이는 저급한 말투에 몸이 화끈 달아오르는 것을 보니, 정인 역시 변태가 다 된 모양이었다.

"……훗, 죽을래?"

"죽이는 섹스 하자는 말이죠?"

승현이 허리를 쑥 들어 올리더니 제 속옷을 내리고, 정인의 잠옷 바지도 함께 끌어내렸다.

"야. 야……!"

그가 협탁에서 젤을 꺼내 한가득 짜내더니 정인의 엉덩이와 구멍에 넘치도록 발라 댔다. 미끌거리는 느낌에 벌써부터 그 뒤에 이어질 자극이 기대되는 것은 그저 종소리가 들리면 침을 질질 흘리는 파블로프의 개와 같은 자동 반사일 뿐이다.

"너 출근 안 해?"

"빨리 딱 한 번만 하고 갈게요."

치덕치덕 바른 젤의 양으로 봤을 때 승현의 말에는 전혀 신빙성이 없었다. 정인은 허리를 뒤로 빼며 고개를 저었다.

"출근하려면 삼십 분밖에 안 남았잖아."

"삼십 분 안에 끝낼게요."

"말도 안 되는 소리 하지 말고……. 아흑!"

그는 싫다고 밀어내는 정인을 제 쪽으로 휙 끌어당기더니 정인이 반항할 틈도 주지 않고 육중한 살덩이를 주름진 입구에 꾸욱, 밀어 넣었다.

"나는 서정인이 좋으면서 튕길 때가 존나게 꼴리더라. 확 엎어놓고 기절할 때까지 박고 싶어져요."

어떻게 시작하든 끝은 늘 그렇게 되지 않느냐고 받아치려는데 그의 물건이 깊숙하게 들어와 안쪽을 쿡 찌르는 바람에 정인은 숨을 급하게 들이쉬었다.

"흡……. 조승현, 개새끼. 진짜……."

정인은 찌르르하고 익숙하게 퍼지는 감각을 만끽하며 저도 모르게 몸을 바르르 떨었다.

"왜, 벌써 쌀 것 같아요? 내가 지루가 아니라 형이 조루네……. 아니면 이렇게 박히기만 해도 질질 흘릴 정도로 내 좆이 좋은 건가? 음, 그런 거예요?"

정인을 마주 보고 위에 앉힌 자세로 승현이 그의 귓가에 속삭이며 뺨에 촉, 촉, 입을 맞추었다.

"마음대로…… 생각해라, 착각은 훗, 자유니까."

"하여튼 거짓말은 입에 침도 안 바르고 너무 잘해."

승현이 슬며시 웃더니 다리를 쩍 벌리고 본격적으로 박아 올릴 자세를 잡았다. 정인이 그의 목에 양팔을 감으며 눈을 가늘게 떴다. 그

의 물건에 거칠게 박혀서 정신이 나가기 전에 빨리 일을 진행시켜야
했다.

"조승현."

"왜요."

"내가 위에서 야하게 엉덩이 흔들어 줄까?"

"좋죠."

"네 목도 꽉 물어 줄까?"

"씨발, 그럼 끝내주죠."

"여기저기 빨아서 빨갛게 막 자국 내 줘?"

쿡쿡거리던 승현이 문득 웃음을 멈추고 입맛을 다셨다. 거칠어진
숨결이 허스키한 목소리에 실려 튀어나왔다.

"……갑자기 암캐처럼 왜 이러실까, 우리 정인이 형이. 나한테 뭐
잘못한 거 있어요?"

묻는 목소리가 그새 슬그머니 뾰족해졌다.

"속고만 살았어?"

"형은 내가 잘 알아요. 지금 눈빛이 딱 호박씨 까려고 준비하고 있
는데 뭘. 말해요, 빨리."

미친 자식. 사고가 항상 그런 쪽으로만 가는 조승현이 더 이상 놀
라울 것도 없었다. 아니, 아직도 정인에게 전전긍긍하는 것 같은 진
심이 슬쩍 엿보이는 것 같아서 기분이 나쁘지도 않았다.

젠장. 내가 어쩌다 이렇게 됐지.

"시선 피하지 말고 똑바로 이야기해요, 수갑 채우기 전에."

또 저렇게 협박조로 이야기한다고 해도 이제는 하나도 안 무서웠
다. 정인은 속으로 혀를 끌끌 차며 그에게 시선을 주었다.

"조승현."

"말해."

존대를 집어치운 승현이 본격적으로 그를 노려보았다. 흥분을 간신히 참고 있다는 뜻이었다. 엉덩이를 어찌나 세게 틀어쥐고 있는지 삽입된 부위보다 잡힌 살이 더 당겨 왔다.

"내가 너한테 열심히 봉사해 주면……."

"……."

"여기, 약 바를래?"

정인은 그를 야하게 바라보며 혀로 입술을 축이고 턱짓으로 그의 어깨를 가리켰다. 정인은 그가 자신의 어떤 모습에 흥분하는지 대충 감을 잡고 있었다. 굳었던 승현의 얼굴이 순식간에 풀어졌다.

"……생각해 볼 테니까 일단 해 봐요."

"팔 뒤로 돌려서 수갑 차고 네 위에서 흔들어 줄게. 약 바른다고 약속하면."

"씨발……. 알았어요. 마음대로 해."

정인을 바라보는 승현의 시선에 불길이 일었다. 그는 며칠 전 정인이 기겁을 하며 처박아 둔 선물을 찾으려 사이드 테이블을 서둘러 뒤졌다. 조급함에 몸이 달아오른 승현에게 정인이 느릿하게 물었다.

"네 휴대폰 어딨어?"

"그건 왜요."

"한 시간 늦게 출근한다고 최 비서한테 전화해."

정인의 명령에 승현의 입술에서 다시 한번 욕설이 터졌다.

"씨발. 미치겠네."

찰칵. 양팔을 뒤로 한 정인의 손목에 수갑이 채워졌다. 정인은 휴대폰을 찾아 드는 그가 통화를 하는 것을 들으며 무릎으로 매트리스를 지탱했다. 그리고 승현에게 박혀 있는 몸을 앞뒤로 흔들거리기 시작했다. 낮은 목소리로 통화를 하던 승현의 입술에서 끄응하는 신음이 샜다.

"하아, 좆을 집어삼킬 셈이에요? 씨발…… 너무 조여서 터지겠어."

-예? 조 실장님? 지금 뭐라고…….

휴대폰 너머로 놀라 굳어진 최 비서의 목소리가 들렸다.

"할 말 다 했으면 남의 가정사 동네방네 소문 내지 말고 그냥 끊어라, 조승현."

"윤기야, 나 오늘……."

손은 구속되었어도 정인의 입은 자유로웠다. 그의 입술이 남성적인 목울대에 떨어지자 승현이 말을 멈추었다. 툭 튀어나온 울대뼈가 위아래로 움직였다. 혀로 진득하게 살갗을 애무하며 정인이 은밀하게 속삭였다.

"빨리 끊으라고."

"씨발, 하아……."

"네 좆 끊어지도록 흔들어 줄 테니까."

"……나 오늘 결근한다고 보고해."

결국 휴대폰이 침대 발치로 휙 날아갔다. 정인이 얼굴을 들고 세모눈을 한 채, 헐떡이고 있는 승현을 노려보았다.

"한 시간 늦게 출근하라고 했지 누가 회사를 아예 째라고 했어?"

"밥 안 굶길 테니까 걱정하지 말고. 빨리."

목을 쭉 내밀며 정인의 뒤통수를 꽉 그러쥐고 제게 붙이는 승현의 손길에 조급함이 일었다. 정인은 소리 없이 웃으며 짙은 살결에 그가 원하는 만큼 진하게 자국을 내 주었다.

아마 이 섹스가 끝나도 조승현이 상처에 약을 바르는 일은 없을 것이다. 조승현은 원래가 그런 녀석이니까. 가만히 있으라는 말이 무색하게 승현의 허리가 불끈거리며 그를 아래에서 박아 올리기 시작했다.

"아주 미치게 하지, 서정인. 씨팔, 아아……."

"이 형이 좀 섹스를 잘해서…… 흡……!"

말을 끝내기도 전에 승현이 정인의 머리칼을 세게 끌어당기며 거칠게 입술을 붙였다. 손이 묶인 채 그의 위에서 허리를 놀리고 있는 자신의 모습이 미치도록 자극적일 것임을 정인은 잘 알았다. 혀뿌리를 성급하게 당겨 빨아 대는 승현의 입맞춤에 초조하고 성급한 욕망이 뒤섞여 타액을 타고 뚝뚝 흘러내렸다.

"흐음……. 음!"

정인은 어쩌다 이런 미친놈을 좋아하게 된 것인지 스스로를 이해할 수는 없었다. 하지만 그가 승현을 떠날 수 없음은 분명했다. 적어도 조승현이 자신을 먼저 밀어내기 전까지는.

정인은 입술을 간신히 떼고 혀로 타액을 핥으며 중얼거렸다.

"너, 나랑 이렇게 섹스하고 이제 다른 사람이랑 섹스할 수 있겠어, 조승현? 나는 이제 조금 힘들 것 같은데……. 응?"

자극하려 내뱉은 말에 보기 좋게 걸려든 승현은 결국 폭발하고야 말았다. 정인을 번쩍 들어 올리더니 침대에 거칠게 모로 누이고 뒤에서부터 퍽, 소리가 나게 박아 들어왔다.

"다른 새끼랑 빠구리 뜨는 걸 지금 어디서 입에 올려요, 씨발."

"하윽, 내가 언제 그런다고, 했어? 말귀를 제대로 못 알아, 하웃……

으응!"

"생각만 해도 죽여 버릴 거예요. 형은 내 말 무슨 뜻인지 제대로 알아듣죠? 응?"

땀에 젖어 드는 정인의 머리통을 꽉 잡고 개처럼 허릿짓을 이어 나가며 승현이 정인의 목덜미와 등을 사정없이 물어뜯었다. 짐승같이 신음하며 정인의 몸을 탐닉하고 있는 그가 정인을 밀어내는 것은 아직 불가능해 보였다. 정인은 안심하며 더욱 크게 그의 이름을 부르며 그를 달구었다.

"스……, 승현아, 좋아…… 좋아. 좋아 흐읏…… 좋아……."

묶인 수갑이 박자를 맞추며 크게 덜걱거렸다.

승현은 그날, 정인의 온몸에 정액을 뿌려 대며 제 존재를 마음껏 과시했다. 기절할 듯 늘어진 정인의 귓가에 몇 번이나 다른 새끼를 쳐다보기만 해도 둘 다 죽여 버릴 거라고 협박하면서.

* * *

평일 한낮인데도 프랜차이즈 카페는 바빠 보였다. 점심을 먹고 커피 한 잔을 시켜 놓은 회사원들부터 노트북을 들여다보며 집중하고 있는 대학생들로 꽉 찬 탓에, 정인은 한쪽 구석에 겨우 자리를 잡을 수 있었다.

"어, 왔어?"

승주는 생각보다 일찍 도착했다. 그의 몫의 커피를 시키려 일어나는 정인을 만류하며 그가 의자를 빼고 자리에 앉았다.

"괜찮아. 커피 마셨어, 이미."

"아. 그래."

정인은 왠지 머쓱해져 가을 한정 상품이라는 달달한 커피를 쭉 빨았다. 원래 단것을 싫어하는데 설탕 중독인 조승현을 따라 몇 번 먹다 보니 입맛이 변했는지 달콤한 커피도 생각보다 나쁘지는 않았다.

"왠지 너랑 이런 데서 만나니까 어색하다. 매일 술집이었는데."

"그러게. 그런데 무슨 일이야 갑자기?"

마치 입장이 바뀐 것 같았다. 이전에는 승주가 정인의 앞에서 눈치를 살피는 입장이었다면 지금은 정인 쪽에서 딱딱하고 어색한 분위기를 전환시키려 노력하고 있는 것이다. 정인은 잠시 커피 잔을 내려다보다 이윽고 고개를 들었다.

"사과하고 싶어서."

"뭘?"

승주가 되물었다.

"그때 나 때문에 네가 괜히 고생한 거……."

"한강에서의 일이라면 굳이 사과할 필요 없다. 괜찮다고 말했잖아."

승주는 담담했다. 전화상으로 확인했을 때도 다친 데가 별로 없다고 말하며, 오히려 정인의 안부를 물었던 그였다.

"그래."

정인은 할 말이 없어져 다시 애꿎은 빨대만 질겅거리며 씹었다.

"그 말 하려고 일부러 여기까지 찾아온 거야?"

승주의 회사 앞으로 정인이 찾아온 것은 처음이었다. 정인은 어색하게 고개를 저었다.

"아, 아니. 이 근처에서 약속도 있고 해서."

"……조승현이랑?"

승주가 침잠한 눈빛으로 그에게 물었다. 정인은 부정하지 않았다. 거짓말을 할 필요가 느껴지지 않았기 때문이다.

"응. 밥 먹고 영화 보기로 했어."

"그때 심각해 보였는데……. 둘이 잘 해결은 된 거야?"

승주의 물음은 조심스러웠다.

"어, 뭐……."

정인이 말을 흐리자 승주가 다시 사무적인 표정으로 돌아와 고개를 끄덕였다.

"그래. 네가 알아서 잘 결정했겠지. 그렇지 않다고 해서 내가 너한테 이래라저래라 할 입장도 아니고."

"……네가 나를 이해하지 못할 거라는 거, 충분히 이해해."

정인은 입술을 씹었다. 승주는 그의 말을 비웃는 대신 차분한 말투로 그에게 물었다.

"내가 너를 이해해 주기를 바라는 건 아니지?"

"아냐."

"그럼 갑자기 여기까지 날 찾아온 이유가 뭐야?"

승주는 지나가다 들렀다는 정인의 말을 믿을 만큼 순진하지 않았다. 정인은 숨을 크게 들이쉬며 그를 보았다.

"……미안하다고 말하고 싶었다."

"날 때린 그놈도 나만큼이나 맞았으니까 사과할 필요 없어. 정말이야."

승주의 말은 사실이었다. 그 이후에 스치듯 본 최 비서의 얼굴은 권투 경기에 참가한 것처럼 엉망진창으로 부풀어 올라 있었다.

"조승현 그 새끼, 데리고 다니는 자식도 저만큼 또라이더라. 둘이 죽도록 싸운 후에 그 자식이 직접 119에 전화해서 둘 다 나란히 앰뷸런스 타고 병원 갔다."

승주가 어이없다는 듯 픽 웃었다. 최 비서의 막무가내일 정도로 고지식한 성격을 떠올려 보면 그 상황이 눈앞에 그려지는 것 같았다. 정인은 왠지 승주에게 더욱 미안해졌다.

"그거도 그건데…… 것보다 괜히 너한테 연락해서…… 내가 널…… 혼란스럽게 만든 것 같아서. 그걸 확실히 사과하고 싶었어."

승주가 옅게 웃으며 한숨을 쉬었다.

"서정인 결벽증은 여전하네, 진짜."

조금 풀어진 얼굴로 그가 넥타이를 조금 느슨하게 잡아당겼다.

"무슨 말이야?"

"끝까지 그렇게 철벽 안 쳐도 너 오해 안 해, 인마."

깨끗한 이를 드러내며 구김 없이 미소 짓는 그를 보며 정인은 마른침을 삼켰다. 그래. 어릴 적에는 분명 승주의 저런 모습을 마음에 들어 했었다. 같이 나쁜 짓을 해도 어딘가 절제력이 있었던 그를.

"넌 그때 한강에서도 분명히 나 좋아할 일 없을 거라고 못 박았잖아. 그럼에도 불구하고 너 잡으려고 한 건 내 선택이었고."

그가 작게 중얼거리듯 덧붙였다.

"타이밍이 늦어도 한참은 늦은 타이밍이었지만."

정인은 차가운 물방울이 맺힌 플라스틱 잔을 만지작거렸다. 승주는 그런 그의 손을 물끄러미 바라보다 고개를 들었다.

"친구로서, 마지막으로 한 마디만 할게, 서정인."

"해."

승주가 잠시 침묵을 지키다 어렵게 입을 열었다.

"난 네가 진심으로 걱정이 돼."

"……왜?"

"네가 그 녀석한테 느끼는 감정이 정상은 아니라고 생각하니까."

정인은 대답 없이 그를 바라보았고 승주가 차분히, 그러나 조금 열기 띤 목소리로 말을 이어 나갔다.

"요즘 회사에서 나 같은 광고쟁이들도 심리 강의를 듣게 해. 고객 마케팅에 도움 된다고."

"……그래서, 넌 내 심리가 뭐라고 생각하는데?"

정인은 머뭇거리다 그에게 물었다.

"확실히는 알 수가 없지. 나는 네가 아니니까."

승주가 마른침을 삼킨 후 말을 이었다.

"하지만 피해자가 저도 모르는 사이에 가해자에 감정 이입하는 게 불가능하다고는 생각하지 않아. 너같이 자아가 강한 사람이 그렇게 되기까지……. 조승현이 얼마나 옆에서 압박을 넣었는지는 나도 모르지만. 그래도……. 그건 아니지 않냐. 정인아."

정인이 그를 바라보며 어색하게 웃었다.

"내가 걱정된다는 게 그것 때문이야? 네 눈에는 내가 정신 좀 나간 걸로 보이는구나, 역시."

틀린 말은 아니라고 생각했다. 옅은 웃음에 자조를 감추는 정인에게 승주가 말을 이었다.

"그냥, 네가 위험해질까 봐 친구로서 염려하는 것뿐이야."

"……."

"힘들 거야. 주변 사람들 눈도 있을 거고. 단지……. 조승현이 남자 새끼라서 내가 지금 너한테 이런 말 하는 거, 아니란 건 네가 더 잘 알 거라고 생각한다."

승주의 말에 담긴 속뜻은 정인이 조승현과 과거에 어떻게 얽혔는지를 상기해 보라는 말이었다. 정인은 염려를 담고 자신을 바라보는 승주를 향해 최대한 부드럽게 웃어 주었다. 여유 있어 보이는 얼굴과는 달리 커피 컵을 잡은 손가락이 가늘게 떨렸다.

"내 감정이 가짜인지 진짜인지 네가 판단해 줄 필요는 없어."

승주가 더 이상 자신을 걱정하지 않도록, 정인은 웃으며 어깨를 으쓱해 보였다.

"그리고 나는 태생적으로 이기적이라……, 이게 아니다 싶으면 먼저 발 뺄 거야."

"……."

"김승주 네가 제일 잘 알잖아. 내가 얼마나 싸가지가 없고 마이 페이스인지. 내 본질이, 어디 가겠어?"

"……."

"그러니까, 걱정하지 마라. 김승주."

"……그래. 그럼 됐다."

마침내 승주가 고개를 끄덕였다. 그는 더 이상 정인에게 아무런 말도 하지 않았다. 머리가 좋은 녀석이었다. 이미 그는 자신이 하고 싶은 말을 모두 전했고, 선택은 정인의 몫이라는 것을 잘 알고 있었다. 그가 손목시계를 확인하더니 자리에서 일어났다.

"앞으로 좀 바빠질 것 같아. 시간만 때우면 승진은 자동으로 되는 줄 알았는데 요즘은 백이 아무리 좋아도 눈에 뵈는 실적이 조금은 있어야 되더라고."

김승주다운 마무리라고 생각하며 정인은 앉은 채로 그에게 시선을 들었다.

"응. 수고해라."

입술을 올려 미소 짓는 정인을 보며 승주가 마지막으로 덧붙였다.

"몸조심하고."

아마 승주는 앞으로 정인에게 연락을 하지 않을 것이다. 정인은 그러한 예감을 느끼며 승주에게 고개를 끄덕였고, 승주는 망설이지 않고 뒤를 돌았다.

뚜벅뚜벅 카페를 걸어 나가는 그의 뒷모습을 보며 정인은 아주 조금, 허전함을 느꼈다. 그것은 승주에게 어떠한 감정이 남아서가 아니었다.

다만, 시간이 아주 많이 흐른 후 언젠가는 그를 이해하는 김승주와 함께 술잔을 기울이는 날이 올 수는 있을까 하고 잠시 기대했을 뿐이었다.

"······."

의자에 등을 기대고 생각하던 정인의 미간이 살짝 굳어졌다.

'이해받고 싶은 건가, 나는?'

잘 마셨던 커피에 속이 조금 울렁거렸다. 조승현과의 관계를 누군가에게 인정받고 싶다고 느낀 적은 없었다. 지금까지는.

그런데 왜 이렇게 이상하고 서운한 기분이 드는 걸까.

"나이스 타이밍."

승주가 떠난 자리에 누군가 다가와 의자를 빼고 앉는 바람에 정인은 생각을 멈추었다. 승현이 쓱, 하고 그의 커피를 가져가 정인이 물고 씹었던 빨대로 쭉쭉 남은 커피를 마셨다.

"……드럽게 뭐 하는 짓이야."

"간접 키스라는 거죠. 그렇게 로맨틱하지 못해서야."

머리끝부터 발끝까지 쫙 빼입은 조승현이 다리를 꼬고 앉아 그를 보며 불량하게 입맛을 다셨다.

"그렇게 차려입고 그런 유치한 말을 하는 게 어울린다고 생각해?"

"솔직히 말해서 지금 좀 꼴렸잖아요. 김승주랑은 말 잘 끝냈어요?"

"그래."

"그 자식이 질척이지는 않았고?"

"숨어서 다 지켜봤으면서 뭘 또 물어."

카페에 들어오자마자 흡연실로 들어가 담배를 꼬나물고 감시해 놓고선, 승현은 말이 많았다. 흡연실을 등지고 앉은 승주가 그의 살기 어린 눈빛을 눈치채지 못한 게 다행이었다. 마지막까지 승주에게 정신병자 같은 기억만 남겨 주고 싶지는 않았다.

"저 안에서는 소리까지는 안 들리거든요."

"도청기는 설치 안 했나 보다."

"안 했을 거라고 생각해요?"

정인이 인상을 확 찌푸리자 승현이 피식 웃었다.

"농담이에요. 쫄기는."

하긴, 조승현의 성격에 승주를 만나게 해 준 것 자체도 놀라운 발전이었다. 만나서 매듭을 짓고 싶은 일이 있다고 말하자 승현은 순순히 그에게 고개를 끄덕였다. 대신 매듭을 확실히 짓지 않으면 줄을 잘라 버리겠다는 의미심장한 말을 덧붙이면서.

"진짜 안 했어. 그러니까 얼굴 펴요."

승현이 긴 다리를 바로 하더니 다분히 의도적으로 정인에게 슥 얽어 왔다. 무릎이 닿자 그의 체온이 옷감을 넘어 전해졌다. 정인이 어이없다는 듯 웃자, 승현이 본격적으로 닿은 무릎을 문질거렸다.

"하지 말지?"

"내가 뭘요?"

씩 웃으며 그를 바라보는데 어이없게 심장이 뛰었다. 바깥에서 보면 이렇게 허우대가 멀쩡한 녀석을 누가 과연 미친놈이라고 생각할까.

"말을 말자."

"영화 시간 다 돼 가네요."

"그런데 갑자기 영화는 왜 보자는 거야?"

"영화관은 깜깜하니까 사람들 다 있는 데서도 키스하고 만질 수 있잖아요."

"영화 보면서 그 짓거리를 하고 싶은 거면 그냥 집에서 보면 되잖아. 돈 들여서 설치한 홈시어터는 그럴 때 쓰라고 있는 거야."

정인은 주변 테이블에 들리기라도 할까 싶어 목소리를 한껏 낮추었다.

"와. 형은 진짜 로맨티스트 되기는 아예 글렀네요."

승현이 테이블에 팔꿈치를 기대고 그에게 조금 더 얼굴을 붙였다.

"네가 그런 말 하는 게 진짜 더 안 어울린다는 생각은 안 하지?"

뒤가 벽이라 물러날 곳이 없어 뜨악해 하는 정인을 바라보며 승현이 입술을 올렸다.

"난 형이랑 밖에서도 데이트하고 싶어."

정인은 입을 딱 다물고 말았다. 흔들리는 정인의 눈동자와는 달리 승현의 검은 시선은 곧았다.

"옆에 끼고 다니면서 표시 내고 싶으니까."

결국 정인의 입술에서 픽 웃음이 터졌다.

"일어나자. 영화 시간 늦겠다."

"잠깐만. 지금 못 일어날 것 같아요."

"왜, 나 옆에 끼고 주물럭거리면서 영화 보고 싶다며. 네가 방금 한 말이야."

승현이 그를 보며 눈썹을 휙 들어 올렸다.

"우리 그냥 화장실에서 한 번 하고 가는 거 어때요?"

상대해 줄 필요가 없다고 생각한 정인은 그의 말을 무시한 채 자리에서 벌떡 일어나 걸었다. 승현이 뒤이어 따라와 정인의 어깨를 툭 치며 따라붙었다. 고개를 숙이며 귓가에 속삭이는 그의 목소리가 낮았다.

"딱 한 번만."

"좀 떨어져."

"사람들이 내 거시기만 볼 것 같아서 쪽팔려서 그런 거예요. 사람들이 형 욕할걸요? 애인이 바지 터지게 좆이 꼴려 있는데 혼자만 그렇게 야박하게 가면……."

결국 정인은 그의 입을 틀어막고 인기척이 적은 건물의 화장실로 들어갈 수밖에 없었다. 정인의 바지를 내리자마자 박아 올 거라고 생각했던 승현의 행동은 의외였다.

"뭐…… 해?"

"가만있어요."

그는 슈트 차림으로 바닥에 무릎을 대고 오래도록 정인의 성기를 애무해 주었다. 주름이 진 주머니를 핥고 기둥뿌리부터 선단까지 샅

삵이 핥다가 입에 넣고 진득하게 빨았다. 승현은 마치 정인의 허전함, 혹은 스스로도 눈치채지 못했던 불안함을 읽고 있는 것처럼 다정하고 끈덕지게 그를 삼키고 끊임없이 핥아 댔다.

옅은 음모에 콧날이 짓눌리도록 깊숙하게 페니스를 목젖 아래까지 삼키고, 커다란 손으로 가는 허리와 작은 엉덩이를 다정히 어루만졌다.

"하아, 흣!"

정인은 그의 입안에 뜨끈하게 토해 내며 늘 처음 같은 쾌락에 온몸을 떨었다. 쾌락의 잔재를 그대로 삼키는 승현의 행동에는 주저함이 없었다.

"……그걸 왜 먹어."

"달아서."

그를 올려다보며 느릿하게 중얼거리는 승현을 보는데 어이없게도 눈물이 터졌다.

"난 세상에서 형이 제일 달더라고."

아무도 이해할 수 없는 그를 이해하는 세상의 단 하나가 있다면, 그것은 지금, 10년 전과 똑같은 눈을 하고 정인을 바라보는 단 한 사람뿐일 것이다.

가을이라 감수성도 함께 터지는 모양이었다.

* * *

앉은뱅이 테이블 위에서 정인의 휴대폰이 진동했다. 선홍색 핏물이 떨어지는 고기를 뒤집던 승현이 힐끗 발신자를 확인했다. 정인은 진동을 무음으로 바꾼 후, 휴대폰을 가방에 집어넣어 버렸다.

"안 받아요?"

익은 고기를 정인의 접시에 내려놓으며 승현이 대수롭지 않게 물었다.

"응."

짧게 대답한 정인이 젓가락으로 두툼한 살점을 집어 레몬 소스에 찍은 후 맛있게 씹었다. 육질이 부드러워서 씹는 식감마저 즐거웠다.

"살살 녹네, 아주."

"많이 먹어요. 더 시킬게."

"둘이서 5인분이나 시켜 놓고선 뭘 더 시켜."

손사래를 치는 정인을 보며 승현이 맥주잔을 들이켰다. 안 그래도 작은 맥주잔이 커다란 손에 들려 있으니 더 귀엽게 보였다.

"배불리 먹여 둬야 밤에 형이 기절 안 하죠."

"……오늘 같은 날에도 넌 참 머리에 그 생각밖에 없지?"

정인이 혀를 쯧쯧 차며 접시에 수북하게 쌓인 고기를 한 점 집어 승현의 입가에 가져다 댔다. 정인의 젓가락에 걸린 고기를 받아먹는 승현의 깔끔한 동작은 자연스러웠다. 입가에 묻은 소스를 닦아 주는 정인의 손길 역시 어색함이 없기는 마찬가지였다. 떨어지는 손가락에 가볍게 입을 맞추며 승현이 그를 바라보았다.

"생일 선물로 백화점 쓸어 주고 저녁으로는 소고기 사 주는 착한 애인한테, 한 번 대 주는 게 그렇게 어려운 일인가?"

둘만 있는 방에 문까지 닫혀서 그런지 승현의 말에는 거침이 없었다. 정인은 고개를 가로 흔들며 맥주로 목을 축였다.

"다 너 좋으라고 한 거잖아. 팬티는 무슨 줘도 안 입을 야한 걸로 열 장이나 사고 시계도 요즘 누가 이거 차?"

정인은 팔목에 걸린 무거운 시계를 흔들었다. 셔츠 소매를 걷어붙인 조승현의 손목에도 같은 디자인의 시계가 걸려 있었다.

"예물 시계로는 아직도 이게 제일이라고 하잖아요. 난 좀 고지식해서 전통을 따라가는 게 좋아서."

"예…… 예물은 무슨, 야."

정인의 하얀 얼굴이 화끈 달아올랐다.

"왜요?"

오그라드는 소리를 내뱉어 놓고선 승현은 멀쩡하게 그를 바라보고 있었다. 결혼도 안 했는데 무슨 예물 시계 타령이냐고 한 마디를 하려다 정인은 그냥 입을 다물었다. 승현의 답변을 쉽게 예상할 수 있었기 때문이다.

"원래 결혼하기 전에 예물부터 주고받는 거 아닌가요? 순서가 틀렸나?"

이럴 줄 알았다.

"그만해라. 진짜."

정인이 귀까지 벌게져서 민망해하는 것을 본 승현이 그제야 픽 웃으며 그의 시선을 놔주었다.

"고기 있는 거 다 구울게요."

"……맘대로 해."

치익, 하는 소리를 내며 생고기가 다시 불판에 올랐다. 종업원은 필요할 때만 부르겠다고 한 승현의 요구 덕분에 고기를 굽는 것은 모두 그의 몫이었다.

"근데 왜 아까 전화 안 받았어요? 어머니한테 온 것 같던데."

승현이 지나가듯 물었다. 정인은 잠시 멈칫하다 다시 젓가락을 움직였다.

"어, 그냥."

한우로 소문난 집이라고 하더니 고기는 물론이고 함께 나온 밑반찬도 깔끔하니 맛이 좋았다. 조승현도 좋아하는 것 같으니까 나중에 어떻게 따로 구입할 수 있는지 물어나 볼까.

"형 생일이라서 전화한 건 아니에요?"

"나 가족들이랑 연 끊은 지 꽤 됐어."

정인이 오이소박이를 씹으며 덤덤히 대답하자 승현이 그를 바라보며 흥미로운 표정을 지었다.

"왜요?"

"아들 쪽팔려 하시는데 군이 아들 노릇 할 필요 없다고 생각해서."

"형을 왜 쪽팔려 하는데요?"

승현이 그의 성격대로 따져 물었다. 고기를 많이 먹었는지 속이 좀 거북했다. 정인은 작은 잔에 든 맥주를 단번에 비웠다. 알싸한 탄산이 식도를 타고 내려갔지만 그래도 답답함은 쉬이 가시지 않았다.

"내가……. 남자한테 강제로 깔렸다는 것도 못 받아들이는 사람들이야."

승현의 눈빛이 조금 어두워지는 것을 보며 정인은 일부러 아무렇지도 않게 목소리를 높였다.

"내가 너한테 스스로 다리 벌리는 성향이라는 거 알면 아마 호적에서 파일걸. 명예 살인당할 가능성도 있고."

"이렇게 잘난 아들을 설마."

승현이 그를 보며 낮게 중얼거리자 정인이 피식 웃었다.

"그러니까. 나처럼 생긴 아들을 낳는 게 쉬운 일이 아닌데. 그렇지?"

"색기로 따지자면 따라올 사람이 없죠."

"사주에 도화살 있다는 개소리가 진짜였나 보지. 너 같은 놈한테 걸린 걸 보면."

승현이 잠시 고개를 떨어뜨리며 옅게 웃다가 그를 쓱 올려다보았다.

"……형 기분은 어떤데요. 가족이랑 연락 못 하는 거, 아쉽거나 하진 않아요?"

승현의 눈빛이 평소보다 한층 더 깊었다. 정인을 뚫어져라 바라보는 그의 눈빛이 새삼 예전 재수 학원 시절을 떠올리게 만들었다. 정인은 고개를 저었다.

"차라리 잘됐다고 생각하는데. 그리고 못 하는 게 아니라 내 쪽에서 안 하는 거야."

정인은 승현에게 솔직하게 말을 이었다. 어차피 그에게 말하지 못할 이유가 없었다.

"우리 가족, 예전에 내 일 있은 후로 계속 재수가 없었거든. 그게 다 나 때문이라고 말하더라. 형이 뇌물 스캔들 걸린 것도, 아버지 로펌에서 변호 잘못 맡아서 인면수심 변호사 된 것도 다 내가 너한테 깔려서래. 말이 안 되잖아. 난 너 수감된 후에 등 떠밀리듯 외국 나가서 거의 가족 얼굴도 안 보고 살았는데 말이야."

정인이 어이없다는 듯 웃었고 승현이 고개를 끄덕이며 응수했다.

"좆같네요."

짤막한 그의 대답에 꽉 막혀 있던 속이 뚫리는 기분이었다. 정인은 테이블에 양 팔꿈치를 대고 얼굴을 가린 채 키득거렸다. 승현이 정인을 향해 말을 보탰다.

"피를 나눈 가족이라고 다 좋은 건 아니더라고요."

"그래. 그러니까 말이야."

"그래도 혹시 형이 가족들 도와주고 싶은 마음 들면, 난 그럴 용의 있어요."

"네가 무슨 수로?"

정인이 헛웃음을 지으며 그를 보았다. 승현은 정인에게 눈을 마주쳐 오는 대신 맥주병을 들어 술이 반쯤 남은 잔을 채웠다.

"……뭐든."

애매한 대답에 정인은 한숨을 뱉어 내며 웃었다.

"됐어. 필요 없다, 조승현. 진심이야."

"알았어요."

승현이 짧게 답하며 고개를 들었다.

"건배할까요?"

정인은 맥주잔을 드는 그에게 스스럼없이 잔을 부딪쳤다. 또다시 그의 손목에 채워진 커플 시계가 정인의 눈길을 끌었다. 정인은 이제껏 태어나서 한 번도 누군가와 페어 아이템이라는 것을 해 본 적이 없었다.

"근데 조승현. 넌 안 부끄럽냐?"

"뭐가요?"

"똑같은 시계 차고 다니는 거 안 쪽팔려?"

승현이 진지하게 대꾸했다.

"그럼 반지로 해요? 형이라면 시계를 덜 쪽팔려 할 것 같아서 신경

써 준 건데, 맘에 안 들면 반지 맞춰요 그냥."

정인이 고개를 세게 저었다. 당장 내일이라도 커플링을 맞추러 갈 기세를 보아 그냥 잠자코 입을 다무는 게 현명한 처사 같았다.

"아니, 시계가 좋아."

"역시 그렇죠?"

"응."

승현이 만족스러운 웃음을 지었다. 커플 시계 때문인지 그는 갑자기 기분이 좋아 보였다.

"나는 원래 가족이 없고, 형도 뭐, 가족이랑 연 끊었다고 했잖아요."

"그래."

정인의 취향에 따라 살짝만 익힌 부드러운 살점을 접시에 놓아 주며 승현이 말을 이었다.

"나한테는 서정인이 있고, 형한테는 내가 있으면. 난 그거면 돼요."

"어…… 어."

"나는 형한테 그런 존재가 되고 싶어."

정인은 그에게 흔들림 없이 시선을 맞추어 오는 승현을 가만히 바라보았다. 왕래가 거의 없다시피 한 가족에게 연락 한 번 온 것 가지고 승현이 갑자기 외로워지기라도 한 걸까.

정인은 부모가 없는 조승현에게 자신도 그와 별다른 처지가 아니라는 사실을 말해 줘야 하나, 잠시 고민했다.

"갑자기 심각하게 굴지 마라. 왜 그래."

"사람들은 결혼이라는 걸 하고 가족이라는 걸 만들잖아요. 상대가 좋으니까. 어떻게든 이어질 사회적 끈을 만드는 거잖아요, 그게."

"······대한민국 사회는 너보다 훨씬 고지식해서 너 나랑 결혼 못 해, 승현아."

정인은 짐짓 농담을 섞어 가며 그에게 너스레를 떨었지만 승현의 표정은 사뭇 진지했다.

"나는 그것보다 더한 결속을 원하는데. 서정인이랑."

"······고작 삼천만 원짜리 시계 하나 건네고는 바라는 것도 많다, 조승현."

승현이 옅게 웃으며 뚫어져라 그를 보았다. 언제 봐도 눈으로 사람을 꽁꽁 얽어매는 재주가 있는 놈이었다.

"시계를 준 건 내 시간을 전부 서정인한테 주겠다는 뜻이에요."

"······그 반대가 아니고? 내 시간을 전부 너한테 바치라는 협박, 아니야 이거?"

정인이 팔목을 흔들며 대꾸하자 그가 집게를 내려놓고 테이블에 팔꿈치를 댄 채 턱을 괬다.

"정인이 형, 언제 이렇게 머리가 좋아졌죠?"

"만지지 마라."

그의 다른 손이 테이블 아래 정인의 허벅지를 쓰다듬기 시작했다. 확실한 의도를 가진 선정적인 터치에 아랫도리로 피가 단박에 쏠렸다.

"머리 좋은 정인이 형이 한 번 말해 봐요. 내가 여기 아무도 들어오지 말라고 한 건, 단지 내가 고기가 굽고 싶어서 그랬을까요?"

고기 굽는 척을 하려면 끝까지 하던가.

"씨발······. 고기 먹다가 갑자기 뒹굴자고?"

"뒹구는 건 됐고······."

승현이 입맛을 다시며 턱을 괴었던 손가락을 그에게 까딱였다.

"내 무릎에 앉아서 먹으면 좋을 것 같네요, 정인이 형이."

다리 부분의 바닥이 뚫린 좌식 테이블은 이제 보니 온갖 야릇한 짓을 하기에 안성맞춤이었다. 정인은 결국 바지를 허벅지 아래까지 내린 후 승현의 무릎에 앉아야 했다. 승현은 부끄러운 줄도 모르고 지퍼를 내린 채 벌써부터 흉기 같은 성기를 떡하니 공기 중에 내놓고 있었다. 뒤에서 엉덩이 사이를 뚫어 오는 성기를 빠듯하게 받아들이며 정인은 다리를 활짝 벌렸다.

"존나 꼴린다, 그죠."

"네가 나한테 안 꼴릴 때가 대체 언제야."

"없지, 하하."

승현이 셔츠 위에 도드라진 그의 유두를 빙글빙글 자극하며 낮게 웃었다.

"생일 축하해요, 정인이 형."

"됐어, 훗!"

정인이 그의 위에서 엉덩이를 찍어 내리며 달뜬 숨을 헐떡이고 있을 때였다. 믿을 수 없는 소리가 정인의 귓가에 흘렀다.

"겨울에 태어난 아름다운 당신은."

조승현의 나지막한 노랫소리가 고깃집에서 정사를 벌이고 있는 상황과 너무나 어울리지 않아서, 정인의 팔뚝에 소름이 돋고 머리카락이 쭈뼛거리며 일어났다.

"……조승현."

"눈처럼 깨끗한."

"야 뭐 하는 거야, 아……!"

"나만의 정인. 하하."

"미친 새끼, 그만 안 해? 훗!"

승현이 곧추선 정인의 페니스를 손으로 훑으며 허릿짓을 이어 나갔다.

"생일 축하 합니다."

얼굴에 피가 몰려 폭발할 것만 같았다. 그 와중에 목소리는 왜 이렇게 감미롭고 난리인지, 그의 구멍이 움씰거리며 승현의 성기를 꽉 조였다.

"생일 축하, 합니다."

그의 목소리가 살짝 끊기더니 한층 허스키해졌다. 승현도 느끼고 있는 것이 분명했다.

"Happy birthday to you-."

정인은 귓가에 감기는 노랫소리를 피하려 고개를 돌렸지만, 곧바로 승현의 얼굴이 따라왔다. 부끄러움과 흥분이 뒤섞여 발그레해진 얼굴로 정인이 몸을 움찔거렸다.

"하지 마라, 진짜."

"Happy birthday, my love."

승현이 작게 속삭이며 정인의 입술을 덮었다. 정인은 한쪽 팔을 돌려 그의 목을 꽉 끌어안았다. 조승현의 낯간지러운 소리에 심장이 터질 듯이 반응하며 빨리 뛰었다. 피부에 열이 오르고 배 속에서 시작된 찌르르한 감각이 머리끝까지 도달했다. 승현에게 잡힌 페니스의 선단 끝에서 맑은 프리컴이 줄줄 새어 나왔다. 승현은 혀를 내밀어 야하게 키스하며 후후, 웃었다. 정인의 성대에서 그를 보채는 듯한 신음이 연신 흘렀다.

"아아. 예뻐라, 서정인. 질질 싸는 거 귀여워. 좆 빨아 줄까요?"

"아니. 더……. 더, 세게…… 뒤에 박아 줘."

"얼마든지."

"승현, 승현아……. 하아……."

느긋하게 정인의 몸 안을 즐기던 승현이 본격적으로 그를 올려 박기 시작했다. 정인은 그의 얼굴을 쓰다듬는 승현의 손가락을 잘근잘근 깨물었다. 쾌락에 젖어 드는 자신의 얼굴에 얼마만큼 승현이 흥분하는지, 정인은 매우 잘 알고 있었다.

"승현아……, 하아……."

"음?"

승현이 어떤 말을 견딜 수 없어 하는지, 어떠한 말에 반응하는지 같은 것쯤은 이제 책으로 쓰라고 해도 쓸 수 있다.

"난……. 난 네 거야."

"……."

"그러니까 이딴 걸로 구속 안 해도……."

정인은 혀를 쭉 길게 내밀어 승현의 팔목에 걸린 금속 시계의 유리판을 느리게 핥았다. 승현의 입술이 소리 없이 벌어졌다. 여간해서 벌게지지 않는 피부에 열이 달아오르는 것이 눈으로 보일 정도였다.

"내 시간은 전부 네 거라고, 머리 나쁜 조승현아."

지난 10년 역시도 그러했다. 정인 스스로만 몰랐을 뿐이다. 승현이 제 아랫입술을 살짝 물었다 놓았다.

몸이 번쩍 들리는가 싶더니, 정인의 등이 바닥에 닿았다. 승현은 그의 양다리를 어깨에 올려붙이고 그를 제식대로 밀어붙이기 시작했다. 정인은 깊숙하게 찔러 오는 승현을 받아들이며 부끄러움도 모르고 크게 신음했다. 여러모로 질척한 생일이었다.

20. 증후군

눈이 올 것 같은 희뿌연 날씨였다.

정인은 스케치북에 집중해 뻑뻑해진 눈을 비비며 창문가를 바라보았다. 12월이 되었는데도 이상 기온으로 춥지도 않더니 요 며칠 새 거짓말처럼 기온이 뚝 떨어졌다. 그는 뻐근한 손목을 돌리며 창가로 가서 섰다.

팔랑.

그럴 줄 알았다. 아침부터 희끄무레하더니 결국 눈송이가 커다란 창에 날아와 붙었다. 정인은 유리창에 이마를 대고 슬쩍 미소 지었다. 첫눈을 보면서 감상적이 된 적은 없었는데, 이런 날 떠오르는 사람이 있다는 것도 그리 나쁜 기분은 아니었다.

승현의 책상에서 때마침 전화기가 울렸다.

"여보세요."

-정인이 형.

"눈 온다, 승현아."

-아 그래요?

정인은 그의 의자에 앉아 수화기를 귓가에 끼고 빙그르르 한 바퀴 돌았다. 승현이 낮게 웃었다.

-뭐 해요, 지금.

"사장님 놀이 한다, 왜."

카메라로 자신의 모습을 지켜보고 있을 승현을 생각하며 정인은 그를 향해 일부러 다리를 쫙 벌렸다.

-발랑 까진 사장이네. 못 쓰겠네 진짜.

승현이 마른침을 삼키는 소리가 들리는 것 같았다.

"진짜 발랑 까진 게 뭔지 조승현이 잘 모르는 것 같은데?"

정인은 후후 웃었다. 난방이 잘 되어 있는 실내라 그가 걸치고 있는 것은 위아래로 붉은색 체크무늬의 잠옷뿐이었다. 정인이 옷 위로 자신의 샅을 쓸다 꽉 움켜잡자 수화기 속에서 승현이 길게 숨을 내쉬었다.

-왜 이렇게 사람을 괴롭혀, 정인아.

정인은 카메라를 힐끗 올려다보며 인상을 찌푸렸다.

"은근슬쩍 말 까지 말라고 했을 텐데. 형이."

-그럼 엉덩이 까서 구멍 좀 보여 주세요, 정인이 형.

그의 저급한 요구에 반쯤 일어섰던 성기가 완전하게 발기했다. 정인은 페니스를 주물럭거리며 야하게 속삭였다.

"그럼 이 형아한테 당장 박고 싶어져서 조승현 어린이가 더 힘들

텐데?"

—하아. 씨발…… 진짜.

승현이 지금 무슨 표정을 하고 있는지는 보지 않아도 알 수 있었
다. 정인은 쿡쿡 웃으며 자위하던 손을 아쉽게 떼어 냈다.

"조승현."

승현은 대답이 없었다. 정인은 카메라를 그의 얼굴이라도 되는 것
처럼 바라보며 작게 물었다.

"언제 와?"

출장 중인 조승현을 보지 못한 것도 벌써 일주일째였다. 이런 말
을 해서 좋을 것이 없다는 것을 알면서도 정인은 묻지 않을 수가 없
었다.

—왜, 내가 보고 싶어요?

개자식. 이럴 때면 기회를 반드시 놓치지 않는다는 점은 조금 존경
스럽기까지 했다.

—내가 보고 싶으냐고요.

"아니, 그건 절대 아닌데."

—형 뒷구멍은 내 자지가 그리워서 죽겠다는데. 내숭 떨지 말고 좀
솔직하게 말해 봐요.

정인은 어이가 없어서 고개를 창가로 돌려 버렸다.

아. 어느새 눈송이가 많이도 흩날리고 있었다. 창문에 닿았다가 곧
바로 스르륵 녹아 없어지는 새초롬한 눈이었다. 그런데도 계속, 자그
마한 눈송이가 날아와 끝없이 커다란 창에 붙었고, 검은 하늘에 휘날
렸다.

"지금 바깥이 되게 예뻐, 승현아. 거기서 잘 안 보이지?"

-네. 희미해요. 밖은.

"너랑 같이 보고 싶다. 지금 이 순간."

지난 10년 동안 승현과의 시간은 늘 초여름, 장마에 멈춰 있었다. 그와는 처음 맞는 겨울이었다. 앞으로 다가올 계절들도 모두 조승현과 함께이겠지.

정인의 심장이 실없이 두근거렸다.

-나 대신 형이 잘 봐 줘요. 그리고 나한테 말해 줘요.

"응."

-서정인 눈에 비친 세상이 예쁘다고 하면, 내 눈에도 그래요.

정인은 의자에 등을 기댄 채 후후 웃었다.

"닭살 돋는 소리 그만하고 이제 일해."

-보고 싶어요. 정인이 형.

조금 시들해지나 싶었던 열기가 그의 나지막한 속삭임에 화르르 다시 타올랐다. 정인은 손으로 코를 쓱 문지르며 딴청을 피웠다.

"내일 온다며."

-지금 당장 보고 싶어. 내가 지난 일주일을 어떻게 참았는지 모르겠네요, 씨발.

제풀에 흥분하고 있는 것은 조승현 역시 마찬가지인 듯했다. 이대로 두면 또 거하게 폰섹스로까지 이어질 것 같은 착각이 들었다.

이틀 전에 바로 이 자리에서 승현의 목소리를 들으며 애널을 스스로 자극했던 기억이 화르르 머릿속에 펼쳐졌다. 수화기를 붙인 귓가가 저절로 뜨거워졌다. 온갖 음란한 말을 쏟아 내며 숨을 몰아쉬던 승현의 목소리는 얼굴이 안 보이기 때문인지 몰라도 평소보다 더욱 자극적이었다.

-이번 일 끝나고 나 일주일 휴가 받았어요.

"그래? 잘됐네."

-그동안 못 해 준 것만큼 뚫어 주고 배불러서 터질 때까지 구멍 안에다 싸 줄게요. 한 방울 흘릴 때마다 엉덩이 한 대씩이에요. 아, 그러다 형이 내 애 임신이라도 하면 어떡하지?

"또라이야. 그만해."

정인이 인상을 찌푸리자 승현이 쿡쿡 웃었다. 이쯤 되면 일부러 이러는 것이 틀림없다. 첫눈 내리는 로맨틱한 밤에 섹스하고 싶은 마음이야 정인도 있었지만, 전화기를 들고 민망하게 헉헉대고 싶지는 않았다.

"섹스는 기대할 테니까 너나 준비 단단히 하고 와."

-음란하기도 하지. 우리 정인이 형.

정인은 일부러 그에게 맞불을 놓았다.

"공항에 나가 줄까? 차에서 떡 칠래?"

-아니. 집에서 한 발짝도 나가지 말고 기다려요.

승현은 그가 한국에 없는 시간 동안 정인에게 외출 금지라는 무식한 명령을 내렸다. 최 비서까지 데리고 출장을 간 바람에 정인은 생필품도 택배를 시켜야 했다.

"알았어. 이제 잔다. 나 피곤해."

-지금 나한테 박힌 게 오래돼서 형 온몸에서 암캐 냄새가 진동을 할 테니까, 바깥에 절대 나가지 말고 기다리라고요. 알았어요? 내가 공항 떨어지자마자 바로 튀어 갈 테니까…….

정인은 그의 뒷말을 듣지도 않고 그냥 수화기를 내려 전화를 끊었다. 끊긴 전화를 붙잡고 끓어오르는 열을 참아 내고 있을 조승현의 표정이 눈앞에 생생했다. 정인은 카메라를 한 번 힐끗 봐 주고 헐리웃 여배우처럼 손 키스를 날리며 한쪽 눈을 찡긋해 주었다.

촉.

장담하건대 승현은 오늘 밤 그를 떠올리며 자위하느라 잠은 다 잘 것이다. 정인은 후후 웃으며 슬리퍼를 끌고 방으로 향했다.

똑똑똑.

거실을 지나치는데 초인종이 없는 현관에서 노크 소리가 났다.

'올 사람이 없는데.'

고개를 갸웃하던 정인은 아, 하고 성급히 현관으로 향했다.

며칠 전 주문한 택배를 오매불망 기다리고 있는데 그게 지금에야 도착한 것 같았다. 승현을 위해 민망함을 무릅쓰고 인터넷에서 주문한 섹스 토이들이었다. 오랜만에 보는 그를 위해 준비한 정인의 작은 이벤트인 셈이었다. 성인 용품 사이트에서 녀석이 좋아할 만한 것들을 고심하며 고르는 스스로가 웃겨서 그냥 닥치는 대로 장바구니에 집어넣고 결제를 해 버렸다. 그가 도착하는 날, 하나씩 사용해 보면서 반응을 볼 생각이었는데 타이밍이 좋았다.

"잠시만요."

정인은 현관으로 서둘러 향한 후, 바깥을 확인할 생각도 하지 않고 문을 열었다.

"……뭐냐?"

그의 단정한 눈썹이 미간에 모였다. 현관 밖에 서 있는 것은 택배 배달원이 아니었다.

"너한테 해 줄 말이 있어."

대체 왜, 한민우가 지금 이 시간, 이곳에 서 있는 건지 정인은 도저히 알 수가 없었다.

"늦었으니까 나중에 해라."

"……직접 나올래, 아니면 끌고 가야 해?"

한민우가 입술을 한 번 잘근 깨물었다. 그가 어떻게 이 집을 알고 찾아 왔는지는 나중 문제였다. 무테안경 뒤로 비열한 눈동자를 번뜩이고 있는 한민우와 지금 얼굴을 맞대 봤자 좋을 게 없다는 판단이 섰다. 문고리를 잡아당겨 현관문을 닫으려는데 검은 장갑을 낀 다른 손이 문을 잡았다. 힘을 줘 봤지만 꿈쩍도 하지 않았다.

스멀스멀. 불길한 기분이 등줄기를 타고 목덜미까지 올라왔다.

"가자, 정인아."

"……한민우."

"조승현 지금 집에 없는 거 알아. 빨리 나와라, 서정인. 일 크게 만들지 말고."

핏발이 서 있는 한민우의 눈동자를 보며 정인은 마른침을 꿀꺽 삼켰다. 무언가 굉장히 좋지 않은 일이 일어날 것 같은 예감이 온몸을 휩쓸고 있었다. 휙, 뒤를 돌아보자 커다란 창문에 굵어진 눈송이가 눈보라치듯 휘날렸다.

* * *

정인은 결국 잠옷 차림으로 한민우를 따라 나서야 했다.

"한민우, 할 말이 있으면 그냥 안에서 하면 되잖아. 어디로 가는 거냐고!"

거실에 있는 감시 카메라는 음성까지 인식할 수 있었다. 정인은 끌

려 나가면서도 일부러 한민우의 이름을 크게 말했다. 문 밖에 서 있
는 한민우의 얼굴까지는 보이지 않더라도 이름은 똑똑히 들렸을 것
이다.

순간 넓은 거실에 전화벨이 울렸다. 조승현이 틀림없었다.

정인은 주먹을 꽉 쥐었다. 승현이 지금 이 사태를 알았다면 당장에
튀어 오는 것은 일도 아니었다. 다만 문제는, 지금 그가 국내가 아니
라는 것뿐이다. 중국 상하이에서 서울까지 비행시간이 얼마더라. 초
조해져 침이 말랐다.

"끌어내."

민우가 간단히 일갈하자 양복 입은 남자가 정인을 거칠게 잡아당
겼다. 현관문이 닫힐 때까지 전화벨은 지치지 않고 울었다. 그것이
마치 조승현의 고함 소리 같아서 정인은 심장이 터질 것 같았다.

"……지금 어디로 가는 거냐고, 한민우."

"너 정신 차리게 해 줄 조용한 곳."

엘리베이터 벽에 등을 기댄 채 그가 느릿하게 내뱉었다. 거울에 비
친 그의 옆모습이 새삼 비열해 보여 정인은 이를 뿌득 갈았다.

"너한테 그런 거 부탁한 적 없는 것 같은데."

그가 정인을 힐끔 바라보았다. 안경 뒤에 길게 찢어진 눈이 익숙한
욕망을 담고 번들거렸다.

"친구 좋다는 게 뭐야. 옛정으로 도와주는 거지. 너 정신 좀 차리
라고."

그가 혀로 얇은 입술을 쓸며 히죽 웃었을 때, 정인은 그에게서 도
망쳐야 함을 본능적으로 깨달았다. 한민우는 일전에 우연히 만났을
때보다 더욱 흥분 상태였다. 무슨 약을 한 건지는 몰라도 도파민이

온몸에 치솟고 있음이 눈으로 보일 정도였다. 긴장에 정인의 입술이
바짝 말랐다.

땅-.

엘리베이터가 주차장에 도착했다. 문이 완전히 열리기 직전, 정
인은 그의 팔짱을 낀 남자의 중심부를 슬리퍼 신은 발로 세게 걷
어찼다.

"윽!"

외마디 비명을 지르며 그가 허리를 굽혔다. 팔에 힘이 빠진 틈을
타서 그를 밀쳐 내고 당황한 표정의 한민우의 얼굴에 있는 힘껏 주
먹을 날렸다. 뻑, 하는 소리가 나고 무테안경이 떨어져 엘리베이터
안을 굴렀다.

"훗, 씨발……."

한민우가 휘청거리며 욕설을 뱉어 냈다. 정인은 일말의 망설임도
없이 바깥으로 이어진 통로를 향해 튀어 나갔다. 그의 슬리퍼 밑에서
한민우의 안경이 빠직, 부서졌다.

"잡아!"

한민우의 날카로운 명령에 아랫도리를 부여잡은 남자가 어기적거
리며 정인을 뒤쫓기 시작했다. 눈 돌아가는 슈퍼카가 쭉 늘어선 지하
주차장에는 오가는 사람이 거의 없었다. 정인의 다급한 발소리만이
공명음을 남기며 꽝꽝 울려 퍼졌다. 그때 갑자기 주차되어 있던 한
차량에서 환한 빔 라이트가 켜지며 정인을 비추었다.

"하아, 하아……!"

눈이 부셔 손으로 얼굴을 가리고 달려 나가는데 어딘가에서 또 다
른 양복이 튀어나왔다. 정인은 숨이 턱에 찰 때까지 죽어라 뛰었다.

조금만 더 가면 주차장 끝이었다. 그 앞에 버티고 있을 경비원도 지금 상황에서는 못 미더웠다. 한민우가 데려온 놈들의 머릿수가 더 있을지도 모를 일이었다.

"거기 서!"

"하……, 하아……."

주차장을 나서기만 하면 바로 숲으로 이어지는 길이었다. 공원으로 이용되고 있는 숲에는 밤이지만 사람이 아주 없지는 않을 것이다. 경찰에 신고해 달라고 부탁한 후, 숲을 빠져나가 인근 파출소에라도 뛰어들 생각이었다. 정인은 헉헉거리며 죽을힘을 다해 달려 나갔다. 그를 뒤쫓는 발자국 소리가 많아졌지만 뒤를 돌아볼 생각도 들지 않았다.

눈앞에 허연 눈보라가 날리는 주차장 입구가 드디어 보였다. 차가운 공기가 얼굴을 때린다고 느끼는 순간, 정인의 코와 입에 축축하게 젖은 흰 천이 닿았다.

'제기랄.'

「집에서 한 발짝도 나가지 말고 기다려요.」

강렬한 클로로포름 냄새가 정인의 코를 찔렀다. 숨을 쉬지 않으려 발버둥을 쳤지만 소용이 없었다. 건장한 체구의 남자는 정인의 상체를 뒤에서 압박하며 축축하게 젖은 수건을 얼굴에 마구 문질러 댔다.

「지금 나한테 박힌 게 오래돼서 온몸에서 암캐 냄새가 진동을 할 테니까, 바깥에 절대 나가지 말고 기다리라고요. 알았어요?」

승현의 말을 들었어야 했다. 어떻게 냄새를 맡고 한민우가 찾아온 건지는 몰라도, 누군지 확인도 하지 않은 채 그렇게 쉽게 경계심 없이 문을 열어 주어서는 안 됐다. 정인은 아스라이 흐려지는 의식 속에서 멍청한 스스로를 비난했다.

'이러면 한민우한테 강간당해도 할 말이 없잖아, 서정인.'

그리고 그의 머릿속이 하얗게 점멸했다.

* * *

지끈거리는 두통을 안고 눈을 떴다. 정인은 찌푸린 얼굴로 주변을
둘러보았다. 고급스러운 느낌이지만 연식이 있어 보이는 실내의 인
테리어가 눈에 익었다. 이곳은 한민우의 부친이 가지고 있는 골프 리
조트의 별관이었다.

오래전, 재수 학원 시절에는 방학 때 승주까지 어울려 술을 마시고
낄낄댄 적이 있는 곳이다. 몇 채 되지도 않고 깊숙이 숨겨진 위치 탓
에 정치권의 로비도 암암리에 이뤄진다고 민우가 떠들었던 것이 생
각났다.

"……뭐냐?"

세월의 흔적이 묻어나 반들반들해진 커피색 가죽 소파에 늘어져서
대마를 피우고 있던 민우가 그제야 고개를 들었다.

"어, 일어났어?"

"이거 풀어. 답답해."

정인은 목이 칼칼해 세게 기침을 하며 성대를 가다듬었다. 민우가
길게 연기를 내뿜으며 물었다.

"그럼 또 도망가려고?"

"아니, 너 한 대 치려고 이 새끼야."

갈라진 목소리로 내뱉자 민우가 쿡쿡 어깨를 들썩이며 웃었다. 안

경을 쓰고 있지 않은 모습에 예전 그의 얼굴이 흐릿하게 겹쳐졌다.

"성질 하나도 안 죽어서 반갑다, 서정인. 너 보면 옛날로 돌아간 것 같아."

"옛날이 그렇게 그리웠으면 너 혼자 술 처먹고 추억할 일이지, 사람은 왜 억지로 끌고 와?"

정인은 일부러 더 자연스레 그를 대하려 애를 썼다. 마취약에 쓰러지고 끌려와 묶여 있는 이 상황과는 어울리지 않았지만 예전처럼 퉁명스레 그와 대화하다 보면 민우가 정신을 좀 차릴 수 있지도 않을까 하는 바람이었다.

"네가 순순히 내 말을 들을 것 같지가 않았으니까."

"민우야."

정인이 차분히 그를 불렀다.

"다시 한번 말하겠는데. 난 너랑 자고 싶은 생각이 좆도 안 들거든."

"……미치겠다."

민우가 늘어진 채로 키득거리며 웃었다. 입이 마르는지 위스키 잔에 얼음 버킷에서 꺼낸 얼음을 집어넣은 후, 술을 따라 한 모금 머금었다.

"서정인. 넌 내가 단지 섹스하고 싶어서 널 여기 데려왔다고 생각해?"

"네가 나한테 원하는 게 그거 말고 더 있을 거라고는 생각이 안 드는데."

"변함없는 자의식 하나는 인정해 줄게. 넌 그게 장점이자 제일 재수 없는 부분이었어. 예전부터."

호리호리했던 십 년 전보다 더욱 말라서 퀭한 모습의 한민우가 입맛을 다셨다. 그는 아직도 예전의 환영에서 벗어나지 못하고 있는 것처럼 보였다.

"그래서 우리 둘이 잘 맞는다고 생각했었는데."

그가 술잔을 들고 휘청거리며 일어나더니 정인에게 비틀거리며 다가왔다. 풀린 눈으로 정인을 바라보다가 비쩍 마른 손을 들어 정인의 매끈한 옆얼굴에 댔다. 차가웠다. 살아난 해골을 만지면 이런 느낌일까 싶었다.

"사는 게 그때처럼 스릴 있고 재밌었던 적은 없었어."

정인은 코웃음을 치며 그를 비웃었다.

"그건 네 사정이고. 난 별로였다고 몇 번 말해야……!"

철썩-!

민우의 마른 손바닥이 정인의 뺨을 후려쳤다. 입안의 살이 이에 부딪쳐 찝찌름한 피가 흘렀다. 정인은 벌게진 얼굴로 러그가 깔린 바닥에 침을 퉤, 뱉었다. 눈동자에 핏발이 섰다.

"아……. 미안해."

그가 무릎을 꿇고 정인에게 시선을 맞춰 왔다. 흐릿하게 풀린 눈동자에 슬쩍 죄책감이 스쳐 갔다.

"요즘 자꾸 손이 먼저 나가. 아, 피나네. 안 되는데. 아팠어? 미안. 미안하다, 정인아."

"또라이같이 굴지 마. 소름 돋아."

주절거리는 그는 확실히 제정신이 아니었다. 그제야 정인은 민우가 약에 거하게 취해 있다는 사실이 실감이 났다.

"이러려고 널 데려온 게 아닌데……. 내가 좀 흥분을 한 것 같네.

씨발."

"이거나 빨리 풀어."

"그동안 뭘 해도 사는 게 재미가 없었어. 그때 너 우연히 만난 거, 난 그거 우연이라고 생각 안 해. 나한테 제일 잘 어울리는 건, 역시 너밖에 없어. 너도 알잖아."

"이거 빨리 풀라고, 이 개새끼야!"

정인은 참지 못하고 소리를 버럭 질렀다. 퍽. 그의 미끈한 턱이 다시 한번 거칠게 돌아갔다. 이번에는 머리까지 얼얼했다.

"내가 지금 말하고 있잖아, 좀 들어라, 서정인."

민우가 한숨을 쉬며 정인을 나무랐다. 정인은 맛이 간 것처럼 보이는 그를 노려보며 잇새로 내뱉었다.

"그래. 해 봐. 개소리 마음대로 지껄여 봐, 이 새끼야."

"너, 조승현한테 감금당한 거잖아. 그 자식이랑 좆질 하면서 아예 정신을 놔 버린 모양인데…… 서정인. 내가 너 빼내 준 거야. 구해 주려고 데리고 온 거라고, 그 미친놈한테서."

기가 차서 헛웃음이 샜다.

"내가 너한테 구해 달라고 한 적 있어?"

"……뭐?"

정인이 턱을 치켜들었다. 뒤로 결박되어 꽉 묶인 팔목이 저려 왔다. 다리라도 자유롭다면 한민우의 부실한 상체를 발로 걷어찰 수라도 있을 텐데, 그는 발목까지 의자 다리에 칭칭 동여매져 있었다.

"내가, 조승현 좆질에 정신이 나가든 말든……. 네가 무슨 상관이냐고, 한민우."

"우리랑은 수준 자체가 다른 놈이야, 서정인. 정신 차려."

그가 신경질적으로 숨을 몰아쉬며 손을 떨었다. 정인은 소리 내어 웃었다.

"한민우. 너, 네 꼴이 지금 어떤지는 알고 남 수준 타령해?"

한민우가 휘적거리며 소파에 다시 앉았다. 얼음 통에서 손으로 얼음을 퍼서 잔에 집어넣더니 술을 콸콸 따라 입술을 축였다. 우아하게 술을 머금던 모습은 오간 데 없이 사라지고 초조한 모습이었다.

"너 조승현 그 새끼가 무슨 일 하고 다니는지는 대충이라도 알아?"

정인은 대답하지 않았다.

"그놈이 얼마나 위험한 놈인 줄 알면, 네가 지금 그 새끼랑 같이 있을 수가 없어. 서정인."

"……그것보다 더한 짓 하는 놈들도 잘만 살던데, 왜?"

정인이 입을 열어 뒤틀린 목소리를 토해 내자 그가 인상을 찌푸렸다.

"뭐?"

"네 입에서 그런 말 나오는 게 더 웃기니까 그만해. 할 말이 있으면 조승현한테 직접 하라고, 이 새끼야. 애꿎은 나한테 지랄하지 말고."

민우가 마른 손으로 가느다란 머리카락을 신경질적으로 헝클어뜨리며 웃었다.

"하하…… 하하하……."

히스테릭하게 들리는 웃음이 한동안 이어졌다. 민우가 코끝에 걸린 안경을 들추고 눈꼬리에 흐른 눈물을 훔쳐 냈다.

"아, 씨발. 좀 눈물겹다, 서정인."

"네가 눈물을 흘리든 콧물을 짜든 알 바 아니니까 개소리 그만하고 이거 풀어."

"너⋯⋯. 지금 조승현 편 드는 거냐?"

"⋯⋯이거 풀라고 했다."

"너 정말, 조승현 새끼를⋯⋯. 좋아하기라도 하는 거야? 그래, 서정인?"

민우가 상체를 숙여 무릎에 팔꿈치를 댄 채 고개를 절레절레 흔들었다.

"서정인, 네가⋯⋯. 조승현 그 쓰레기 같은 놈한테 마음이라도 준 거냐고."

"왜."

정인이 입술을 비틀었다.

"그럼 안 돼?"

민우가 표정을 단박에 구겼다. 정인은 묶여 있는 와중에도 무언가 속이 뻥 뚫린 것 같았다.

"내 마음, 내가 알아서 주고 싶은 새끼한테 준다는데 네가 왜 개지랄이냐고."

"너. 조승현이 네 형이랑 아버지 바닥으로 추락시킨 건 알고 그런 소리 하는 거야?"

"⋯⋯뭐 이 새끼야?"

정인은 말도 안 되는 소리를 지껄이는 한민우를 한심하게 바라보았다. 민우가 길게 한숨을 쉬었다.

"조승현 그 새끼가 뇌물 스캔들 조작해서 스타 검사인 네 형, 결국 지방으로 좌천시키고, 흉악 범죄 피의자들한테 돈 주고 비싸기로 유명한 너희 아버지 로펌에 컨택하게 한 건 모르고 그러는 거지, 너?"

"……소설 쓰고 있어, 한민우?"

정인은 눈을 가늘게 뜨고 그를 비웃었다. 목소리가 조금 떨려 나오는 것은 얼굴을 두 대나 맞아서 정신이 없기 때문일 것이다.

"이 교수님한테 허위 정보 흘린 펀드 매니저가 엠에이치 계열사에서 근무하던 놈인 건 알고 이러는 거냐고, 서정인."

"……무슨 말을 하고 싶은 건데?"

그의 어머니 이야기까지 화두에 올랐다. 정인의 하얀 얼굴이 서서히 구겨졌다. 그의 커다란 눈동자가 흔들리는 것을 보며 민우가 한심하다는 표정으로 바라보았다.

"잘나가던 네 가족들한테 4년 전부터 왜 줄줄이 재수 없는 일들만 터졌는지 알려 주고 있는 거잖아."

화가 난다는 듯 내뱉는 한민우의 말투가 매우 연극적으로 들렸다.

"아. 정인아. 조승현 그 미친 새끼가 네 주변의 끈을 완전히 잘라 버렸다고, 이 멍청한 친구야!"

민우가 혀를 쯧쯧 차며 그를 안쓰러운 눈으로 바라보았다.

"네가 아무에게도 기댈 수도, 돌아갈 수도 없도록 말이야."

정인의 심장이 거칠게 뛰기 시작했다. 가슴 한구석이 뻐근하게 아파 올 정도였다.

"……네 피해망상, 나한테까지 옮기려는 거면 사양이야, 한민우."

"피해망상?"

민우가 하, 하고 코웃음을 쳤다. 벌떡 일어나서 소파 주위에 있는 책상 서랍에서 무언가를 꺼내 들었다. 얇은 주사기들이 후드득 종이 봉투에서 떨어졌다. 민우가 그중 하나를 주워 들었다.

"조승현은 날 하천에 죽으라고 떠밀었던 새끼야, 서정인. 그건 네가 아무리 부정해도 사실이라고."

"……네가 그걸 어떻게 확신해? 그날 누군지 얼굴 안 보였다고 한 건 바로 너야, 개새끼야."

정인은 그날 한민우를 밀어뜨린 사람은 조승현이 아니라 이현진이 였을 거라고 확신하고 있었다.

"나도 얼마 전까지는 몰랐지. 조승현을 감옥에 처넣으면서도 심증 뿐이었으니까. 증인을 돈으로 사면서도 약간 아리까리했다고. 근데, 정인아…… 조승현 그 좆같이 냄새나는 개새끼가 아직까지 나한테 들러붙어 있을 줄은 나도 몰랐잖아."

민우가 그의 왼쪽 팔목을 걷어붙이자 파리한 팔뚝에 여기저기 드러난 주삿바늘 자국이 멀리서도 보였다. 그가 주사기 바늘을 감싼 뚜껑을 이로 물어 연 뒤, 덜덜 떨리는 마른 손으로 주사를 꽂았다. 백탁색 액체가 한민우의 혈관을 타고 사라졌다. 헤로인인가? 한민우의 약물 중독은 LSD나 코카인의 수준을 넘어선 것이 분명했다.

"내가 허울뿐이지만 직책이 전무야, 정인아. 그런데…… 계속 내 사업 진행에 태클이 걸리는 거지, 잊을 만하면 꾸준하게 사건이 터지고. 하아. 머리가 너무 복잡해서 약 없었으면 난 벌써 스트레스로 어디가 단단히 잘못됐을 거야."

사시나무처럼 떨리던 그의 나뭇가지 같은 손가락이 점점 안정을 찾았다.

"넌 지금도 충분히 정신 빠져 보여, 한민우."

정인은 애써 목소리를 끄집어냈지만 머릿속은 온통 복잡했다. 한민우가 말한 것들이 정말 다 사실일까.

"내 말이 헛소리로 들리니? 조승현이 지금 중국에 가 있는 것도 우리 호텔 입찰 건 방해하러 간 거야, 정인아. 씨발 그 좆같은 새끼는 나를 매장시키지 못해서 환장을 한 새끼라고!"

민우가 주사기를 한 움큼 손에 쥐고 정인에게 다가왔다. 무테안경 뒤에 형형해진 눈동자가 이채로운 빛을 띠며 다분히 위험하게 빛나고 있었다.

"그런데 네가 어떻게 내 앞에서 그 새끼 편을 들어…… . 서정인."

민우가 쏟아 낸 말에 정인은 정신을 채 가다듬을 새도 없었다. 민우가 의자에 묶여 있는 그의 잠옷 상의를 붙잡고 가로 벌리자 단추들이 후드득 떨어져 나갔다.

"야, 한민우…… ."

정인은 사색이 된 얼굴로 그를 노려보며 이를 악물었다. 민우가 공기 중에 드러난 정인의 맨가슴을 손으로 만지기 시작하자 어지럽던 머릿속이 새하얗게 변했다.

"너랑 그렇게 헤어진 후에 나도 노력 안 한 건 아니야. 남자건 여자건 닥치는 대로 섹스했어. 내로라하는 연놈들이랑 다 뒹굴었고 떼로도 붙어 봤어. 그런데 그 느낌이 아니었어, 서정인. 아무리 죽이는 구멍에 가져다 박아도…… . 예전에 너하고 붙었을 때의 느낌이 안 나오는데…… . 사람이 얼마나 허탈해지는지 알아?"

민우가 의자 뒤로 돌아가 정인의 묶인 팔에서 혈관을 찾았다. 몸부림치려고 했을 때는 이미 따끔한 고통이 살갗을 뚫은 뒤였다.

"흣……!"

"기분 좋을 거야, 서정인. 이건 내가 널 위해서 특별히 구한 거거든. 곧 있으면 아래가 질척해져서 뭐든 원하게 될 테니까."

"미친 새끼야, 하지 마, 으윽!"

차가운 액체가 혈관을 타고 번지는가 싶더니 체온이 갑자기 뜨끈하게 달아올랐다. 갑작스런 몸의 변화에 놀라 기침이 저절로 터졌다.

"쿨럭……."

민우의 축축한 입술이 목덜미에 다가왔다. 그리고 괴로워하는 정인의 살갗을 개처럼 핥기 시작했다. 질척한 타액에 목과 가슴이 젖어 나가는 기분이 더러워서 머리가 터질 것만 같았다.

"흐응…… 춥, 네가 내 눈 앞에 거짓말처럼 다시 나타난 거잖아. 하아…… 너 보면 내가 이렇게 돌 줄 알고 있었어. 그래서……. 추릅……. 김승주한테 말 들었어도 일부러 네 앞에 안 나타나려고 참았다, 그런데 그렇게 우연히 만난 거…… 그게 어떻게 우연이야? 응? 응, 서정인?"

"떨어지라고……. 했다…… 한민우……."

"기집애처럼 살갗 뽀얀 건 여전하네, 씨발. 하아…… 아직도 허리 잘 돌아가?"

"개 씨발 새끼야 그만하라고……!"

정인은 힘이 들어가지 않는 몸을 뒤틀었다. 온몸을 스멀거리는 차가운 뱀이 휘감는 것만 같은데 열이 달아오른다. 한민우가 약이 다 사라진 주사기를 집어 던지고 그의 앞으로 다시 돌아와 정인의 아랫도리를 훑었다. 반응 없이 죽어 있는 페니스를 확인하곤 민우가 인상을 찌푸렸다.

"왜 그래. 정인아. 반응이 안 와?"

"……올 리가 없잖아, 개새끼야."

정인은 간신히 내뱉었다.

"너 섹스 좋아하잖아. 박히는 거 좋아하잖아……. 응?"

"한민우. 몇 번 말해야 알아듣냐? 너랑 떡 치고 싶은 마음 좆도 없다고."

정인의 목덜미가 시뻘겋게 달아올랐다. 온몸이 뜨거워 죽을 것 같았다. 당장이라도 옷을 벗어 던지고 싶었다.

"언제까지 네가 버틸 수 있는지 한 번 보자."

민우가 얇은 입술을 비틀며 그의 성기를 주물럭거렸다. 들썩이는 그의 가슴에 질척한 입술이 떨어졌다. 쇄골을 혀로 핥다가 성급하게 그의 돌기를 찾아 깨무는 움직임에 초조함이 읽혔다. 정인의 아랫도리는 여전히 반응이 없었다.

"백날을 해 봐라, 미친 새끼야……."

한민우가 고개를 들어 자조하는 그를 바라보더니 인상을 확 찌푸렸다.

"너. 설마 조승현 때문에 그래? 조승현 그 새끼 때문에?"

어이없게도 한민우의 한 마디에 정인의 콧날이 시큰거리더니 눈가가 뜨거워졌다.

"그 새끼가 너를 창살 없는 감옥에 처넣었는데도 아직도 정신이 안 차려져, 서정인?"

정인은 꼴사납게 보이지 않으려 눈을 부릅뜨고 숨을 몰아쉬었다.

"뭐야, 하아……."

민우가 믿을 수 없다는 표정을 지었다.

"서정인……. 너 지금 울고 있어?"

"닥쳐."

정인은 울음을 간신히 삼키며 벌게진 눈으로 그를 노려보았다. 민우가 소리 없는 한숨을 토해 내더니 히스테릭하게 웃었다.

"하하…… 진짜인가 보네. 서정인. 너……. 진짜로 정신이 나갔구나?"

정인은 이를 악물었다. 아랫입술에 피가 터져도 상관없었다. 오히려 그랬으면 싶었다.

"조승현 그 미친놈이 너를 지옥 바닥에 처넣었는데도 아직도 마음이 안 접혀?"

심장이 터질 듯이 뛰었다. 한민우가 내뱉는 한 마디 한 마디가 화살이 되어 그의 귀를 통과했다. 그는 눈을 꾹 감고 말았다. 아몬드 같이 기다란 감은 눈매에서 한 줄기 긴 눈물이 흘렀다.

"그 새끼 좆질이 그 정도로 좋았던 건가?"

민우가 뭐라고 하든 상관없었다. 지금 이 순간, 정인이 원하는 것은 딱 하나뿐이었다. 조승현이 나타나서 이 끔찍한 시간을 끝내 주는 것. 빨려 들 것 같은 특유의 시커먼 시선으로 그를 옭아매 어딘가로 데려가 주는 것이었다.

「형은 날 믿어요?」

믿지도 못하는 자신을 왜 곁에 두냐고 정인이 원망하듯 승현에게 소리쳤던 날, 승현은 그에게 되물었다. 정인은 그때 자신이 뭐라고 대답했었는지를 떠올렸다.

「……네가 맛이 좀 갔다는 건 믿어.」

「머리 한쪽이 이상하게 돼서……. 나한테 꽂혀서 별 거지 같은 일들을 했다는 걸 믿는다고.」

조승현이 한민우가 말했던 모든 사실을 부정한다면 정인은 그의 말을 믿을 준비가 되어 있었다.

'아니, 그게 아니지, 정인아.'

정인의 머릿속에서 조각조각 분열된 자아 중 하나가 비죽 고개를 쳐들었다. 작지만 또렷한 목소리가 그에게 속삭였다.

'뭐라도 상관없잖아. 서정인.'

가슴이 울렁거리고 피가 세차게 돌았다. 정인의 턱이 덜덜 떨렸다.

'조승현이 어떤 짓을 했건, 넌 그를 벗어날 수 없잖아. 그러고 싶지 않잖아.'

사실을 인정한 순간 놀라운 안도감과 동시에 서러움이 북받쳤다. 뜨거운 눈물이 줄줄 쉬지 않고 그의 뺨을 타고 흘렀다. 조승현은 함께하지 않는 지금 이 순간에도 철저하게 그를 지배하고 있었다. 지난 10년 동안 늘 그래 왔듯이.

"그래, 서정인. 널 만족시키려면 나 하나 가지고는 부족하다는 생각이 드네. 한꺼번에 붙어야 그나마 네가 딴생각을 못 하려나? 그래?"

한민우가 자리에서 일어나더니 벗어 둔 재킷에서 휴대폰을 찾아 들었다. 어딘가로 전화를 걸면서도 그의 입술에서는 연신 욕설이 흘러나왔다.

"여보세요."

전화가 연결되자 민우가 찢어진 눈으로 정인을 힐끗 보았다. 정인은 의자에 묶여 셔츠가 벗겨진 채로 숨을 헐떡였다.

"어, 승주야. 너 지금 이리로 좀 와라."

민우의 입에서 튀어나온 이름에 정인이 고개를 들었다. 목이 바짝바짝 타고 배 속이 부글부글 끓는 느낌이었다.

"서정인도 여기 와 있거든. 오래간만에 우리끼리 동창회 하는 거지 뭐."

갑자기 김승주를 불러들이고 싶어 하는 한민우의 의도가 뭔지 쉽게 이해할 수가 없어서 정인은 눈을 찌푸렸다. 온몸에 힘이 쭉 빠지는데 피가 슬슬 한곳으로 몰리고 있었다. 약 기운이 드디어 도는 듯했다.

"왜긴 왜야……. 너도 내심 서정인 따먹고 싶어 한 거 내가 모를 줄 아냐? 이제 와서 빼지 말고. 여기? 청평 리조트야. 어. 예전에 우리 셋이서 여기서 술 거하게 먹고 취했었던."

정인의 눈자위가 뜨거워졌다. 한민우와 김승주, 자신이 함께 어울려 즐겁게 낄낄거릴 때가 분명히 있었다. 아직 조승현이 그의 인생에 끼어들기 전, 민우와 약에 취해 몸을 섞기 전에 승주와 함께 셋이서 술을 마시고, 한밤중에 필드로 달려 나가 잔디에 누워 기분 좋게 취한 채 별을 바라보았던 시기가 분명히 있었다.

"……뭐, 안 온다고?"

이제 그 시절로 돌아가는 것은 영원히 불가능하다.

"……왜 싫은데?"

민우의 목소리가 불만에 얇게 갈라졌다. 정인도 알고 승주도 아는 사실을 민우만 모르고 있었다. 파티는 진작 끝났는데 시간은 그에게만 멈춰 있기라도 한 것 같았다.

"됐어, 그럼. 나랑 서정인만 즐기지 뭐. 후회나 하지 마."

민우는 싸늘하게 대꾸한 후, 짜증이 난다는 듯 휴대폰을 소파 위로 휙 던졌다. 정인의 몸속에서 약 기운이 점점 빠르게 퍼져 갔다. 두 눈이 흐려지고 가슴이 두근두근 뛰었고 입술이 버석하게 말라 왔다. 아릿하게 저려 오던 팔다리에서 혈관이 툭툭 불거져 나왔다.

숨을 크게 몰아쉬는 정인을 발견한 민우가 눈을 반짝였다.

"정인아, 이제 느낌이 좀 와?"

민우의 얇은 입술이 다가오더니 귓가에서 그의 이름을 불렀다. 뜨끈히 번지는 숨결에 솜털이 오소소 돋았다.

"씨발……."

고개를 돌려도 그에게서 벗어날 수가 없었다. 그의 손이 정인의 맨가슴을 더듬더듬 쓸었다. 나뭇가지 같은 손에 젖꼭지가 세게 비틀렸다. 머릿속에서 소리 없는 불꽃이 터지는 것처럼 형형색색의 이미지들이 깜빡거리며 뇌리를 뒤덮었다.

"흐윽!"

드디어 일어난 아랫도리를 붙잡고 민우가 기쁜 목소리를 감추지 않았다. 상기된 표정으로 그에게 얼굴을 들이밀고 턱을 길게 핥았다.

"좋을 거야, 서정인……."

정인은 얼굴을 돌리며 그에게서 벗어나려 애를 썼다. 발기한 정인을 확인한 민우가 철컥거리며 바지의 벨트를 풀고 버클을 끌러 냈다.

"내가 너 구해 줄게. 조승현한테서 구해 줄 테니까…… 걱정 마."

반응하기 시작한 그를 보며 민우가 더욱 흥분한 듯했다. 속옷이 내려가고 본 적은 있지만 제대로 기억도 나지 않는 민우의 페니스가 그의 입술에 닿았다.

"빨아, 서정인."

길어서 조금 휘어진 성기를 들이대며 민우가 숨을 몰아쉬었다. 정인은 입술을 붙이고 벌게진 눈으로 그를 노려보았다.

"빨리 빨아."

정인은 그의 페니스를 씹어 버릴까 잠시 고민했다. 다급해진 그가 손으로 좆을 잡고 정인의 아랫입술을 벌리기 시작했을 때, 정인의 배

속에서 뜨끈한 분노가 치밀었다. 한민우 같은 놈의 좆을 잠시도 입에 담고 싶지 않았다. 생각만으로도 구토가 치밀어 올랐다.

더욱 참을 수 없는 것은 자신의 성기에서 프리컴이 줄줄 흐르고 있다는 사실이었다. 이성과 몸뚱어리의 괴리가 이토록 분하게 느껴지기는 처음이었다.

"한민우……."

그는 민우를 가느다란 눈으로 보며 아랫입술을 혀로 축였다. 민우의 입술이 흥분으로 벌어진 것이 너무도 멍청하게 보였다.

"어, 정인아. 빨리 빨아 줘."

정인은 숨을 몰아쉬었다. 그리고 나오지 않는 목소리를 기어코 끄집어냈다.

"냄새나는 좆 대가리 이빨로 끊어 놓기 전에 저리 치워, 씨발아."

민우의 인상이 확 굳었다. 마른 손이 그의 앞 머리카락을 거칠게 잡아채더니 다른 손이 철썩, 뺨을 후려쳤다.

"흐윽!"

"씨팔 년이. 인간 대우 해 주는데 왜 자꾸 비싸게 굴어?"

정인은 머리카락을 잡힌 채 피가 터진 입술로 소리 내어 웃었다.

"진작 이렇게 해 주지…… 민우야…… 난 거칠게 하는 게 존나 꼴리는데."

"뭐…… 뭐?"

"좀 세게 때릴 수 없겠어? 솜방망이도 아니고 손맛이 그게 뭐야, 민우야…… 예전부터 소심해 빠져서는…… 병신 새끼가…… 으윽!"

다시 얼굴을 얻어맞은 정인이 끅끅거리며 웃었다. 그는 차라리 민우가 이성을 잃고 자신을 마구잡이로 패기를 바랐다. 정신이 나가서 기절을 하고, 한민우에게 뒤가 뚫리는 편이 나을 것 같았다. 어차피 강간을 당할 거라면 그 편이 나았다. 약에 취해 기분 나쁜 뱀 같은 그의 손길에 조금이라도 느끼는 일을 바라지 않았다.

"씨발······. 너 오늘 한 번 죽어 봐, 서정인."

민우가 씩씩대며 바지를 벗어 다리에서 빼냈다. 그는 셔츠만 입은 채 아랫도리를 덜렁거리며 마호가니 책상 안에서 칼을 들고 다가왔다. 정인의 손발에 꽉 묶인 로프가 거칠게 잘려 나갔다. 손이 자유를 찾자마자 그에게 주먹을 날리고 싶었지만 상황은 더욱 암담했다.

온몸에 힘이 하나도 들어가지 않았다.

"이리 와, 씨발 년아."

한민우의 손길에 그는 의자에서 바닥으로 내동댕이쳐졌다. 잠옷 바지와 팬티가 거칠게 허벅지 아래로 내려갔다. 날카로운 비웃음이 정인에게 떨어졌다.

"하하 미친······ 이런 걸 걸치고 있으면서 어디서 얌전한 척이냐고······ 서정인."

승현이 정인을 위해 골라 준 붉은색 팬티는 중요 부위를 간신히 가릴 정도로 작았다. 눈 하나 깜짝하지 않고 야한 속옷들을 계산대에 내밀던 승현의 진지한 얼굴이 떠올랐다. 그의 입술은 분명 보일 듯 말 듯 위를 향하고 있었다.

······승현아.

"퉤!"

정인의 엉덩이를 잡아 벌리고 한민우가 그 사이에 침을 뱉었다. 정인은 눈을 감았다. 감은 눈으로 뜨거운 눈물이 길게 흘러 바닥에 떨어졌다. 좁은 구멍에 축축한 무언가가 꾹 눌렸다.

'이렇게 됐다, 조승현. 미안하다.'

끼익하는 소음이 들린 것은 그때였다. 정인은 민우에게 머리채를 잡힌 채, 고개를 돌렸다. 눈부신 라이트 불빛이 그의 각막을 찢어 버릴 듯 세게 비추었다.

와장창ー!

정원과 연결된 건물 뒤의 통유리 창이 한꺼번에 깨지며 검은색 레인지 로버가 실내 안까지 진입했다.

"뭐, 뭐야!"

정인의 뒤에 붙어 있던 한민우가 놀라서 떨어졌다. 소파가 거북한 소리를 내며 바닥에서 완전히 밀리고 장식장이 무너지며 차체를 뒤덮고 나서야 차는 정지했다.

탁ー.

정인은 바닥에 턱을 댄 채로 숨을 몰아쉬며 운전석에서 내리는 조승현을 바라보았다. 그는 위아래로 온통 검은색 옷을 걸치고 있었다. 검은 장갑을 낀 그가 차에서 내려 정인에게 한 번 시선을 주었다.

"……."

시커먼 눈동자를 보자 정인의 몸이 꿈틀거렸다. 그의 얼굴을 보는 순간 끔찍할 정도로 커다란 안도감에 숨이 막혀 터질 것 같았다. 한민우가 그에게 했던 말들은 눈앞에 나타난 조승현의 존재 앞에서 티끌만 한 의미마저 잃고 사라졌다.

정인은 승현을 미워할 수 없었다. 승현이 그를 손에 넣기 위해 그 어떤 덫을 깊게 팠다고 한들, 그 세계 안에서 살아갈 준비는 진작 되어 있었다. 아니. 그는 그러고 싶었다.

"……조승현."

그의 이름을 불렀지만 승현은 정인에게 다가오지 않았다. 숨이 막히게 어두워진 시커먼 눈동자가 위아래로 정인을 느리게 한 번 훑었다.

"승현아…"

정인이 엉망일 자신의 모습을 그제야 자각하고 몸을 추스르려 움직였지만 이미 많이 늦은 후였다. 정인에게서 시선을 거둔 승현은 곧바로 한민우를 향해 성큼성큼 다가갔다. 한민우는 아까 로프를 끊어 내던 칼을 찾아 쥐고 부들부들 떠는 중이었다.

"뭐야, 조승현 이 새끼야…… 오면 바로 찌르…… 컥!"

민우가 칼을 휘두르기도 전에 승현의 주먹이 그의 턱을 강타했다. 민우의 마른 몸이 바닥에 쓰러졌고 그의 손에서 칼이 떨어져 책상 아래로 미끄러졌다.

"너, 이 새끼야. 네가 나한테 이러고도 무사할 줄…… 크어억!"

승현이 그의 머리카락을 꽉 틀어쥐더니 마룻바닥에 쿵, 하고 박았다. 정신을 못 차리는 민우의 머리통에 얼음 버킷이 날아갔다. 플라스틱 얼음 버킷을 한 손에 쥐고 승현은 재차 그의 머리를 가격했다. 버킷에 금세 피가 묻어났다.

퍽, 퍽, 퍽. 세 번 만에 얼음 버킷의 귀퉁이가 작살이 났다. 승현의 움직임은 자로 잰 듯 정확했고 주저함이 없었다. 승현의 손에서 부서진 버킷이 획 날아갔다.

"흐으 하아……."

피투성이가 된 한민우의 얼굴에서 신음이 샜다. 승현은 만족하지 못하는 듯했다. 한민우의 벗은 아랫도리에서 쪼그라든 성기를 보는 순간 그의 눈이 싸늘하게 얼어붙었다. 승현은 고개를 돌려 한민우가 벗어 던진 바지를 보았다. 널브러진 바지에서 벨트가 쭉 빠졌다.

"그⋯⋯. 그만⋯⋯해."

뒤에 일어날 상황을 짐작한 한민우가 바닥을 엉금엉금 기었다. 휙. 위로 올라간 벨트가 마치 채찍처럼 그의 하반신을 강타했다.

"으윽!"

근육이 없는 그의 마른 허벅지에 금세 뻘건 줄이 잡혔다. 승현은 한민우가 기어서 도망갈 틈을 주지 않았다. 마른 둔부에 가죽을 휘둘러 기어코 피를 터뜨린 후, 고통에 몸을 뒤집은 한민우의 샅을 다시 무자비하게 때려 댔다.

"허억!"

고환을 정통으로 맞은 한민우가 몸을 구부리고 부들부들 떨었다. 그의 상반신에 다시 가죽 벨트가 강하게 감겨들었다.

"이런 좆 병신 같은 새끼가⋯⋯."

승현의 입술에서 희미한 중얼거림이 샜다.

"다음번에 만나면 죽여 버리겠다고, 꼭꼭 숨어 있으라고 했었는데⋯⋯."

민우가 죽을힘을 다해 벨트를 붙잡았다. 승현은 망설임 없이 손을 놓았다. 그리고 그의 복부를 구둣발로 퍽, 퍽, 짓밟기 시작했다.

"이렇게, 만나 버렸네, 응?"

"조, 조승현⋯⋯크윽⋯⋯!"

장갑을 낀 손이 쓰러져 꿈틀거리는 그의 멱살을 틀어쥐었다. 승현이 그에게 얼굴을 붙이고 낮게 속삭였다.

"난 두 번 실수는 안 해. 내 말, 무슨 뜻인지 너라면 알아듣겠지?"

"이거, 놔⋯⋯."

"네 덕분에 내가 좋은 팁을 알았거든."

승현의 입술이 비틀리듯 위를 향했다. 그에게 멱살이 잡힌 민우의 눈동자가 공포와 불안을 담고 심하게 흔들렸다.

"……확실히 누군가를 담그려면 물에 처넣기 전에 미리 죽여야 한다는 걸 말이야."

정인에게는 들리지 않을 정도의 낮은 목소리였다. 민우는 그를 노려보며 피가 터진 얼굴로 소리를 높였다.

"역시, 너였어! 이 깡패 새끼야. 하수구에서 굴러먹던 새끼가 감히, 나를……. 흐흑!"

"아가리 안 닥치지."

그의 안면에 주먹을 내지른 후, 승현이 꽉 다문 잇새로 중얼댔다. 바닥에서 겨우 몸을 일으켜 앉은 정인에게는 승현의 커다란 등만이 보일 뿐이었다. 정인은 떨리는 손으로 무릎 아래까지 내려간 바지를 겨우 끌어 올려 몸을 추슬렀다. 그사이 민우는 계속 고래고래 소리를 지르고 있는 중이었다.

"서정인 잘 봐. 네가 얼마나 위험한 살인자 새끼랑 같이 있었는지 잘……!"

검은 가죽 장갑을 낀 승현의 손바닥이 그의 코와 입을 한 번에 틀어막았다. 한 치의 오차도 없이 공기가 들어갈 구멍을 차단하자 민우의 다리가 바닥에서 버둥거렸다. 정인은 그제야 사태의 심각성을 깨달았다.

조승현은 한민우를 죽일 작정이었다.

"스…… 승현아!"

한민우의 숨구멍을 틀어막던 조승현이 고개를 쳐들어 정인을 보았다. 그의 검은 눈에 분명하게 드러난 것은 살기였다. 정인이 다시 한 번 소리쳤다.

"조승현…… 그만!"

승현의 싸늘한 얼굴에 꿈틀거리는 분노는 사그라들 줄을 몰랐다.

"그럴 필요도 없는 놈이야. 그러지 마. 조승현."

정인은 힘이 들어가지 않는 다리로 그를 향해 후들거리며 걸었다. 승현이 숨을 몰아쉬며 그런 정인을 시커먼 눈으로 바라보았다.

"하아……."

단추가 다 뜯어진 셔츠 안에 울긋불긋 달아오른 흔적이 보였다. 승현의 시선의 위치를 깨달은 정인이 애써 옷을 잡아당겨 제 몸을 가렸다.

한민우는 조승현의 손에서 힘이 빠진 틈을 타 피투성이가 된 채 문 쪽으로 기어가고 있는 중이었다. 승현의 고개가 민우 쪽으로 휙 돌아가는 것을 보며 정인이 다시 다급한 목소리로 그를 불렀다.

"안 돼, 승현아."

"……왜요?"

지독하게 가라앉은 목소리가 승현의 성대를 긁었다. 그는 폭발하기 직전의 화산 같았다. 싸늘한 회색빛 분노가 화산재처럼 사방에 날리는 착각이 들었다.

"왜, 안 되는지 이유를 말해 봐요."

정인은 팔 하나의 거리를 두고 그에게 다가갔다. 이제부터는 진심을 말해야 했다. 지금 눈에 뵈는 게 없는 조승현에게는 그것 말고는 통하는 게 없을 테니까.

"네 인생 다시 시궁창에 처박지 마, 승현아."

입술이 터지고 얼굴에 엉망으로 멍이 든 채, 정인이 그를 향해 애원하듯 입을 열었다.

"부탁이야. 저 새끼 죽이고 싶은 건 나도 마찬가지인데……."

엉망으로 휘어진 눈썹과 그 아래 흔들리는 눈동자에서 조승현의 폭발할 듯한 분노가 그대로 전해졌다. 그의 콧등과 눈 아래까지 튄 핏방울을 보며 정인은 고개를 세게 저었다.

"저런 새끼 때문에…… 네 손에 피 묻히지 마, 조승현."

승현이 마른침을 삼키자 툭 튀어나온 목울대가 위아래로 움직였다. 정인은 그를 진정시키고 싶었지만 어떻게 해야 좋을지 알 수가 없었다.

"승현아. 나…… 지금 몸이 좀 이상해. 근데 있잖아……, 아무 짓도 안 당했어. 진짜 네가 생각하는 거 아무 짓도……."

승현이 팔을 뻗어 그를 품에 와락 안았다. 정인은 말을 멈추고 눈을 감았다. 승현에게서 한동안 맡을 수 없었던 담배 냄새가 짙게 났다. 그는 숨을 크게 들이쉬었다.

"상관없어."

거칠게 뛰는 그의 심장 박동이 정인에게 그대로 전달되었다. 승현이 정인의 귓가에 낮게 중얼거렸다.

"……늦게 와서 미안해요."

정인을 꽉 끌어안은 커다란 손이 그의 등을 위아래로 쓸어내렸다. 다정한 손길에 눈물이 다시 차올라 정인은 입술을 꽉 깨물며 얼굴을 들었다.

"승현아, 가자. 여기 오래 있어서 좋을 거 없으니까 빨리……."

정인은 눈을 가늘게 뜨고 인상을 썼다. 마호가니 책상에까지 기어간 한민우가 미친놈처럼 서랍을 뒤지고 있었다. 서랍을 뽑아 통째로 뒤집어엎은 민우의 손에 드디어 무언가가 잡히는 순간, 정인의 얼굴에 핏기가 완벽하게 사라졌다.

"놀고 있네, 둘 다……. 흐으……."

승현이 뒤를 획 돌았다. 머리에서 피를 흘리며 민우가 광인처럼 섬뜩하게 웃었다. 구식 리볼버를 꺼내 든 민우의 눈이 부들부들 떨렸다.

"몽땅 죽여 버릴 거야, 씨팔……."

정인의 몸이 승현의 뒤로 밀쳐졌다. 정인을 몸으로 막아 선 채 승현이 민우를 향해 낮게 내뱉었다.

"쏠 테면 쏴."

다리가 후들후들 떨려 오는 탓에 정인은 제대로 서 있을 수가 없었다. 승현의 옷을 꽉 움켜쥔 정인의 하얀 손에 푸른 혈관이 도드라졌다.

"넌 못 해, 이 병신 새끼야."

승현이 그를 비웃었다. 불안에 떨리는 정인의 시선에 현관에서 나타나 조용히 다가오는 최 비서가 보였다. 부들부들 떨리는 권총을 조승현에게 겨눈 한민우는 아직 최 비서의 존재를 눈치채지 못하고 있었다. 승현이 민우의 주의를 자신에게로만 집중시키는 것은 바로 그 때문이리라.

"빵에서 최소 5년은 썩어야 될 텐데…… 태생이 나와는 다른 부잣집 도련님이라, 너한테는 그럴 깡도, 배짱도 없어. 아니었다면 그때 그렇게 내빼진 않았겠지. 넌 그러고도 내가 두려워서 교도소에 처넣었던 것뿐이야."

정인은 민우의 눈썹이 씰룩이는 것을 보았다. 옛날의 민우라면 분명히 꼬리를 내리고 내뺐을 상황이었다. 하지만 약에 엉망으로 취한 후, 죽기 직전까지 얻어맞은 그는 무언가 달랐다.

"네가 가졌던 건 돈, 그거 하나였지. 지금도 같아. 네가 가진 건 그거 하나뿐인데. 그것도 네가 축적한 게 아니라 거저 처먹은 거 아닌가?"

정인은 승현의 독설이 민우를 자극하는 것이 두려웠다. 승현 역시도 그 점을 모르고 있지는 않을 터였다. 정인은 그제야 조승현이 아직도 분노를 참지 못하고 있다는 사실을 깨달았다.

"넌…… 예나 지금이나 나보다 나은 게 하나도 없어, 한민우."

민우에게 몸을 날릴 준비를 하고 있는 최 비서는 이제 그와 다섯 발자국 정도의 거리였다.

"늬들은 내가…… 진짜 병신인 줄 알지?"

터진 입술에서 떨리는 음성이 흘러나왔다. 민우의 일그러진 표정을 보는 순간 정인의 미간이 순식간에 중앙으로 모였다. 머리가 움직일 틈도 없이 몸이 먼저 움직였다.

"안 돼!"

그의 손가락이 장전된 총의 방아쇠를 당기는 순간, 정인은 자신의 몸을 가리고 있던 승현을 세게 밀쳐 냈다.

탕-!

등에서 뜨거운 불꽃이 터지는 느낌이었다.

"흑!"

숨이 멎었다.

"하……."

앞으로 쓰러지는 정인의 몸을 승현이 붙들었다. 정인은 자신을 보고 엉망으로 일그러지는 승현의 얼굴을 보았다.

"……형."

핏기가 순식간에 사라지는 조승현의 얼굴은, 이제껏 그가 봐 왔던 표정 중 가장 무서운 것이었다.

"구……. 구…… 구급차……."

조승현이 말을 더듬었다.

"아…… 아아……."

정신 나간 사람처럼 숨을 몰아쉬던 그가 마침내 목을 물어뜯긴 짐승처럼 포효했다.

"구급차 불러 빨리!"

그의 성대에서 엉망으로 쇳소리가 터져 나갔다.

"당장……, 당장 불러! 훗……."

승현이 제 입술을 세게 깨물며 신음했다. 정인은 그를 진정시키려 애써 입을 열었다.

"조, 승…… 하아……."

"……말하지 마요."

승현에게 얼굴 좀 펴라고 농담을 하고 싶었지만 단어가 말이 되어 튀어나오지 않았다. 등에서부터 터지는 고통에 상체의 모든 기관이 마비된 것 같았다. 아니, 사실은 그 반대였다. 불기둥이 내장까지 꽂혀 들어간 것 같았다. 감당할 수 없는 고통에 숨을 제대로 쉴 수가 없었다.

우당탕-!

"이거 놔! 이거 놔아!"

방아쇠를 당김과 동시에 한민우에게 몸을 날린 최 비서에게 깔린 채, 한민우가 돼지 멱따는 소리를 내며 버둥거렸다.

"놓으라고!"

"실장님! 괜찮으십니까?! 구급차 부르겠습니다!"

시끄럽다. 주변이 너무 시끄러워서 조승현이 무슨 말을 하는지 잘 들리지가 않았다. 귓가가 웅웅거리고 눈앞이 흐려졌다.

툭-, 하고 긴 눈물이 정인의 눈가를 타고 흘러내렸다.

"힘 쓰지 마요. 병원 갈 거야. 괜찮아. 괜찮아, 정인아."

조승현이 미친 사람처럼 중얼거리며 정인의 등을 꽉 눌렀다. 그의 손을 잡아 쥐는 손에 피가 묻어 범벅이었다. 정인은 인상을 찌푸리며 숨을 짧게 몰아쉬었다.

"씨…… 씨발……. 아, 아파……."

꿀렁, 하며 뜨거운 피가 흘러내려 승현의 옷을 적셨다. 정인의 몸이 심하게 덜덜 떨려 어지러웠다. 그는 떨지 않으려 안간힘을 썼지만 소용이 없었다. 그를 끌어안은 승현이 미친 듯이 부들부들 떨고 있기 때문이라는 것을 그제야 깨달았다.

"조금만……. 조금만 참아. 정인이 형. 조금만요."

상처를 누르며 정신 나간 사람처럼 중얼거리는 승현의 시커먼 눈에 이채로운 빛이 들어찼다. 정인은 흐려지는 눈을 가늘게 떴다. 오늘따라 그는 이제껏 한 번도 보지 못했던 조승현의 표정을 한꺼번에 발견할 수 있었다.

"아무 일 없어요. 그러니까 제발…… 하아, 제발……. 형, 제발 정신 놓지 마……."

필사적으로 정인의 상처를 막고 있는 조승현은 지금 두려워하고 있었다. 덜덜 떨리는 그의 새까만 시선에 들어찬 것은 순수한 공포였다.

조승현. 네가 이런 표정도 지을 줄 아는구나.

정인은 말 대신 손을 들어 그의 얼굴에 가져갔다. 그가 정인의 손에 자신의 손을 마주 잡으며 입술을 꽉 깨물었다. 승현의 마른 옆얼굴이 온통 시뻘겋게 물들었다.

아. 나는 대체 피를 얼마나 흘리고 있는 걸까.

"이걸로……. 내가 너한테 진 빚……."

사이렌 소리가 희미하게 들려왔다. 조승현의 일그러진 얼굴이 점점 흐려졌다. 정인은 눈물이 차오르는 눈으로 승현을 바라보며 안간힘을 써서 입술을 들어 올렸다. 절대로 조승현이 그의 모습을 잊을 수 없도록. 마지막까지 눈에 보기 좋은 서정인이기를 바라는 그는 역시 구제가 불가능한 속물이다.

"다……, 까 주는, 거다. 조승현."

"안 돼!"

승현이 짐승처럼 그의 이름을 부르며 소리를 질렀다. 뜨거운 무언가가 정인의 얼굴에 뚝, 뚝 떨어졌다.

"눈 떠……. 눈 떠, 서정인!"

눈을 떠서 승현의 낯선 얼굴을 보고 싶었지만 그럴 수가 없었다.

"제발…… 제발 눈 떠요 형. 정인이 형, 제발!"

의식이 점점 흐려지는 와중에 정인은 생각했다.

조승현의 우는 얼굴이 궁금하다고.

녀석의 기다란 눈에서 떨어지는 눈물을 실제로 보면 어떤 느낌일까, 하고.

＊　　＊　　＊

바람이 차가웠다. 그는 병원복 위에 걸친 외투를 잡아당기며 옥상 아래를 내려다보았다. 추워서 이가 딱딱 부딪칠 정도라 바깥에는 사람이 별로 없었다. 그나마 병원 1층에 있는 카페에서 담배를 피우러 나온 이들만이 간간히 눈에 띌 뿐이었다.

앙상한 나뭇가지들만이 이리저리 바람에 흔들렸다. 앉은 사람이 없는 텅 빈 벤치가 쓸쓸해 보였다.

끼익.

문이 열리는 소리에 그가 뒤를 돌았다. 가끔 의사들이 바람을 쐬러 올라오긴 했지만 기온이 떨어지고 나서는 그마저도 드물었다.

설마 하는 기대감에 모습을 드러낼 사람을 기대했지만, 나타난 것은 익숙한 얼굴의 최 비서였다.

"자꾸 왜 나와 계십니까."

"답답해서 바람 좀 쐬는 거예요."

최 비서가 다가와 그를 보며 특유의 묵직한 눈길을 보냈다. 빨리 내려가서 병실로 돌아가라는 무언의 명령이었다.

"내일 퇴원입니다."

정인이 총상을 입은 뒤, 깨어났을 때는 수술이 끝난 후였다. 그는 중환자실에서 호흡기를 꽂고 일주일을 있다가 일반 병실로 옮겼다. 넓은 특실은 병원이라고 여겨지지 않을 정도로 호화스러웠고, 필요한 모든 것이 갖추어져 있다고 해도 과언이 아니었다. 텔레비전과 각종 책들, 노트북부터 시작해서 화장실에는 욕실까지 완비되어 있었다. 내일이면 그곳에서 생활한 지 정확히 40일이 되는 날이었다.

그리고 정인은 그동안 조승현의 얼굴을 단 한 번도 볼 수 없었다.

"……퇴원을 하면 돌아갈 수 있는 건가요?"

최 비서가 그에게 말없이 눈을 깜빡였다.

"집으로 말이에요."

정인은 아무리 생각해도 자신이 그와의 대화에 익숙해지는 날은 오지 않을 거라 생각했다.

"조승현이 살고 있는 곳으로 말입니다. 내가, 갈 수 있냐고. 조승현 만날 수 있는 거냐고요, 씨발."

"맨션으로 돌아가시게 될 겁니다."

"그리고?"

정인의 반듯한 눈썹이 위로 올라갔다. 바람이 휘잉, 불어 그의 외투 안을 비집고 헐렁한 병원복 안을 파고들었지만 상관이 없었다.

"내가 그것만 물었어요? 조승현 볼 수 있냐고 물었잖아요. 그 새끼, 더럽게 비싼 낯짝, 드디어 볼 수 있게 되는 거냐고 물었잖아…….씨발……."

총알은 등을 뚫었는데 호르몬이 급격하게 잘못되기라도 한 것인지 틈만 나면 콧등이 간질거리며 뜨거운 눈물이 차오르는 것은 어떻게 멈출 수가 없었다. 정인은 입술을 꼭 깨물며 손등으로 코를 훔쳤다.

"죄송합니다."

최 비서의 대답은 변함이 없었다. 그동안 정인이 해 보지 않은 일은 없었다. 링거병을 집어 던지며 조승현을 당장 눈앞에 데리고 오라고 고래고래 소리를 질러 봐도, 돌아오는 것은 '죄송합니다.' 한 마디뿐이었다.

"조승현이······. 나 이제 안 보겠대요?"

떨리는 음성이 정인의 입술을 비집었다.

"나는 못 믿겠거든. 그 새끼한테 직접 듣지 않는 이상 그 미친 자식이 나를 안 보고 살 수 있다는 걸 믿을 수가 없다고요."

그는 마른 손으로 길어진 머리카락을 쓸어 올리며 숨을 몰아쉬었다. 진정을 할 수가 없었다. 이러다가 또 머저리처럼 최 비서를 붙잡고 울음을 터뜨릴지도 몰랐다.

"내가 뭘 잘못했대요?"

늘 그렇듯 돌아오는 대답은 없었다. 정인의 부주의로 한민우에게 끌려간 건 사실이었지만, 결과적으로는 아무 일도 당하지 않았다. 설사 무슨 일이 있었다고 해도, 조승현이 그에게 분노하는 것은 말이 되지 않는 일이었다. 정인을 끌어안고 상관없다고, 늦게 와서 미안하다고 속삭였던 승현의 목소리는 진심이었으니까.

"이것도 조승현이 그리는 큰 그림이에요? 나 이렇게 방치해 두고 내가 어쩌나 시험하는 건가? 응? 그래요?"

정인은 차라리 그렇다면 기다릴 수 있었다. 아무에게도 눈 돌리지 않고 조신하게 조승현을 기다릴 수 있었다. 그가 언제 다시 나타날 거라는 확신만 있다면 말이다.

"그렇다고 말해요."

울컥, 하고 속에서 뜨거운 것이 차올라 정인은 입술을 세게 깨물었다.

"춥습니다. 들어가시죠."

"하아······."

그는 최 비서를 노려보며 눈물을 삼켰다. 억울해서 참을 수가 없었다. 아무리 생각해 봐도 이번에는 그가 잘못한 것이 하나도 없었다. 정인은 승현을 대신해서 총까지 맞았다.

"씨발⋯⋯."

방아쇠를 당기는 한민우를 보며 머릿속에서 어떠한 판단을 내리기도 전에 몸이 먼저 움직였다. 생각이라는 것을 할 시간도, 여유도 존재하지 않았다. 나중에야 조승현과 최 비서 모두 방탄복을 입고 있었다는 사실을 알게 되었지만, 그렇다고 해서 정인이 그를 위해 죽을 위험을 무릅썼다는 사실이 달라지는 것은 아니었다.

"내가 뭘⋯⋯. 뭘 잘못했냐고⋯⋯!"

정인은 최 비서에게 결국 소리를 지르며 달려들었다.

"말해. 말해! 조승현 그 개놈의 새끼가 무슨 생각하고 있는지 말하라고!"

"진정하십시오."

"조승현 어딨어, 조승현 지금 어딨냐고!"

최 비서가 우악스러운 힘으로 발버둥치는 정인을 붙들었다. 헬기를 타고 날아온 조승현에게 정인이 어디 있는지 위치를 알려 준 것은 김승주였다. 한민우의 리조트로 경찰을 부른 것도 그라고 했다. 조승현과 한민우가 붙으면 사달이 나도 제대로 날 것을 염려한 승주의 현명한 판단이었다.

한민우가 소지한 마약과 총기만으로도 그는 기소감이었다. 게다가 정인에게 총까지 쐈으니 그는 빠져나갈 구멍이 없을 거라고 했다. 지난 한 달 동안 묻지도 않은 정보를 술술 뱉어 내던 최 비서는 정작 조승현의 부재에 대해서는 꿀 먹은 벙어리였다.

"이야기만 하게 해 줘요. 전화 한 통이면 되니까, 제발!"

"……실장님이 원하시지 않습니다."

최 비서의 말에 몸부림치던 정인이 움직임을 딱 멈추었다. 가늘어진 눈동자에 의심과 불안이 혼재되어 들어찼다.

"거짓말."

"……."

"거짓말이잖아!"

그럴 리가 없었다. 조승현이 그를 거부할 수 있을 리가 없었다. 정인은 부들부들 떨며 최 비서를 다그쳤다.

"거짓말이잖아요……. 조승현한테 무슨 일 생긴 거예요? 설마 그래?"

별별 생각이 다 머리를 스쳤다. 승현이 다시 감옥에라도 가게 된 것은 아닌지, 눈앞에 나타나지 않는 그가 증오스러웠지만 동시에 그보다 더 큰 염려와 걱정이 몸을 휩쓸었다.

"아무 일 없습니다. 그냥……."

최 비서가 그답지 않게 말을 머뭇거렸다.

"그냥 뭐요?"

"……귀찮다고 하셨습니다."

"……뭐요?"

정인은 귀를 의심하며 그에게 되물었다. 높아졌던 목소리가 뚝 떨어져 바닥을 기었다.

"……뭐라고, 했다고요?"

최 비서가 숨을 들이쉬었다. 그리고 마음을 정한 듯 무표정하게 입을 열었다.

"이제 귀찮아졌다고. 서정인이."

쿵. 심장에 돌이 떨어지는 것 같았다. 최 비서의 목소리로 듣는데도 조승현의 말투가 너무나 생생했다. 탄환이 박혔던 등이 욱신, 쑤셨다. 다리에 힘이 풀려 휘청하는 그를 최 비서가 잡았다.

탁!

정인은 그의 손을 거세게 내쳤다.

"……혼자 있고 싶어요."

총에 맞았을 때와 버금가는 정신적 충격에 정인은 몸을 부들부들 떨었다. 최 비서는 병실에서 기다리겠다는 말을 남기고 그를 떠났다. 옥상 문이 닫히자마자 그가 바닥에 털썩 주저앉았다.

차가운 냉기가 둔부에 퍼졌지만 춥지도 않았다. 춥지도 않은데 몸이 덜덜 떨렸다. 부릅뜬 눈에서 눈물이 그제야 터져 날카로운 턱을 타고 흘러내렸다.

내가 벌을 받고 있는 건가?

정인은 자문했다.

내가 인생에서 뭘 그리 잘못했기에 이런 고통스러운 기분을 느껴야 하지?

쉽게 던진 돌에 심장이 터진 개구리의 심정을 이제야 구구절절하게 이해할 수 있을 것만 같은 기분이었다.

차가운 바람이 눈물을 얼릴 기세로 그의 얼굴을 할퀴었다. 정인은 한참 동안 그 자리에 눈을 감고 석상처럼 주저앉아 있었다.

그리고 생각했다.

지난 십 년 동안 그가 쉬지 않고 해 왔던 버릇을 되풀이하는 것은 어려운 일이 아니었다. 정인은 알아내야 했다.

조승현이 대체 무슨 생각으로 그에게 이러는지를.

조승현이 드러내지 않고 있는 진심이 과연 무엇인지를.

* * *

퇴원 수속을 마친 후, 최 비서는 그를 차에 태우고 달렸다. 하늘을 찌를 듯한 익숙한 건물이 보였다. 이상했다. 고작 몇 달간 지냈던 곳이 보이자마자 심란하던 마음이 조금은 가라앉았다.

"……경찰 조사 받을 일은 더 없는 건가요?"

"변호사 입회하가 아니면 따로 가실 일은 없을 겁니다."

정인은 최 비서의 대답을 들으며 무심히 물었다.

"저기 가면 조승현 있나요?"

"……."

그의 침묵은 부정의 의미였다. 정인이 대답 없는 그에게 느릿하게 말을 이었다.

"그런데 절 저기 데려가시는 이유는, 조승현이 시켜서겠죠?"

"……딱히 강제성이 있는 것은 아닙니다. 서정인 씨가 필요하신 만큼 지내시다가……."

"됐어요. 알아들었습니다."

정인이 그의 말을 자르자 최 비서가 묵묵히 핸들을 꺾었다. 숲을 옆으로 끼고 주차장이 나타났다. 지하 주차장을 지나는데 사설 경비원이 두 명 더 늘어난 것이 보였다. 정인은 말없이 창에 머리를 기댔다.

무슨 일이 있으면 연락을 달라는 말과 함께 명함을 남기고 최 비서가 떠났다. 정인은 슬리퍼를 신고 넓은 실내를 한 바퀴 천천히 돌았다. 집 안은 한 달 하고 보름 전, 그가 밤중에 한민우에게 끌려가기 전과 전혀 바뀌지 않았다. 냉장고에는 신선한 식재료와 음료수들이 가득했고, 바닥과 가구에는 먼지 한 톨 내려앉지 않았다.

침실 역시 마찬가지였다. 침구는 깨끗하게 정리되어 있었고, 베개는 예전과 똑같은 개수였다. 옷장에는 조승현의 옷과 소품들, 그리고 승현이 사 준 정인의 옷들까지 그대로 걸려 있었다.

"……."

정인은 소품들이 늘어서 있는 장식장을 뚫어져라 바라보았다. 시계와 벨트, 구두들이 열을 맞추어 정렬된 모습은 분명 그가 떠나기 전과 같았다.

하지만 가장 중요한 것이 보이지 않았다.

조승현이 그의 생일에 건네주었던 시계는 어디에도 없었다.

정인은 드레스 룸을 나와서 침대 옆 협탁에서 담배를 꺼내 들고 라운지로 향했다. 달라진 것은 또 있었다. 천장 구석에 붙어 있던 반구형의 보안 카메라가 사라졌다. 흰 천장에는 아주 작은 흔적만이 남아 그곳에 오랫동안 무언가가 달려 있었다는 사실만을 희미하게 보여 주고 있었다.

공기 청정기가 돌아가는 실내에 희미한 담배 연기가 맴돌았다.

커피 테이블 위에는 승현이 태워 버렸던 통장과 색깔만 다른 통장이 곱게 놓여 있었지만 정인은 그것을 건드리지도 않고 지나쳤다.

그는 넓은 라운지를 가로질러 승현의 빈 책상으로 향한 후 털썩 의자에 앉아 등을 기댔다. 퇴원 수속 후, 경찰서에서 시간을 많이 뺏긴 탓에 벌써 창밖은 해가 넘어가고 있었다. 커다란 창밖에 노을이 물들어, 정인의 얼굴을 환히 비추었다.

정인은 불이 붙지 않은 담배를 두 손가락으로 집고서 책상을 가볍게 두드렸다. 어젯밤부터 생각은 계속 이어졌다. 지금 이 순간까지도, 그의 머릿속은 쉬지 않고 일을 하고 있었다.

「이제 저는 어쩌면 되는 건가요?」

「마음대로 하시면 됩니다. 이 집에 계시고 싶은 만큼 지내도 좋고, 불편하면 떠나서도 좋습니다.」

손도 대지 않은 통장 안에는 아마 서정인 자신이 지난 세월 동안 조승현을 위해 모아 왔던 돈이 그대로 들어 있을 것이다. 아니, 어쩌면 더 들어 있을지도 몰랐다.

그 액수라면 몇 달간 쉬면서 일을 찾아도 충분했다. 이제 정인의 자유를 구속하는 것은 아무것도 없었다. 승현은 정인을 정말, 보내주기로 한 사람처럼 행동하고 있는 것이다.

정인은 마침내 담배에 불을 붙이고 깊게 빨았다. 승현이 앉았던 의자, 그리고 그가 없을 때 자신이 앉아 그와 전화 통화를 나누곤 했던 편안한 사무 의자에 등을 기댔다. 정인은 마치 처음 재회했을 때 조승현이 그랬던 것처럼 팔걸이에 팔꿈치를 대고 천천히 담배를 피웠다.

「오랜만이에요, 정인이 형.」

승현의 목소리가 아직도 생생했다. 정인의 그림자가 책상 아래로 천천히 길어졌다.

필터 바로 밑까지 맛있게 담배를 피운 후, 정인은 사용된 흔적이 남아 있는 재떨이에 담배를 눌러 껐다. 의자에서 일어난 그는 뒤를 돌아 커다란 창에 비친 하늘을 바라보았다.

노을이 지는 하늘은 장관이었다. 그 언젠가 봤던 것처럼 연보랏빛과 주홍빛, 핑크빛이 한 팔레트에 흐트러지며 아름다움을 자아냈다. 색이 다 섞이면 시커먼 진회색이 되어 결국 어둠에 묻히고야 말 것이다. 아름다운 것은 본디 파멸 직전에 더욱 활활 타오르는 법이었다.

한참 동안 말없이 하늘을 바라보고 있던 그는 손을 뻗어 창을 열었다. 침실과는 달리 좁은 발코니에 한 발을 내디뎠다. 바람이 차가웠다.

정인은 천천히 슬리퍼를 벗었다. 그리고 양말만 신은 채, 허리까지 오는 안전 가드에 올라가 걸터앉았다. 그의 뒤로는 나뭇가지가 다져 버린 숲, 그리고 저 멀리 태양을 삼키고 있는 한강이 펼쳐져 있을 것이다. 직접 눈으로 보지 않아도 아찔한 높이가 가늠이 되어 심장이 빠르게 뛰기 시작했다. 철제 난간을 붙잡은 그의 손에 식은땀이 스몄다.

정인은 공중에 뜬 다리를 느리게 흔들거리며 그 상태로 서서히 숫자를 셌다.

하나, 둘, 셋까지 헤아렸을 때 책상 위에서 요란한 전화벨이 울렸다. 귀를 찢을 듯 애처로운 소리였다. 벨소리는 끊이지 않고 울렸다.

"……."

그는 서두르지 않았다. 후들거리는 다리로 난간에서 내려와 슬리퍼를 신지 않은 채로 책상으로 다가가 잠시 울리는 전화기를 내려다보고 있다가 이윽고 전화를 받았다.

─뭐 하는 거예요, 지금.

정인이 대답도 하기 전에 숨을 몰아쉬는 승현의 목소리가 들려왔다. 한 달 하고 보름 만에 듣는 그의 목소리에 가슴에서 뜨거운 열이 치솟았다.

이럴 줄 알았다.

"딱 십오 분 줄게."

끓어오르는 열을 누르는 정인의 입술에서 건조한 말투가 흘렀다.

—무슨 뜻이에요?

"……."

—무슨 뜻이냐고 물었어요.

냉정을 가장해도 나는 너의 불안한 목소리를 안다.

"승현아, 지금 바깥 좀 볼래?"

—무슨 수작이야, 서정인.

정인은 차오르는 열을 꾹 억눌렀다.

"개와 늑대의 시간이라고. 네가 말했던 거, 기억하지?"

승현이 거친 숨을 몰아쉬었다. 정인은 떨리는 목소리를 애써 감추었다.

"지금 같은 시간이야. 조승현. 낮도, 밤도 아닌 시간. 하늘에서 타오르는 노을이 어둠에 묻히기 직전 말이야."

—서정인.

"나는 늘 궁금했어. 십 년 전에 네가 날 기숙사 방으로 불러들였던 시간이 왜 항상 이 시간이었는지."

—…….

"이제는 네가 왜 그랬는지 알 것 같다, 승현아. 지금 같은 시간이면 난 늘 외로워져서 판단력이 엉망이 됐거든. 네가 내 목을 물어뜯을 늑대 새끼인지, 아니면 내 외로움을 핥아 줄 개새끼인지 점점 헷갈리기 시작했던 거야."

-정인이 형.

높아지는 승현의 목소리를 들으며 정인이 낮게 웃었다.

"넌 내 빈틈을 완벽하게 파고들었지. 그때 이후, 지금처럼 해가 질 무렵이 되면 어김없이 널 생각하게 만들었으니까."

정인은 길게 심호흡을 했다.

"나는…… 네가 나한테 했던 모든 일들을 도저히 머릿속에서 떨쳐 낼 수가 없었으니까."

침묵을 지키는 조승현의 가쁜 숨소리를 들으며 정인은 그의 표정을 상상했다.

"이제 네 차례다. 승현아."

-……무슨 소리야……?

"너는 이제 매일 이 시간마다 나를 생각하게 될 거야, 조승현. 내가 그렇게 만들 거거든. 절대로 잊을 수 없는 좋은 구경을 시켜 줄 생각이거든. 내가."

-……서정인, 지금 본인이 무슨 말을 하고 있는지 잘 모르고 함부로 내뱉는 것 같은데…….

"아니. 난 내가 무슨 말을 하고 있는지 똑바로 알고 있어. 그리고 그건 너도 마찬가지야. 넌, 내가 지금 무슨 짓을 할지, 무슨 결심을 했는지 분명히 알고 있어."

정인의 심장이 미칠 듯이 뛸수록 머릿속은 차갑게 식어 점점 차분해졌다.

"그래서 전화한 거잖아. 내가 뛰어내릴까 봐. 그게 두려워서."

-서정인!

승현이 마침내 소리를 지르며 숨을 몰아쉬었다. 철컥거리는 소리가 들리고 문이 쾅 닫히는 소리가 뒤이어 들렸다. 정인은 아랑곳하지 않고 날카롭게 말을 이었다.

"내가 죽는 게 두려워? 네 옆에 있어서 내가 위험해지는 게, 그게 갑자기 참을 수 없는 공포로 다가왔어?"

－정인이 형, 제발……. 제발!

지난 10년 동안 그의 진심을 이해하려고 죽을힘을 다한 정인에게, 지금 조승현의 심리를 파악하는 것은 그렇게 어려운 일이 아니었다.

"너 대신 총 맞은 내가 귀찮아졌다고 그랬지, 너."

－……꼼짝 말고 있어, 거기 그대로 있어!

"유치원생도 안 믿을 거짓말을 어디서 하고 있어? 넌 내가 아직도 그렇게 멍청해 보여?"

피식 웃는 정인의 눈에 물기가 차올랐다.

"카메라 숨겨 놓으면, 내가 너…… 곱게 떨어져 나갔다고 생각할 줄 알았어?"

－하아, 하아…….

승현이 숨을 몰아쉬며 어딘가를 달리고 있었다.

"내 시계를 가져가면! 너한테 주겠다고 약속한 내 시간이 없어지기라도 할 거라고 착각했어?"

정인은 흐르는 눈물을 닦지도 않고 내버려 두었다.

"웃기지 마라, 승현아. 아, 이제 몇 분 남았지?"

－형, 형, 그러지 마요. 내가 그러지 말라고 분명히 경고했어, 서정인…… 그러지 말라고!

"넌…… 너만 날 잘 안다고 생각하지? 천만에. 네가 어떻게 머리 굴리는지 같은 거. 나한테 이제 너무 뻔하다, 승현아."

정인의 목소리에 울음이 뱄다.

"내가 다치는 게 두려워? 네가 무너질 것 같아서? 그래. 조승현. 어디 한 번 무너져 봐라. 널 위해서 몸으로 총알까지 받은 내가 어디까지 할 수 있는지 한 번 제대로 봐."

－잠깐만, 잠깐만!

수화기 안에서 승현이 고막을 찢어 버릴 기세로 소리를 쳤다.

"잘 있어라, 조승현."

정인은 그의 이름을 외치는 승현의 목소리를 들으며 수화기를 천천히 내려놓았다. 심장이 미칠 듯이 뛰고, 온몸이 땀으로 흠뻑 젖었다. 이것은 어쩌면 그의 인생을 건 모험일지도 몰랐다. 지금 돌아가지 않으면 영원히 돌이킬 수 없다는 것을 그는 알았다.

하늘은 그새 한층 어두워져 있었다. 이럴 때면 너무나 생생하게 떠올랐다. 숲 속에 있는 기숙사의 자그마한 방의 공기와 냄새까지도.

조승현.

너는 나를 절대 못 봐.

눈을 감고 난간에 걸터앉아 얼마만큼 찬 바람을 맞았을까.

문이 벌컥 열리는 소리가 났다.

"서정인!"

정인은 천천히 눈을 떴다. 그곳에는 휴대폰을 든 조승현이 맨발로 서 있었다.

"……왔어?"

정인이 나지막하게 묻자 승현이 덜덜 떨리는 목소리를 뱉었다.

"내려…… 당장, 거기서 내려와."

"그럴까…… 말까?"

"제발. 제발……. 정인이 형……."

소리도 크게 내지 못하고 애원하듯 중얼대는 승현의 일그러진 얼굴을 바라보며 정인은 흐리게 웃었다. 훌쩍 난간에서 뛰듯이 내려오자 땅을 밟는 발바닥에 찡한 느낌이 들었다.

그의 움직임에 긴장해 숨을 몰아쉬는 승현의 얼굴은 핏기 없이 질려 회색빛을 띠고 있었다. 승현이 커다란 손으로 초조하게 제 머리카락을 쓸어 올리며 꽉 움켜쥐었다.

"하아……, 나를…… 지금 나를……. 협박한 거지, 서정인?"

"왜, 그럼 안 돼?"

한 번도 볼 수 없었던 흐트러진 모습을 하고, 마른 턱에는 까칠한 수염이 오른 채로, 승현이 마침내 정인에게로 성큼성큼 다가왔다.

"씨발……."

아아, 조승현. 네가 우는 모습은 이런 모습이구나.

내가 겁에 질려 우는 모습을 볼 때, 너는 이런 느낌이었겠구나.

정인은 그를 향해 입술을 올려 엷게 웃었다.

"5분도 안 걸리는 곳에서 날 지켜보다 맨발로 달려온 주제에, 내가 귀찮다고?"

"씨발……, 씨발!"

정인은 두 팔을 벌려 자신에게로 다가오는 커다란 개를 와락 끌어안았다. 승현이 숨을 몰아쉬며 그의 이름을 몇 번이나 불렀다. 그의 뒤통수를 꽉 잡으며, 그를 붙잡고 정인의 이름을 애달프게 속삭였다.

"죽여 버릴 거야…… 죽여 버릴 거야 서정인, 진짜…… 하아……."

"사랑한다, 승현아."

품에 가득 차는 커다란 승현을 다독이며 정인은 오랫동안 소리 없이 웃었다.

"사랑해. 내가. 널."

노을이 사라지고 짙은 어둠이 뒤덮은 하늘에 오늘따라 달이 밝았다.

에필로그

바람이 조금 불었지만 날씨는 화창했다. 현진이 입은 트렌치코트가 바람에 펄럭였다.

"라이터 있어?"

"아니."

"사 와야겠다. 좀 기다려."

건물 안까지 들어가서 라이터를 사 들고 돌아오는데 승현이 보란 듯 담배에 찰칵 불을 붙였다. 현진이 인상을 썼다.

"뭐냐?"

"너한테 빌려줄 불이 없단 소리였는데."

기다란 눈에 박힌 여유로운 눈동자는 저럴 때 보면 소름이 끼쳤다. 아무렇지도 않게 거짓말을 지껄이고 사람을 가지고 노는 것은 예나 지금이나 똑같았다.

"이제 네 꼴 안 봐도 돼서 속이 다 후련하다, 조승현."

"응. 나도 그래."

승현이 담배 연기를 길게 뱉으며 입술을 올렸다. 재수 없는 말투도 여전했다. 시설에서 처음 보았을 때부터 지금까지 조승현은 변한 게 하나도 없었다. 승현은 입소하자마자 우두머리 노릇을 하고 있던 현진의 머리통을 변기통에 처박아 무릎 꿇림으로 단번에 기선을 제압했다. 싸움이라면 현진 역시 어디서 지지 않을 자신이 있었지만 상대를 정말로 죽여 버릴 기세로 응하는 승현과 붙었을 때 승산은 없었다.

"그래도 내가 좀 그리울 텐데."

"남은 불알 한쪽도 터뜨려 줄까?"

고환이 끊어질 때의 엄청난 고통이 생생히 떠올랐다. 듣기만 해도 터졌던 살이 욱신거리는 것 같아 현진은 욕설을 씹어 뱉었다.

"씨발 새끼. 누굴 진짜 고자로 만들 일 있어?"

"앞으로 내 눈 앞에 띄지 마라. 현진아. 이건 충고가 아니라 경고야."

또렷한 목소리로 말하는 승현은 진심이었다. 현진은 어깨를 으쓱하며 히죽거리는 것으로 긴장을 숨겼다.

"와. 섭섭하네, 씨발."

조승현은 타고나길 나쁘게 태어난 놈이었다. 머리가 비상했고 배짱도 두둑했으며 사람을 꼼짝 못하게 복종시키는 데는 따라갈 사람이 없었다. 그는 무서운 것이 없어 보였고, 그래서 더 두려웠다.

그는 시설의 원장이 후원금을 빼돌린다는 사실을 알고 역으로 협박을 했다. 그렇다고 해서 조승현이 공공의 이익을 위해서 움직인 것은 절대 아니었다. 승현의 모든 행동은 철저하게 제 위주였다. 그가 결국 시설에서 가장 좋은 독방을 차지하고 특별 대우를 받는 걸 봤을 때 현진이 느낀 것은 비단 질투심뿐만이 아니었다. 어렸던 현진이 승현에게 가졌던 마음은 연대감인 동시에 동경이었다.

"왜, 돈이 부족해?"

승현이 짙은 눈썹을 올리며 건조하게 물었다. 그와 같이라면 무슨 일을 해도 아무런 걱정이 없을 것 같았던 시기가 있었다. 현진이 승현에게 수모를 당한 후에도 그를 일방적으로 따라다니며 그의 발닦개 노릇을 자처한 것은 바로 그 때문이었다.

"우리 관계를 돈만으로 정의하면 내가 진짜 서운하잖아, 승현아."

"죽고 싶냐?"

담배 연기에 어른거리는 승현의 입술이 잔인하게 비틀렸다. 이대로 더 성질을 긁었다가는 정말로 그를 바닷물에 빠트려 죽일 기세다. 현진이 담배를 입에 문 채 항복의 표현으로 양손을 들었다.

"아니. 농담."

승현이 작게 혀를 차는 것을 보며 현진이 클클거렸다.

"나중에 또 연락해. 누구 담그고 싶은 일 있으면."

「저 새끼, 죽진 않겠지?」

잔뜩 흐린 하늘에 달도 숨었던 오래전 밤, 시골 하천에 한민우를 불러내 밀어뜨린 사람은 현진이었다. 손을 덜덜 떨던 그의 뒤에서 천천히 다가온 승현은 휘파람과 함께 담배 연기를 길게 뿜었다.

「왜, 살인자 될까 봐 겁이라도 나?」

「누가 씨발, 그딴 게 겁난대?」

피식 웃던 조승현의 눈빛은 미친놈처럼 형형했다. 마치 지금처럼.

「나 감방 가기 싫어! 씨발……, 형사가 찾아와서 이것저것 캐묻고 갔다고, 하아……. 지금 당장 나와, 조승현! 나와서 어떻게 해야 하는지 상의해, 안 그럼 나 너 당장 신고할 거야. 이 새끼야. 네가 시켜서 그 새끼 불러냈는데 네가 떠밀 줄은 몰랐다고 이야기할 거라고!」

「-마음대로 해.」

태풍 경보가 내려진 초여름 날 오후, 휴대폰에 대고 소리를 지르는 현진에게 승현은 기숙사 밖으로 한 발짝도 움직일 수 없다고 딱 잘라 말했다.

「너 후회할 텐데, 조승현.」

「-……그럴지도 모르지. 그런데 지금 나가면 더 후회할 것 같아서.」

휴대폰 너머로 문이 열리는 소리가 났다. 전화가 끊기기 직전에 들렸던 조승현의 목소리는 어처구니가 없을 정도로 부드럽고 다정했다.

「-……왔어요?」

결국, 그날 승현은 기숙사 방 안에서 룸메이트인 서정인과 뒹굴다가 현장에서 체포되었다. 살인 미수에 성폭행까지 더해진 기막힌 상황이었다. 승현은 경찰이 올지도 모른다는 사실을 알면서도 서정인과 섹스했다. 현진은 그가 정신이 나갔다고 생각했다.

놀랄 일은 끝나지 않았다. 승현은 모든 죄를 인정했고 현진은 자유로울 수 있었다. 그에게 면회를 가서 눈물을 흘리며 빌었을 때, 승현은 푸른 수의를 입은 채 피식 웃었다.

「너는 머리가 나쁘니까 어디 가서 사기 칠 생각은 하지 마라. 나가면 나한테 뒈질 각오하고.」

그의 충고를 곱씹으며 반반한 얼굴을 이용해 모델 일과 밤일을 겸업하며 돈을 모았다. 출소한 조승현과 크게 한탕을 벌일 생각이었지만, 3년이나 일찍 감방에서 탈출한 승현에게 현진의 도움 따위는 필요 없었다. 원래부터 그랬듯이.

"담글 사람이 있으면 머리 나쁜 사람 시키는 것보다 내가 직접 하는 게 편할 것 같아서."

옛일을 떠올리는 현진을 보며 승현이 담뱃재를 손으로 튕겨 꼈다. 불똥이 붙은 채로 재가 날아오는 바람에 하마터면 트렌치코트 옷자락에 구멍이 날 뻔했다. 다분히 의도적이라는 것을 깨닫고 현진이 소리 나지 않게 숨을 들이쉬었다.

"지금 네 표정은 딱 날 담그고 싶은 눈친데."

승현이 피식 웃었다.

"눈치챘으면 빨리 가라."

"그래도 내가 확실하게 서정인 질투심 자극시켜 줬잖아. 그거 하나는 잘한 거 아닌가?"

"씨발……. 화면에서 너 씨불이는 거 보다가 모니터 때려 부쉈다고 분명히 말했지."

"모니터만 때려 부쉈나? 복날 개 맞듯이 맞은 내 생각은 안 하냐?"

"네 좆만 한 대가리도 날려 줄까? 그때 생각하니까 갑자기 빡이 쳐서 견딜 수가 없는데."

승현이 턱을 쓸며 고개를 모로 기울였다. 승현을 더 이상 자극했다가는 정말로 사람 많은 이곳에서 그를 엉망으로 팰 것이 분명했다. 갑자기 소름이 끼쳐 현진이 높은 콧날에 걸린 선글라스를 꽉 잡으며 몸을 부르르 떨었다.

"아우 씨발. 됐거든요. 간다."

"내가 했던 말 잊지 마라. 이현진. 다시는 서정인 앞에 모습 보이지 마."

결국 하려던 말은 저거였던 모양이다. 현진은 피식 쓴웃음을 지었다.

십 년 전, 대학은 시간 낭비라고 말했던 조승현은 새로 생긴 재수학원 기숙사에 한 번 견학을 다녀오더니 마음을 바꾸었다. 그는 가지고 싶은 게 생겼다고 했다.

조승현은 그에게 접근했던 시설의 여자아이들을 싸늘하게 무시했다. 현진이 장난을 가장해 너라면 후장을 따여 줄 수도 있다고 슬며시 진심을 전했던 날, 그는 경멸을 그대로 드러내는 눈초리로 한 번만 더 그딴 더러운 이야기를 지껄이면 뒷구멍을 칼로 따 주겠다고 협박했다.

현진은 그런 조승현이 무언가에 꽂혔다는 것을 인정할 수가 없었고 결국 대상을 확인하기 위해 비 오는 날 그의 기숙사까지 찾아갔다. 조승현이 앓고 있는 대상은 사람이었고, 계집애처럼 소름끼치게 예쁘다 한들 분명히 남자였다.

「씨발…… 죽여 버린다, 개새끼야.」

그를 가지고 싶어 눈이 돌았던 승현은 전에 없이 여유를 잃은 사람처럼 굴었다. 결국 길고 긴 시간을 지나 서정인을 손에 넣은 승현이 그에게 어떤 식으로 접근했을지, 현진은 직접 보지 않아도 충분히 짐작할 수 있었다.

조승현에게 잡아먹힌 한 마리의 어린양에게 애도를.

뭐, 상대도 그다지 순수한 어린양은 아닌 것처럼 보이지만.

지잉-.

가느다란 진동음에 승현이 휴대폰을 확인했다. 고개를 스윽 기울여 확인하니 액정에 이름 대신 한자가 보였다.

<情人>

"뭐야. 중국 사람?"

불쑥 묻는 그를 보며 승현이 한심하다는 표정을 짓더니 뒤를 돌았다.

"간다."

뚜벅뚜벅 급하게 멀어지며 승현이 전화를 받았다.

"정인이 형. 어디에요?"

형이라니. 현진은 조승현이 저렇게 소름 돋는 말투를 쓸 수 있다는 사실에 잠시 충격을 받고 서 있다가 서둘러 공항 건물 안으로 발길을 옮겼다. 아무래도 이 나라를 뜨긴 떠야 할 모양이었다.

* * *

"식사 안 하십니까?"

노크를 하고 들어온 최 비서가 조심스레 물었다. 승현은 심각한 표정으로 책상 한쪽의 모니터를 뚫어져라 쳐다보고 있는 중이었다.

"먼저 먹어."

"무슨 일 있으십니까?"

"아니."

"보고, 들으실 수 있습니까?"

최 비서가 다시 그의 눈치를 살피며 작게 입을 뗐다. 승현이 바라보고 있는 모니터는 분명 그의 집 안 곳곳에 설치한 보안 카메라를 실시간으로 비추고 있는 화면이었다. 그의 파트너인 정인은 집 안에 카메라가 하나뿐이라고 착각을 하고 있었지만, 사실 그의 아파트 내부에 숨겨진 카메라는 열두 개였다. 집 안에서 무방비하게 돌아다니는 정인을 관찰하는 것은 승현의 은밀한 취미이자 생활의 일부였다.

정인의 까칠하지만 화려한 외모가 시선을 끈다는 것은 스트레이트인 최 비서도 익히 알고 있었다. 미행한 그를 게이 바에서 보았을 때 확실히 느꼈다. 안경을 벗어 던지고 이마를 드러낸 채 나른한 눈빛으로 술잔을 집어 들던 그의 모습에 같은 공간에 있던 사람들이 넋 놓고 그를 바라보는 시선이 수긍이 갈 정도였다.

정인에게서는 색기가 뚝뚝 흘러넘쳤다. 그를 보며 최 비서는 승현이 왜 그에게 그토록 집착하는지 어렴풋이 이해할 수도 있을 것 같았다. 게다가 다른 사람에게 강간을 당할 뻔까지 했으니 승현의 눈이 도는 것도 당연했다.

"얘기해."

모니터에서 눈을 떼지도 않고 승현이 답했다. 그가 손을 들어 마우스를 딸깍하자 화면에서 쏴아-, 하는 물소리가 들려오기 시작했다. 아무래도 오늘의 영상은 욕실이 배경인 모양이었다.

"P사 상무급 중 하나가 해외에서 불법 도박을 거하게 했다는데 그 자금 출처가 수상합니다."

"재단들 좀 털어 봐. 작년에 온갖 지원 다 받아 처먹었으니까 배가 불렀겠지."

승현의 시선은 여전히 모니터에 박힌 채였다. 팔걸이에 팔꿈치를 올리고 턱을 괸 채 지그시 감상하는 눈길이 가늘어졌다.

물소리가 잠시 멈추었다. 아마 정인이 몸에 비누칠을 하는 중인 듯했다.

"그게 다야?"

본의 아니게 정인의 샤워하는 순서를 상상해 버린 최 비서가 당황한 표정을 애써 감추었다.

"아, 아뇨. 한민우는 재판 받고 오늘 오전 보석으로 풀려났다고 합니다. 약에 취한 상태였고 심각한 약물 중독이라는 것이 감형의 원인인 것 같습니다. 일단 재활 치료에 집중시킬 예정이라고 합니다."

쏴아ㅡ.

다시 물소리가 들렸다. 승현이 볼륨을 올리자 정인이 작게 콧노래를 부르는 소리가 스피커를 통해 들려왔다.

"……하여간, 이 나라 법이 좆같아서."

싸늘하게 화를 낼 것을 예상했는데 승현은 나른하게 혀를 찰 뿐이었다. 아마 그의 눈앞에 펼쳐지는 그림이 분노 수치를 낮추는 데 일조하고 있는 것 같았다. 경험상 이럴 때는 장단을 맞추어 주는 것이 좋았다.

"그렇습니다."

"선물은 잘 전달했고?"

"네. 말씀하신 대로 화환을 보냈습니다. 리본에 실장님 성함이 제대로 박힌 것도 확인했고요."

한민우의 회사 사무실 책상 서랍 안에 밀수한 마약을 넣어 두었으니 그가 돌아와서 발견하는 것은 시간문제였다. 전무 이사의 사무실에 출입할 수 있는 최측근 중에도 조승현의 끄나풀이 있다는 것을 알려 주기 위한 협박이었다.

어느덧 물소리가 끊겼다. 정인이 샤워를 마친 모양이었다.

"솔직히 그냥 뒤탈 없이 확실히 끝내 버리고 싶기는 한데."

승현이 커다란 손으로 관자놀이를 두드리며 혼잣말처럼 중얼거렸다. 무슨 뜻으로 말을 하고 있는지 알았지만 위험 부담이 너무 컸다. 그의 목울대가 움직이는 것을 보며 최 비서는 조심스레 자신의 의견을 말했다.

"한민우도 구속 직전까지 가면서 정신적으로나 육체적으로 많이 약해진 것 같다는 말을 들었습니다. 잃은 것도 많지만 앞으로도 잃을 게 많은 사람이라 서정인 씨 앞에 다시 나타날 것 같지는 않습니다."

"그건 네 생각이고."

승현의 말투에 슬쩍 날이 섰다. 정인을 24시간 감시하고 손목시계에 몰래 위치 추적 장치까지 설치해 놓았음에도 그의 불안은 쉽게 가라앉지 않는 모양이었다.

"……김승주 씨에게 이야기를 전해 들었습니다."

승현이 힐끗 그를 올려다보았다.

"그 새끼는 이제 마크하지 않아도 된다고 내가 말 안 했던가?"

"아……."

한강 둔치에서 서로를 죽일 기세로 싸운 이후로 가끔 얼굴을 본다는 이야기를 해야 할지 말아야 할지 망설이는데 승현의 휴대폰이 때마침 진동했다. 전화를 건 상대를 확인하자 딱딱하게 굳었던 그의 입매가 약간 풀렸다.

"네, 정인이 형."

모니터에 다시 시선을 박으며 그가 부드럽게 입을 열었다. 최 비서는 그가 정인을 대하는 모습을 목격할 때마다 다른 사람을 보는 것 같은 괴리감에 기분이 이상했다. 특히나 저 '형'이라는 호칭이 그의 입에서 나올 때면 더욱더 그랬다.

"샴푸? 내가 들어가는 길에 사 갈게요. 힘들게 쓸데없이 나가지 마요."

나긋한 목소리를 내고는 있지만 결국 그냥 집에서 한 발짝도 나가지 말라는 뜻이었다. 아쉽게도 정인의 외출은 오늘도 허락되지 않을 것 같았다.

"아…… 샴푸가 떨어져서 샤워를 못 하니까 어쩔 수 없이 사러 나가야 된다고?"

흠, 하고 중얼거리는 승현의 짙은 눈썹이 살짝 위로 들렸다. 아마도 정인이 눈에 빤히 보이는 거짓말을 하고 있는 듯했다. 욕실 안에 있는 수납장 거울에 설치된 카메라의 정체를 모르기 때문에 할 수 있는 말이었다.

"참으려고 했는데 진짜 안 되겠네……. 씨발."

자리를 피해야 할 타이밍인가. 둘이 붙는 모습을 자주 목격한 최 비서로서는 탐탁지 않은 상황이었다. 싸울 때 정인은 의외로 꼬장꼬장한 성격이었고 승현 역시도 그런 정인을 늘 봐주지만은 않았기 때문이다.

실제로 최 비서가 주차장에서 둘이 키스하는 모습을 우연히 발견했던 사고가 터졌던 날, 정인은 승현의 턱에 주먹을 날렸고 승현은 시뻘게진 얼굴로 정인을 거의 질질 끌다시피 차에 처넣었다. 정인은 소리를 지르며 차 문을 열고 탈출하려 했지만 결국 실패했고 커다란 차가 들썩거릴 정도로 격렬한 무언가가 그 안에서 벌어졌다.

"정인이 형."

톤이 확 낮아지는 승현의 목소리가 심상치 않았다. 최 비서는 이대로 사무실을 나가야 하는지, 아니면 승현이 전화를 끊을 때까지 기다려야 하는지 고민했다.

"내가 지금 사 가지고 집으로 갈게요. 샴푸."

이어지는 승현의 말에 최 비서는 그 자리에서 몇 초간 눈을 끔뻑거렸다. 승현이 커다란 손으로 딸각딸각 마우스를 움직이며 정인의 동선을 확인했다. 아마도 정인이 큰 집을 왔다 갔다 움직이고 있는 모양이었다.

"아니긴 뭐가 아니에요. 서정인이 얼마나 깔끔한 사람인데. 기다리게 안 할게요. 지금 당장 사 가지고 갈 테니까 나랑 같이 씻어요."

최 비서는 묵묵히 책상 모서리만 바라보았다.

"왜긴 왜야. 당장 섹스하고 싶어졌으니까 그러죠."

이제는 저런 말을 들어도 포커페이스를 유지할 수 있었다. 승현은 최 비서가 있건 말건 아랑곳하지 않고 정인에게 미끼를 툭툭 던져 대는 중이었다.

"그리고 나랑 같이 바깥에 산책하고 좋은 데서 저녁 먹어요. 그럼 되겠네."

한민우에게 정인이 납치되고 총까지 맞았을 때 승현의 충격은 대단했다. 더 이상 정인의 앞에 나타나지 않을 것처럼 굴던 승현은 정인이 퇴원하자마자 마음을 바꾸었고, 대신 서정인을 집에 감금시키는 것으로 그의 불안을 표출했다.

정인은 승현의 허락이 없으면 바깥에 나갈 수도 없었는데 본인도 그 상황에 체념하고 있는 듯했다. 아주 가끔 답답해서 미칠 것 같으

면 아까처럼 눈에 빤히 보이는 거짓말로 외출을 감행하려 했지만 그
마저도 승현에게 차단당하기 일쑤였다. 승현은 정인이 답답해하는
것을 눈치채고 귀가 솔깃한 제의를 건네고 있는 것이다.

"일? 일은 윤기 시키면 되죠. 최 비서 일 잘해요."

승현이 자리에서 일어났다. 그리고 얼결에 들은 칭찬에 얼떨떨해
하고 있는 최 비서의 어깨를 툭, 한 번 두드리더니 휴대폰을 목과 턱
사이에 끼운 채 서둘러 재킷을 걸쳤다. 정인의 대답과는 상관없이 승
현의 오후 스케줄은 이미 결정된 듯했다.

"자꾸 그렇게 내가 안 보고 싶은 것같이 굴면 내가 기분이 좋같을
까요, 아닐까요?"

말투가 조금 잔인해서 그렇지 내용만 들으면 딱 애인한테 안달 난
사람이었다.

"눈물 콧물 흘리면서 한 번만 봐 달라 빌고 싶어질 때까지 나한테
뚫리고 싶어요? 저녁이고 산책이고 다 집어치우고 침대 밖으로 한
발짝도 못 나가게 해 줘야 해요?"

승현이 차 키를 넘기자 최 비서는 그제야 그를 따라나섰다. 이 상
태로 운전대를 잡으면 분명히 엄청난 과속으로 골치가 아파진다는
것을 여러 번의 경험을 통해 안 것이다.

"……하여튼 입 틀어막는 데는 뭐 있지, 서정인."

문을 두 개나 통과해 사무실을 빠져나온 후 엘리베이터를 초조하
게 기다리던 승현이 피식 웃었다.

"한 번 더 말해 봐."

입술 끝이 확실하게 올라가는 걸 보니 정인이 뭔가 승현의 맘에
드는 말을 했음이 분명했다. 그가 눈을 가늘게 뜨며 허스키해진 음성

으로 느릿하게 속삭였다.

"……나도."

뭔가 상당히 기분 나쁜 대화를 엿듣게 되어 버린 것 같은 기분에 최 비서는 서둘러 엘리베이터 문이 열리기만을 바랐다.

주차장을 빠져나가자 큰길에 가로수로 심긴 벚나무들에서 눈부시게 반짝이는 꽃잎들이 눈이 내리듯 흩날렸다. 승현은 눈을 감은 채 헤드레스트에 뒤통수를 편안히 기대고 미소 지었다.

바야흐로 봄이었다.

<완결>

Stockholm Syndrome

외전

#1. 그 날

내 이름은 서정인이다. 글재주도 없는 내가 이 일을 기록하는 이유는 이틀 전 조승현이 내게 한 일을 두고두고 잊지 않고 기억하기 위해서이다.

알다시피 조승현은 조금 정상이 아닌 놈이다. 미친놈과 살아가려면 한 사람은 정상이어야 하는데, 우리 둘 사이의 관계에서는 물론 그 역할을 내가 맡고 있다.

사실 조승현이 내게 한 모든 짓들을 생각해 보면 나는 보살이라고 불릴 자격이 있다고 생각한다. 종교를 가진 적은 한 번도 없고 앞으로도 그럴 생각은 없지만 그 미친 자식을 감당하고 살고 있다는 점에서 이미 나는 열반의 경지에 가까운 것이 아닐까.

사건은 이틀 전에 터졌다. 내가 승현이 일하는 곳에 놀러 갔던 날이다.

나는 이전부터 조승현이 하고 있는 일이 꽤나 위험하다는 것을 짐작하고 있었다. 말이 나와서 하는 이야기인데 내가 한민우 그 너구리 같은 새끼에게 잡혀갔을 때, 건물을 깨부수고 나타난 조승현은 방탄조끼로 무장한 상태였다고 했다. 영화에서 요원들이나 입던 그 방탄조끼 말이다.

그것뿐이 아니다. 창고 방 그의 캐비닛 안에 번쩍거리는 회칼이 크기별로 숨겨져 있는 것도 나는 이미 다 봤다.

요리에는 전혀 소질이 없는 조승현이 그 칼로 사시미를 뜨는 연습을 할 리는 없으니 답은 간단했다. 그가 생선 대신 육사시미를 뜨고 있다는 소리였다. 좀 덜 잔인하게 말을 하자면 몸 쓰는 일을 많이 하고 있다는 뜻이다. 겉으로는 번드르르한 양복을 걸치고 있으면서 뒤에서는 그런 위험천만한 일을 하고 있다고 생각하면 조승현이 걱정이 되는 것은 당연하다.

나는 조승현과 결혼한 사이이니까 그 정도는 정말이지 당연한 것이라 생각한다.

아무튼, 나는 조승현이 걱정은 됐지만 그것을 겉으로 드러내기는 싫었다. 나는 체질적으로 닭살이 돋을 만한 말을 하는 성격이 아니기 때문이다. 또한 만약 조승현이 이런 내 기분을 눈치챈다면 얼마나 입이 찢어질지 알기 때문에 그걸 생각하면 더더욱 입을 열기가 싫다.

《왜, 내가 걱정돼서 죽을 것 같기라도 해요?》

젠장. 입꼬리를 씨익 올리며 웃는 그의 표정과 느릿한 말투를 상상만 해도 재수가 없다. 아랫도리가 불끈 일어나는 것은 의지와는 다른 문제다. 조승현이 재수 없는 것과 별개로 나는 그를 떠올리기만 해도 성적으로 흥분하니까.

뭐, 나는 조승현과 결혼한 사이이니까 그 정도는 당연하고 자연스러운 일이라 생각한다.

아무튼, 내가 하고 싶은 말은 그가 하고 다니는 위험천만한 일이 걱정이 됐지만 조승현에게 내가 걱정하고 있다는 사실을 밝히기는 싫었다는 이야기이다.

내가 이 아파트에 감금당해서 살고 있다는 말은 쪽팔려서 어디 가서 하지도 못한다. 하지만 나는 그것 역시 조승현이 나를 걱정하고 있기 때문이라는 사실을 알고 있다. 그래서 한 살이라도 더 먹은 내가 어른스럽게 참아 주는 것이다.

너구리 새끼에게 잡혀갔을 때 내가 총에 맞은 일은 조승현에게 트라우마로 남았음이 분명하기 때문이다. 내가 뛰어내려 죽는다고 강수를 던지지 않았으면 아마 그 자식 성격에 평생 내 앞에 나타나지 않았을 수도 있다. 그래 놓고서는 뒤에서는 음침하게 나를 감시했을 게 뻔하다.

그때 맨발로 달려온 조승현이 눈물 흘리는 모습이 얼마나 볼 만했는지. 아아. 생각하니까 또 꼴리는 것 같다.

이야기가 또 옆으로 샜는데, 아무튼 내가 어떻게 될까 봐 눈물을 흘리며 울부짖는 그의 모습을 보며 나도 많이 느꼈다는 이야기이다. 그래서 이 말도 안 되는 감금 생활도 견디고 있는 것이다. 아니었다면 나는 진작 폭발하고도 남았다.

본론으로 다시 돌아가겠다. 내가 왜 이 일을 기록해야 할 정도로 짜증이 났는지 말이다. 조승현이 걱정되지만 표시를 낼 수 없었던 나는 며칠 전 그에게 툭 던지듯 말을 걸었다.

「조승현. 너 MH 건물에 진짜 네 책상 있어?」

「있죠.」

「나 네 사무실 구경 가도 되나?」

사무실에 가 보면 그래도 어렴풋이 분위기를 알 수 있을 것 같았
다. 조승현이 주로 바깥으로 나도는지 아니면 책상에 앉아 서류를 만
지는 일을 하는지를.

「……음…… 당장은 좀 곤란하고요.」

조승현이 그답지 않게 애매모호한 대답을 내뱉었다. 뭔가 숨기는
것이 있는 것 같기도 하고 이상한 말투였다. 나는 탐정 같은 예리함
을 빛내며 그를 캐물었다.

「너 솔직히 말해 봐. 진짜 아침마다 회사로 출근을 하긴 해?」

「왜요. 내가 출근한다고 구라 치고 바람이라도 피우는 것 같아
서?」

아무리 사람이 제 위주로만 생각이 돌아간다고 해도, 조승현은 매
번 질리지도 않게 나를 어이없게 만들었다. 내가 됐다고 화제를 돌리
려고 했지만 그는 마치 먹잇감을 발견한 개새끼처럼 눈을 빛내며 달
려들었다.

「지금 설마 나 의심해요?」

착각도 유분수지. 몇 번 사랑한다고 내뱉어 줬더니 조승현은 요즘
기세가 매우 등등했다. 씰룩거리며 올라가는 입술은 그가 지금 최고
로 기분이 좋다는 것을 보여 주고 있었다.

「아니거든.」

좋아하는 얼굴을 보니 재수가 없어져서 고개를 휙 돌리자 그가 기

다란 손가락으로 다시 내 턱을 잡아 저를 보게 했다. 놀고 있는 내 손을 그의 바지 앞섶으로 잡아당기는 성급한 손길에는 이미 욕망이 뚝뚝 흘러넘치고 있었다.

「형이 질투하면 내가 존나 꼴려요…… 씨발…….」

그가 입으로 굳이 내뱉지 않아도 코브라처럼 우뚝 머리를 치켜 댄 조승현의 좆이 바지를 들추고 있었다. 그 뒤에 일어난 일에 대해서 자세한 설명은 생략한다.

아무튼 조승현은 나를 끌어안고 미친놈처럼 허리를 털어 대며 목 덜미에 쪽쪽 키스를 퍼붓더니, 사흘 뒤에 사무실에 데려가 주겠다고 약속을 했다. 제 눈에 서정인 말고는 다 쭉정이 같이 보이니 혹시나 다른 연놈들을 안을까 봐 걱정하지 않아도 된다는 쓸데없는 말을 덧붙이면서.

그리하여 나는 진실과는 전혀 동떨어진 이유로 조승현의 회사를 구경할 수 있는 기회를 얻었다. 승현은 그의 차를 타고 아예 같이 출근을 하자고 했지만 얼굴이 웬만큼 두껍지 않고는 그럴 수가 없어 거절했다.

오전 열 시쯤 최 비서가 나를 데리러 왔고 준비가 끝난 나는 얌전히 그의 차에 올랐다. 최 비서에게 이것저것 궁금한 것을 물어 봤자 내가 원하는 대답을 들을 수 없을 거라는 걸 알기 때문에 나는 알아서 입을 다물고 있었다. 사실 조승현의 회사에 간다는 것 자체에 이유도 모르게 조금 긴장하고 있기도 했다.

그 와중에 최 비서가 뜸을 들이다가 내게 뜬금없이 승주에 대해서 물어 왔다. 요즘 연락이 되냐고 묻는 말투가 왠지 조금 조심스럽게 들렸다.

「왜요? 조승현이 그렇게 물어보라고 시킨 거예요, 설마?」

「아뇨. 그런 거 절대 아닙니다. 죄송합니다.」

내 목소리에 번진 짜증을 눈치챘는지 최 비서는 입을 꾹 다물었다. 여하튼 조승현은 뒤끝도 더럽게 긴 놈이었다. 한민우에게 끌려갔을 때 승주가 기지를 발휘해 주지 않았다면 내가 있는 위치를 그렇게 빨리 찾아내지도 못했을 거면서 속 좁은 놈팡이처럼 굴고 있는 게 틀림없었다.

「승주랑은 가끔씩 연락해도 된다고 뻐기듯이 말해 놓고선 최 비서님한테 그런 거나 시키고…… 아…… 조승현도 참 뒤끝이 드러워요, 안 그렇습니까?」

「아뇨…… 실장님과는 전혀 관계가 없는 일이니까 괜한 오해는 하지 말아 주시기를 바랍니다.」

조승현은 어디서 최 비서 같은 우직한 사람을 부하 직원으로 두었는지. 듣자 하니 S대 출신 브레인이라던데 왜 조승현 같은 놈 밑에서 저런 고생을 하고 있는지 조금 측은한 마음까지 들었다.

「승주 지난주에 미국 출장 가서 바쁘다는데 뭔 연락을 해요, 내가.」

「……아, 그랬습니까?」

최 비서의 목소리가 참으로 얼빠지게 들린다는 생각을 했을 때, 차는 이미 회사에 도착해 있었다. 요즘 그룹 회장의 구속으로 뉴스에서 연일 오르내리는 대기업답게 사옥은 하늘을 찌를 듯 화려했다. 번쩍거리는 건물 안으로 들어가 엘리베이터를 타고 문을 두 개나 통과할 때는 솔직히 조금 놀랐다.

조승현의 사무실은 여느 기업 임원 사무실 부럽지 않은 개인 공간이었다. 커다란 책상 위, 그의 이름이 쓰인 명패를 확인하자 나는 왠지 조금 안심이 되었다. 조승현이 기업의 지저분한 뒷일을 처리하는 쓰레기 같은 대우를 받고 있지는 않다는 확신이 들었기 때문이다. 이제 와서 생각해 보면 부끄럽지만 콧날이 조금 시큰해진 것 같기도 하다. 나이가 드니까 이상한 데서 감수성이 폭발하는 게 분명하다.

「나, 간다. 조승현.」

청승맞게 그의 앞에서 눈물을 보이기 싫어 서둘러 돌아섰는데 조승현이 내 앞을 가로막았다. 사무실에 오자마자 집에 간다고 하니까 이상할 법도 했다.

「왜 그러는 거예요? 뭐가 마음에 안 들어서?」

캐묻는 그의 말투가 날카로웠다.

「맘에 안 드는 거 없어. 최 비서 불러 줘. 너 얌전히 일하고 있는 거 확인했으니까 나, 집에 갈래.」

조승현은 이상한 눈빛으로 나를 뚫어져라 바라보았고 그 순간 그를 찾는 것 같은 전화벨이 울렸다. 나는 알아듣지 못할 말을 내뱉으며 업무에 관해 설명하는 조승현을 보고 있자니 속이 더 축축해졌다. 전화를 끊고 나서 조승현은 직접 나를 데려다 주겠다며 건물 지하에 있는 주차장으로 향했다. 어차피 거절해 봤자일 것 같아서 나는 얌전히 그를 따랐다.

「솔직히 안심했어, 나.」

주차장에 들어선 후, 내가 툭 내뱉듯이 말하자 조승현이 '뭘?' 하며 되물었다.

「네가 어디서 깡패 같이 위험한 일 하고 있을까 봐 걱정했는데,

제대로 책상 두고 일하는 모습 보니까…… 청승맞게 눈물도 나고……
안심도 되고…….」

나를 뚫어져라 바라보던 조승현이 갑자기 미친놈처럼 나를 벽에
밀어붙이고 키스한 것은 생각지도 못한 일이었다. 이런 말을 글로 기
록하기는 부끄럽지만 조승현의 키스는 늘 좀 뭐랄까…… 너무 길고
음란하다. 혀로 섹스하는 것 같은 느낌이라고 하면 조금 비슷할 것
같다. 내 입에 제 긴 혀를 쑤셔 넣고 입 속에서 여기저기 핥으며 돌
렸다 빼고, 내 혀를 빨아 당겼다가 제 것으로 뒤섞으면 타액이 여기
저기로 흐르고 정신이 아찔해지는 것이다. 아랫도리로 피가 확 쏠리
는 것도 자연스럽고 당연한 현상이었다. 겨우 눈을 뜨고 헉헉거리는
데 다시 입술을 붙여 오는 조승현의 뒤로 그 자리에 붙박인 듯 서서
얼어붙은 최 비서의 얼굴이 보였다. 그의 표정은 다분히 충격적이었
다. 그럴 만도 했다. 짐승처럼 헉헉거리며 남자 둘이 주차장에서 붙
어 있는데, 아무리 최 비서가 나와 조승현의 관계를 안다고 해도 상
상하는 것과 실제로 보는 것은 천지 차이니까.

퍽-!

머리보다 주먹이 먼저 움직였다.

「야 이…… 미친 새끼야. 바깥에서 왜 이 지랄이야?」

나는 벌게진 얼굴을 하고 씩씩거리며 그를 보았다. 솔직히 말하자
면 최 비서에게 이런 은밀한 장면을 들켰다는 것 자체가 무척이나 쪽
이 팔렸다. 아주 오래전 기숙사에서의 일 때문은 아니었다. 욕망에
뒤집혀 헐떡거리는 모습을 굳이 남에게 보여 줄 필요는 없다고 느꼈
을 뿐이다.

「뭐요?」

갑자기 주먹으로 옆얼굴을 가격당한 조승현이 어이없는 표정을 지었다. 그는 뒤에서 슬금슬금 뒷걸음질을 치기 시작한 최 비서의 존재를 눈치채지 못하고 있었다. 괜히 그의 성질을 건드릴까 봐 나 역시 입을 꾹 다물고 있었다.

「바깥에선 나랑 키스하면 안 되는 법이라도 있나?」

조승현의 눈빛이 서늘해졌다. 꼴을 보니 갑자기 밀쳐져 단단히 열이 받은 상태로 보였다.

「내가 키스하고 싶으면 그게 어디든 상관없어요.」

「싫다고…… 싫다고 했잖아.」

승현이 잇새로 잔인하게 내뱉었다.

「형은 나를 거부할 자격이 없어. 그걸 몰라요?」

듣자 듣자 하니 진심으로 열 받는 소리였다. 최 비서가 지켜보고 있다는 사실에 더 얼굴에 피가 몰렸다. 나는 조승현에게 버럭 소리를 지르고 말았다.

「씨발 내가 네 좆받이야 뭐야, 이 개새끼야!」

시커먼 똥개 같은 그의 눈빛에 분노가 튀었다.

「씨발…… 따라와.」

그가 내 팔목을 잡고 성큼성큼 걸었다. 눈에 익은 그의 차가 보였다. 한민우의 별장에서 박살 내고 새로 뽑은 차였다. 조승현은 뒷좌석의 문을 거칠게 열고서 나를 그 안에 처넣었다.

「야……!」

나가려고 했지만 이미 성큼 안으로 들어온 그에게 가로막혔다. 물론 내가 그 상황에서 육탄전을 벌인다 해도 새벽 다섯 시에 일어나 짐승처럼 운동하는 그에게 힘으로 당할 수 없다는 사실을 알고 있었지만 참을 수가 없었다.

「진짜 안 비키면 화낸다, 개 같은 새끼야……!」

그가 내 셔츠 앞섶을 두 손으로 쥐고 단번에 찢어발기듯 열었다. 단추가 드르륵 사방으로 다 튕겨 나간 것은 당연한 이야기였다. 조승현의 회사에 온다고 일부러 제일 아끼는 셔츠로 골라 입었는데 엉망이 된 셔츠를 보니 머리끝까지 열이 올랐다.

철썩!

「이 씨발 새끼야!」

조승현은 내게 따귀를 맞고도 흔들림도 없었다. 셔츠가 내려가 완전히 드러난 내 목덜미를 벌주듯 세게 콱 물고 쭉 빠는데 머리가 노래졌다. 귓불 바로 아래, 여린 모가지가 씹히는 자극에 나는 특별히 약했다. 솔직히 말하면 조승현의 손길이나 입맞춤에 몸이 극도로 훈련되어 자동 반사로 좆이 서는 것은 어쩔 수가 없었다.

「좆받이?」

그가 목을 잘근잘근 씹으며 꽉 잠긴 목소리로 중얼거렸다. 내가 화가 나서 내뱉은 소리에 단단히 성질이 났다는 증거였다.

「저 꼴릴 때만 사랑한다고 씨불이면서 정작 중요할 때는 사람 가지고 놀지 아주.」

내가 주먹으로 그의 어깨를 사정없이 퍽퍽 때리자 조승현이 좌석 밑에서 덜그럭거리는 무언가를 꺼내 들었다. 안 그래도 큰 내 눈이 개구리 왕눈이처럼 부릅떠진 것은 당연한 소리였다. 침대에서 그와 장난치듯 이용하는 털 달린 구속구가 아니라 진짜 수갑이 눈앞에서 은빛으로 빛나며 찰랑거렸다.

거부할 새도 없이 내 두 팔이 헤드레스트 기둥에 철컥거리는 소리를 내며 잠겼다. 수갑을 채운 그가 내 벨트를 풀고 바지와 드로어 즈를 단번에 내렸다.

「이거 당장 안 풀어?」

「형한테 키스 한 번 한 게 그렇게 죽을 잘못인가? 좆받이? 누가 그딴 말을 내뱉으라고 했어요? 내 좆 받는 게 그렇게 싫었나?」

그가 반쯤 일어선 내 성기를 붙잡고 격렬히 흔들어 댔다. 분노한 것과 상관없이 물리적 자극에 몸이 반응한 것은 당연한 일이었다. 애널이 벌름거리고 쿠퍼액이 줄줄 흘러나오게 만들어 놓고선 그가 손을 딱 떼어 냈다.

「야 이 씨발 놈아!」

사정 직전에 멈춰진 나는 진심으로 조승현을 때려죽이고 싶었다. 내가 그를 사랑하는 것과는 별개로 이럴 때의 조승현은 진심 악마로 보였다.

「내 좆받이 되는 거 싫다면서요.」

그가 버둥거리는 내 옆에 턱 걸터앉아 제 좆을 꺼내 놓은 후 느리게 자위를 시작했다. 커다란 그의 손안에서 쑥쑥 움직이는 조승현의 굵직한 좆을 보니 더욱 미칠 것 같았다.

「이거 풀어!」

조승현이 어디서 개가 짖느냐는 표정으로 힐끗 나를 바라보았다. 나는 진짜로 강아지가 된 것처럼 끙끙거리며 허리를 끄떡여 보았다. 복부 아래 빳빳이 선 좆이 꺼떡거렸지만 그 자극은 조승현의 거친 손놀림에 비할 바가 아니었다.

「빨리…… 박아, 개새끼야!」

「박아 달라는 태도가 그게 뭐죠?」

조승현이 비릿하게 내뱉었다. 이판사판이었다. 나는 이를 한 번 꽉 깨문 후 그가 원하는 말을 지껄여 주었다. 그의 앞에서 수치스러움 따위는 이미 날려 보낸 지가 옛날이었다.

「승현아…… 빨리…… 박아 줘.」

「내가 왜 그래야 할까요?」

「죽을 것 같으니까…… 제발……!」

「형이 죽으면 내가 곤란하죠.」

그제야 입술을 씰룩이며 조승현이 내게 다가왔다.

「내 좆, 어디로 받고 싶어요?」

「뒤에…… 뒤에 구멍에다 받고 싶……!」

뻑뻑한 구멍을 냅다 벌리며 그가 쿠퍼액으로 흥건히 젖은 좆을 들이밀었다. 나는 부끄러움도 모르고 교성을 질렀고 조승현은 차체가 흔들릴 정도로 나를 정신없이 뚫어 댔다.

내가 결국에는 조승현한테 무슨 말까지 하며 애원했는지, 자세한 설명은 생략한다.

"뭐 해요?"

거실 테이블 위에서 노트북에 코를 박고 있던 정인은 뒤에서 갑자기 들리는 목소리에 튀듯이 놀라며 노트북을 닫았다. 승현은 잠옷 차림으로 팔짱을 끼고 있었다.

"네 욕하고 있었다."

"누구한테."

"혼자, 이 새끼야."

"아직 화 안 풀렸어요?"

"너 같으면 쉽게 화가 풀리겠어?"

정인이 톡 쏘듯 내뱉자 그가 한숨을 쉬며 맞은편에 의자를 빼고 앉았다.

"최 비서가 보고 있어서 형이 그런 건지는 정말 몰랐어요."

커다란 손안에서 섬세하게 세공된 크리스털 글라스가 느리게 돌아 갔다.

"나는 진짜…… 형이 나랑 키스하는 게 싫은 줄 알고 그랬어."

정인은 그를 노려보며 톡 내뱉었다.

"……최 비서가 없었어도 바깥은 싫다고."

"다른 누가 볼까 봐 두려워서?"

승현이 그를 응시하며 조용히 물었다. 정인은 승현의 묵직한 시선을 바라보다 고개를 돌려 버렸다. 그는 아직도 화가 나 있었다.

"형. 나 봐요."

승현이 다정히 명령했다. 정인이 들은 체도 하지 않자 승현이 손을 들어 그의 턱을 부드럽게 잡아 자신을 보게 했다.

"그 누구도 뭐라고 못 해요. 나는 다른 사람 눈 신경 안 써. 입 떼는 새끼들 있으면 내가 다 죽여 버릴 거니까."

백 퍼센트 진심인 승현의 말에 오싹해진 정인이 그를 저지했다.

"……조승현."

"아무것도 겁내지 않아도 돼요. 예전이랑은 다르잖아. 형도 나 사랑하잖아요."

승현은 정인이 예전 기숙사에서의 트라우마에 아직도 시달리고 있다고 생각하는 듯했다. 정인은 변명하듯 서둘러 입을 열었다.

"겁나서 그러는 거 아니야……"

"그럼 뭔데요?"

"그냥…… 내가 부끄러워서 그래."

정인의 목덜미가 훗훗하게 달아올랐다.

"우리는 부부 사이인데 대체 뭐가 부끄러워요?"

"뭐?"

너무도 당당한 조승현의 대꾸에 정인은 할 말을 잃고 벙긋거렸다.

"라스베이거스 가서 결혼식까지 했는데, 그거 다 쇼였나? 내 기분에 장단만 맞춰 준 건가?"

승현의 시커먼 눈이 가늘어지는 것을 보며 정인은 그제야 눈을 번쩍 뜨고 눈을 부라렸다.

"아니거든?"

"믿을 수가 있어야지, 씨발."

승현이 담배를 찰칵거리며 불을 붙였다. 이로 꽉 물고 깊게 빨아들이는 모습에서 분노가 새어 나왔다. 정인은 그를 뚫어져라 노려보았다.

"금연한다고 구라 쳐 놓고선 담배 피우는 너도 씨발이다, 이 새끼야."

"사기 결혼 했다고 제 입으로 시인해 놓고 뭘 잘했다고 말이 많아요?"

"아니라고! 나도 너랑 결혼하고 싶어서 했다고!"

결국 정인이 버럭 소리를 질렀다.

"그런데 왜 바깥에서 스킨십 못 하게 해요?"

"그거랑 그거랑 어떻게 같아?"

"부부끼리 키스하는 건 당연해요. 형이 장소를 따지고 사람들 눈을 신경 쓰면 내 기분도 좆같아져요."

결국 제 기분이 나쁘다는 소리였지만 이상하게 설득이 되는 것 같아 정인은 짜증이 났다.

"나 혼자만 서정인한테 전전긍긍하는 것 같아서 짜증난다고요."

마치 상처받은 것 같은 말투에 정인의 가슴 한구석이 뻐근해졌다. 정인은 한숨을 훅 내쉬며 입을 열었다.

"알았어."

"뭘 알아요."

승현이 제 성격대로 그의 말꼬리를 잡아챘다.

"……뺨에 뽀뽀 정도로 쇼부 보자."

정인 딴에는 많이 양보한 일이었다. 앞으로 바깥에 외출할 일을 많이 만들려면 더욱 더 이 일을 확실히 짚고 넘어가야 한다는 생각이 들기도 했다.

"뺨 말고 입술."

"고집부릴래?"

"혀는 안 쓸게요."

그렇게 말하면서 조승현이 길게 혀를 내밀어 술잔을 둥글게 핥았다. 정인은 그의 모습에 후끈 달아오르는 스스로를 인식하고 인상을 확 찌푸렸다.

"알았어. 그걸로 해. 그럼. 더 이상은 안 돼."

"그리고 또 하나."

"뭐 이 새끼야."

"앞으로 싸워도 각방은 금지예요."

정인이 소파에서 웅크리고 잔 것은 엊그제를 포함해 딱 이틀뿐이었는데, 승현은 마치 한 달은 떨어져 있었던 것처럼 못마땅한 표정이었다.

"따로 자면 부부 사이 멀어져요."

"알았다, 알았어."

"이리 와요."

승현이 술잔을 내려놓고 그를 향해 팔을 벌렸다.

"그러고 싶으면 네가 와."

정인이 벌게진 얼굴로 툭 내뱉자 승현이 피식 웃었다. 그가 상체를 일으켜 벌떡 자리에서 일어나자 의자가 대리석 바닥에서 뒤로 확 밀렸다. 정인을 번쩍 들어 안자 정인이 당황해 눈을 빠르게 깜빡였다.

"야. 이딴 식으로 옮기지 말라고 했다. 형이."

"외로워서 죽는 줄 알았잖아요. 지난 이틀."

성큼성큼 침실로 향하는 승현의 발걸음이 조급했다.

"야…… 너 또 나한테 무슨 짓 하려고 이래."

"뭐긴 뭐예요. 아까 형이 설명 생략한 짓이지."

설마 했는데 정인이 노트북에 기록하고 있던 문서를 뒤에서 다 본 모양이었다.

"야……."

정인의 하얀 얼굴이 벌겋게 달아올랐다. 승현이 그를 보며 의미심장하게 웃었다.

"그때 차 안에서처럼 여보 소리 한 번만 해 주면 한 번에 끝내 줄게요."

"야 이 개새끼……!"

뜨거워진 정인의 몸이 매트리스 위에 떨어지며 폭신한 이불에 푹 파묻혔다. 승현이 그의 잠옷 셔츠를 끌어올리고 이로 젖꼭지를 잘근 잘근 씹었다. 정인은 승현의 머리통을 꽉 쥐고 올려 그의 얼굴을 마주했다.

"승현아."

"네."

"내가 너 사랑하는 거 알지?"

승현의 입술이 위로 쭉 찢어지더니 고른 치아가 드러나 보이게 그가 웃음 지었다. 촉, 하고 기다란 입술이 정인의 입술에 붙었다 떨어졌다.

"또 사람 가지고 놀죠. 서정인."

"……자꾸 그러면 너랑 이혼한다."

"정인이 형."

"어."

"죽고 싶어요?"

"농담이야. 농담도 못 하냐?"

개새끼. 정인이 인상을 쓰자 승현이 표정을 풀고 그를 끌어안았다. 손으로 엉덩이를 떡 주무르듯 만지며 그가 정인의 귓가에 뜨거운 숨을 뱉었다.

"잘못했다고 울면서 빌 때까지 박을 거예요. 다시는 그 소리 입에 못 올리게 해 줄게요."

정인은 불뚝 일어난 조승현의 성기를 느끼며 긴장에 떨리는 눈을 감았다. 역시 성질이 아무리 개 같은 조승현이라고 해도 같이 붙어

있는 편이 훨씬 더 좋았다. 원래 부부는 싸우면서 정이 드는 법이
었다.

#2. 일상

정인은 휴대폰을 귀에 붙이고 고개를 갸웃했다.

"네가…… 그런 게 왜 궁금한데?"

−아, 아니. 그냥. 호기심이야.

네모난 기기 너머로 승주가 말을 얼버무렸다.

"일에 관련한 건가?"

−어, 뭐. 겸사겸사.

광고 회사 전략팀에 있는 승주가 맡은 일과 관련한 것이라고 짐작하고, 정인은 옛일을 더듬었다. 처음 남자와 섹스했을 때라. 어느덧 까마득한 옛날이었다.

"음…… 처음에는 다들 서투르지. 나 같은 경우도 몸이 달아서, 심적으로는 완전히 준비가 된 상태였는데 막상 집어넣을 때는 막대기가 몸을 완전히 뚫어 버리는 느낌이었으니까."

　－그럼 원래 다들 그런 느낌이라고?

　승주가 건조하게 물었다. 정인은 들고 있던 태블릿을 소파 한쪽에 치웠다.

　"사람에 따라 다를걸? 한쪽이라도 경험이 좀 많으면 상대가 편하겠지만 막무가내로 눈 뒤집혀서 불이 붙으면 특히나 받아 내는 쪽은 죽어나겠지."

　수화기 너머의 승주가 갑자기 말이 없었다. 아무리 그의 성향을 다 알고 있는 사이라지만 조금 너무 솔직했던 건가, 생각하며 정인이 이마를 긁었다.

　"개인차가 있긴 해, 그것도."

　－남자끼리 사귀는 데 꼭 고통받으면서까지 섹스가 필요한 건가?

　화제를 바꿀 거라고 생각했던 승주가 더욱 깊은 주제로까지 파고들었다. 정인이 기다란 속눈썹을 깜빡였다.

　"그것도 사람에 따라 다르겠지. 삽입 섹스만 섹스가 아니니까. 서로 대딸을 해 줄 수도 있는 거고 오랄을 해 줄 수도 있는 거고, 좆을 같이 비빌 수도……."

　－쿨럭, 쿨럭…….

　수화기 너머로 승주가 크게 기침을 했다. 아차 싶어 정인이 입술을 살짝 깨물었다.

　"뭐, 중요한 건 침대에서 얼마만큼 서로 노력하느냐인 것 같은데…… 몇 번 해 봐서 아니다 싶으면 안 하면 되는 거고."

　－……마지막으로 하나만 물을게.

　"열 개 물어봐도 돼. 내가 너한테 지식 자랑을 할 날이 다 오네."

승주가 한참을 망설이다가 마침내 기어들어 가듯 낮은 목소리로 그에게 물었다.

－넌 조승현이랑…… 그거 할 때 좋아?

예상치 못한 승주의 물음에 정인은 흠칫 놀랐지만 이내 슬그머니 미소를 지었다.

"씨발, 끝내주지."

정인이 아래를 슬쩍 내려다보며 말소리를 죽였다.

"걔는 좀 미쳤거든. 눈물 질질 나올 때까지 해 대는 데는 장사가 없다, 진짜."

정인의 솔직한 대답에 승주는 허둥지둥하더니 서둘러 전화를 끊었다. 정인은 끊긴 휴대폰을 확인하고 어깨를 으쓱했다. 다시 태블릿을 들어 그림을 그리고 있는데 그의 무릎을 베고 누워 있던 조승현이 입을 열었다.

"김승주가 뭐래요?"

"어, 안 잤어?"

한참을 눈을 감고 아무 소리 안 하고 있기에 자고 있는 줄 알았더니 그게 아니었던 모양이다. 승현이 대답 대신 가느다란 눈으로 그를 올려다보며 다시 물었다.

"대화 주제가 좀 이상한 것 같던데."

정인의 목이 홧홧하게 달아올랐다. 일요일 오후, 한가하고 평화로운 시간에 또 이상한 이유로 조승현과 다투고 싶지는 않았다. 승현은 예전보다는 나아졌다고 하지만 아직도 김승주를 좋게 생각하는 건 아니었다. 정인은 애써 표정을 갈무리하며 서둘러 설명했다.

"승주가 요즘 화장품 광고 기획하는데 약간 유니섹스한 콘셉트로 갈 건가 봐. 요즘 트렌드잖아. 여성용 화장품 브랜드에도 남자 모델 많이 쓴다더라고."

"그래서?"

"나한테 남자랑 처음 잤을 때 어땠었냐고 물어보더라고."

승현의 미간에 슬쩍 주름이 잡혔다.

"······화장품 광고에 남자 쓰는 거랑 남자끼리 섹스하는 거랑 무슨 상관인데요?"

승현의 말을 듣고 보니 그러했다. 정인은 고개를 기울였다.

"글쎄······."

갸우뚱하는 정인을 보며 승현이 못마땅한 표정을 지었다.

"나는 그 새끼가 정말 마음에 안 들어요."

"또 그런다. 너 진짜 뒤끝이 좀 너무 길다고 스스로도 생각 안 해?"

승현이 시커먼 시선으로 정인을 뚫어져라 바라보더니 불쑥 물었다.

"형이 처음 섹스한 놈은 형이 아파하는 거, 고통스러워하는 거 다 봤겠네요? 꼬챙이로 뚫리는 기분이었다면서."

정인은 손을 들어 눈썹 부근을 가볍게 긁었다. 숙맥이었던 과외 선생이 처음 섹스할 때 어땠더라.

"뭐, 그렇겠지? 근데 그쪽도 집어넣으려고 낑낑거렸던 건 마찬가지라서······."

기억을 더듬는 정인의 팔을 승현이 꽉 잡는 바람에 정인은 흐려졌던 시선을 다시 그의 얼굴에 박았다.

"내가 거기까지 물어보진 않았잖아요."

"뭐야, 너 설마 지금 질투해?"

정인이 뜨악한 얼굴로 승현을 보며 소리를 높였다. 승현의 얼굴이 서늘해지는 걸 보니 그의 짐작이 맞는 것 같았다.

"너무 옛날이라서 기억도 희미한 일을 뭘 질투하고 있는 건데, 넌."

승현이 인상을 쓴 채로 말도 없이 길게 숨을 들이쉬었다 뱉었다.

"할 수만 있다면 서정인 머릿속을 지져서 나랑 관련된 일 빼고 다른 씨발 새끼들이랑 얽혔던 기억은 모조리 없애 버리고 싶어요."

그가 그냥 하는 말이 아니라는 것을 잘 아는 정인이 가늘어진 눈으로 승현을 흘겨보았다.

"이미 지나간 과거를 내가 뭐 어떻게 하면 되냐? 타임머신 타고 돌아가지 않는 이상 뭘 바꿀 수도 없잖아. 10년 전에 네가 나 충분히 괴롭힌 걸로도 부족해?"

정인의 반격에 승현이 입을 다물었다. 그 모습을 보니 정인은 은근히 부아가 치밀어 말을 덧붙였다.

"나보고 걸레라며…… 씨발, 쓰레기라고 욕해 놓고, 개새끼가 진짜……."

승현이 고개를 획 돌려 정인의 하체에 얼굴을 묻었다. 잠옷으로 걸친 얇은 트렁크 팬티를 통해 그의 뜨거운 숨결이 느껴졌다.

"흣…… 저리, 안 꺼져?"

"……때는 어땠어?"

그가 뭐라고 웅얼거리는 소리가 잘 들리지 않았다. 정인의 성기에 잔뜩 피가 몰려 팽팽히 일어났다.

"뭐…… 뭐라고? 야 하지…… 하지 마……."

그가 헐렁한 트렁크 팬티에 뚫린 구멍을 통해 기어코 정인의 페니스를 밖으로 끄집어냈다. 초여름 햇살이 쨍하니 들이치는 한낮이었다. 승현의 시커먼 눈이 빛을 받아 연해져서 초콜릿색을 띠었다.

"나랑 처음 했을 때는 어땠냐고요."

"어땠긴 뭘 어때…… 경찰 들이닥쳐서 정신 나가는 줄 알았는데 씨발 놈아…… 아!"

그가 정인의 페니스를 입에 쑥 집어넣고 혀로 성기 아랫부분을 간질였다. 승현은 입도 동굴처럼 깊어서 정인의 성기를 잘도 끝까지 집어삼키고 있었다. 허벅지에 머리를 대고 누워 갑자기 구음을 시작한 승현 탓에 정인은 그 자리에서 움직이지도 못하고 헉헉거리며 숨을 몰아쉬었다. 깊게 빨려 들어가는 느낌이 아찔했다.

"감상이 그게 다예요?"

승현이 입을 벌려 그의 귀두를 혀로 빙글빙글 돌리며 뭉개진 발음으로 물었다. 정인의 성기에서 맑은 프리컴이 뚝뚝 떨어져 승현의 타액과 섞였다. 하얀 피부가 흥분에 벌겋게 달아올라 있는 정인을 보며 승현이 마치 그를 놀리듯 혀로 정인의 꼿꼿한 성기를 툭, 툭, 건드려 댔다. 정인이 떨리는 목소리로 중얼거리듯 속삭였다.

"하자, 승현아."

"대답부터 듣고."

개자식. 기어이 그날의 소감을 듣고 싶은 모양이었다. 정인은 이를 갈며 간신히 내뱉었다.

"솔직히 인생 첫 섹스는 아팠던 것밖에 잘 기억이 안 나는데……
흐흣!"

그가 정인의 불알을 핥다가 입안으로 삼키듯 쑥 집어넣었다. 숨이 턱, 막히는 것 같아서 정인은 승현의 어깨를 꽉 잡았다. 그의 혀가 주름진 살을 헤집으며 뒤의 회음부까지 닿자 정인은 저도 모르게 허리를 공중으로 치켜들었다. 답답한 속옷을 벗어 버리고 싶었다. 구멍이

멋대로 벌름거리며 어서 빨리 묵직한 압박을 달라고 소리 없이 항거하고 있었다.

"너랑 처음 했던 건 지금도 생생하게 다 기억나. 씨발…… 아……!"

승현이 그의 마음을 알아차린 듯 상체를 일으키더니 정인의 헐렁한 트렁크를 벗겨 냈다. 그리고 소파 아래로 내려간 후 정인의 다리를 확 가로로 벌렸다. 들이치는 햇살 아래 정인의 은밀한 부위가 환하게 드러났다.

"계속 말해요."

그가 정인의 성기에서 흘러내리는 자신의 타액을 윤활유 삼아 주름진 구멍 입구를 손으로 벌리기 시작했다. 정인의 애널이 움찔움찔 쪼그라들었다가도 그의 손길을 환영하듯 벌어지기를 반복했다.

"기절할 것 같았어. 몇 번이나 갔는데도…… 또 네가 날 세워서 다시 박고, 미친 새끼가…… 망치질 하는 것처럼 사람을 그렇게 찍어 누르는데도…… 아훗!"

승현의 손이 구멍 안에 쓰윽 비집고 들어오자 정인의 성대에서 교성이 터졌다. 마디가 툭툭 불거진 손가락 두 개가 정인의 몸 안에 제 집처럼 꾹 눌러 들어와 전립선을 압박하는 위치에 다다랐다. 꼿꼿이 발기한 정인의 성기가 공중에서 꺼떡거렸다.

"승현아, 하자…… 제발……!"

"그래서 좋았냐고 싫었냐고."

승현은 잔인하게 물음을 이어 나가며 손가락으로 그의 내벽을 꾹꾹 눌러 짚었다. 정인의 페니스 끝에서 주르륵, 정액이 흘러내렸다.

"하으윽……!"

정인의 눈꼬리에 눈물이 맺혔다. 다리를 쩍 벌리고 조승현에게 희

롱당하고 있는 상황에 대한 억울함보다도 간질거리는 쾌감을 극대화
하고 싶다는 욕망이 더욱 컸다.

"미치는 줄 알았어…… 흣……!"

"그래서 좋았냐고 싫었냐고."

정인은 결국 그를 향해 소리칠 수밖에 없었다.

"하아…… 그 전까지 했던 섹스는 싸그리 기억이 안 날 정도로 좋
더라, 이 씨발 새끼야…… 흡……!"

승현이 손을 쑥 빼더니 바닥에서 벌떡 일어나 정인에게 얼굴을 묻
었다. 그리고 정인의 아랫입술을 씹어 삼키면서 제 팬티를 쑥, 내렸
다. 그가 힘줄이 툭툭 불거진 팽팽한 성기를 붙잡고 이미 풀어진 정
인의 구멍 입구에 대고 꾹 눌렀다. 가장 굵은 부분이 툭, 걸리듯 들어
가자 정인이 개구리처럼 다리를 벌린 채 몸을 가늘게 떨었다.

"흣!"

승현이 허리를 쿡, 찔러 단번에 정인의 몸을 꿰뚫었다. 소파 등받
이를 꽉 붙잡고 그 안에 정인의 머리통을 가둔 채, 그가 거침없는 왕
복을 시작했다.

"진작 그렇게 말했으면 좋았잖아……."

퍽, 퍽, 퍽, 하고 살이 부딪힐 때마다 정인의 엉덩이가 소파 뒤로
밀렸다. 더 이상 갈 곳이 없는 정인의 몸이 승현이 움직이는 거센 반
동을 그대로 받아들이며 애처롭게 흔들렸다.

"하아, 아아, 으윽!"

"좋아?"

"흣! 응…… 조금만 천천…… 하악!"

조승현은 청개구리가 분명했다. 뒤로 빠지는 정인의 엉덩이를 말

아 쥐더니 제 쪽으로 확 끌어당기자 정인은 소파 좌석에 아예 드러누운 자세가 되었다. 승현은 무릎을 굽혀 높이를 맞추고 공중에 들린 정인의 하체에 미친 듯이 허리 놀림을 이어 나갔다.

"윽! 아앗! 흐응! 개새…… 하으으윽……!"

정인의 아랫배 위에서 널뛰듯 흔들리는 성기에서 끊임없이 정액이 줄줄 흘러나왔다.

"나도 미치는 줄 알았어요. 서정인이랑, 하아…… 섹스하는 게 꿈같아서."

승현이 잔뜩 가라앉은 목소리로 중얼거렸다. 정인은 헉헉거리며 그에게 눈을 맞추었다. 그의 고환이 엉덩이에 쉼 없이 부딪혀 철썩거렸다. 눈앞에 안개가 낀 것처럼 시야가 뿌옇게 변하고, 목이 바짝바짝 말라 오며 아랫배가 폭발할 듯 간질거렸다. 척추에서 찌르르 느껴지는 자극에 몸이 아릿했다.

"너는 아마…… 내가 느끼는 거 10분의 1도 못 느끼고 있을 거다, 멍청아……."

정인이 중얼거리자 땀에 젖은 승현이 소리 없이 숨을 뱉어 내며 웃었다. 승현이 퍽, 하고 치고 들어오는 강도가 감당할 수 없을 만큼 거칠었다.

"하윽!"

정인이 몸을 부들부들 떨며 다리를 버둥거렸지만 승현에게서 벗어날 수는 없었다. 그가 정인의 다리를 확 위로 들어 반 꺾은 자세로 방아를 찧어 댔다. 그의 얼굴이 가까웠다.

"어떻게 그걸 확신하는데요?"

정인이 당연한 사실을 입으로 내뱉었다.

"넌 너 스스로가 얼마나 섹스를 잘하는지 몰라, 이 등신아……!"

그가 깊이 쑤시고 들어와 굵다란 페니스로 빙글빙글 안을 돌렸다. 정인의 눈꼬리에서 뜨거운 눈물이 뺨을 타고 흘렀다. 승현이 길게 혀를 내밀어 개처럼 정인의 눈물을 핥으며 헐떡였다.

"나도 서정인한테 같은 말을 해 주고 싶은데, 비교할 상대가 없는 게 몹시 짜증이 나네요."

"한눈팔면 죽여 버린다, 씨발 새끼야…… 하아…… 승현아, 나 쌀 것 같아……."

"아까부터 질질 쌌으면서, 뭘."

승현이 그의 귓가에 속삭이면서 쿡, 쿡, 올려치듯 정인의 애널을 박았다. 정인은 승현의 목에 양팔을 감고 턱을 쳐들며 높게 신음했다. 머릿속에서 시뻘건 불꽃이 펑펑 터져 나가고 손발 끝에 힘이 쭉 빠졌다.

"아! 아응! 하으웃!"

비명 같은 교성을 지르며 힘없이 옆으로 쓰러진 그의 위로 승현이 올라왔다. 정인은 소파에 길게 누운 자세로 다시금 그의 구멍 안을 비집는 승현을 감당할 수밖에 없었다. 묵직한 체중이 몸을 눌러 오자 가슴이 답답했지만 사정 끝에 오는 나른함으로 움직일 수조차 없었다.

"오래간만에 해 떠 있을 때 하니까…… 정신을 못 차리겠네요."

승현이 입에 침도 안 바르고 지껄였지만 정인에게는 그의 거짓말을 받아칠 여유도 없었다. 여름이라 아침 여섯 시도 되기 전에 해가 떠서 사방이 환한데 무슨 소리란 말인가.

"눈 감지 마요."

승현이 정인의 얼굴을 손안에 가두고 중얼거렸다. 목소리가 잔뜩 내리깔리고 허리를 쳐 대는 속도가 모터를 단 것처럼 빨라지는 걸 보니 그도 사정하려는 것 같았다. 정인은 힘이 들어가지 않는 다리로 그의 허리를 감고 애써 눈을 떠 땀에 젖은 그를 바라보았다. 헉헉거리며 그를 간신히 받아들이고 있는 정인을 보며 승현이 정인의 입술을 물고 혀로 그 안을 핥았다.

"하아…… 흐으……윽."

승현이 혀를 뒤섞으며 하체를 격렬히 움직였다. 조승현의 문제점은 사정하기 직전, 미친 듯이 박아 대는 시간이 조금 많이 길다는 것이었다. 그것이 왜 문제인가 하면 한 차례 뿜어내고 시들했던 정인의 성기가 꼿꼿이 다시 서고 결국 구멍이 저절로 움찔거리며 다시 아찔한 쾌락의 낭떠러지로 그를 끌고 가기에 충분한 시간이기 때문이었다.

"승현아, 이제 그만…… 나 그만……!"

물론 정인의 버둥거림이 승현의 귀에 들릴 리가 없었다.

"아, 훗, 흐웃!"

승현이 정신 나간 짐승처럼 씩씩 뜨거운 호흡을 뱉어 내며 그의 목을 꽉 물었다. 퍽퍽, 철썩이는 소음이 더 이상 빨라질 수 없을 만큼 공간을 가득 채웠을 때 마침내 승현이 정인의 목에 잇자국을 세게 내며 사정했다. 승현의 박자에 맞추어 정인의 페니스에서도 멀건 액이 주르륵 아랫배를 지나 소파 위로 뚝 떨어졌다.

* * *

나른해서 몸을 움직일 여유도 없었다. 정인이 뒤에서 그를 끌어안은 승현의 체온을 느끼며 힘없이 중얼거렸다.

"외출은 글렀네."

"······나가면 되죠."

승현이 정인의 귓가에 낮게 속삭였다. 정인은 팔꿈치로 그의 가슴을 아프지 않게 툭 쳤다.

"사람을 완전히 고갈시켜 놓고 그게 할 소리냐?"

주말은 승현과 공식적으로 외출을 할 수 있었기 때문에 정인이 손꼽아 기다리는 시기였다. 황금 같은 일요일 오후를 조승현과 섹스하느라 날려 버렸다고 생각하니 정인은 조금 아쉬웠다. 물론 그와의 섹스가 아쉬웠다는 소리는 아니었다. 하지만 섹스는 깊은 밤에도, 푸른 새벽에도 할 수 있지 않은가.

"정 나가고 싶으면 지금이라도 나가요."

"기운 없다니까."

"내가 업고 다닐게."

촉, 하고 승현의 입술이 정인의 흰 어깨에 붙었다가 떨어졌다. 정인은 어이가 없어서 피식 웃다가 몸을 돌려 그를 마주보았다. 소파에 길게 두 개의 몸이 붙었다.

"안 나가도 돼."

"······밖에서 저녁 먹기로 한 건요?"

승현이 땀에 젖은 정인의 머리칼을 쓸어 주며 넌지시 물었다. 승현 역시 정인이 집 안에서 얼마나 답답해하고 외출을 바라는지 모를 리 없었다. 그는 격한 정사로 정인의 기운을 완전히 소진시켜 버린 데 대한 일말의 책임감을 느끼고 있는 듯했다.

'안 어울리게 은근히 귀엽다니깐.'

정인이 속으로 생각하며 웃음을 감추었다.

"주꾸미 배달 받은 거 냉장고에 있어. 오늘 저녁엔 그거 먹자."

"내가 할게요."

정인은 그에게 눈을 흘겼다.

"설탕을 또 얼마나 처넣으려고? 넌 옆에서 보조해."

"알았어요."

승현이 얌전히 답하며 정인의 입술에 입을 맞추었다. 간질거리는 느낌에 정인이 고개를 돌렸다.

"하지 마."

"왜."

"간지러워."

"부부 사이에 뽀뽀도 못 해요?"

승현이 또 정인의 말을 막으며 촉, 촉, 입술을 뗐다 붙이길 반복했다. 혀를 뒤섞는 키스가 섹스의 예고라면 가벼운 버드 키스는 격한 정사가 끝나고 벌어지는 후회였다. 정인은 달콤한 승현의 입맞춤을 즐기듯 받으며 문득 입을 열었다.

"근데 조승현."

"음?"

"가만히 네 말 듣고 보니까 이상한데. 아까 승주가 진짜 왜 그런 걸 물어봤지?"

승현이 작게 코웃음을 치더니 불만 섞인 얼굴로 뜬금없는 소리를 내뱉었다.

"남자한테 박힐 준비 하나 보죠. 아님 진즉에 박혔던가."

"뭐?"

정인이 푸하하 소리 내어 웃음을 터뜨렸다.

"무슨 말도 안 되는 소리를 하냐? 넌 가끔 진짜 이상한 소리를 하더라?"

승현이 대수롭지 않게 말을 덧붙였다.

"윤기 같이 정도(正道)만 지키게 생긴 놈들이 한 번 눈 돌면 뵈는 게 없어요."

"갑자기 최 비서는 거기서 왜 나와?"

"······그냥 갑자기 떠올라서요."

정인은 실없는 소리를 하는 그를 보며 약하게 웃었다.

"맞아. 김승주도 그러거든. 평소에는 실실대다가 가끔 너무 진지해질 때가 있어서 상대 당황하게 만드는 거 주특기야. 어렸을 때도 그래서 우리가 맨날 입바른 소리 한다고 짜증 내고 그랬는데······."

"정인이 형."

"응?"

"언제까지 좆도 재미없는 다른 사람 이야기를 내가 들어야 할까요?"

승현이 슬쩍 인상을 찌푸렸다. 정인은 시답잖은 불평을 늘어놓는 그에게 부드럽게 입술을 붙였다. 그간의 경험으로 봤을 때, 조승현의 기분이 조금 다운된다 싶으면 스킨십으로 밀어붙이는 게 좋았다.

살짝 버드 키스를 하고 떨어지는 정인의 입술에 다시 부드럽게 그의 입술이 닿았다. 입술을 붙인 채로 승현이 느리게 말했다.

"난 가끔 이게 꿈인지 현실인지 헷갈려요."

"······그거 왜 그런 줄 알아?"

정인이 그를 보며 키득거렸다.

"왜 그런 걸까요?"

"행복해서 그런 거잖아, 이 멍청아."

정인의 대답에 승현이 그를 끌어안고 고개를 천천히 기울였다. 각도를 맞추고 달콤하게 혀를 섞었다 떼어 내자 정인의 눈앞에 잔뜩 풀어진 승현의 눈동자가 보였다. 승현이 씩 웃으며 중얼거렸다.

"정인이 형. 천재네."

"이제 알았냐? 넌 헛똑똑이야, 이 바보야."

정인이 키득거렸고 승현이 마주 웃으며 다섯 손가락 끝으로 정인의 작은 엉덩이 위를 천천히 덧그렸다.

"흐응…… 간지럽다고 했다."

"근데 왜 좆이 서요?"

승현의 직구에 당황한 정인이 끄응, 하며 소파에서 일어나려고 하자 승현이 그의 팔을 잡아당겨 끌어안았다.

"섹스 안 할 테니까 조금만 더 이러고 있어요."

그게 가능할까 생각하며 정인이 그의 딱딱한 어깨에 턱을 걸쳤다.

"하지도 않을 거면서 자꾸 왜 붙어 있자고 해. 땀띠 나겠다, 인마."

정인의 귓가에 승현의 낮은 목소리가 달콤하게 흘렀다.

"형이랑 이러고 있는 게 너무 행복해서요."

새끼.

정인은 올라가는 입꼬리를 감추지도 않으며 위풍당당하게 내뱉었다.

"그러니까 이 형아한테 잘하란 말이야, 이 자식아."

"이 이상 어떻게 더 잘해요."

승현이 그의 머리통을 제게로 꽉 붙였다. 잡아 오는 손아귀의 힘은 부드럽다고 하기에는 조금 우악스러운 면이 있었지만, 늘 당하는 정인에게는 익숙했다.

"형이 원하는 건 내가 다 손에 쥐여 줄게요."

감금이나 풀어 달라고 말할까 하다가 정인은 얌전히 입을 다물었다. 돌아오는 승현의 대답이 어떨지는 뻔할 뻔 자였다. 정인은 대신 조승현이 마음에 들어 할 법한 말을 꺼냈다.

"승현아."

"말해요."

"내가 원하는 건, 네가 매일 해 지는 저녁마다 날 외롭지 않게 만들어 주는 거야."

승현은 말이 없었다. 정인은 그의 어깨를 뾰족한 턱으로 꾹, 눌러 찍었다. 자리가 자리인 만큼 아플 법도 한데 조승현은 늘 그렇듯 꿈쩍도 하지 않았다. 정인은 눈을 감고 피식 웃으며 말을 덧붙였다.

"항상 이렇게 내 옆에 같이 있어 줘. 무슨 일이 있어도."

승현이 흑, 하고 숨을 들이마셨다. 마주 닿은 승현의 가슴이 공기를 주입한 풍선처럼 팽팽히 부풀어 오른다 싶었다.

"뭐, 뭐야…… 조승현."

"가만히 있어요."

커다란 손이 정인의 엉덩이를 쩍, 벌리나 싶더니 승현이 정인의 한쪽 허벅지를 감아올렸다. 어느새 팽팽히 발기한 승현의 페니스가 애널 입구를 정확하게 눌러 오자 정인은 펄쩍 뛰며 그를 거부했다.

"진짜 안 돼, 그마…… 웃!"

"돼. 내가 되게 해요."

두꺼운 부분을 쑥 밀어 넣으며 승현이 중얼거렸다. 그를 꽉 끌어안으며 승현이 짐승처럼 두꺼운 성기를 꾹꾹 쑤셔 넣었다.

"이거 봐요, 되잖아."

"짐승 같은 새끼야…… 하아……! 이 말 좆 같은 놈이 진짜……!"

엉덩이를 꽉 잡아 전립선의 위치를 찾아 압박해 대자 정인이 몸을 뒤틀며 허리를 떨었다. 어느샌가 발딱 일어난 정인의 성기 끝이 축축했다. 승현이 그의 귓가를 잘근잘근 깨물며 그를 불렀다.

"정인이 형."

"응. 하아……."

정인이 턱을 쳐들며 신음했다.

"……싫으면 뺄까요?"

개새끼.

"지금 빼면 이혼이야."

승현이 씩 웃더니 허리를 퍽, 치고 들어오기 시작했다.

"이혼 소리 꺼냈으니까, 오늘은 각오해요."

정인은 체념한 표정으로 다리를 활짝 벌리고 그의 허리를 끌어안았다. 아무래도 저녁은 한참 뒤에나 준비할 수 있을 것 같았다.

#3. 불변

"야 조승현 이 개새끼야."

정인이 씩씩거리며 욕실에 있는 승현에게 다가왔다.

"그새를 못 참고 들어온 거예요? 아직 옷도 안 벗었는데."

승현이 씩 웃으며 양치 거품을 뱉고 입을 헹군 후, 정인의 허리를 끌어안고 입술을 맞추려 하자 정인이 그의 얼굴을 손바닥으로 퍽 소리 나게 밀쳐 냈다.

"……갑자기 왜 이러죠?"

승현의 얼굴이 확 일그러졌다. 눈이 무섭게 가늘어지고 목소리가 서릿발 내린 것처럼 차가워졌지만 정인은 굴하지 않고 주먹으로 그의 어깨를 아프게 퍽, 퍽, 때렸다.

"말을 하라고."

세 번째 펀치가 승현의 손바닥 안으로 보기 좋게 먹혀 들어갔다. 정인이 주먹을 빼려고 했지만 승현의 악력을 당해 낼 수가 없었다. 그렇다고 멈출 정인이 아니었다. 그는 슬리퍼를 신은 발을 높이 들어 승현의 허벅지를 콱 밟듯이 차 버렸다.

"이런 씨발……."

발길질이 제대로 들어간 모양이었다. 그가 정인을 멱살잡이하듯 붙들고 인상을 확 찌푸렸다. 아프긴 한 모양이었다. 씩씩대는 숨결에 열기가 일었다.

"열 받게 하지 말고 왜 이러는지 빨리 말해."

"너 내 휴대폰이랑 이메일 사찰하냐?"

승현의 눈이 잠깐이었지만 아주 미세하게 흔들리는 것을 정인은 놓치지 않았다. 승현은 어지간해서는 표정의 변화가 없는 포커페이스였지만 그동안 그를 생생하게 겪어 온 정인은 그의 동요를 직감했다.

"개새끼. 했지. 했어. 너야, 씨발."

결론을 내린 정인이 씨근덕거리며 숨을 내뱉었다.

"나 진짜 화났으니까 이거 당장 놓고 너 나랑 이야기 좀 해."

승현이 길게 한숨을 쉬더니 정인을 꽉 잡았던 손에 힘을 풀었다.

"씨발 새끼……!"

정인은 그의 몸 아래에서 빠져나오자마자 그의 턱을 냅다 후려치려고 했지만 실패였다.

"말로 해요."

정인의 팔목을 간단히 잡아 내리며 승현이 중얼거리듯 내뱉었다. 정인은 벌게진 얼굴로 그를 보며 이를 갈았다. 속에서 뜨거운 것이 울컥거렸다.

"내 이메일 왜 지웠어?"

"필요 없는 정보니까."

승현의 대답은 잔인할 정도로 단조로웠다. 정인이 소리를 버럭 질렀다.

"필요한 정보인지 아닌지는 내가 판단해 이 미친놈아!"

두 달쯤 전, 정인은 인터넷을 하다가 채팅 어플리케이션에서 쓰이는 캐릭터 공모전을 우연히 발견했다. 집에서 매일 빈둥거리고 있던 그의 눈에 띈 공고에 재미 삼아 응모를 했다. 한 달 동안 열심히 디자인을 해서 보냈지만 발표 날 웹 페이지에서 그의 이름은 찾아볼 수 없었다.

정인이 아무리 큰 기대는 하지 않았다고 하더라도 조금은 아쉬워지는 게 사실이었다. 그래도 재미있는 경험이었다고 생각하고 훌훌 털어 버리고 있었는데 모르는 번호로 전화가 왔다.

처음에는 스팸이라고 생각하고 무시하려고 했다. 한민우 사건이 있은 후로 승현은 그런 것들에 있어서 결벽적일 만큼 엄격하게 굴었다. 때문에 더더욱 전화를 받지 않았는데 오늘 오후에 갑자기 메시지가 떴다.

[안녕하세요, 서정인 씨.

몇 번이나 연락을 드려서 죄송합니다만, 귀하께서 공모전에 제출했던 캐릭터를 상업화하는 것에 대해 논의를 드리고 싶어서…….]

까지 읽는데 정인이 눈으로 보고도 믿기지 않는 상황이 벌어졌다.

메시지가 갑자기 사라진 것이다. 직접 삭제를 하지도 않았는데 메시지 함에서 사라지는 기막힌 상황에 정인은 눈을 껌뻑였다. 그때부터 그는 뭔가가 이상하다는 눈치를 챘다.

승현이 욕실에 있는 틈을 타서 스팸이라 생각했던 번호를 찾아 전화를 걸었다. 늦은 밤이라 전화를 받는 사람이 없을 줄 알았는데 그의 예상을 뒤엎고 전화가 연결이 됐다. 담당자의 입에서 나온 이야기는 정인을 기함하게 하기에 충분했다.

「-몇 번이나 연락을 드렸었는데, 연락이 힘드시네요. 공모전 수상도 거절하신 걸 알지만 그래도 캐릭터들이 너무 아까운 것 같아서요.」

정인은 자신이 공모전에 입상한 사실도 몰랐는데 수상을 거절했다는 것은 말도 안 되는 이야기였다. 이런 일을 벌일 범인이라면 단 한 사람밖에 없었다. 정인은 뜨거운 한숨을 내쉬며 눈앞의 승현을 노려보았다.

"복제폰 어디 있어? 내놔. 빨리 내놓으라고!"

"씨팔…… 짜증나게."

승현이 욕을 내뱉으며 벗어 두었던 슈트 재킷을 찾아 들더니 그 안에서 생전 처음 보는 네모난 기기를 꺼내 바닥에 거칠게 팽개쳤다. 휴대폰이 침대 다리에 세게 부딪혀 산산조각이 난 채 바닥을 뒹굴었다.

"이제 됐어요?"

"뭘 잘한 게 있다고 성질이야, 이 새끼야!"

정인은 커다란 손으로 머리를 쓸어 넘기고 있는 승현을 향해 인상을 구겼다. 승현이 가늘어진 눈으로 그를 노려보며 낮게 중얼댔다.

"들어오자마자 씻으라고 욕실에 떠밀 때부터 알아챘어야 했는데. 형이야말로 사람 속이고 뒤에서 협잡질한 주제에 말이 많잖아요."

대체 누가 할 소리인지 모를 궤변을 들으며 정인은 머리끝까지 화가 나 견딜 수가 없었다. 허리에 손을 얹고 길게 심호흡을 하며 참을 인 자를 새겼다. 그러지 않으면 조승현과 거하게 붙어 싸울 것 같았고, 싸움의 끝은 그에게 억지로 다리를 벌리게 됨이 자명했다. 힘의 차이 때문에 어쩔 수 없는 일이겠지만 지금 상황에서 그것만은 피하고 싶었다.

"조승현. 너는…… 내가 밖에 나가서 다른 사람 만나고 다니는 게 그렇게 싫으냐?

"내가 단지 서정인이 사람 만나는 게 싫어서 그런 짓까지 한다고 생각해요?"

승현이 협탁을 열어 안에서 담배를 찾다가 아무것도 손에 잡히지 않자 거친 손길로 서랍을 부서져라 닫았다. 그 위에 놓인 전등이 흔들흔들 위태롭게 움직였다.

"아니면 뭔데, 이 새끼야."

정인이 그를 노려보며 내뱉자 적반하장으로 그가 눈을 희번덕거렸다.

"조금만 참으면 돼. 조금만 참으면 내가 다 알아서 해 줄 건데, 왜 그새를 못 참아?"

미친놈처럼 중얼거리는 그의 시선에 이채로운 빛이 돌았다. 승현이 분노하고 있다는 사실을 모르지 않았지만 정인은 참을 수가 없었다.

"대답이나 제대로 해!"

"서정인한테 무슨 일 생기면…… 나 진짜 죽어요. 그거 몰라? 몰라서 이러냐고!"

"이 사람들은 나한테 상 주겠다는 거잖아! 이 사람들이 나 죽이려고 연락한 게 아니잖아!"

정인은 지지 않고 소리를 버럭 질렀다. 승현은 핏줄이 퍼렇게 솟은 손으로 제 이마를 거칠게 문지르며 짐승처럼 포효했다.

"내가 그 새끼들을 어떻게 믿어!"

"……뭐?"

정인은 어이가 없어서 할 말을 잃었다.

"그 새끼들이 미팅이나 계약한답시고 형을 불러내서 이상한 짓 벌이지 않을 거라는 걸, 어떻게 믿느냐고요."

승현은 농담을 하고 있는 게 아니었다. 분노와 염려가 뚝뚝 떨어지는 눈으로 정인을 노려보고 있는 그는 정말로 세상 모든 사람들이 정인에게 위협적이라고 생각하고 있는 것 같았다. 이건 과대망상을 넘어서는 수준이 아닐까?

"승현아. 나는……."

"형 등 왼쪽에 난 상처만 보면 나는 그때 일이 너무 생생해서 목이 졸릴 것 같은데……."

승현이 하아, 하고 뜨거운 숨을 뱉었다. 답답한지 셔츠를 벗어 바닥에 세게 내팽개치는 손길이 거칠었다. 그가 이글거리는 눈으로 정인을 보았다. 승현의 눈자위에 핏발이 섰다.

"피 철철 흘리면서 쓰러지던 서정인 모습이 내 머릿속에 콱 박혀서 불안해서 미쳐 버릴 것 같은데…… 왜 이렇게 사람을 돌아 버리게 하냐고!"

정인은 다리에 힘이 풀려 무릎 뒤에 걸린 매트리스에 풀썩 주저앉았다. 승현의 입에서 그때 일이 나온다는 것은 일이 심각하다는 소리였다. 승현은 정인이 총 맞았을 때 일만 떠올리면 미친 사람처럼 굴었다. 불안해서 회사에 출근을 못 한 적도 있었다. 정인은 길게 한숨을 쉰 후 그를 달래듯 천천히 입을 열었다.

"……네가 날 얼마나 걱정하는지 잘 알아."

"아니. 형은 하나도 모르고 있어요."

승현이 이를 갈며 내뱉었다.

"안다고. 나 그때 그 일 있은 후로, 네가 자다가 경기 일으킬 정도로 놀라서 깨는 거, 다 아는데…… 내가 네 생각을 해서라도 조심을 안 하겠어?"

"형이 조심한다고 해 봤자니까."

"한민우도 외국 갔고, 너는 항상 내 일거수일투족 감시하고 있는데 뭐가 걱정이야. 대체."

"난 불안해요."

정인은 진지하게 그에게 물었다.

"나랑 상담 받으러 한번 같이 가 볼래?"

"정신병자 취급해요?"

오래간만에 보는 승현의 시커먼 눈에 떠오른 광기에 정인의 몸이 저절로 흠칫했다. 두려워서가 아니었다. 흥분한 승현의 상태가 걱정되기 때문이었다.

"씨발…… 진짜 환자처럼 굴어 줘?"

"조승현……."

"날 불안하게 만들지 마."

승현이 정인을 보며 낮게 중얼거렸다.

"승현아……."

"제발…… 제발, 서정인."

그의 꽉 잠긴 한 마디에 정인은 한숨을 푹 내쉬었다. 이런 놈을 상대해서 뭘 어쩌겠다는 걸까. 그의 흔들리는 눈빛을 보니 애초부터 뭐가 그렇게 화가 났었는지도 희미해졌다.

"그래. 내가 졌다."

정인이 가라앉은 목소리로 승현을 불렀다.

"승현아."

침실을 불안정하게 왔다 갔다 가로지르던 그가 충혈된 눈으로 정인을 노려보았다. 정인이 손을 들어 그에게 손짓했다.

"이리 와 봐."

"뭘 잘한 게 있다고 사람을 오라 가라예요."

"오기 싫어?"

그가 욕설을 삼키며 한 발을 내디뎠다.

"더 가까이."

승현이 일그러진 입매를 씰룩이더니 침대에 앉아 있는 정인의 바로 앞에 섰다. 정인은 양팔로 그의 허리를 감싸 안고 판판한 복부에 얼굴을 기댔다. 셔츠를 벗어 던져 드러난 피부가 뜨거웠다. 승현이 숨을 쉴 때마다 복부 근육이 움찔거리는 것이 옆얼굴에 그대로 느껴졌다. 승현이 길게 숨을 내쉬며 아직도 열기가 묻어나는 말투로 중얼댔다.

"잘못했다고 해요."

"됐고, 일단 너 진정부터 해."

승현이 무릎을 굽혀 정인의 허벅지 아래 손을 넣었다. 번쩍 들어 올리자 정인이 중심을 잡기 위해 그의 목에 양팔을 감았다.

"잘못했다고 해요."

승현이 고집스럽게 중얼거리며 그를 안고서 넓은 침실 안을 움직였다. 정인이 한숨을 쉬며 자포자기한 얼굴로 웃었다.

"그래. 잘못했다, 내가."

"진심 아닌 거, 다 보여요."

"그래서 어쩌게? 창문 밖으로 던지기라도 하게?"

정인이 툭 내뱉자 승현의 가슴이 크게 움직였다.

"성질 긁지 않는 게 좋을 거예요. 경고야."

정인이 승현의 얼굴을 양손에 잡고 그의 입술에 자신의 입술을 꾹 눌렀다 뗐다.

"승현아."

정인을 꽉 잡은 승현의 손에 뜨끈하게 땀이 뱄다. 코끝에 번지는 그의 숨결에도 열기가 일었다. 정인은 분노와는 다른 빛으로 혼탁해지는 승현의 검은 눈동자를 응시하며 최대한 차분하게 말을 이었다.

"난 안 죽어. 조승현 너 같은 놈이 두 눈 부릅뜨고 날 감시하는데, 위험한 일이 뭐가 있어?"

"……모든 사고는 긴장 풀렸을 때 일어나요."

"그럼 그냥 같이 죽을까?"

정인의 나직한 물음에 승현의 짙은 눈썹이 꿈틀했다.

"너 죽을 때까지 이렇게 긴장하고 내가 어떻게 될까 전전긍긍하면서 사는 것보다 차라리 같이 멀리 외국 가서 자살할까? 저번에 영화에서 본 것처럼 줄 안 묶고, 둘이 꺼안고 번지 점프대에서 뛰어내려?"

"형이 원한다면 그렇게 해요."

망설임도 없이 답하는 승현의 표정은 진지했다. 정인은 고개를 그의 딱딱한 어깨에 툭 떨어뜨리듯 박았다. 피식. 웃음이 새어 나왔다.

"못 말리겠다, 넌. 진짜."

조승현과 싸워서 이기려고 한 자체가 의미 없는 도전이었다. 정인은 승현의 다부진 목덜미에 쪽, 쪽 입술을 부딪쳤다.

"죽으면 너랑 섹스 못 하니까, 난 죽기 싫어. 방금 말한 건 취소할게. 미안."

승현의 성대에서 허스키한 신음이 끓었다.

"지금 사람 진심 가지고 장난해요?"

"나도 진심이야. 죽으면 네가 난리치는 꼴을 못 봐서 심심할 것 같기도 해."

"씨발…… 사람 놀리는 것도 아니고……."

"섹스하자, 조승현."

정인이 그에게 속삭이자 승현이 하, 하고 비웃듯 정인을 보며 웃었다. 정인은 그를 향해 눈을 가늘게 떴다.

"솔직히 너도 지금 바지 터지게 꼴렸잖아."

정인이 그에게 끌어안긴 채 허리를 쓱쓱 움직여 성기를 마찰했다.

"화해하자고."

승현이 그를 안고 침대로 풀썩 쓰러졌다. 엉망으로 찌푸린 얼굴로 승현이 정인을 내려다보며 잇새로 내뱉었다.

"각오 단단히 해요. 나 진짜 화났으니까."

픽, 하고 뒤에서 강하게 치고 들어오는 움직임에 무릎이 풀썩 꺾였다. 정인은 후들거리는 다리에 애써 힘을 주었다.

"더 꽉 못 조여요?"

승현이 욕설을 내뱉으며 그에게 중얼거렸다. 승현이 흘린 프리컴이 정인의 구멍에서 줄줄 흘러나와 허벅지까지 흐르는 게 느껴지는데 일부러 저런 말을 지껄이는 이유는 딱 하나였다.

"씨발…… 집에서 남편 좆도 하나 제대로 못 받아 내면서 바깥엘 나간다고? 응?"

정인에게 치욕감을 느끼게 하려는 수작이었지만 승현을 너무 많이 겪은 정인으로서는 그리 충격적으로 다가오지도 않았다.

"헐렁한 구멍에 넌 그럼 왜 그렇게 집착하는데…… 으흑!"

"입 닥치고 조용히 하라고 했어요."

승현이 낮게 지껄이며 다시 강하게 그의 엉덩이를 자신에게 내려찍듯 끌어당겼다. 사정없이 박히고 있는 정인의 성기는 이미 시트에 몇 번이나 꿀렁이는 정액을 토해 낸 후였다.

"조금만 참으면 내가 다 알아서 준비해 줄 거니까, 보채지 말란 말이에요."

"뭘…… 뭘 알아서, 흐윽! 네가 준비하는데……?"

승현이 손을 뻗어 정인의 성기를 문지르기 시작했다. 지독하게 거친 허리 놀림과는 달리 귀두를 문지르는 그의 손길은 오싹할 정도로 부드럽고 잔인했다. 이 정도라면 다시 사정하는 건 시간 문제였다.

"손…… 손 떼, 이 씨발 새끼…… 하아……."

"바깥에 나가게 해 주려고 내가 다 세팅하고 있는데, 이렇게 기어오르면 내가 마음이 너그러워지지를 못하잖아, 정인아……."

"너그러운 게 다 얼어 죽었…… 하웃! 응!"

속도를 올려 빠르게 박아 오는 움직임에 결국 정인은 다리에 힘이 풀려 무너졌다. 그에게서 벗어나려 엉금엉금 앞으로 기어 시트를 그러쥐었지만 소용없었다.

"그…… 그만, 그만 승현아. 그만!"

"그만하게 하려면 싸게 만들어 봐. 그럼 그만할 테니까."

도망가려는 정인을 뒤에서 압박하며 승현이 몸을 겹쳐 누웠다. 애벌레처럼 그에게 깔린 정인이 헐떡거리며 눈물을 흘렸지만 소용없었다. 승현은 정인의 양손을 매트리스에 꽉 누르고 퍽퍽 소리가 날 정도로 정인의 뒤를 사정없이 뚫어 댔다.

승현의 치골이 정인의 엉덩이에 세게 부딪힐 때마다 사방에 정액과 끈끈해진 젤이 튀며 찌걱대는 소음을 자아냈다. 벌어진 정인의 입술 새로 타액이 뚝뚝 떨어졌지만 표정을 갈무리할 여유도 존재하지 않았다.

"흐웃! 아훗! 아, 아!"

소리치는 정인의 뒤에서 뜨거운 입술이 등에 닿는 느낌이 났다.

개새끼.

총알이 박히고 난 뒤 남은 상흔을 혀로 핥고 입술로 끊임없이 문지르는 승현의 키스에 온몸의 세포가 모조리 반응하는 느낌이었다. 정인은 승현이 이럴 때마다 가슴이 찌르르해지는 느낌이었다. 그를 위해 다친 정인의 상처를 보며 더욱 흥분하는 조승현의 마음을 이해할 수 있었기 때문이다.

승현의 뜨거운 입술이 부들부들 떨리는 것이 그의 심경을 대변하는 듯했다. 정인의 손등을 꽉 그러쥐는 힘이 거세졌다. 승현이 상처를 쭉 빨아들이는 순간 정인은 몇 번째인지도 모르게 부르르 몸을 떨었다. 드라이 오르가슴을 느끼는 정인을 꽉 안고 동시에 승현이 정인의 안에 뜨겁게 사정했다.

"야."

정인이 팔베개를 한 채로 돌아누워 승현을 불렀다. 조금 진정이 된 건지 그의 눈빛에는 아까와 같은 광기는 찾아볼 수 없었지만 정인을 내려다보는 불량한 시선은 여전했다.

"왜요, 한 번 더 뚫어 줘요?"

"내가 변기야?"

"......무슨 말이 듣고 싶은 건데요?"

승현이 못마땅하다는 듯 눈썹을 들어 올렸다. 한바탕 격한 정사를 치르고 난 후, 그들은 사이좋게 드러누워 땀을 식히고 있는 중이었다.

"네가 지운 이메일 말이야. 내가 참가한 공모전."

"다 끝난 이야기를 왜 또 꺼내요?"

정인은 기다란 손가락으로 승현의 마른 뺨을 툭 건드리며 물었다.

"너 내가 어떤 캐릭터 냈는지 보긴 봤냐?"

"당연하죠."

"어떻게?"

승현이 몰라서 묻느냐는 식으로 그를 빤히 보았다. 파일에 비번까지 걸어 놨는데 설마 진짜 봤을까 싶어서 정인이 눈을 가늘게 떴다.

"말해 봐. 그럼."

"시커먼 늑대 그림이잖아요. 늑대가 헬스장에서 벤치 프레스 하는 거, 늑대가 케이크 보면서 침 질질 흘리는 거, 늑대가 개폼 잡으면서 면도하는 거, 늑대가 양복 입고 책상에 앉아서 일하는 거······."

"됐어, 진짜 봤네. 근데 늑대 아니고 도베르만이거든?"

정인이 그의 말을 막았다. 왠지 얼굴이 붉어져 헛기침을 하며 되물었다.

"근데 그걸 보고도 아무 느낌이 없디?"

"좀······."

승현이 말을 흐렸다. 정인은 그의 말꼬리를 잡아챘다. 그를 노려보면서도 승현의 반응이 은근히 기대가 되는 게 사실이었다.

"좀 뭐?"

"좀 기분 나빴어요. 개 생긴 게."

정인의 얼굴이 확 일그러졌다.

"개가 생긴 게 어때서?"

"솔직히 말해도 돼요?"

"해 봐."

"표정이 좀 재수가 없어서."

"야 이 씨발 놈아."

정인이 참지 못하고 그대로 반격했다. 승현이 그를 힐끗 내려다보며 안은 팔에 힘을 주었다.

"잘 그린 거랑 별개로 내 느낌만 말한 건데 왜요."

"잘 봤다, 잘 봤어. 씨발 내가 미쳤지. 이런 새끼를 뭐가 예쁘다고 캐릭터까지 만들어 줘서 우쭈쭈하고 앉은 내가 등신이지."

정인의 말에 승현의 눈썹이 움찔했다.

"······그 개 설마 나예요?"

정인은 씩씩거리며 그를 밀치고 일어나려 했지만 승현의 팔에 감긴 이상 벗어날 수가 없었다.

"대답해요. 나 그런 거예요?"

"몰라, 이 새끼야."

정인이 그를 노려보자 승현이 찌릿하더니 길게 숨을 쉬었다.

"그럼 바깥에 내놓는 건 더 안 되죠. 형이 처음으로 날 그려 준 건데, 그걸 왜 내가 남이랑 공유해야 하는데."

어쩌면 생각하는 것도 꼭 저 같을까 싶었다. 정인이 한심한 표정으로 승현을 보았다.

"너 그린 걸로 공모전 당선되면, 내가 너한테 메시지 보낼 때 그 이모티콘 맨날 쓰면서 네 생각 할 수 있을 거란 생각은 안 해?"

승현의 인상이 씰룩거렸다.

"……지금이라도 연락하고 싶으면 해요."

"됐어, 이 자식아! 필요 없어!"

정인은 그의 어깨를 세게 주먹으로 내리쳤다. 승현이 몸을 돌려 정인을 꽉 안았다.

"형이 싫다고 하니까 할 수 없네요."

말이라도 못 하면 밉지나 않을 것이다. 정인의 머리통에 촉, 촉, 몇 번이나 입을 맞추며 승현이 중얼거렸다.

"형은 진짜 요망해요."

"형한테 넌 말버릇이 그게 뭐야?"

"사람 홀리는 데 뭐 있어, 진짜."

그가 정인의 머리통을 꽉 붙잡고 이로 꽉 깨무는 바람에 정인은 소리를 버럭 질렀다.

"아아! 이 미친 새끼야 왜 깨물어!"

하다 하다 이제는 머리통까지 깨물리는 신세가 된 것이 처량하기도 하고 충격적이기도 했다.

"몰라. 주체가 안 돼서요."

정인의 양 뺨을 손에 가두고 중얼거리는 승현의 얼굴이 지독하게 멀쩡해서 그의 행동과 더욱 괴리감이 일었다.

"평생을 가도 서정인한테 질리는 일이 없을 것 같아서 나는 그게 짜증 나요."

"씨발…… 짜증 날 것도 많다, 이 새끼야."

"사랑한다고 말해 봐요."

"너는 내가 이 상황에서 그런 말을 할 수 있다고 생각……."

조승현의 시커먼 눈동자에 다시 타닥, 하는 불꽃이 튀기는가 싶더니 그가 몸을 일으켰다. 승현이 베개에 툭 떨어진 정인의 머리 양옆을 짚었다.

"사랑하지, 당연히. 우리 승현이."

뚫어져라 응시하는 승현의 오싹한 표정에는 변화가 없었다. 정인이 그를 보며 눈꼬리가 가늘어지도록 미소 지었다.

"사랑한다고, 미친놈아."

그제야 승현의 입에서 피식 웃음이 터졌다. 그가 정인의 입술에 입맞추기 전 다정히 속삭였다.

"저도요, 정인이 형."

#4. 개꿈

"형, 뭐 해요?"

벤치에서 눈을 감고 햇볕을 쬐고 있던 정인이 느리게 눈을 떴다. 낯익은 옷을 입고 자신을 바라보는 승현의 얼굴이 조금 이상하다는 생각이 들었다.

"……아직 잠 덜 깼어요?"

승현의 등 뒤로 햇살이 부서졌다. 역광 때문에 녀석의 얼굴색은 조금 어둑했다. 정인은 눈이 부시지도 않은데 인상을 찌푸렸다. 승현이 기다란 입술을 올려 환하게 웃었다.

"이제 곧 있으면 수업 시작인데, 이번에 빠지면 벌점 추가돼서 형 주말에 외출 못 해요."

그제야 정인은 이상한 기분의 실체를 깨달았다. 고개를 획획 둘러

보았다. 잔디가 깔린 운동장, 맞은편에는 기숙사 건물이 보였고 그 뒤로 푸른 녹음이 우거진 산이 있었다.

"꿈이구나."

"아직 잠 덜 깬 거 맞네요."

중얼거리는 정인의 옆에 승현이 털썩 앉았다. 10년 전과 똑같은 얼굴을 한 녀석이 정인의 어깨에 턱을 척 걸치더니 의미심장하게 웃으며 작게 속삭였다.

"어제 형한테 제가 너무 심하게 했나 봐요."

"……뭘?"

정인이 승현을 보며 눈을 껌뻑였다. 아무리 꿈이라고 해도 배경이 10년 전인데, 승현과 그의 사이가 조금 심하게 친밀한 것 같은 착각이 들었다. 떨떠름해 하는 정인을 보며 곁에 앉은 승현이 기다란 눈을 가느스름하게 뜨더니 마침내 한숨을 뱉어 내듯 웃었다.

"기숙사 방만 나가면 칼같이 날 이렇게 모른 척하는 거, 기분 좋아요? 난 형 보면 어디서든 키스하고 싶어 죽을 것 같은데."

정인은 여전히 얼떨떨한 표정으로 그를 바라보았다. 조승현의 예전 모습을 볼 수 있다는 것만으로 꿈을 깨고 싶은 마음은 들지 않았지만 이 상황이 어떤 배경인지는 파악해야 할 것 같았다.

"조승현. 우리…… 키스하는 사이야?"

"……정인이 형, 오늘 진짜 이상하네."

승현이 정인의 어깨에 묻었던 고개를 살짝 들었다. 그를 물끄러미 바라보는 새까만 눈동자에 염려가 섞였다. 정인은 부드럽게 자신의 이마를 짚는 승현의 커다란 손의 온기를 느꼈다.

"그러고 보니 열이 좀 있는 것 같기도 하고."

승현이 중얼거렸다. 정인은 마른침을 꿀꺽 삼키고 입을 열었다.

"키스하자. 승현아."

그들이 어차피 키스하는 사이라면 문제 될 것은 없다고 생각하고 내뱉은 말에 승현이 확 달아올랐다. 정인을 바라보는 검은 시선에 순식간에 욕망이 타닥, 튀어 올랐다. 제 아랫입술을 혀로 쓸며 미간에 슬쩍 주름을 잡는 모습은 분명 정인이 기억하는 오래전 조승현의 표정이 맞았다.

"방으로 가요, 형."

그가 정인의 손을 잡고 일어서는 순간, 또 다른 익숙한 얼굴이 쓱 나타났다.

"가긴 어딜 가냐, 이제 곧 수업 시작인데?"

김승주였다. 지금보다 훨씬 짧은 머리를 하고 태양에 잘 그을린 피부색을 한 어린 승주가 빠른 걸음으로 그들에게 성큼성큼 다가와 웃었다.

"서정인 너는 너 혼자 농땡이 치는 걸로 모자라서 이제 네 룸메이트까지 악의 구렁텅이로 끌고 들어가기로 결정한 거야?"

싱글거리는 승주에게 악의는 느껴지지 않았다. 뭐라고 답을 해야 할지 몰라 인상만 찌푸리고 있는 정인의 옆에서 승현이 태연하게 대꾸했다.

"아뇨. 정인이 형이 열이 좀 있어서요. 여름에 감기 걸리면 고생이니까 쉬는 게 낫잖아요. 이제 곧 모의고사기도 하고."

승주가 고개를 가로로 흔들며 감동적인 얼굴로 박수를 쳤다.

"이야…… 서정인 너는 뭔 복이 있어서 저렇게 충성스러운 룸메를 얻었냐? 씨발 부럽다. 나도 내 걱정 좀 해 주는 사람 있었으면 좋겠네."

"선배님은 한민우 선배님 있으시잖아요."

승현이 피식 웃으며 장난스럽게 내뱉자 승주가 진심으로 뜨악한 표정을 지었다.

"씨발, 죽을래 조승현? 한민우 그 발정 난 개새끼…… 지금 어디 있는 줄 아냐?"

"민우 어디 있는데?"

정인이 궁금함을 못 참고 입을 열었다. 민우를 보고 싶다는 생각이 들었다기보다 마주친다면 꿈에서라도 정강이를 한 번 세게 걷어차 주고 싶은 마음에서였다.

"약 가지고 있다가 걸려서 압수당한 게 언젠데…… 지금 수업 째고 콜택시 불러서 읍내 여관 가 있어. 자기가 여길 못 나가니까 런던에 있는 여친을 여기까지 불러서 간다는 데가 거기야. 하하. 걔 약혼녀 표정 가관일 것 같은데."

정인은 빠르게 생각을 정리했다. 그러니까 여기까지의 상황으로 봤을 때 배경은 10년 전 재수 학원이 맞지만 디테일이 약간 다른 것 같았다. 한민우는 약혼녀를 시골로 불러내 섹스하는 중이고, 조승현은 그들과 대외적으로 그리 나쁜 사이가 아니었다.

"그럼 저희 가 볼게요."

승현이 둘의 대화를 끝내려는 듯 정인의 팔을 잡아끌었다. 승주가 자판기에서 캔 커피를 뽑으며 한 마디 덧붙였다.

"수업 그냥 째는 것보다 차라리 양호실을 가. 그럼 벌점은 안 받잖아."

변하지 않은 건 하나 있었다. 가끔씩 영감처럼 내뱉는 승주의 잔소리었다.

"담배…… 한 대만 피고 가자."

정인은 그의 팔을 꼭 붙잡고 있는 승현을 보며 낮게 내뱉었다. 승현이 휙 그를 쳐다보니 머뭇하다가 결국 고개를 끄덕였다.

"알았어요."

그들이 자리를 잡은 곳은 재수 학원 본관 옥상이었다. 승현과 처음이자 마지막으로 이곳에서 마주했을 때는 비가 추적추적 내리는 날이었지만, 꿈인 지금은 쨍하고 맑은 봄날이었다.

황사 없는 시골 하늘은 그린 것처럼 예쁜 파란색이었고 울룩불룩한 구름도 비현실적으로 하얀 색이었다. 뭐. 꿈이니까 비현실적인 건 당연한 건가.

"형이 저 담배 피우는 거 알고 계시는지 몰랐어요."

정인이 권한 담배를 군말 없이 받아 들고 불을 붙이더니 승현이 조심스레 입을 열었다. 정인은 할 말이 없어 말을 흐렸다.

"아, 뭐…… 넌 그럴 것 같아서."

"혹시 저랑 키스할 때 담배 냄새 났어요? 신경 쓴다고 썼었는데."

승현이 길게 연기를 내뱉으며 정인을 보았다. 피우는 폼을 보아하니 딱 봐도 골초인데 꿈속에서도 그의 예전 콘셉트는 여전히 대외적인 모범생인 모양이었다.

"아니."

정인이 고개를 젓자 승현이 씨익 웃었다.

"다행이다."

"승현아."

"네, 정인이 형."

정인은 그에게 아까부터 계속 궁금했던 말을 꺼냈다.

"우리 혹시 사귀는 사이냐?"

담배를 입술에 가져가려던 승현이 멈칫하더니 이윽고 천천히 손을 움직여 깊게 연기를 빨아들였다. 뚫어져라 정인을 바라보는 눈빛이 갑자기 짙어지는 것 같은 착각이 들었다.

"정인이 형."

"……어."

"혹시 저한테 뭐 섭섭한 거 있으세요?"

조심스런 말투와는 달리 정인을 바라보는 승현의 표정은 서늘했다. 정인의 경험으로 봤을 때 그의 이런 얼굴은 틀림없이 화난 얼굴이었다.

"아니…… 그런 게 아니라……."

"제가 어제 형 피곤하게 해서 화난 거예요? 형도 마지막엔 좋았다고 했잖아요. 옆방에 들릴까 봐 걱정될 정도로 소리치고…… 멈추지 말라고, 더 세게 박아 달라고 말했어요. 기억 안 나요?"

"응? 아. 그래…… 그랬지."

정인이 당황한 표정으로 얼버무리자 승현이 담배꽁초를 던져 버리고 손으로 그의 얼굴을 잡았다. 순식간에 마주 본 승현의 얼굴이 기묘한 빛을 띠었다.

"……자꾸만 놀리지 마요. 형이 이러면 이럴수록 비밀 연애하는 거 짜증 나서 내가 무슨 짓을 할지 모르겠으니까."

그가 갈라진 목소리로 낮게 중얼거렸다. 아. 그러니까 나는 조승현과 지금 비밀 연애를 하는 중인 거구나. 정인은 그제야 모든 상황을 파악하고 고개를 주억거렸다.

"형이 그때 그러지만 않았어도 나는 참을 수 있었는데."

"……아, 하하. 그래. 내가 그랬지."

승현이 무슨 소리를 하는지 모르겠지만 정인은 일단 그에게 맞장구를 치기로 했다.

"문제 가르쳐 달라고 해 놓고, 열심히 설명하고 있는 사람 바로 옆에서 빤히 쳐다보면서 꼬시는데 안 넘어가면 그게 인간이에요?"

"뭐?"

"덥다고 상체 탈의하고 옆에 딱 붙어 있는데 안 서면 비정상 아니냐고요."

"진짜 더웠을 수도 있지 않을까?"

"그때 2월이었거든요, 형."

그가 먼저 몸이 달아 승현을 유혹했다는 사실을 믿을 수가 없어 헛웃음이 나왔다. 하긴. 오래간만에 보는 어린 승현은 새삼 잘생겨서 성욕이 끓어오를 만도 했다. 만일 민우와 그가 섹스하는 사이가 아니었다면 가능했을 이야기였다.

"형이 저한테 팬티 선물해 줄 때까지만 해도 참았어요. 그런데 눈앞에서 갈아입으라고 하고. 진짜. 그건 너무하잖아요."

진지한 표정을 한 승현의 입에서 줄줄이 사탕처럼 딸려 나오는 이야기가 상상 초월이었다. 정인은 얼굴이 벌겋게 달아올라 입안의 살을 꽉 깨물었다.

"그래 놓고선 태연한 얼굴로 나한테 왜 그렇게 빳빳이 세우고 있냐고 물어보고. 진짜 형이 악마인 줄 알았어요, 난."

"푸핫……!"

참으려고 노력했지만 결국 웃음이 터져 나오고야 말았다. 정인의 반응에 승현의 표정이 더욱 음울해졌다.

"형은 내가 형한테 쩔쩔매는 게 웃기죠."

다정함이 싹 사라진 얼굴을 봐도 그게 진짜 조승현의 표정임을 알기에 정인은 두렵지도 않았다. 오히려 반가웠다. 아까부터 승현이 그답지 않게 다정한 바람에 괴리감이 들려던 찰나였다. 아. 그러고 보면 동영상 사건 이전의 승현은 정인에게 이런 이미지이긴 했었다. 그게 본모습이 아니라 다 가면이어서 문제였지만.

정인은 손을 들어 승현의 눈썹을 어루만졌다.

"네가 이렇게 잘생겼으니까 내가 몸이 달았던 거 아닐까? 너랑 떡치고 싶어서."

"······꼭 이렇게 사람, 미치게 하지. 진짜."

그가 꽉 잠긴 목소리로 정인을 보며 중얼거렸다. 단체복 바지 앞섶이 터질 듯 부풀어 오른 승현을 확인하며 정인은 옅게 웃었다.

"우리가 어릴 때 사귀었으면 이런 느낌이었겠구나······ 훗!"

승현의 입술이 급하게 다가오는 바람에 정인은 눈을 크게 떴다. 다짜고짜 키스라니. 그것도 애들이 담배 피우러 수시로 드나드는 학원 옥상에서. 난처함이 든 것도 잠시였다.

뭐 꿈인데 어때. 꿈치고 그의 입술이 너무 생생하긴 했지만 정인은 마음껏 그와 혀를 뒤섞었다.

그와 승현은 이미 한두 번 키스한 사이가 아닌 것 같았다. 거친 숨결을 뱉으며 타액을 빠는 혀의 놀림이 너무 능숙했다. 아랫입술을 쪽쪽 부드럽게 빨다가 혀를 냅다 감아 오는 입맞춤에 정인의 아랫도리가 뻐근해졌다.

"하아……."

간신히 떨어진 입술 새로 승현이 작게 속삭였다.

"양호실로 가요, 형. 몸이 뜨거워요."

정인은 흥분해서 열이 오른 거라고, 지금 그가 원하는 것은 섹스라고 열심히 설명해 보았지만 소용이 없었다. 승현은 결국 기숙사 방으로 가는 대신 그를 양호실까지 안내했다. 이어폰을 꽂고 한참 유행하던 미드를 시청하고 있던 양호실 담당은 별다른 의심 없이 그들을 맞았다.

"미열이 좀 있긴 한데, 병원 갈 정도는 아니지?"

정인의 귀에 체온계를 대 보고는 그녀가 사무적으로 물었다. 정인이 고개를 저었다.

"아니에요."

"그래, 그럼 약 먹고 좀 쉬어라. 양호계 써 줄 테니까 나중에 제출하고."

"감사합니다"

승현이 고개를 숙이자 그녀가 이상하게 친절을 베풀었다.

"승현이도 좀 쉬다 가던지. 피곤해 보이는데."

"그래도 될까요?"

"입시 전에 컨디션 조절 잘하는 게 제일 중요해. 열심히 하는 것도 좋지만 몸 축나면 너만 손해잖니?"

정인을 대하는 태도와는 달리 진심으로 그를 걱정하는 것 같은 표정이었다. 역시 조승현. 재수 학원의 에이스라 이거지.

피식 웃음이 나오는 것을 참고 정인은 승현의 안내에 따라 커튼이 쳐진 안쪽 침대로 걸음을 옮겼다. 웬만한 병원 응급실 못지않게 넓은 양호실이었다. 게다가 매일 꾀병 환자로 득실거리던 곳은 오늘따라 사람이 한 명도 없었다. 꿈이니까 가능한 이야기였다.

"누워요."

승현이 침대에 이불을 휙 걷었다. 정인은 기쁜 얼굴로 운동화를 벗고 얌전히 그 위로 올라가 다소곳한 자세로 누웠다. 승현이 기대감에 찬 그를 보며 인상을 조금 찌푸렸다.

"왜 가운데에 안 눕고 가장자리에 붙어 있어요? 불편하게."

"너 올라올 거 아니었어?"

"제가 왜요? 전 안 아파요."

승현이 툭 내뱉었다. 어라. 정인은 예상과는 달리 뻣뻣한 그를 보며 멍하니 눈을 깜빡였다. 승현이 다가와 정인에게 이불을 끌어 덮어 주었다.

"형 확실히 열 있어요. 애들처럼 고집부리지 말고 약 먹었으니까 얼른 자요."

마치 간식 달라고 보채는 짐승을 턱, 하고 밀어내는 것 같은 손길이었다. 승현이 정인의 침대 옆 의자에 자리를 잡고 앉았다. 그리고 들고 온 참고서를 펼치고 집중하기 시작했다.

봄 햇살이 그의 머리카락을 따스하게 비추었다. 무표정하게 글자를 읽어 내려가는 승현의 집중한 얼굴을 보니 정인은 정말로 예전으로 돌아간 것만 같은 착각이 들었다.

"승현아."

"네."

여전히 책에서 눈을 떼지 않은 채, 꿈속의 승현이 대답했다.

"너, 나 언제부터 좋아했냐?"

승현이 시선을 들었다. 그리고 나른한 눈으로 정인을 응시하며 흐릿하게 웃었다.

"그때 다 말했잖아요. 처음 여기 견학 왔을 때 형 처음 본 순간부터라고. 첫눈에 반했다고요."

"근데 왜…… 고백 안 했어?"

승현이 커다란 손으로 멋쩍게 제 머리칼을 쓸어 올렸다.

"타이밍만 엿보고 있었다는 말도 했었는데. 대학 들어가면 당당하게 고백하려고 했죠. 형이 그랬잖아요. 형은 속물이라 학벌 좋은 사람 재수 없는데 솔직히 멋있다면서요."

정인은 왠지 정말로 이마가 뜨끈뜨끈해지는 것 같아 손등을 이마 위에 올렸다. 그가 만약 재수 학원 시절부터 승현과 사귀었다면 어떻게 되었을까, 하는 쓸데없는 망상에 가슴이 조금 찌릿했다. 그랬다면 그 이후에 벌어진 모든 일들을 막을 수 있었을까.

"정인이 형, 괜찮아요?"

승현이 슬그머니 일어나더니 그에게 다가왔다. 고개를 숙여 얼굴을 붙이고 이마를 쓸어 주는 다정한 손길에 애정이 뚝뚝 묻어났다. 정인은 아까부터 몸이 뜨끈뜨끈 달아올라 견딜 수가 없었다. 미간도 시큰해지는 것 같고 꿈속임에도 불구하고 감정 과잉으로 슬픔이 치밀어 오르는 것 같았다. 정인은 크게 숨을 내쉬며 이불 속에서 몸을 꼼지락댔다. 이상한 감정을 몰아내는 데 특효약이 뭔지는 스스로가 가장 잘 알았다.

"나 아파."

"많이 안 좋아요?"

승현이 인상을 쓰며 말을 이었다.

"형 그럼 지금이라도 병원을……."

정인이 이불을 확 걷자 승현의 얼굴이 딱 굳었다. 이불 안에서 바지와 속옷을 한 번에 내리고 몸을 뒤집은 정인을 바라보는 승현의 귀가 시뻘겋게 달아올랐다.

"나, 여기가 움찔움찔 아프다고……."

정인이 양손을 뒤로 돌려 자신의 엉덩이를 슬그머니 벌렸다. 아까부터 기분이 너무 슬퍼져서 빨리 승현과 섹스하고 싶었다. 쓸데없는 생각을 하는 대신 헉헉거리며 그와 섹스하면 이렇게 가슴이 시린 느낌을 없앨 수 있을 것 같았다. 정인을 바라보는 승현의 입술에서 나지막하게 욕설이 터졌다.

"이런 씨발……."

정인의 예상은 정확했다. 승현이 그의 유혹을 참을 수 있을 리가 없었다. 승현이 운동화를 벗어 던지고 간이침대에 올라와 정인의 뒤에 붙었다. 승현은 획, 이불을 끌어당겨 덮은 후 손가락을 핥아 적시더니 정인의 구멍을 꾹, 눌러 짚었다. 단박에 들어와 구멍을 벌려 오는 생생한 느낌에 정인이 흣, 하고 숨을 몰아쉬었다.

"스…… 승현아……."

"형은 진짜 매번 나를 한계까지 밀어붙여요."

지익. 다급히 지퍼가 내려가는 소리가 들렸다. 딱딱하게 부풀어 오른 성기가 정인의 애널 입구를 위아래로 마찰했다. 승현의 페니스 선단에서 줄줄 흐르는 프리컴을 기쁘게 느끼며 정인이 고개를 돌려 그를 보았다.

"나, 너랑 양호실에서 한 적은 없지?"

그냥 궁금해서 물어본 말이었는데 승현은 그 말에 핀트가 나간 것 같았다. 승현이 인상을 엉망으로 찌푸리며 쿠퍼액으로 잔뜩 적셔 놓은 정인의 구멍을 단박에 밀고 들어왔다.

"흑!"

정인은 양손으로 입을 막았다.

"이제 한 번 있네요."

승현이 중얼거리며 그의 목덜미를 깨물었다. 아찔하게 물리고 빨리는 느낌에 정인이 끙끙거리며 신음했다.

"남들한테 들켜도 이제 난 몰라요. 비밀 연애 지겨워."

지금 당장 양호실 담당 교사가 커튼을 열어젖힌다 해도 정인은 이미 멈출 수가 없는 상황이었다. 꿈이라는 자각은 그에게 더욱 용기를 주었다.

"더, 더 해 줘. 승현아…… 하윽!"

쑥 빠져나갔다 퍽, 하고 치고 들어오는 움직임은 그동안 그들이 나눈 정사가 한두 번이 아니었음을 증명하듯 자연스럽고 거칠었다. 승현은 정인의 스팟을 완벽하게 파악하고 움직이고 있었다. 일부러 퍽 퍽 압박하며 세게 찔러 들어오자 정인은 교성을 참기가 무척이나 힘이 들었다.

"으흣! ……흐응……! 승현, 아아!"

"화장실에서도 유혹하고, 헬스장에서도 그러고…… 어제는 수영장 탈의실에서도 그러고……."

불평을 하며 목덜미에 뿜어내는 승현의 숨결 역시 점점 뜨거워지고 있었다. 정인의 허리를 꽉 붙잡고 제게로 가져다 붙이는 움직임에 속도가 붙었다.

"틈만 나면 미치게 만들면서 다른 사람 앞에서는 손도 못 대게 하는 건 너무 심하다고 생각 안 해요?"

"하아…… 승현아…… 흐으……."

"형은, 진짜…… 날 좋아하긴 하는 건가?"

입을 열면 교성이 터질 것 같아서 정인은 입술을 꽉 깨물었다.

"대답하라고요."

승현이 집요하게 그의 뒤에서 허릿짓하며 재촉했다. 대답을 하지 않는 정인에게 열이 받았는지 손으로 그의 얼굴을 돌려 저를 보게 했다.

"씨발…… 대답 안 하지, 서정인……."

이럴 줄 알았다. 아무리 꿈이라지만 승현의 더러운 성질은 여전했다. 부드럽고 다정한 가면을 벗어던진 승현이 허리를 강하게 쳐 대며 잇새로 내뱉었다.

"눈 떠요. 나 보고, 서정인이 좋아하는 사람이 누군지 똑바로 말해요."

"하아……."

"당장 눈 뜨라고 했어, 씨발."

번쩍.

정인은 숨을 몰아쉬며 번쩍 눈을 떴다. 그는 따뜻한 느낌의 조명이 내리쬐는 널찍한 침대 위였다. 양호실 간이침대와는 비교할 수 없는 폭신함이 익숙했다. 그런데 이상하다. 꿈에서 깼는데도 몸에 느껴지는 승현의 물건이 너무 생생했다. 쿡, 찔러 오는 느낌에 그는 눈을 두 번 깜빡이며 입을 열었다.

"조…… 조승현?"

"좀 괜찮아요?"

승현이 푹, 치고 들어오며 거칠게 숨을 내쉬었다. 그제야 정인은 오전에 열이 조금 나서 그가 준 약을 먹고 잠들었던 것이 어렴풋하게 생각이 났다. 그런데 이게 지금 무슨 일인가.

정인은 그의 몸 안을 비집고 있는 승현을 느끼며 눈살을 찌푸렸다.

"너 지금 뭐 하는 거야…… 훗!"

승현의 커다란 손이 잠옷을 들추고 들어오더니 정인의 유두를 간질였다. 지독히 가라앉은 목소리가 목덜미에서 귓가로 울려 퍼졌다.

"첨엔 키스만 하려고 했는데 형이 자면서도 반응하는 게 미치겠어서."

그래서 결국 아픈 사람을 붙들고 바지를 내렸다는 소리였다. 정인은 그의 품 안에서 점점 빠르게 흔들리며 말을 뱉었다. 침대 매트리스가 위아래로 끊임없이 튕겼다.

"야…… 흑…… 이 미친 짐승 새끼가 진짜…… 넌 환자한테 이러고, 싶…… 으훗! 아, 승현아…… 아윽!"

꿈속에서 했던 섹스의 느낌이 유달리 생생했던 것은 당연한 일이었다. 푹, 푹, 힘차게 박아 대는 그의 움직임에 정인의 아랫배에서부터 쾌감이 용솟음치듯 온몸에 퍼졌다. 정인은 허리를 구부리며 몸을 바들바들 떨었다. 정인의 성기를 흔들어 대는 승현의 손에 금세 진한 정액이 꿀렁이며 퍼졌다.

"오늘따라 유달리 많이 쌌네요. 형."

승현이 흠뻑 젖은 제 손을 확인하며 더욱 흥분해 짐승같이 헐떡이며 그의 위로 올라왔다.

"갑자기 왜 이렇게 흥분했죠? 뒤에서 박히면서…… 다른 사람이랑 떡 치는 상상이라도 했나? 씨발……."

조승현의 의처증, 아니 의부증은 불치병이었다. 정인이 인상을 쓰며 그를 밀어내려 했지만 소용없었다. 정상위로 체위가 바뀌었고, 정인의 다리가 그의 어깨에 걸려 사정없이 흔들렸다. 몸이 반 접혀 그를 받아 내며 정인이 크게 교성을 내뱉었다.

"훗, 으윽! 하앗!"

승현이 정인의 입을 제 입술로 틀어막으며 폭주하는 기관차처럼 한참을 들썩였다. 정인의 온몸에 땀이 주룩주룩 흘렀다. 승현의 이마에서 떨어지는 땀방울이 그의 체액과 뒤섞였다.

"누구 생각했어?"

"씨발, 하아…… 네 생각…… 네 생각! 미친놈아!"

정인의 엉덩이가 사정없이 매트리스와 승현의 치골 사이에서 튕겨졌다. 다시금 꼿꼿이 선 정인의 성기에서 줄줄 정액이 새고 있었다. 승현은 여전히 의심스러운 눈길을 풀지 않았지만, 정인이 그의 목을 끌어안자 미친놈처럼 신음하더니 결국 정인의 내벽에 길게 싸지르고 움직임을 멈추었다. 완전히 녹초가 된 정인은 눈꺼풀을 들어 올릴 힘도 없어 눈을 감았고 1분도 채 지나지 않아 잠이 들고 말았다. 이번에는 꿈 같은 것은 꿀 여유도 없는 깊은 잠이었다.

한밤에 다시 눈을 뜨자 무거웠던 머리가 개운했다. 몸이 으슬으슬하던 오전과는 달리 춥지도 않았다. 약발이 잘 먹힌 모양이었다.

"깼어요?"

승현이 그를 끌어안으며 낮게 잠긴 목소리로 물었다.

"아니. 안 깼어."

정인이 중얼거리자 승현이 피식 웃으며 그의 뒤통수를 쓰다듬었다.

"몸은 좀 어때요."

"죽을 것 같아."

"열은 이제 없는데요."

냉정한 놈. 정인은 속으로 욕을 하며 헛기침을 했다. 그의 가슴으로 파고들어 가니 승현이 좋다고 정인의 어깨며 목덜미를 주물럭댔다. 땀을 그렇게 흘리고 목욕도 하지 않았는데 정수리에 입을 쪽쪽 맞추고 있는 걸 보면 승현의 비위도 어지간했다.

"승현아."

문득 아까 낮에 꿨던 꿈이 생각나 정인이 그를 낮게 불렀다.

"왜요."

"……만약에 있잖아."

"네."

"너랑 내가 재수 학원에서부터 사귀었으면 어떻게 됐을 것 같아?"

정인의 갑작스러운 물음에 승현이 잠시 침묵을 지키다 입을 열었다.

"갑자기 그건 왜요?"

"그냥. 심심해서. 만약에 그랬다면 어땠을까, 하고."

물어본 건 자신이었지만 왠지 승현의 얼굴을 보기가 민망해 정인은 얼굴을 그의 가슴에 딱 붙였다. 승현의 규칙적인 심장 소리를 듣고 있으면 마음이 안정되는 기분이었다.

"글쎄…… 지금이랑 별반 다르지 않을 것 같은데요."

뜻밖의 대답에 정인이 삐죽 고개를 들었다.

"어떻게 안 다르냐? 넌 원하는 대학 갔을 거고, 나도 뭐…… 결국 삼류 같은 대학이라도 한국에서 다니면서 평범하게 연애했을 수도 있잖아."

승현이 그를 내려다보며 아득한 눈을 깜빡였다.

"나는 형이랑 같은 대학 갔겠죠. 내가 불안해서 형 놔두고 어떻게 다른 학교를 가요."

"어…… 그럼 우리 캠퍼스 커플인가? 되게 푸릇푸릇 귀여웠겠다. 안 그래?"

정인이 싱글거리자 승현이 심드렁한 표정으로 고개를 갸웃했다.

"글쎄요."

정인이 눈만 들어 그를 노려보았다.

"뭔 대답이 그래."

정인은 시원찮게 대답하는 승현이 마음에 들지 않았다. 아무래도 승현과 조금 더 빨리 연인이 되었으면 좋았겠다, 하고 바라는 것은 그 혼자뿐인 것 같은 착각에 기분이 나빠진 것도 사실이었다.

"아마 형이 나랑 사귀다가 바람피우고 내가 그 상대 죽여서 구치소 들어가는 게 더 현실성 있지 않을까요?"

"……뭐?"

승현의 어이없는 물음에 정인이 인상을 확 찌푸렸다.

"아니면 형은 집에 돈 많아서 군대 빠졌을 테니까, 나 군대 간 사이에 바람피우고, 휴가 나온 내가 그 상대 죽여서 영창 가거나."

"뭐 인마? 야, 왜 모든 결론이 내가 바람피우는 걸로 나는 건데?"

버럭 화를 내는 정인과 달리 승현은 태연했다.

"어릴 때 형이 어땠는지를 보면 난 분명히 그랬을 거라고 생각하는데요. 몸 달아서 딴 놈한테 박혀 보면서 나랑 비교했을 게 뻔하니까요."

정인의 얼굴이 벌겋게 달아올랐다. 승현의 말을 반박할 수가 없어서 더욱 열이 받았다. 그의 말마따나 어릴 적 그와 연애를 했다고 해도, 사람을 믿지 못했던 자신의 성격으로 봤을 때 충분히 가능성이 다분한 이야기였다.

"……너 잘났다, 이 새끼야."

왠지 모르게 짜증이 치밀어 올라 정인이 씩씩댔다. 승현이 그를 밀어내는 정인의 손을 잡고 제 품으로 꽉 끌어안았다.

"그리고 출소해서 내가 형 찾아갔겠죠. 그 뒤는 지금과 같을 거고."

낮게 속삭이는 승현의 목소리가 꿀처럼 달달한 것이 마음에 들지 않았다.

"그게 무슨 뜻인데."

볼멘소리로 대답하는 정인을 끌어안고 승현이 중얼거렸다.

"이러나저러나 서정인은 결국 내 손바닥 안일 거라는 뜻이에요."

이렇게 재수 없는 말을 지껄이는데도 은근슬쩍 입술이 올라가는 것을 막을 수는 없었다. 정인은 팔을 올려 그를 마주 안았다.

"나 아까 꿈꿨다, 승현아."

"무슨 꿈."

"……개꿈."

승현이 쯧, 하고 혀를 차며 정인의 등을 토닥였다.

"내가 꿈에서도 내 꿈만 꾸라고 분명히 말했는데, 말도 더럽게 안 듣죠. 형은."

정인은 말없이 그를 꼭 끌어안고 승현의 손길을 느끼며 미소 지었다. 승현에게 오늘 꾼 꿈 이야기를 하는 일은 앞으로도 없을 것이다.

그를 너무 좋아해서 과거를 세탁하는 꿈까지 꾼다고 말하는 것은 조금 창피한 일이었다.

#5. 선물

"더 강력한 MH, 대한민국 IT 산업의 자존심을 걸고 MH를 굳건히, 강하게 만드는 데 최선을 다할 것입니다. 제가 있는 MH는 이전과는 180도 다를 것입니다. 변화와 혁신에 방해가 되는 요소들을 모조리 타파할 것을 약속하겠습니다."

짤막한 연설이 끝나고 새로 취임한 회장이 샴페인 글라스를 들자 임원들이 의자에서 벌떡 일어나 박수를 쳤다. 슈트를 빼입고 외출한 정인 역시 일어나서 옆자리의 승현에게 작게 귓속말을 했다.

"저 사람 예전에 너랑 같이 교도소에 있었다는 사람 맞아?"

"네."

승현이 시선을 앞으로 고정한 채 고개를 끄덕였다.

"검찰 출두할 때는 머리 길게 길러 가지고 무슨 히피인 줄 알았는데 저렇게 해 놓으니까 멀쩡하네. 생각보다 젊고."

정인이 중얼거리자 승현이 슬쩍 인상을 썼다. 정인은 그가 이상한 오해라도 할까 싶어서 서둘러 고개를 저었다.

"야. 내 스타일 절대 아니거든. 난 저렇게 능글거리는 스타일 딱 질 색이야. 무슨 대통령 출마하는 줄 알았네."

승현이 그를 보며 피식 웃었다.

"누가 뭐라고 했어요?"

"아니 아까 네 표정이 좀 너무 심각하길래."

"아. 신경 쓰이는 게 좀 있어서요."

"뭐가?"

승현이 턱짓으로 한쪽을 가리켰다.

"저기요."

그가 가리킨 곳은 기자들의 프레스센터였다. 라인을 지켜 연신 플래시를 터뜨려 대는 기자들 가운데 눈에 띄는 사람이 있었다. 아까는 보이지 않았는데 정인이 한눈을 판 사이에 들어온 모양이었다. 그는 P방송국의 메인 앵커였다. 정인이 입을 딱 벌렸다.

"저 새끼, 예전에 너희 회장 빵에 보냈다는 놈 아냐? 차명 계좌 털어 가지고. 그것 때문에 기자하다가 아홉 시 뉴스 메인 된 거라고 그러던데."

정인이 소리를 확 낮추어 소곤거리자 승현이 고개를 끄덕였다.

"뭐, 비슷해요."

"근데 여길 어디라고 오냐. 대단하다."

눈썹을 들어 올리며 놀라는 정인에게 승현이 간단히 대답했다.

"초대장 못 받으면 기자라도 못 들어와요, 여기."

"그럼 뭐야. 너네 회장이 초대한 거야?"

"아마도?"

승현이 남 이야기를 하듯 피식거렸다. 정인은 재벌들의 세계가 골치 아프다고 생각하며 고개를 절레절레 흔들었다. 샴페인을 집어 드는데, 승현이 그를 저지했다.

"두 잔이나 마셨잖아요."

"좀 더 마시자. 왜."

"형은 취하면 사람이 야해지니까 바깥에서는 자제해요. 술은 이따가 나랑 침대에서."

승현이 그에게 슬쩍 눈길을 주었다. 오늘따라 정인의 눈에 승현은 평소보다 더욱 멋있어 보였다. MH의 권력이 새로운 회장에게 완전히 승계가 되면서 승현 역시 이사로 승진한 것이 한 달 전이었다.

승현에게 최 비서가 아닌 운전만 하는 전용 기사가 따로 붙었고, 집으로는 각종 화환들이 쏟아졌다. 취임식이 있는 오늘까지 최근 석 달 가까이 승현은 매우 바쁘게 지냈다. 오전 일찍 나가서 밤늦게 들어오기가 일쑤였다. 오늘만 지나면 좀 나아질 거라는 말에 정인은 불평을 꾹 참아 왔다.

"지루해요?"

승현이 그에게 물었다. 정인이 솔직히 고개를 끄덕였다.

"응."

"나갈까요?"

"그래도 돼?"

"공식 행사는 다 끝난 거나 다름없으니까."

"그럼 그러자."

정인이 이를 드러내고 웃었다. 그 모습을 보며 승현이 고개를 숙여 낮게 속삭였다.

"사람들 앞에서 끼 부리지 말라고 했어요."

"미친 소리 왜 안 하나 했다."

"가죠."

승현이 그의 어깨를 가볍게 밀며 연회장을 나섰다. 정인은 오래간만에 승현과 데이트를 한다는 생각에 조금 가슴이 들떴다. 지난여름 내내 승현이 바쁘게 지나는 바람에 집 안에 틀어박혀 있느라 그 역시 답답했던 건 사실이었기 때문이다.

바깥으로 나오자 이미 대기하고 있던 승현의 새로운 기사가 세단의 문을 열었다.

"타시죠."

승현이 정인을 에스코트해서 먼저 태운 후, 그의 옆에 나란히 앉았다. 최 비서가 모는 차는 여러 번 타서 익숙했지만 아직도 새로운 기사가 운전하는 차는 낯설었다. 차의 디자인이 클래식해서 더욱 그러했다.

"우리 어디 가는 거야 근데?"

정인이 묻자 승현이 그를 그윽하게 바라보며 기다란 손가락으로 제 입술을 쓸었다.

"어디 가고 싶은 데 있어요?"

"음……."

정인은 고개를 갸웃하다 의미심장하게 웃었다. 그리고 승현의 귀에 속삭였다.

"……호텔?"

승현이 정인의 허벅지를 힘주어 꽉 잡았다. 승현의 커다란 손에 열기가 이는 것이 바지 옷감을 통해 생생히 느껴졌다.

"여기서 이러지 말고, 이 새끼야."

정인이 그를 팔꿈치로 쿡 찌르자 승현이 옅게 미소 지었다.

"호텔은 이따가 가고, 일단 거기 말고 들를 데가 있어요."

"어딘데."

"가 보면 알아요."

"너, 나 어디 데려가서 죽이려는 건 아니지?"

정인의 농담에 운전대를 잡은 기사가 흠칫 놀라 백미러로 그들을 보았다. 정인은 손을 내저으며 환하게 웃었다.

"농담이에요, 농담……?"

승현이 손을 들어 그의 얼굴을 돌려 저를 보게 하는 바람에 정인은 말을 멈추었다. 눈을 깜빡이고 있는데 입술이 다가와 촉, 하고 붙었다가 떨어졌다. 정인은 얼굴이 시뻘게졌지만 소리도 낼 수 없었다. 사람들 앞에서 하는 스킨십의 강도를 합의했으니 불평도 할 수 없는 것이다.

승현은 아무 말도 못 하는 정인을 보며 보란 듯이 입술에 쪽쪽거리다 마침내 차가 목적지에 다다른 후에야 정인을 놔주었다.

"이제 내릴까요?"

차가 선 곳은 모던한 건물 앞이었다. 정인은 승현을 따라 조심스레 안으로 들어갔다. 승현이 스위치를 누르는 순서대로 불이 켜졌다. 입구, 천장, 바닥에 차례로 전등이 들어오자 깔끔한 실내가 모습을 드러냈다.

"여기…… 뭐야?"

정인이 눈을 깜빡였다. 커다란 공간은 한눈에 봐도 최고급 마감재를 썼다는 것을 알 수 있을 정도로 훌륭했다. 흠이라면 지나치게 넓고, 안에는 가구를 찾아볼 수 없을 정도로 아무것도 없다는 것이었다.

"갤러리예요."

승현의 말에 그제야 정인은 고개를 끄덕였다. 역시 전시회장이나 미술관이 딱 어울리는 공간이었다.

"아아."

회장이 새로 취임한 것과 이 갤러리는 연관이 있을 것이 분명했다. 정인이 키득거렸다.

"여기 이제…… 선물 받은 그림들로 꽉 채워지는 건가? 보안은 철저히 해야겠다, 야. MH에 들어오는 그림들 수준이 어련하겠냐."

"아마 보안은 철저할 거예요."

승현이 고개를 끄덕이며 정인을 깊숙한 곳으로 안내했다. 문이 없는 작은 공간들이 미로처럼 이어졌다. 정인은 감탄사를 연발하며 그를 따랐다.

"여기 실내 누가 디자인한 거야? 대단하다."

"맘에 들어요?"

"어. 대박."

정인이 흥분한 목소리를 숨기지 못하자 승현이 마지막 코너를 돌았다. 그가 들고 있던 리모컨을 끄자 전등이 모조리 꺼졌다. 정인이 눈을 깜빡였다.

"……."

잘 닦인 바닥은 거울처럼 천장을 비추고 있었다. 천장은 유리로 밤하늘을 그대로 담아냈다. 아니, 그냥 유리가 아님이 분명했다. 서울하늘에서 좀처럼 볼 수 없는 별이 손에 닿을 듯 가까이 보였다. 도대체 천장에다 뭘 깐 걸까. 떨리는 감탄사가 정인의 입술에서 절로 흘렀다.

"……와아."

"맘에 들어요?"

승현이 그에게 물었다.

"……끝내주는데."

"돈 좀 썼어요."

"그런 것 같네."

"형은 보는 눈이 좋으니까 뭐 하나 허투루 할 수가 있어야죠."

"응?"

승현의 말에 천장에서 눈을 못 떼고 있던 정인이 그를 똑바로 보았다. 그가 정인을 응시하며 슈트 주머니 안에서 보안 카드가 달린 열쇠 뭉치를 꺼내 들었다.

"여기."

"……이걸 왜 날 줘?"

정인이 얼떨떨한 얼굴로 승현을 보았다. 그가 말없이 웃기만 하는 게 심상치 않았다.

"……뭐야. 뭔데……?"

찰랑거리는 열쇠가 정인의 손에 쥐어졌다.

"여기서 형이 하고 싶은 거 다 하면 돼요. 그림 사고 싶으면 사들이고, 젊은 예술가들 전시 진행하고 싶으면 하고, 행사 하고, 본인이 작업한 그림 걸고 싶으면 걸고. 마음대로 다 하면 돼."

"조승현……."

정인의 커다란 눈동자가 흐려져 흔들렸다.

"여기, 너희 회사 소속 갤러리 아니야?"

"아니에요."

"아니라고? 그럼 네 거야?"

승현이 고개를 저었다. 정인의 미간에 점점 더 주름이 깊게 팼다.

"그럼 누구 건데?"

"열쇠 가진 사람 거겠죠."

"……승현아."

정인은 그의 손에 들린 열쇠와 마주 선 승현의 얼굴을 번갈아 쳐다보았다.

"반응이 뭐 그래요?"

승현이 그를 빤히 보며 물었다. 정인이 말을 더듬었다.

"이거…… 뭐야, 이별 선물 뭐 그런 건 아니지?"

"죽고 싶어요?"

승현이 낮게 내뱉었다. 정인이 눈을 깜빡이며 그에게 되물었다.

"그럼 나 이제 집 밖으로 맘대로 외출해도 된다고?"

"오전 열 시부터 오후 네 시까지만."

"정말이지?"

"싫으면 됐고요."

"아냐! 좋아! 너무 좋아!"

"반응이 영 시원찮은데요."

정인은 눈을 가늘게 뜨는 승현의 목을 끌어안고 고개를 기울여 그대로 입술을 부딪쳤다. 승현이 정인의 탄력 있는 엉덩이를 꽉 쥐며 등을 안았다. 두 입술이 한 번에 벌어지고 샴페인 향이 남아 있는 뜨거운 혀가 뒤섞였다. 달콤하게 승현에게 타액을 빨리며 정인이 몸을 부르르 떨었다.

"씨발…… 이렇게는 나와 줘야 내가 기분이 좋잖아요."

승현이 입술을 살짝 떼고 숨 막히는 시선으로 그를 바라보며 속삭였다. 정인은 자신이 어쩔 수 없는 속물인지도 모른다고 생각하면서도 열리는 입을 다물 수가 없었다.

"내 애인 최고."

승현이 입술에서 바람 빠지는 소리를 내며 웃었다. 매혹적인 얼굴이 다시 정인에게로 가까이 다가오고 콧날이 부딪혔다.

"바람피우면 죽어요."

"내가 미쳤어? 네가 이렇게까지 해 주는데 그런 쓸데없는 짓을 하게?"

"너무 심한 부정은 의심스러우니까 거기까지 해도 돼요."

정인이 손을 들어 승현의 바지춤을 천천히 잡았다. 승현의 목소리가 한층 더 허스키하게 잠겼다.

"이게 뭐 하는 짓일까요?"

"섹스하고 싶어. 너한테 주고 싶어 죽겠다, 지금."

"……준다는데 마다할 수가 없네. 당장 먹어야지."

승현이 쿡쿡 웃으며 슈트 재킷을 훌렁 벗어 던졌다. 바닥에 정인이 눕자 다가오는 승현의 뒤로 무수한 별들이 반짝였다.

"사랑해, 승현아."

"꼭 이럴 때만 입 열지, 하여튼."

정인이 욕망에 찬 눈을 번뜩이는 승현을 끌어안았다. 조승현은 영원히 변하지 않을 것이다. 정인은 승현이 그 성격에 자신을 집 밖으로 풀어 주기까지 얼마나 망설였을지, 지금도 얼마나 불안해할지 모르는 것이 아니었다. 승현이 그럼에도 불구하고 이런 결단을 내린 것은 물론 정인 한 사람만을 위해서일 것이다. 그가 제 욕심을 채우자면 가끔 지껄이는 것처럼 방문을 걸어 잠그고 침대에 수갑 채워서 가둬 두는 게 딱 맞았다.

"승현아……."

정인의 바지를 내리고 페니스를 빨기 시작한 승현을 느끼며 정인이 숨을 몰아쉬었다.

"음."

"씨발…… 난 네가 너무 좋아."

꼿꼿이 선 그의 성기를 흡착하듯 빨아들이며 핥던 승현이 춥, 하고 젖은 소리가 나게 떨어지며 얼굴을 붙여 왔다.

"그렇게 너무 좋아하면 내가 짜증나잖아요. 집 밖으로 나가는 게 그 정도로 기쁜가 싶어서."

"기쁘지, 당연히. 내 애인이 내 생각만 해 주는데 미치게 기쁘지, 안 기쁘냐?"

"아까부터 은근슬쩍 호칭 바꾸는데, 애인 아니라 부부잖아요, 씨발."

"야."

"안 되겠네. 어디 가서 싱글이라고 사기 치고 다닐 것 같아."

승현이 미친놈처럼 눈을 가느스름하게 뜨며 팽팽한 성기를 꺼냈다. 뜨끈한 살덩이가 정인의 살을 부드럽게 눌러 왔다. 정인은 그를 보며 눈을 가느스름하게 떴다.

"그러지 못 하게, 여기만 오면 네 생각나게 만들어 줘 봐, 그럼."

승현이 작게 웃으며 정인의 귓불을 핥았다.

"기대해도 좋아요."

별빛이 쏟아져 내리는 것 같은 밤이었다. 정인은 무겁게 그를 눌러 오는 승현을 기쁘게 끌어안았다. 세상이 빙글빙글 돌았다. 그가 가진 것은 조승현 하나뿐인데, 마치 온 우주가 그의 편 같은 느낌이었다.